安吉拉·卡特的
精 怪 故 事 集

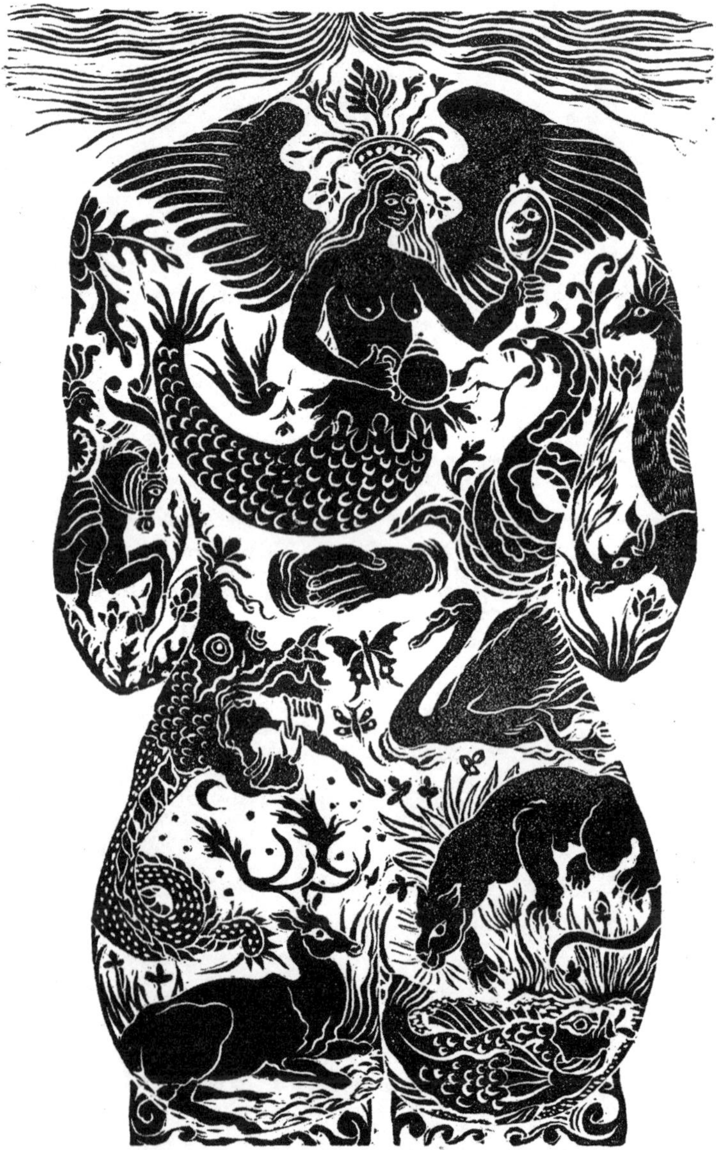

Angela Carter's
BOOK OF FAIRY TALES

安吉拉·卡特的
精怪故事集

(英)安吉拉·卡特 编　郑冉然 译

南京大学出版社

图书在版编目(CIP)数据

安吉拉·卡特的精怪故事集/(英)卡特(Carter, A.)编;郑冉然译. —南京:南京大学出版社,2011.9(2025.1重印)
ISBN 978-7-305-08132-3

Ⅰ.①安… Ⅱ.①卡…②郑… Ⅲ.①故事—作品集—英国—现代 Ⅳ.①I561.45

中国版本图书馆 CIP 数据核字(2011)第 023793 号

Angela Carter

Angela Carter's Book of Fairy Tales
Copyright © The Estate of Angela Carter 2005
This edition arranged with Little, Brown Book Group Limited
through Big Apple Tuttle-Mori Agency, Labuan, Malaysia
Simplified Chinese edition copyright © 2011 by NJUP
Cover Illustrations @ Roxanna Bikadoroff
All rights reserved
江苏省版权局著作权合同登记 图字:10-2009-175 号

出版发行	南京大学出版社
社 址	南京市汉口路 22 号 邮 编 210093
网 址	http://www.NjupCo.com

ANJILA KATE DE JINGGUAI GUSHIJI

书 名	安吉拉·卡特的精怪故事集
编 者	安吉拉·卡特
译 者	郑冉然
责任编辑	沈卫娟
照 排	南京紫藤制版印务中心
印 刷	南京爱德印刷有限公司
开 本	850 mm×1168 mm 1/32 印张 19.25 字数 378 千
版 次	2011 年 9 月第 1 版 2025 年 1 月第 22 次印刷
ISBN	978-7-305-08132-3
定 价	58.00 元

发行热线 025-83685951
电子邮箱 Press@NjupCo.com
Sales@NjupCo.com(市场部)

* 版权所有,侵权必究
* 凡购买南大版图书,如有印装质量问题,请与所购图书销售部门联系调换

出版者的话

《安吉拉·卡特的精怪故事集》合并了两本由安吉拉·卡特编辑的故事选集，它们分别是1990年出版的《悍妇精怪故事集》和1992年出版的《悍妇精怪故事集第二卷》。

安吉拉·卡特于1992年2月去世，此前一个月左右，她住在伦敦的布朗普顿医院，第二本故事集的手稿就放在她的床上。她说："我只想为了姑娘们把这个做完。"她对我们的忠诚浩瀚无边。刚听说她生病的时候，我们让她不要担心，我们已经出版了《悍妇精怪故事集》，这就够了。但是不行，安吉拉说，这个项目对于生病的作家来说再合适不过，于是她为了这本书一直工作到临终前几个星期。她搜集了所有的故事，并将它们分门别类，加了标题，但是她没有来得及写引言，也没能完成笔记。《悍妇女巫故事集》的编辑沙鲁克·胡塞因(Shahrukh Husain)利用她对民间故事和精怪故事的丰富知识补全了笔记，凡是安吉拉·卡特在文档中留有记录的地方，她都一一添加进去。

在这个新版本中，我们印出了安吉拉·卡特为《悍妇精怪故事集》所作的引言。她去世以后，玛莉娜·华纳写了一篇关于她的评论，这篇评论本来是《悍妇精怪故事集第二卷》的引言，这里作为后记刊出。

兰妮·古丁斯
出版者，悍妇出版社

目 录

出版者的话 _____ *1*

引言 _____ *1*

瑟莫苏阿克 _____ *1*

第一章　勇敢、大胆、倔强

寻找运气 _____ *5*

狐先生 _____ *10*

卡枯阿舒克 _____ *15*

承诺 _____ *17*

凯特·克拉克纳特 _____ *21*

渔女和螃蟹 _____ *25*

第二章　聪明的妇人、足智多谋的姑娘和不惜一切的计谋

蜜尔·阿·赫里班 _____ *31*

明智的小女孩 _____ *36*

鲸脂小伙 _____ *40*

待在树杈上的姑娘 _____ *42*

穿皮套装的公主 _____ *51*

野兔 _____ *61*

苔衣姑娘 _____ 63

神父的女儿瓦西丽莎 _____ 74

学生 _____ 78

富农的妻子 _____ 79

保守秘密 _____ 83

三把盐 _____ 85

足智多谋的妻子 _____ 92

凯特姨妈的魔粉 _____ 93

鸟的较量 _____ 97

香芹姑娘 _____ 109

聪明的格蕾特尔 _____ 113

毛堡包 _____ 117

第三章 傻瓜

一壶脑子 _____ 121

早上就有小伙子了 _____ 128

要是我没死,这会儿就要哈哈大笑啦 _____ 130

三个傻瓜 _____ 133

从来没见过女人的男孩儿 _____ 137

住在醋瓶里的老妇人 _____ 138

汤姆·提特·桃 _____ 142

丈夫看家 _____ 149

第四章 好姑娘和她们的归宿

太阳东边、月亮西边 _____ 155

好姑娘和坏脾气的姑娘 _____ 167

无臂少女 _____ 169

第五章　女巫

中国公主　177

猫女巫　185

巴巴亚嘎　187

三娘子　191

第六章　不幸的家庭

赶走七个小伙子的姑娘　199

死人集市　208

娶了儿媳妇的女人　214

小红鱼和金木屐　216

坏后妈　225

塔格立克和她的孙女　228

刺柏树　230

诺莉·哈迪格　243

靓妹和疤妹　252

晚年　258

第七章　道德故事

小红帽　261

洗脚水　264

妻子治好吹牛病　267

舌头肉　269

樵夫的富姐姐　271

慢慢逃跑　278

天经地义　280

两个找到自由的女人　284

丈夫如何让妻子戒除故事瘾　286

第八章　坚强的意志和卑劣的欺诈

十二只野鸭 —— 291

老福斯特 —— 298

沙辛 —— 301

狗鼻人 —— 318

逆流而上的老太婆 —— 320

信的花招 —— 323

罗兰多和布鲁尼尔德 —— 325

绿鸟 —— 328

狡猾的妇人 —— 337

第九章　捣鬼——妖术与阴谋

漂亮姑娘伊布龙卡 —— 341

巫师与巫婆 —— 355

泄密的丁香丛 —— 358

破兜帽 —— 359

巫球 —— 366

狐狸精 —— 368

巫婆们的吹笛人 —— 371

美丽的瓦西丽莎 —— 373

接生婆与青蛙 —— 383

第十章　美丽的人们

小白、小棕和小摇 —— 391

迪拉维克和她的乱伦哥哥 —— 402

镜子 —— 419

青蛙姑娘 —— 421

睡王子 —— 426

孤儿 ———— *429*

第十一章 母女

阿赫和她的野母亲 ———— *437*

唐加, 唐加 ———— *441*

有五头奶牛的小老太婆 ———— *447*

阿赫和她的狮子养母 ———— *456*

第十二章 已婚妇人

鸟女的故事 ———— *463*

爹娘都浪荡 ———— *467*

打老婆的理由 ———— *469*

三个情人 ———— *472*

七次发酵 ———— *474*

不忠妻子的歌 ———— *481*

和自己的儿子结婚的女人 ———— *483*

端昂和他的野妻 ———— *486*

突如其来的好运 ———— *494*

夸脱罐里的豆子 ———— *497*

第十三章 有用的故事

鸟妈妈和小鸟的寓言 ———— *501*

三个姨妈 ———— *503*

老妇人的故事 ———— *508*

紫色激情的顶点 ———— *511*

盐、酱和香料, 洋葱叶、胡椒粉和肉汁 ———— *513*

两姐妹与蟒蛇 ———— *517*

伸开手指 ———— *522*

后记 525

注释：第一章至第七章 537

注释：第八章至第十三章 556

译后记：民间叙事中的音乐 580

引言

尽管这本书叫精怪故事集①,你却不大容易在书页间找到真正的"精怪"。会说话的野兽是有的,你多少会读到些超越自然的生物,还有许多不大符合物理定律的事件,但人们通常说的"精怪"却很少,因为"精怪故事"是一种修辞手法,我们用它来泛指浩瀚无边、千变万化的叙述——以前甚至现在的某些时候,这些故事以口口相传的方式得以在世间延续、传播,它们作者不详,却可以经由每个叙述者之口被反复地创作,成为穷人们常新的娱乐。

直至19世纪中叶,大多数欧洲的穷人都是文盲或者半文盲,而大部分欧洲人都是穷人。直到1931年,20%的成年意大利人既不会读也不会写,在南部,比例更是高达40%。西方国家的富裕是很后来的事,如今非洲、拉丁美洲以及亚洲的许多地方则比以往更加贫困,仍旧有一些语

---

① 本书原名 *Angela Carter's Book of Fairy Tales*,其中"fairy tale"字面意为"仙子故事",通常译作"童话故事",不过中文的"童话"带有指向性,使人觉得是写给儿童看的故事;本书中的故事不是狭义上的童话,加之要与"民间传说"(folklore 或 folk tales)相区别,因此试译作"精怪故事集"。【本书所有脚注皆为译注】

言没有文字,或者像索马里语一样,不久前才有了文字。大部分时间里,索马里文学都只存在于人们的记忆和口齿之间,却并不因此而失去光华。当它被转录成各种文字之后,它的所有本质也将无可避免地被改变,因为"说"是公众活动,"读"则是私人的。人类历史的大部分时期,"文学",无论是故事还是诗歌,都是被叙述而不是被书写的——人们聆听而不是阅读。所以精怪故事也好,民间传说也罢,所有这些来自口头传统的故事都是我们至关重要的线索,使我们得以触及那些辛勤创造世界的普通男女所拥有的想象力。

过去的两三百年里,精怪故事和民间传说开始因本身的价值而被记录,人们出于各种原因珍视它们,从古籍到意识形态,研究领域甚广。记录,尤其是印刷,在保存这些故事的同时也不可阻挡地改变了它们。我为这本书搜集了一些已出版的故事,它们延续了某种传统,但我们对它们的过去知之甚少,而且随着时间的推移,也会愈加感到陌生。威廉·布莱克说:"让你的大车和犁头碾着死人的白骨前进吧。"我年轻的时候曾觉得布莱克说的一切都是神圣的,现在年纪大了,阅历也更丰富,对于他的警句,我怀着温情的怀疑,这个自称看见过精怪葬礼的人啊,我对他的劝诫作出这样的反应也算是恰如其分。死者了解不为我们所知的事情,尽管他们守口如瓶。当过去变得越来越不像现在,当它在发展中国家的消退速度变得比在发达工业国家还要快,我们也越来越需要了解过去,并且得了解得更加仔细,才能推断出我们的未来。

精怪故事传达给我们的历史、社会学和心理学都是非官方的——它们比简·奥斯汀的小说更不关心国家和国际大事。它们也是匿名和无性别的,我们也许会知道某个故事的某个讲述者叫什么名字、是男是女,仅仅因为采集者把他或她的名字记了下来,但我们永远都不会知道最初创作这个故事的人姓甚名谁。我们的文化是高度个体化的,我们坚信艺术作品是独特的一次性事件,艺术家则是富于创意和灵感的神人,能创造一系列独特的一次性事件。可是精怪故事就不是这样,它们的创作人也不同于人们想象的艺术家。是哪个国家的哪一个人最先发明了肉丸子?土豆汤有没有最佳烹饪法?试想一下家庭艺术。"这就是我做土豆汤的方法。"

我们现在所看到的某个精怪故事很可能是个大杂烩,多多少少混合了各种历史悠久、远道而来的故事片段,然后经过修补,这里加一点,那里减一点,有时候还会和其他故事混作一团,直到说故事的人亲自编排,好满足现场观众的需要——这些观众可能是小孩,或是婚礼上的醉汉,可能是下流的老妇人,或是守灵的哀悼者,又或者只是她自己。

我之所以说"她",是因为根据欧洲的习俗,讲故事的人大多是典型的女性,比如英语和法语中的"鹅妈妈",她是个坐在火炉边纺线的老太太——真的是在"纺纱线"[1],好像夏尔·贝洛[2]的故事集里画的那样。贝洛的这本集子是最早对欧洲精怪故事进行自觉整理的作品之一,1697年在巴黎

---

[1] 英文中"纺纱线"(spin a yarn)也有"编故事"的意思。
[2] 夏尔·贝洛(Charles Perrault),17世纪法国作家,是童话故事这一文学形式的奠基人之一,其创作多受到民间传说的启发。

出版,名为《故事或过去的传说》①,1729 年被译成英文。(即使在当时,受过教育的阶层也已经觉得通俗文化是属于过去的了——甚至也许应该属于过去,这样就不会构成任何威胁,而我悲哀地发现自己也有同感,只是事到如今,那些故事或许真就一去不返了。)

显然是鹅妈妈创造了所有那些"老妇人的故事"②,尽管所谓的"老妇人"并没有性别之分,男女都可以参与这个无休无止的再造过程,谁都可以拾起一个故事,改造加工一番。老妇人的故事——其实就是没有价值的段子、编出来的鬼话、无聊的闲言碎语,这个嘲讽的标签一面把讲故事的艺术分配给了女性,一面也夺走了其中的所有价值。

不过,精怪故事的一个特征的确就是:在自愿终止怀疑③之后,它并不像 19 世纪的小说那样指手画脚地强求人们相信些什么。"在大多数语言中,'故事'都是'谎言'和'假话'的近义词,"弗拉基米尔·普洛普④如是说道,"'故事讲完了,我不能再瞎编了'——俄罗斯的讲述者常以这个结尾收场。"

还有些说故事的人不太强调这一点。演绎《苔衣姑娘》的英国吉卜赛人说,苔衣姑娘的儿子过二十一岁生日的时

---

① 《故事或过去的传说》的完整法文标题为"Histoires ou contes du temps passé avec des moralités",中文常译成《鹅妈妈的故事,或寓有道德教训的往日故事》,其中收录了《小红帽》、《蓝胡子》、《睡美人》、《穿靴子的猫》等名篇。
② 英文中"老妇人的故事"(old wives' tales)指迷信或者无稽之谈。
③ 英国诗人和评论家萨缪尔·柯勒律治(Samuel Taylor Coleridge)最早提出了"自愿终止怀疑"(willing suspension of disbelief)的理论,以解释文学中的虚构和非现实成分。
④ 弗拉基米尔·普洛普(Vladimir Propp),俄罗斯形式主义学者,对俄罗斯民间故事的叙事结构有深入研究。

候,他在派对上拉过小提琴,但这和乔治·艾略特制造逼真效果的方式是不同的,这里是一种夸张的表达,一个套路,也许每个说故事的人都会加上一模一样的小修饰。在《无臂少女》的末尾,叙述者说:"我在那儿喝过蜜糖酒和葡萄酒,酒顺着我的胡子流,却没有流进我嘴里。"嗯,很有可能。

尽管精怪故事的内容忠实记录了平民百姓的实际生活,有时甚至到了令人不自在的地步——贫穷、饥饿、不稳固的家庭关系、遍布的暴行,当然时而也有好心情、充沛的活力和温饱带来的简单慰藉——但其形式构成却往往不是为了邀请听众来分享某种真实的经历。"老妇人的故事"明确地展示出它的非真实性。亚美尼亚的讲述者们爱用的一个开场白是"有和没有之间,有一个男孩"[1]。英、法的精怪故事惯用"很久很久以前"[2]这个谜一般的表达,它的亚美尼亚变体则既精准又神秘至极:"在一个有和没有的年代……"[3]

当我们听到"很久很久以前"这样的惯用语或是它的任何一个变体时,我们就预先知道接下来要听到的内容不会披着事实的外衣。鹅妈妈可能会说谎,但是她不会那样地欺骗你。她会逗你开心,帮你愉快地打发时光,这也正是艺术最古老、最可敬的功用之一。亚美尼亚的叙述者会在故事结尾时说道:"天上掉下三个苹果,一个给我,一个给讲故事的人,一个给逗你开心的人。"精怪故事努力满足欢愉原则,不过既然纯粹的欢愉不存在,故事里也就总有些什么比人们料想的更加复杂有趣。

---

[1] 英文译作:"There was and there was not, there was a boy."
[2] 也就是我们熟知的"Once upon a time"。
[3] 英文译作:"There was a time and no time..."

我们会对撒谎的孩子说:"别编故事了!"可是,就像老妇人的故事一样,孩童的谎话往往道出大把的真理,一点儿也不吝惜。我们也常被各样的故事吸引,欣赏起创造力本身,一如我们对待孩童假话的态度。"偶然是创造之母。"劳伦斯·米尔曼[1]在北极研究当地活跃的叙事创造力时这样评论道。"创造,"他又补充说,"也是创造之母。"

这里的故事不断令人惊诧:

> 于是女人们立刻一个接一个地生出了孩子。很快就有了一大排。
>
> 然后这一大群婴孩都出发了,一路发出口齿不清的声音。
>
> 姑娘看见了,说:"这下可不是闹着玩啦。那边来了一支红色的军队,他们身上还连着脐带呐。"

就像这样。

> "小小姐,小小姐,"男孩们说,"小亚历桑德拉,听听手表的声音,滴答滴:母亲在金地金墙的房间里。"

这样。

> 大风吹啊吹,我的心儿痛,因为看见狐狸打的洞。

---

[1] 劳伦斯·米尔曼(Lawrence Millman),美国旅行作家。

还有这样。

这本集子收录的都是老妇人的故事,我把它们编在一起,希望能给读者带来欢愉,而我自己也从中获得了许多乐趣。这些故事只有一个共同点,那就是它们都围绕某个女主人公,不管她是聪明、勇敢、善良,还是愚昧、残酷、阴险,也不管她有多么多么的不幸,她都是故事的中心,和真人一样鲜活——甚至比真人更加夸张,好像瑟莫苏阿克那样。

从数量上讲,这个世界上的女人从来都不比男人少,在口头文化的传播上,女人所起的作用也绝不亚于男人,如果把这些考虑在内,你会发现女人扮演主角的场合并没有你想象的那么多。人们提出了一些疑问,比如故事采集者的阶级和性别,还有预期、尴尬以及迎合的心态,但即便如此,女人们讲故事的时候并不总是觉得非要让她们自己做主人公不可,她们也完全有能力以毫不顾及姐妹情谊的态度来讲述——比如那个关于老妪和冷漠小伙儿的故事。劳伦斯·米尔曼在北极发现的这一群精力充沛、引人注目的女主人公不仅是女人的专利;她们也同样经常地出现在当地男人的故事里。她们的攻击性、权威性以及性的伸张很可能是出于社会因素,而不是哪个北极的鹅妈妈希图建立坚定自信的行为榜样。

苏西·胡佳西安-维拉[①]惊讶地注意到,来自美国密歇根州底特律市亚美尼亚社区的女性受调查人在诉说有关自己的故事时会"取笑女人,说她们愚蠢荒谬,不如男人"。这

[①] 苏西·胡佳西安-维拉(Susie Hoogasian-Villa)汇编了《100 个亚美尼亚故事》(*100 Armenian Tales*)。

些妇女最初来自彻底受男性主宰的村落社区,因而无可避免地吸收、概括了那些社区的价值观,在她们的家乡,结婚不久的妻子"只能在男人和年长妇女不在场的情况下与孩子们说话,或者私底下与丈夫交谈"。唯有最深刻的社会变革才能改变这些社区中的关系,而女人们诉说的故事根本无法从实质上改变她们的境遇。

但是这本书里有一个故事,名叫《丈夫如何让妻子戒除故事瘾》,它显示了精怪故事能从多大程度上改变女人的欲望,而男人又是多么惧怕这种改变,以致会想方设法阻止她获得欢愉,仿佛欢愉本身威胁到了他的权威。

欢愉,当然威胁到了他的权威。

至今仍然如此。

这本书里搜集的故事来自欧洲大陆、斯堪的纳维亚半岛、加勒比海、美国、北极、非洲、中东和亚洲;我有意识地仿效了安德鲁·朗格①在世纪之交编纂的选集——那些红色、蓝色、紫色、绿色、橄榄色的童话书,跨越了整个光谱,里面来自世界各地的故事曾带给我那么多欢乐。

我从各种来源搜罗了这些故事,却并不是为了说明我们本质上都是姐妹,除去表面上的某些差异,全都是人类大家庭的一分子。反正我也不信那一套。本质上的姐妹倒是有可能,但这并不意味着我们有许多共同点(参见第六部,"不幸的家庭")。相反,我想说明的是,对于相同的处境,即"生"这个大范畴,人们的回应是多么丰富多彩,而实际生活

---

① 安德鲁·朗格(Andrew Lang),苏格兰文学家和民俗学家,19世纪末、20世纪初,他编纂了十二本以色彩命名的世界童话故事选集,包括《蓝色童话》《红色童话》《绿色童话》等。

中,女性特质在"非官方"文化中的表现又是多么丰富多彩:比如她的计策、她的密谋还有她辛勤的工作。

大多数故事都不止书里呈现的这一种形式,而是有许多个不同的版本,即便对于基本相同的叙述,不同的社会也会读取不同的含义。比如精怪故事中的婚礼在一夫多妻制和一夫一妻制的社会中就有着不同的重要性。甚至叙述者的转换也能够改变故事的含义。比如《毛堡包》本来是一个二十九岁的童子军主管讲给另一个小伙子听的,我一个字也没改,但是现在由我来讲给你听,它的整个意思就变了。

各种故事将种子播撒在世界各地,但这不是因为我们全都拥有相同的想象力和经历,而是因为故事便于携带,人们离开家乡时把它们装在隐形的行李箱里。亚美尼亚的《诺莉·哈迪格》与经由格林兄弟和迪斯尼出名的《白雪公主》颇为相似,这个故事是在底特律搜集到的;理查德·M.多尔森[①]也曾在附近的镇区记录美国黑人讲的故事,那些故事融合了非洲和欧洲的元素,又从中创造出了新的内容。不过这里收录的一个故事,《猫女巫》,已经在欧洲流传了很久,起码能追溯到16世纪法国的狼人审判,但故事的背景能改变一切,在奴隶制的背景下,《猫女巫》也获得了一系列新的共鸣。

村里的姑娘把故事带进城市,在做无止尽的厨房杂事时相互交换,或者用来取悦别人的孩子。侵略的军队也会把讲故事的人带回家。自从17世纪人们采用廉价印刷工艺之后,故事也开始进出于书刊文字。我的外婆曾经给我

---

① 理查德·M. 多尔森(Richard M. Dorson),美国民俗学家和作家。

讲过《小红帽》的故事,她的版本是从她母亲那里听来的,几乎和1729年英国的首印版一模一样。19世纪早期格林兄弟采集童话的时候,常有一些德国的受调查人向他们引用贝洛的故事——这让他们颇为恼火,因为他们是在寻找真正的德国精神。

不过故事流传的背后也有着非常特殊的选择性。一些故事——鬼故事、笑话、已有的民间传说——从文字流入记忆和语言,然而,尽管狄更斯和其他19世纪中产阶级作家的作品可以被朗读——就像今天拉丁美洲的村落里人们朗读加布里埃尔·加西亚·马尔克斯的小说一样——《大卫·科波菲尔》和《雾都孤儿》却没有获得独立的生命,变成精怪故事流传——除非,像毛泽东谈论法国大革命的影响时说的那样,现在下结论还为时过早①。

我们不可能找到某个故事最初的出处,那个我们熟悉的《灰姑娘》的故事,其基本的情节元素出现在世界各地,从中国到英格兰北部(参见《靓妹和疤妹》和《苔衣姑娘》)。尽管如此,19世纪的时候,人们还是产生了搜集口头素材的强烈冲动,这种冲动来自国家主义和民族国家概念的发展,人们开始认为一个国家应该有自己独特的文化,且独与居住在国土上的人民息息相关。英文里一直到1846年才有"民间传说"②一词,威廉·J.托马斯创造了这个"有用的撒克逊

---

① 也有人认为这句评论出自周恩来之口,这里按原文译出。
② 即folklore。分开讲,folk是"普通人"的意思,lore则是"知识"或者"传说"的意思,两个词都是撒克逊词源。

复合词",来代替"大众文学"、"大众古俗"①之类不准确而含糊的表达,这样也就不用借助外来的希腊或者拉丁词根了。(整个19世纪,英格兰人都相信他们不论是在精神上还是在种族认同方面都更接近北方的条顿部落,而与敦克尔克以南肤色黝黑的地中海人相去甚远,这也顺手把苏格兰人、威尔士人和爱尔兰人划在了局外。)

雅各布·路德维格·格林和弟弟威廉·卡尔·格林是语文学家、古文物研究者和中古史学家,他们希望能通过共同的传统和语言确立德国人的文化统一性;他们的《家庭童话集》②成了德国第二受欢迎、流传第二广的书,这一地位保持了一个多世纪,仅次于《圣经》。德国直到1871年才实现统一,人们为之做出了大量努力,他们搜集童话的工作也是其中的一部分。他们这个包括一定的编辑审核的工程将通俗文化设想成中产阶级尚未开启的想象力之源;"他们(格林兄弟)想让平民丰富的文化传统被新兴的中产阶级利用与接受。"杰克·塞普斯③这样评论道。

大约在同一时期,彼得·克里斯汀·阿斯比昂森和约尔根·莫伊④受到格林兄弟的启发,开始搜集挪威童话,1841年两人出版了一本合集,依照约翰·盖得⑤的说法,这

---

① "大众文学"译自"popular literature","大众古俗"译自"popular antiquities"。
② 《家庭童话集》的完整德文标题为 *Kinder und Hausmärchen*,中文译成《儿童与家庭童话集》,也就是人们俗称的"格林童话"。
③ 杰克·塞普斯(Jack Zipes),作家、学者、教授和翻译家,在童话的语言学根源和社会化功能方面有卓越贡献。
④ 彼得·克里斯汀·阿斯比昂森(Peter Christen Asbjørnsen),学者和作家;约尔根·莫伊(Jørgen Moe),主教和作家。
⑤ 约翰·盖得(John Gade)也是该合集的译者之一。

本书"促进了挪威语的解放,使其进一步摆脱丹麦语的束缚,同时也在文学领域塑造和推广了平民语言"。19世纪中期,J. F. 坎贝尔①去苏格兰高地采集用苏格兰盖尔语讲述的古老故事,为的是赶在入侵的英语大潮将它们卷走之前,把它们记录和保存下来。

1916年爱尔兰革命前的一系列事件使得人们突然对爱尔兰本土的诗歌、音乐和故事产生了强烈的热情,并最终使得政府采用爱尔兰语作为国家语言(W. B. 叶芝就编纂了一部著名的爱尔兰精怪故事集②)。这个进程一直继续着,现在比尔泽特大学③有一个活跃的民俗系:"在约旦河西岸,人们对保存本地文化尤其感兴趣,因为巴勒斯坦的地位继续成为国际审议的主题,而独立的巴勒斯坦阿拉伯人民的身份也遭到质疑。"伊尼雅·布什纳克④这样解释道。

我和其他许多女性一样去书中寻找传说中的女主人公,这其实也是相同进程的另一个版本——通过宣布对过去应得部分的所有权,我希望能够名正言顺地分享属于我的那部分未来。

各种故事证明了人们固有的天才,但其本身却不能证明某个民族就比另一个民族更聪明,它们也不是某一个人的发明创造。这本书里面,几乎所有的故事都是从讲述者

---

① J. F. 坎贝尔(John Francis Campbell),凯尔特学者,著有《西高地流传的故事》(*Popular Tales of the West Highlands*)。
② 这里的精怪故事集指的是《凯尔特的薄暮》(*The Celtic Twilight*)。
③ 比尔泽特大学(University of Bir Zeit)是巴勒斯坦地区建立起的第一所高等院校。
④ 伊尼雅·布什纳克(Inea Bushnaq),作家和翻译家,1938年出生于西耶路撒冷,她整理并翻译了《阿拉伯民间故事》(*Arab Folktales*)。

的口中记录下来的,但是采集者们很难忍住不做修补:编辑、校勘,把两个不同的文本整合成一个更好的版本等等。J.F.坎贝尔用苏格兰盖尔语记录故事,然后逐字逐句地翻译,照他的说法,他认为修补故事就好像是往恐龙身上贴亮片。不过,既然素材属于公共领域,大部分采集者——尤其是编辑——都会情不自禁地下手。

19世纪,许多人都把去除故事中的"粗俗"内容当作一项消遣,借此将穷人们的普遍娱乐变成中产阶级尤其是中产阶级育儿室里的优雅休闲。故事里提及性和排泄功能的地方被删除了,性爱描写被削弱,"不雅"的内容——也就是下流笑话——也被排除在外,这些都使得精怪故事失去了原本的属性,事实上也使得故事不再忠实地反映日常生活。

当然了,人们一开始搜集故事就已经出现了各种问题,不仅牵涉到阶级、性别,还牵涉到采集者的性格。比如万斯·兰道夫[1]这个热情洋溢、主张平等的人,他深入圣经带[2],在阿肯萨斯和密苏里州搜集故事的时候,对那些"不雅"的素材极有兴趣,而说故事的人常常是女性。相反,你就很难想象严肃而有学者气的格林兄弟与他们的被调查人建立起类似的融洽关系——事实上你也很难想象他们会有这样的意图。

不过,如果我们将精怪故事定义为不严格遵照现实原

---

[1] 万斯·兰道夫(Vance Randolph),民俗学者,对欧扎克山脉地带的民间传说有深入研究。
[2] 圣经带(Bible Belt)指的是美国南部政治上较为保守的地区,地理上有若干种划分法,但是大致包括了得克萨斯、俄克拉荷马、密苏里、阿肯萨斯、路易斯安那、密西西比、阿拉巴马、乔治亚、佛罗里达等十几个州,这一地区内,基督教福音派在社会文化中占据主导地位。

则、情节常述常新、通过口头流传的叙述，那么比较反讽的一点就是到了20世纪，它以最具活力的"下流笑话"的形式存活下来，而且就这点来说，种种迹象表明它还将继续兴旺发展——21世纪的世界拥有广泛普及的信息交流和24小时的公众娱乐，在这样一个世界里，它将继续以非正式的身份在边缘流传。

我尽量避免那些明显被采集者"改良"或者"文学化"了故事，而且不管有多大诱惑，我自己都没改写过任何内容，没有比照两个不同的版本，甚至没有做任何删节，因为我想保留各种不同的声音所带来的效果。当然，采集者或者翻译人的性格必然会侵入到故事中去，这通常是不知不觉发生的，编辑的性格也会对作品产生影响。除此之外，还会出现伪造的问题，这些伪造的故事就好像鸟巢里混进的布谷鸟，是编辑、采集者或者存心开玩笑的人根据民间传说的模式凭空编造出来的，夹杂在传统故事集里，或许作者奢望它们能够逃出文字的牢笼，在民间获得独立的生命吧，又或许是出于别的什么原因。若是我无意选取了这类由某个个人创作的故事，那么愿它们自由高飞，像《明智的小女孩》结尾的那只鸟儿一样。

由于我自身语言的不足，这本集子受到了一定局限，里面主要选取的是已有英文的素材，这也对全书施加了某种形式的文化帝国主义的影响。

表面看来，这些故事大都发挥一种规范化的功能，即增强而不是质疑维系人们的纽带——贫困的生活已经足够动荡，人们无力为存在的问题无休止地奋斗——但是，为了女人们的生存和幸福，这些故事提倡的从来都不是被动顺从的品质。女人们必须成为家里拿主意的人(参见《一壶脑子》),还得经历漫长而艰难的旅程(《太阳东边、月亮西边》)。如果你想知道女人们如何设法达成自己的目的,那么就请参考"聪明的妇人、足智多谋的姑娘和不惜一切的计谋"这一整章。

不过,《两个找到自由的女人》里采用的解决办法还是很少见的,大部分精怪故事和民间传说的构筑都是围绕男女之间的关系,不管是奇幻的爱情故事还是粗俗的家庭现实。故事里不言自明的共同目的是生命的繁衍与延续。放到大部分故事所出自的社会,这个目的都不是保守的,而是乌托邦式的,事实上也就是某种形式的英雄乐观主义——就好像在说,有一天我们会获得幸福,哪怕它不能持久。

但是,如果说很多故事都以婚礼作结,你可别忘了它们中间有多少以死亡开场——丧父,亡母,或者父母双亡,这样的事使活下来的人顷刻陷入灾难。第六章"不幸的家庭"中收录的故事直指人类的生存经验。不管源自何方,传统故事中的家庭生活向来离灾难一步之遥。

精怪故事中的家庭基本上都有功能缺陷,里面的父母或者继父母会疏忽到让子女送命,手足争斗上升为自相残杀也是家常便饭。一个典型欧洲精怪故事中的家庭,其简介读起来就像是现在市内贫民区的社会工作者在案卷里做的"风险家庭"记录。这里描绘的非洲和亚洲家庭则证实了即便是各种迥然相异的家庭结构,也照样会在过分接近的亲人间引发不可饶恕的罪行。而与离婚相比,死亡会给家庭带来更多的痛苦。

反复出现的继母形象显示了故事中描绘的家庭容易发

生内部巨变或是角色颠倒。在产妇死亡率极高的年代,一个女孩有可能要和两个、三个甚至更多的继母一起生活,然后才会开始身为人母的危险生涯,但是不管继母多么比比皆是,我们几乎一致赋予她们的"残酷"和冷漠似乎也反映出我们对生母的矛盾情感。注意,在《诺莉·哈迪格》中,想置孩子于死地的恰恰是她真正的母亲。

对于女人来说,故事结尾的仪式婚姻也许仅仅是个序曲,接下来她们可能会陷入挥之不去的两难境地,就像格林笔下白雪公主的母亲那样——她全心全意地渴望有个"皮肤像雪一样白,嘴唇像鲜血一样红,头发像乌木一样黑"的孩子,可这孩子一出生,她就离开了人世,好像是母亲为了女儿付出了生命的代价。我们听故事的时候会把所有的个人体验都融入进去,"他们生也快乐,死也快乐,杯子里总有酒喝",《凯特·克拉克纳特》的结尾这样说道;老天保佑,但愿他们一直好运。伊尼雅·布什纳克选集里的阿拉伯故事则会这样作结:"……他们生活得幸福美满,直到隔开最真爱侣的死亡迫使他们分离"(《穿皮套装的公主》),这里蕴含的高贵尊严动摇了整个"完满结局"的概念。

以上故事中的"他们"指的是公主和王子。为什么在平常人用来消遣的虚构故事里,皇族占有如此重要的地位?我猜这和通俗小报喜欢报道英国王室是同一回事——因为他们光鲜迷人。国王和王后总是富有得超乎想象,王子英俊得难以置信,公主美丽得无法形容——不过他们还是有可能住在一侧与别家相连的王宫里,这说明讲故事的人对真正王族的生活方式也不怎么熟悉。"王宫有很多房间,一个国王占一半,另一个国王占另外一半。"某个没有收录在这里的希腊故事这样描绘道。在《三把盐》里,叙述者骄傲地说:"那时候,人人都是国王。"

苏西·胡佳西安-维拉的故事来自(没有王室的)美国高度工业化地区的亚美尼亚移民,她对精怪故事中的王室有客观的看法:"往往国王只是村里的首领,公主也干枯燥的活计。"穿皮套装的公主珠莱达会像平民家的姑娘一样熟练地烘焙糕点、打扫厨房,但是她打扮起来会让戴妃黯然失色:"她像柏树一样高挑,面色像玫瑰一样红润,身上的绫罗珠宝好似国王的新娘身上的华装,她一走进来,屋里就变得亮堂堂。"我们面对的是想象中的王室和想象中的风格,里面含着幻想和愿望的创造,所以精怪故事松散的象征结构才会使得它们如此向心理分析学的诠释开放,仿佛它们不是正式的创作,而是公开场合里的非正式梦想。

公开梦想的特质也是流行艺术的一个特点,哪怕它像今天的恐怖片、低俗小说和肥皂剧那样受到商业利益的干预。作为叙事形式,精怪故事与现代中产阶级看的小说和故事片并没有多少相似之处,反倒更接近当代的通俗形式,特别是"女性"类的爱情故事。不错,你会在精怪故事里找到高贵的出身、敌国的财富,也会找到赤裸裸的贫困,里面有极端的幸运与丑陋,聪明与愚蠢,邪恶与高尚,美貌、魅力和狡诈,也有喧杂过度的事件,暴力的举动,剧烈与不和谐的人际关系,故意挑起的纠纷,刻意制造的谜团——所有这些特点都直接把精怪故事和当代电视肥皂剧联系在了一起。

1980年代初风靡一时、如今已经停播的美国肥皂剧《豪门恩怨》就挪用了格林童话里的演员表,手法几乎直白得让人鄙夷——邪恶的继母、被利用的新娘,还有始终愚钝的丈夫和父亲。剧中不断增加的次要情节描绘了被遗弃的子女、任意的远行和莫名降临的厄运——这些也都是该体裁的特点。(《三把盐》就是这种类型的故事;R. M. 道金斯①编了一本极好的希腊故事集,里面大部分故事是 1950 年代才搜集到的,这本书时常表现出鹅妈妈最为戏剧夸张的一面。)

也请参考《鸟的角逐》,看看一个故事是如何不费气力地转到另一个故事的——当然,这需要有多余的时间和热心的听众——就好像肥皂剧的叙述不断潮水般地涌起退去,时而努力营造令人满意的完美,时而聪明地掉转方向,仿佛突然受到提醒,意识到不管完满与否,真实的生活里都没有结局:"全剧终"只是高雅艺术的一个形式上的手段。

推动故事叙述的是"后来怎样?"这个问题。精怪故事是便于操作的,它总能对此作出回答。一直以来,精怪故事必须便于操作才能生存。它存活到今天是因为它将自己转化成了闲话、轶事和谣传的媒介。如今,电视将发达工业国的各种虚构事实传播到世界各地,只要那里有电视机和让它们闪烁的电流。但即便在这样一个时代,精怪故事仍然保持着手工制造的传统。

劳伦斯·米尔曼说:"北方的人们正在失去他们的故事,同时也在失去他们的身份认同。"这个说法和 J. F. 坎贝尔一个半世纪以前的话遥相呼应,但这一次米尔曼也许是

---

① R. M. 道金斯(R. M. Dawkins),英国考古学家。

对的:"在西北地区吉加哈文①附近,我待在一个因纽特人的帐篷里,里面没有暖气,但是配有最新的音响和录像装置。"

现在有机器来替我们做梦,但是在那些"录像装置"里或许就藏着延续甚至转变故事叙述和表演的动力。人类的想象力有无限的适应能力,经历了殖民、运输、被迫的奴役、囚禁、语言禁令和对妇女的压迫,它依然活了下来。然而,过去的一个世纪见证了自铁器时代以来人类文化最根本的改变,即人类与土地的最终分离。(在《不劳而获》三部曲中,约翰·伯格②以小说的形式出色而有远见地描写了这一点。)

每个时代都有一个共同的特征,即生活在其中的人都相信它是独特的,相信自己的经历可以覆盖之前的一切。有时候这个看法的确没错。一个半世纪以前,托马斯·哈代在《德伯家的苔丝》里描写了苔丝的母亲,这个乡村妇人的情感、世界观和审美观延续了两百年的传统,几乎没有任何改变,由此,作者清醒地描绘了一种巨变将至的生活方式。苔丝和她的姐妹们则被卷离了深深扎根于过去的农村生活,进入了日新月异、发展速度让人目眩的城市,那里的一切——包括人们对男女本质的看法,或者说尤其是这一点——都处在变化中,因为人们对什么是"人性"的看法就在发生着变化。

这本书里的故事几乎无一例外地来自工业化之前的时

---

① 吉加哈文(Gjoa Haven)在加拿大西北地区(Northwest Territories)。
② 约翰·伯格(John Burger),英国艺术批评家、作家和画家,他在 1980 年代创作的《不劳而获》(*Into Their Labours*)三部曲包括了《猪猡的大地》(*Pig Earth*)、《欧罗巴往事》(*Once in Europa*)和《丁香与旗帜》(*Lilac and Flag*)。

代,来自对人性的朴素理解。在这样一个世界里,奶就是奶牛产的,水就是井里打的,只有超自然力的干预才能改变女人和男人,尤其是女人和自身生育能力的关系。我带来这些故事并不是出于怀旧,那是段艰辛、残酷的过去,对于女性来说尤其充满敌意,不管我们用何种"不惜一切的计谋"来达成一点点自己的目的。不过我确实怀着告别的心,想让你们记起我们的曾祖母,还有她们的曾祖母是多么智慧、聪明和敏锐,她们有时抒情,有时古怪,有时候简直就是疯狂;我也想让你们记起鹅妈妈还有鹅宝宝们对于文学的贡献。

许多年前,已故的民族音乐学家、民俗学家和歌手 A. L. 劳埃德[①]使我懂得即便不知道某个艺术家的名姓也同样可以认出他的手笔。我将这本书献给这个建议,并以此表达对他的怀念。

安吉拉·卡特,1990 年于伦敦

---

① A. L. 劳埃德(A. L. Lloyd)是英国民歌复兴的领军人物之一。

瑟莫苏阿克

（因纽特）

瑟莫苏阿克力大无比，伸三个指头就能捏起独木舟，照海豹头一顿捶就能把它砸死，两手一撕就能把狐狸和野兔撕成碎片。有一回，她和另一个女力士卡索得兰瓜克掰手腕，结果轻而易举地赢了，于是她说："可怜的卡索得兰瓜克甚至掰不过她身上的一只虱子。"她能打败大多数男人，然后会对他们说："发睾丸的时候你们都到哪里去了？"有时候这个瑟莫苏阿克还会炫耀阴蒂，她的阴蒂大到一张狐皮都盖不住。啊呀，她还是九个孩子的妈！

第一章

勇敢、大胆、倔强

寻找运气

(希腊)

接着往下说故事:从前有个老妇人,她有一只母鸡。这只母鸡和她一样年迈而且勤劳:每天她都下一个蛋。老妇人有个老头邻居,一个得了瘟疫的老家伙,只要她一出门,他就会去偷鸡蛋。可怜的老妇人提防着想抓小偷,但是一直没有抓到,她不想没有凭据就去指责别人,于是打算去问问不死的太阳。

路上她遇见了三个姐妹:都是嫁不出去的老姑娘。她们看见她就从后面追上来,问她要去哪里。她同她们说了自己的麻烦。"所以现在,"她说,"我要去问问不死的太阳,看看是哪个混蛋偷了我的鸡蛋,对一个累死累活、可怜巴巴的老太婆做这么残忍的事情。"姑娘们听了都扑到她的肩膀上:

"哦,阿姨,求求你,也向他打听一下我们的事儿,看看我们到底是怎么了,为什么到现在还嫁不出去。""好的,"老妇人说,"我会问他的,也许他会留意我的话。"

于是她继续往前走,走着走着遇到了一个冷得直哆嗦的老妇人。老妇人看见了她,一听说她要去哪里就开始苦苦地哀求:"求求你,老太婆,你也向他打听一下我的事儿,问他我这是怎么了,为什么总也暖和不起来,就算一件套一件地穿了三件裘皮大衣也还是觉得冷。""好的,"她说,"我会问他的,但是我又能帮得了你什么呢?"

于是她继续往前走,走着走着来到一条大河边,河水又浑又暗,像血一样。远远地,她就听见湍急的水声,吓得膝盖直打颤。大河看见她,也用粗鲁、愤怒的声音问她要去哪里。她只好把经过说了一遍。大河对她说:"要是这样的话,你也向他打听一下我的事儿,看看我到底得了什么病,总也流不顺畅。""好的,我尊敬的大河,好的。"老妇人吓得要命,简直不知该怎么迈步了。

于是她继续往前走,走着走着看到一块硕大的石头,这块石头多少年来一直悬在那里,要掉又掉不下来。石头乞求老妇人去问问是什么压着它,使它不能掉下来安歇,害得行人一直担惊受怕。"好的,"老妇人说,"我会问他的,这个问题不太长,我会记着的。"

这么说着,老妇人发现天色已经很晚了,于是她抬起腿就跑——她跑得多快呀!等到了山顶,她看到不死的太阳正在用金色的梳子梳胡须。他一见到她就说"欢迎,欢迎",立马递给她一张凳子,问她为什么来这里。老妇人和他说了鸡蛋被偷的事:"所以现在我来求你,"她说,"求你告诉我小偷是谁。要是我知道就好了,这样我就不会发疯地诅咒他,给我的良心增加负担。对了,你看:我用方头巾给你扎了一大包我种的梨子,还给你带了满满一篮烤过的小面包。"然后不死的太阳对她说:"偷你家鸡蛋的人就是你的那个邻居,但你千万别和他说什么,把他交给上帝,他会得到应有的惩罚。"

"来这里的路上,"老妇人对不死的太阳说,"我碰到三个没出嫁的姑娘,她们苦苦哀求我:'问问我们的事吧,我们到底是怎么了,为什么还找不到丈夫?'""我知道你说的是谁。她们是没人想娶的姑娘。她们游手好闲,而且没有父母管教,所以每天她们不洒水就开始扫屋子,扫帚扬起的灰尘全跑到我的眼睛里去了,我真是讨厌她们,简直没法忍受!跟她们说,从此以后,她们必须天不亮就起床,先往屋里洒水,然后再扫地,很快她们就会有丈夫了。你只管走你的路,不用担心她们。"

"然后一个老妇人也请我帮忙:'帮我问问我这是怎么了,为什么总也暖和不起来,就算一件套一件地穿了三件裘皮大衣也还是觉得冷。'""你得让她施舍两件给穷人,这样她的良心就会安稳,她就会觉得暖和了。"

"我还遇见一条又浑又暗,像血一样的大河,它的水缠在一起,里面尽是漩涡。大河请我帮忙:'问问我的事儿,我要怎么做才能流得顺畅?'""这条河得淹死一个人,然后它就能流得顺畅了。你到了那里以后,先过河,再说出我跟你说的这番话,不然它就会把你当猎物了。"

"我还遇见一块石头:好多好多年过去了,它一直这么悬着,想掉也掉不下去。""这块石头也得结果一条性命才能安稳。你到了那里,一定要先从下面经过,然后再说出我跟你说的这番话。"

老妇人站起身,吻了吻他的手,说了句"再见"就从山上下去了。路上她来到石头跟前,石头正在焦急地等待,就好像头上长了五只眼睛。她赶快从底下经过,然后说出了太阳让她说的话。石头听说自己得掉下来砸死一个人,不禁恼火起来,但又不知道该怎么办。"啊,"他对老妇人说,"要是你早点告诉我,我就会把你当猎物啦。""让我所有的麻烦都变成你的。"老妇人说道,然后——诸位请原谅——她拍了拍屁股。

路上她来到离大河不远的地方,从吼声里她就听出大河难过得要命,只等着她来,好听听不死的太阳对她说了些什么。她连忙过了河,然后复述了太阳的话。大河听了气急败坏,恶毒的心情把河水搅得更浑了。"啊,"大河说,"我怎么就不知道呢?要是早点知道,我就会把你淹死,你这个没有人要的老太婆。"老妇人吓得头也不回地跑了。

没走多远,她就看到村里的屋顶上冒出的炊烟,闻到家家户户做饭的香味了。她一点都没迟疑,径直走到那个一直觉得冷的老妇人家,对她说了太阳让她说的话。餐桌刚刚布置好,她坐下来和她的家人一起吃晚饭;他们吃了上好的斋饭,要是你吃了一定会吮手指,就有那么好吃。

然后她去找那三个老姑娘。老妇人一离开她们,她们就开始惦记她,结果她们既没在屋里生火,也没把火熄灭,就这么眼巴巴一直望着马路,生怕错过她。老妇人一看到她们就走过去,坐下来告诉她们必须按照不死的太阳交代的去做。从此以后,她们总是天不亮就起床,先洒水后扫地,然后又开始有追求者从四面八方赶来了,全都是来向她们求婚的。所以她们找到了丈夫,过上了幸福的生活。

至于那个总是觉得冷的老妇人,她为了良心,把两件裘皮大衣送给了别人,自己立刻就暖和起来。大河和石头各自结果一条人命,于是也安稳了。

老妇人回到家,发现邻居老头马上就要咽气了。她去找不死的太阳的时候,他害怕得不行,结果一件可怕的事发生了:他的脸上长出了母鸡的羽毛。没过多久,他就去了那个有去无回的大村庄。从那以后鸡蛋再也没有少过,老妇人一直吃到临死,她死后,母鸡也死了。

狐先生[1]

(英格兰)

玛丽小姐年轻又漂亮。她有两个兄弟,情人多得数不过来,但是他们当中最勇敢、最殷勤的要数某位狐先生——她是去父亲的乡间别墅时与他相识的。没有人知道狐先生的来历,不过他显然勇敢又富有,所有情人中间,玛丽小姐唯独在乎他。终于,他们俩决定结婚了。玛丽小姐问狐先生他们以后住在哪里,他向她描述了他的城堡,还有城堡所在的位置,但奇怪的是,狐先生没有邀请她或者她的兄弟前去拜访。

婚礼前的一天,玛丽小姐的兄弟都出去了,狐先生说他要去办点事,过一两天回来,于是玛丽小姐出门去寻他的城堡。她找了又找,终于来到跟前,那房子漂亮又坚固,高高的围墙外面有深深的壕沟。她走到大门口,看到上面写着:

别怕,别怕。

---

[1] 原文中的"Fox"也是一个常见的姓氏,即"福克斯"。这里将"Mr. Fox"译作"狐先生",取"胡先生"的谐音。

她见门开着就走了进去，里面一个人也没有，于是她走到房门口，看到上面写着：

别怕，别怕，但是别太胆大。

她继续往前走，走进门厅，走上宽台阶，一直来到长廊里的一扇门前，上面写着：

别怕，别怕，但是别太胆大，
免得你的心儿受到惊吓。

但是玛丽小姐很勇敢，她打开那扇门，你猜她看到了什么？哎呀呀，里面尽是漂亮姑娘的尸体和骨架，上面全都沾着血迹。玛丽小姐想，现在应该离开这个可怕的地方了，于是关上门，穿过长廊，刚要下楼走出门厅，突然透过窗口看到一个人影——除了狐先生，还能有谁？他正拖着一个漂亮姑娘，从大门口走到房门前。玛丽小姐冲下楼梯，藏在一只木桶后面，刚好没被发现。这时候狐先生拖着姑娘进来了，那个可怜的姑娘好像昏了过去。就在他走近玛丽小姐的时候，狐先生看到姑娘手上戴了一枚闪闪发光的钻戒，他想把它拽下来，但是戒指卡得很紧，怎么都弄不下来，于是狐先生咒骂了一阵，拔出剑，抬起手，照着可怜人儿的手砍下去。剑把手砍断了，手飞到空中，谁能料到它竟落到玛丽小姐的大腿上！狐先生找了一会儿，但是没想到要看木桶后面，终于，他拖着姑娘去了楼上的血室。

一听到他穿过长廊，玛丽小姐就蹑手蹑脚地出了房门，穿过大门,拼尽全力地跑回家去了。

刚好第二天就是玛丽小姐和狐先生签订结婚契约的日子,之前有一顿丰盛的早餐。狐先生隔着桌子坐在了玛丽小姐对面,他看了看她,说:"亲爱的,你今天早晨的脸色真苍白啊。""是啊,"她说,"我昨天一夜没睡好,做了好多噩梦。""梦与现实常相反,"狐先生说,"不过还是和我们说说你的梦吧,你甜美的声音会让时间不知不觉地流逝,直到幸福时刻来临。"

"我梦见,"玛丽小姐说,"昨天早上我去了你的城堡,我在树林里找到了那幢房子,它有高高的围墙和深深的壕沟,大门上写着:

别怕,别怕。"

"可是既不是这么一回事,也不是那么一回事。"狐先生说道。

"然后我来到房门口,上面写着:

别怕,别怕,但是别太胆大。"

"可是既不是这么一回事,也不是那么一回事。"狐先生说道。

"然后我上了楼梯,来到一条长廊,长廊尽头有一扇门,上面写着:

别怕,别怕,但是别太胆大,
免得你的心儿受到惊吓。"

"可是既不是这么一回事,也不是那么一回事。"狐先生说道。

"然后——然后我开了门,房间里堆满了尸体和骨架,全是送了命的可怜女人,身上都沾着血迹。"

"可是既不是这么一回事,也不是那么一回事,上帝保佑不会有这么一回事。"狐先生说道。

"然后我梦到自己匆匆忙忙出了长廊,刚要下楼就看到了你,狐先生,从厅门里进来,身后拖着个可怜见的姑娘,她富有又漂亮。"

"可是既不是这么一回事,也不是那么一回事,上帝保佑不会有这么一回事。"狐先生说道。

"我冲下楼梯,藏在一只木桶后面,刚好没被你发现,这时候你,狐先生,拖着那姑娘的胳膊进来了。经过我身边的时候,狐先生,我好像看到你要摘下她的钻戒,当你没办法得逞的时候,狐先生,我好像梦到你拔出了剑,砍下可怜人儿的手来取戒指。"

"可是既不是这么一回事,也不是那么一回事,上帝保佑不会有这么一回事。"狐先生说道,他从座位上站起身,还想再说些什么,就在这时,玛丽小姐喝道:

"可是就是这么一回事,就是那么一回事。你们看,这就是手和戒指。"她从裙子里抽出姑娘的手,用它直指着狐先生。

她的兄弟和朋友立刻拔出剑,把狐先生碎尸万段了。

卡枯阿舒克

（因纽特）

很久很久以前，女人们是从地里挖小孩的——就这么把孩子从土里撬出来。她们不用走很远就能找到小女孩，但是男孩比较难找，常常要挖得很深很深才能够到。因为这个缘故，强壮的女人总有很多小孩，懒惰的女人要么只有很少几个，要么就一个也没有。当然，也有挖不到小孩的女人，卡枯阿舒克就是其中的一个。她几乎所有的时间都在挖，差不多挖了半个地球，还是一无所获。最后，她跑去问巫师，巫师对她说："你去这么一个地方，从那里往下挖，然后就能找到小孩了……"于是卡枯阿舒克去了这个离家很远的地方，从那里挖了起来。她越挖越深，结果从地球的另一边钻出来了。在地球的另一边，所有的东西都是反的。那里既没有冰，也没有雪，婴儿比成年人大很多。卡枯阿舒克被两个婴儿领养了，一个女婴，一个男婴。他们把她装在兜帽里，带着她走来走去，女婴还让她吮自己的乳头。他们似乎都很喜欢卡枯阿舒克，所以她一直不缺食物，也一直有人关心。有一天，她的婴儿母亲对她说："亲爱的小家伙，你需要什么吗？""是的，"卡枯阿舒克答道，"我想要一个自己的孩子。""这样的话，"

她的婴儿母亲答道,"你必须去山里的一个高高的地方,从那里开始挖。"于是卡枯阿舒克去了山里的这个地方。她挖了起来,地洞越打越深,最后和许许多多别的洞连在了一起。这些地洞好像都没有出口,卡枯阿舒克也没有在路上找到一个小孩,但她还是继续往前走。晚上,有利爪山精来撕她的肉,然后又一个鞭山精用活海豹抽她的胸和大腿根儿。终于,她再也走不动路了,只好躺下来等死。突然,一只小狐狸来到她身边,对她说:"我会救你的,妈妈。跟着我就行了。"说完狐狸就牵起她的手,领她走出到处是洞穴的迷宫,回到地球另一边的阳光里。卡枯阿舒克不记得发生了什么。啊呀,真是一点也不记得。但是醒来之后,她发现自己躺在家里,怀里抱着一个小男孩。

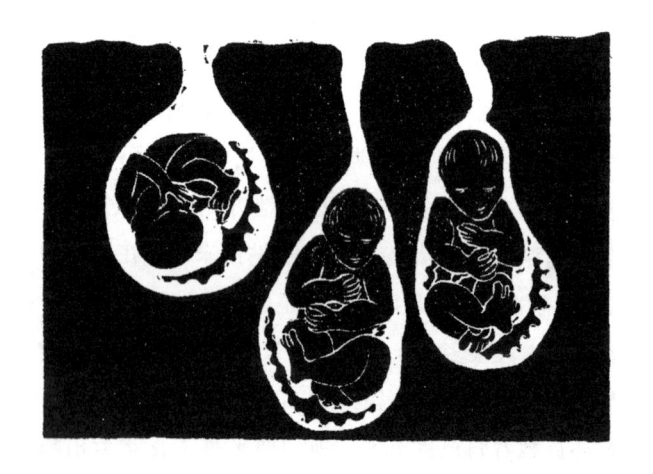

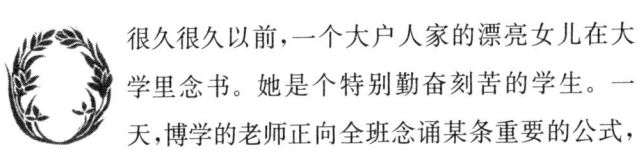

承诺

(缅甸)

很久很久以前,一个大户人家的漂亮女儿在大学里念书。她是个特别勤奋刻苦的学生。一天,博学的老师正向全班念诵某条重要的公式,她坐在教室的窗边,用尖笔把公式刻在棕榈叶上,突然,笔从她疲劳的手指间滑了出来,穿过窗户,掉在了地上。她想,要是请老师停下来会显得很没有礼貌,但若是离开座位去捡尖笔,她就会错过公式。左右为难的当口,一个同学从窗边经过,她小声地央求他帮忙把笔捡起来。这个路过的人是某个国王的儿子,也是个喜欢恶作剧的小伙子。他开玩笑说:"答应我把第一夜的第一朵花献给我。"姑娘正全神贯注地听老师念公式,那一刻只听懂了"花"这个字,于是点了点头。他很快就忘记了自己的玩笑,之后姑娘回想起这件事,这才明白王子的话到底是什么意思,不过她没有多想,只希望王子不会把这件事当真。

他们各自完成了学业,王子回到自己的王国,继承了父亲的王位,姑娘回到邻国的家中,不久就和一个大户人家的儿子结婚了。婚礼当晚,她突然想起请王子捡笔的事情,良心上很不安,于是如实向丈夫诉说了自己的承诺,但同时也表示,她相信那个小伙子只不过是在开玩笑。"亲爱的,"她的丈夫答道,"是不是开玩笑得由他来说才行。以信义作担保的承诺永远都不应被打破。"姑娘朝丈夫鞠了个躬,立刻就上路去邻国,好兑现她对国王许下的承诺——如果他还要求她那么做的话。

她一个人在黑暗中走着,突然一个强盗抓住她说:"这个女人是谁? 深更半夜地在外面走,身上佩戴着金银珠宝。快把你的珠宝和丝裙给我。""哦,强盗,"姑娘答道,"把我的珠宝拿去吧,但是请把丝裙留给我,我不能赤身裸体、毫无颜面地走进国王的宫殿。""不行,"强盗说,"你的丝裙就和珠宝一样珍贵。把裙子也给我。"于是姑娘向强盗解释了她一个人走夜路的缘由。"你的信义打动了我,"强盗说,"只要你答应把第一朵花献给国王之后还会回到这里,我就放你走。"姑娘许下承诺,于是被强盗放走了。她继续往前走,走着走着经过一棵菩提树。"这个女人是谁? 这么鲜嫩,却一个人走夜路,"食人树怪对她说,"我要把你吃掉,夜晚经过我树下的人全都属于我。""哦,树怪,"姑娘央求道,"请你放过我吧,要是你现在把我吃了,我对王子的承诺就永远不能兑现了。"她向树怪解释了夜行的目的,树怪说:"你的信义打动了我,只要你答应见过国王之后还会回到这里,我就放你走。"姑娘许下承诺,于是被树怪放走了。

她没有遭遇更多危险,终于来到城里,不久就在敲王宫大门了。"你这个女人怎么这么不懂规矩?"宫殿的侍卫们问,"你深更半夜地跑到王宫,要我们放你进去,这到底是什么意思?""这是一件关乎信义的事,"姑娘答道,"请你去告诉国王陛下,他大学时的同学前来履行承诺了。"国王听到楼下嘈杂的声音,从卧室的窗户口朝下望,他看到姑娘被侍卫们的火把照亮,美丽得好像盛开的花朵。他认出她来,并且想要得到她,但是听了她的故事之后,他欣赏她对誓言的忠贞,也钦佩她不畏艰险坚守承诺的勇气。"我的朋友,"他说,"你是个了不起的女人,因为你把信义看得比贞操更重。我要你做出承诺本是出于玩笑,我已经把那事忘了。你回到丈夫身边去吧。"就这样,姑娘回到菩提树怪那里,她说:"哦,树怪,把我的身体吃掉吧,但是吃完以后,把我的丝裙和珠宝拿去给强盗,他正在等我,就在离这里几码远的地方。"树怪说:"朋友,你是个了不起的女人,因为你把信义看

得比生命更重。你可以走了,因为我解除了你的承诺。"姑娘回到强盗那里,她说:"哦,强盗,把我的珠宝和丝裙拿去吧。虽然我得赤身裸体、毫无颜面地回到丈夫身边,但是仆人们会让我进去的,因为他们认得我。"强盗说:"朋友,你是个了不起的女人,因为你把承诺看得比珠宝和华丽衣衫更重。你可以走了,因为我解除了你的承诺。"于是姑娘回到丈夫身边,她的丈夫怀着深情和尊重,欢迎她回家,从此他们过上了幸福的生活。

凯特·克拉克纳特[①]

(英格兰)

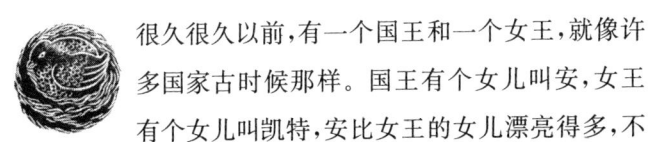

很久很久以前,有一个国王和一个女王,就像许多国家古时候那样。国王有个女儿叫安,女王有个女儿叫凯特,安比女王的女儿漂亮得多,不过两个姑娘像亲姐妹一样爱着对方。女王见国王的女儿比自己的女儿漂亮,心里嫉妒得要命,绞尽脑汁想要破坏安的美貌。她去征求养鸡婆的意见,养鸡婆让她第二天早上派姑娘空着肚子去她那里。

第二天早上女王对安说:"亲爱的,你去山谷里的养鸡婆家,问她要几个鸡蛋。"就这样,安出发了,但是穿过厨房的时候她看到一块面包皮,于是拿了起来,边走边吃。

到了养鸡婆家,安按照吩咐向她要鸡蛋;养鸡婆对她说:"揭开那口锅的盖子看看。"姑娘照做了,但是什么都没发生。"回到你妈那里去,让她把食橱的门锁紧点。"养鸡婆说。女王从这句话里得知姑娘吃过东西了,于是第二天早上格外小心,派她空着肚子出去,但是公主看到几个村民在

[①] 凯特·克拉克纳特(Kate Crackernuts)的姓氏指出了她和坚果的联系——"cracker"是坚果钳,"nuts"则是坚果。此外,英文中的"crackers"和"nuts"都有"疯狂"的意思,这里可能暗示了凯特大胆的性格。

路边摘豌豆,她出于友善同他们交谈了一会儿,接过一把豌豆,边走边吃。

到了养鸡婆家,养鸡婆说:"揭开锅盖你就会看到了。"于是安揭开盖子,但是什么都没有发生。养鸡婆气急败坏,对安说:"告诉你妈,没有火,锅是烧不开的。"就这样,安回到家里,把养鸡婆的话告诉了女王。

第三天,女王亲自陪同姑娘去找养鸡婆。这一次,安一揭开锅盖,漂亮的脑袋就掉了下去,一只羊头跳到了她的脖子上。

这下女王满意地回家了。

但是她自己的女儿凯特找来一块上好的亚麻布包在妹妹头上,牵着她的手,和她一起外出闯荡去了。她们走啊,走啊,走啊,终于来到一座城堡。凯特敲门请里面的人留她和生病的妹妹住一宿。她们走进去,发现这是某个国王的城堡,国王有两个儿子,其中一个病得越来越重,就快要死了,可是没有人找得出病因。奇怪的是,不管晚上看护他的人是谁,这个人都会从此消失得无影无踪。于是国王悬赏白银一桶,请人熬夜作陪。凯蒂[①]是个特别勇敢的姑娘,她主动提出为他守夜。

一直到午夜都相安无事,但是钟刚敲过十二下,病王子就坐了起来,穿好衣服,悄悄下楼去了。凯特跟在后面,不过他似乎没有注意。王子去了马棚,给马备好鞍,叫来自己的猎狗,飞身上了马,凯特轻轻一跃,坐在了他的身后。王子和凯特骑马穿过绿色的树林,凯特一路采摘树上的坚果,

---

① 凯特的昵称。

把它们装在围裙里。他们骑马走啊走,直到来到一座绿色的小山丘跟前。王子勒住缰绳,说:"绿丘开门,开开门,让年轻的王子带着马和猎狗从这里进入。"凯特连忙加了一句:"还有跟在后面的他的姑娘。"

绿色的山丘立刻打开了,他们穿了过去。王子进入一座富丽堂皇的大厅,里面灯火通明,许多美丽的精灵围住他,领着他跳起舞来。这时候,凯特悄悄躲到了门后,没有被任何人发觉。她看见王子不停地跳啊,跳啊,跳啊,直到累得再也跳不动,一下子瘫倒在长沙发上。然后精灵们给他扇扇子,直到他再次站起身继续跳舞。

终于公鸡打鸣了,王子急匆匆跨上马背,凯特一跃坐在了他的身后,两个人骑着马回家了。太阳升起的时候,人们进来看到凯特坐在火炉边砸坚果吃。凯特说,王子睡得很好,但是她可不愿意再守一夜,除非国王赏她一桶黄金。第二天晚上发生的事就和第一晚一样。王子半夜起身,骑马去绿色的山丘参加精灵舞会,凯特一同前往,穿过森林的时候一路采集坚果。这一次她没有去看王子,因为她知道他会跳啊,跳啊,跳啊。但是她看到一个精灵宝宝在玩魔棒,头顶上有个精灵说:"用那个魔棒敲三下就能让凯特生病的妹妹变得和从前一样漂亮。"

于是凯特朝精灵宝宝滚坚果,滚啊滚啊,直到宝宝摇摇摆摆地追着坚果走开,丢下了手中的魔棒。凯特拾起魔棒,装进围裙里。鸡鸣时分,他们像先前那样骑马回家,凯特一进自己的房间就冲过去用魔棒点了安三下,可恶的羊头掉了下来,安变回了漂亮的自己。

第三天晚上,凯特说,只有把她许配给病王子,她才会答应再守一夜。一切都和前两晚一样。这一次,精灵宝宝在玩一只小鸟,凯特听到某个精灵说:"吃三口那只小鸟就能让病王子变得和从前一样健康。"凯特朝精灵宝宝滚出了所有的坚果,直到宝宝丢下了小鸟;凯特拾起小鸟,装进围裙里。

鸡鸣时分,他们又回去了,但这一次凯特没有像往常那样砸坚果吃,而是拔掉小鸟的羽毛,把它放进锅里。不久锅里就传出浓郁的香气。"哦!"病王子说,"要是我能吃一口那只小鸟该有多好。"于是凯特让他吃了一口,他用胳膊肘支起了身体。没过多久他又叫道:"哦,要是我能再吃一口那只小鸟该有多好!"于是凯特又让他吃了一口,他从床上坐了起来。接着他又说道:"哦!要是我能吃上第三口该有多好!"于是凯特让他吃了第三口。他健康强壮地站起来,穿好衣服,坐到了火炉边。第二天早上大家进来,看到凯特和年轻的王子坐在一起砸坚果吃。与此同时,病王子的哥哥看到并且爱上了安,就像每个见过她甜美面容的人一样。于是国王生病的儿子娶了健康的姐姐,健康的儿子娶了生病的妹妹,他们生也快乐,死也快乐,杯子里总有酒喝。

渔女和螃蟹

（印度部落）

一个老库鲁克人和他的妻子没有儿女。老头子在田里种稻,过了几天,稻子发芽了,他带着妻子去田里查看。田地的边上有只葫芦,他们把葫芦拿回家,准备吃掉。但是老头子刚要切,葫芦就说话了:"老爷爷,你轻轻地,轻轻地切!"老头子吓得把葫芦丢到地上。他跑到妻子跟前说:"这是个会说话的葫芦。""胡说八道,"老太婆说着就接过了刀。但是葫芦说:"老妈妈,你轻轻地,轻轻地切!"

于是老太婆慢慢地、小心翼翼地切开了葫芦,葫芦里爬出一只螃蟹。他们买了只新罐子,把螃蟹装了进去。老太婆在肚子上系了个篮子,外面用布罩上,然后去了集市,她对邻居们说:"瞧呀,上帝让我晚年得子啦。"

过了些时候,她取下篮子,把螃蟹从罐子里拿了出来,她对大家说:"瞧呀,我生下了这只螃蟹。"

螃蟹成年以后,他们去为他找媳妇。他们给他找了个好姑娘,但是她来到家里,发现自己嫁给了这么一个东西,不禁生起气来。她每天晚上都等着他,但是螃蟹又能做什么呢?然后姑娘想:我得再找个男人。于是只要螃蟹一和她说话,她就会把它踢到一边。

一天,姑娘想去别的村子看望一个男人。她让公公婆婆还有螃蟹先睡,然后悄悄出了门。但是螃蟹看到了她,于是也出了门,沿着另一条路超过了她。路边有棵菩提树,螃蟹对它说:"你是我的树吗?你是谁的树呀?"树说:"我是你的。"于是螃蟹说:"倒下。"树倒下了。那棵树的里面住着个小伙子的人形。螃蟹穿上人形,把螃蟹外壳放进树里。它往前走了几步,然后让树重新站了起来。

过了一会儿,姑娘来了。她看到树下的俊美小伙儿,心里非常高兴,她问:"你去哪儿?"他说:"哪儿也不去,我正在回家的路上。"她说:"来和我睡吧。"他说:"恐怕不行,你丈夫会打我的,但是我会改天去。"

姑娘很失望,于是继续往前走。她遇到一个珈玛[①]姑娘

[①] 珈玛(Chamar)是一种低级种姓,其成员主要从事皮革业和农业工作。

和两个漂亮的马哈尔①姑娘。她们也是出来找男人的。库鲁克姑娘同她们讲了自己的故事,她们领着她去参加舞会,向她保证一定能找到一个漂亮殷勤的男人。她们到了之后发现螃蟹小伙儿已经在那儿了。姑娘们看见了他,都渴望找他做情人。他走到库鲁克姑娘跟前,她把他拉到一边,但是他什么都没有做。她把首饰留给他当信物,然后他就离开了。

他来到树跟前,吩咐树倒下,他重新穿上螃蟹外壳,把小伙子的人形放回树里。"站起来吧。"他对树说,然后就回家去了。过了一会儿,姑娘也回家了。螃蟹问她去了哪里,但是她火气很大,把他踢下了床。螃蟹把她的首饰还给了她,姑娘吓了一跳,坚决说那些不是她的。

第二天,姑娘又为家里的每个人做了晚饭,让他们先睡。这一回她躲在路边,仔细看螃蟹要做些什么。螃蟹来到菩提树跟前,说:"你是我的树吗? 你是谁的树呀?"树说:"我是你的树。"螃蟹说:"如果你是我的树,那么就倒下吧。"树倒下了,螃蟹穿上帅小伙的人形,让树重新站起来。

姑娘看着发生的一切,小伙子刚一上路,她就跑到树跟前说:"你是我的树吗? 你是谁的树呀?"树说:"我是你的。"她说:"如果你是我的树,那么就倒下吧。"树倒下了,姑娘拽出螃蟹的躯壳,把它杀死,扔进了火堆。然后她躲在树后等待。

小伙子去了舞会,却找不到他的姑娘,于是他回到树下。姑娘从树后跳了出来,一把抓住他,领着他回家去了。从那以后,他们幸福地生活在了一起。

---

① 马哈尔是马哈拉施特拉邦内最大的设籍种姓族群,与珈玛同属于贱民。

第二章

聪明的妇人、足智多谋的姑娘和不惜一切的计谋

蜜尔·阿·赫里班

（苏格兰盖尔族）

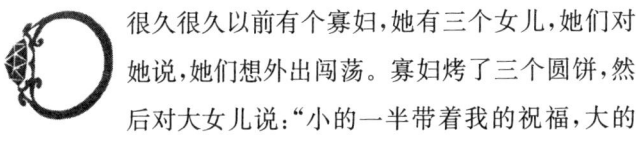

很久很久以前有个寡妇，她有三个女儿，她们对她说，她们想外出闯荡。寡妇烤了三个圆饼，然后对大女儿说："小的一半带着我的祝福，大的一半带着我的诅咒，你更想要哪一半？""我更想要，"大女儿说，"大的一半和你的诅咒。"她对二女儿："大的一半带着我的诅咒，小的一半带着我的祝福，你更想要哪一半？""我更想要，"二女儿说，"大的一半和你的诅咒。"她对小女儿说："大的一半带着我的诅咒，小的一半带着我的祝福，你更想要哪一半？""我更想要小的一半和你的祝福。"这让她的母亲感到高兴，于是把另外两小半也给了她。她们离开了家，但是两个姐姐不想让妹妹跟着，于是把她绑在一块大石头上。她们继续往前走，但是母亲的祝福赶来解救了她。两个姐姐回头一看，后面不是别人，正是小妹，那块大石头背在她身上。她们由她跟着，直到面前出现了一座煤堆，她们把她绑到煤堆上，然后继续往前走，但是母亲的祝福赶来解救了她。两个姐姐回头一看，后面不是别人，正是小妹，那座煤堆背在她身上。她们由她跟着，直到面前出现了一棵树，她们把她绑到树上，然后继续往前走，但是母亲的祝福赶来解救了她。两个姐姐回头一看,后面不是别人,正是小妹,那棵树背在她身上。

她们意识到跟她作对也是无济于事,于是把她从树上解下来,让她和她们一起走。三个人一直走到天黑,远远地看见前面有一点灯火,尽管那火光离得很远,她们没多久就来到了近前。三个人走了进去。这里不是别处,正是巨人的家!她们请求借宿一晚,获得许可后,她们被领到床上,和巨人的三个女儿睡在一起。巨人回到家,说:"我闻到家里有外面来的姑娘。"巨人女儿的脖子上戴着琥珀疙瘩拧成的项链,三姐妹的脖子上戴着马鬃做的项圈。她们全都睡了,只有蜜尔·阿·赫里班没睡。夜里,巨人突然觉得口渴。他叫来秃脑瓜、糙皮肤的随从,让他弄点水来。糙皮肤的随从说,家里一滴水也没了。巨人说:"杀一个外边来的姑娘,把她的血拿来给我。""我怎么能分辨出她们?"秃脑瓜、糙皮肤的随从问。"我女儿的脖子上戴着琥珀疙瘩拧成的项链,其余人的脖子上戴着马鬃项圈。"

蜜尔·阿·赫里班听见了巨人的话,连忙把自己和两个姐姐脖子上的马鬃摘下来,戴到巨人女儿的脖子上,又把巨人女儿脖子上的琥珀疙瘩摘下来,戴到自己和两个姐姐的脖子上,然后她非常非常轻地躺了下来。秃脑瓜、糙皮肤的随从来了,他杀死一个巨人的女儿,把血拿给巨人。巨人喝完还要喝。于是随从又杀了一个巨人的女儿。巨人喝完还要喝,于是随从把巨人的第三个女儿也杀了。

蜜尔·阿·赫里班叫醒了姐姐,背起她们就上路。她拿走了床上的一块金布,金布叫了起来。

巨人发现了她,于是跟在她后面。她踏着石头跑得飞快,脚跟擦出的火花射到巨人的下巴上;巨人也踏着石头跑得飞快,脚尖擦出的火花射到蜜尔·阿·赫里班的后脑勺上。就这么着,他们来到一条河边。她从头上拔下一根头发,变成一座桥,然后跑过了河,巨人没法跟着她,于是蜜尔·阿·赫里班跃过了河,但是巨人却跃不过去。

"你在那头,蜜尔·阿·赫里班。""是的,我在这头,虽然这让你难受。""你杀死了我那三个棕皮秃头的女儿。""是的,我杀死了她们,虽然这让你难受。""你什么时候再来?""等我有事要办的时候自然会去找你。"

三姐妹继续往前走,一直来到一个农夫的家。农夫有三个儿子。她们向他诉说了先前的经历。农夫对蜜尔·阿·赫里班说:"要是你能为我取来巨人的细齿金梳和粗齿银梳,我就把大儿子给你大姐。""一言为定。"蜜尔·阿·赫里班说。

她出了门,到了巨人家之后,她悄悄地溜进去,拿起梳子就跑。巨人发现了她,于是跟在她后面,一直追到河边。她跃过了河,巨人却跃不过去。"你在那头,蜜尔·阿·赫里班。""是的,我在这头,虽然这让你难受。""你杀死了我那三个棕皮秃头的女儿。""是的,我杀死了她们,虽然这让你难受。""你偷走了我的细齿金梳和粗齿银梳。""是的,我把它们偷走了,虽然这让你难受。""你什么时候再来?""等我有事要办的时候自然会去找你。"

她把梳子交给了农夫,于是她的大姐和农夫的大儿子结了婚。"要是你能为我取来巨人的光剑,我就把二儿子给你二姐。""一言为定。"蜜尔·阿·赫里班说道。她出了门,来到巨人家;她爬到一棵树顶,这棵树伸到巨人的水井上方。晚上,身配光剑、秃脑瓜、糙皮肤的随从过来取水。他弯腰提水的时候,蜜尔·阿·赫里班跳下来,把他推到井里淹死了,然后她取走了光剑。

巨人跟在她身后,一直追到河边,她跃过了河,巨人却没法跟过去。"你在那头,蜜尔·阿·赫里班。""是的,我在这头,尽管这让你难受。""你杀死了我那三个棕皮秃头的女儿。""是的,我杀死了她们,虽然这让你难受。""你偷走了我的细齿金梳和粗齿银梳。""是的,我把它们偷走了,虽然这让你难受。""你杀死了我那秃脑袋、糙皮肤的随从。""是的,我杀死了他,虽然这让你难受。""你偷走了我的光剑。""是的,我把它偷走了,虽然这让你难受。""你什么时候再来?""等我有事要办的时候自然会去找你。"她拿着光剑,回到农夫家,就这样,她的二姐和农夫的二儿子结了婚。"要是你能为我弄一头巨人的雄鹿,"农夫说,"我就把我的小儿子给你。"她出了门,来到巨人家,但是她刚逮住雄鹿,巨人就抓住了她。巨人说:"你到底要对我做什么?要是我以牙还牙,以眼还眼,我就要让你喝牛奶麦片粥喝到撑死,然后把你装到口袋里!我要把你吊到屋子的横梁上,在下面生一堆火,然后用棒子抽你,直到你像一捆枯柴火一样掉到地上。"巨人做好牛奶麦片粥,让她喝下去。她把粥涂得满嘴满脸,然后向后一倒,好像死了一样。巨人把她装进口袋,吊到横梁上,然后和手下人去森林里找柴火。巨人他妈待在家里。巨人一走,蜜尔·阿·赫里班就说道:"我在光明里!我在黄金之城!""你能让我进来吗?"老太婆问。"我不让你进来。"终于,老太婆放下了口袋。蜜尔·阿·赫里班把老太婆、猫、小牛和盛奶油的碟子装进口袋,自己领着雄鹿走了。巨人领着手下人回来了,他和手下人开始用棒子抽口袋。老太婆叫道:"是我在里面啊。""我知道是你在里面。"巨人一边说一边继续抽口袋。最后,口袋像一捆柴火一样掉了下来,里面不是别人,正是他妈。巨人见此情景就去追蜜尔·阿·赫里班,他跟在他后面,一直追到河边。蜜尔·阿·赫里班跃过了河,巨人却跃不过去。"你在那头,蜜尔·阿·赫里班。""是的,我在这头,虽然这让你难受。""你杀死了我那三个棕皮秃头的女儿。""是的,我杀死了她们,虽然这让你难受。""你偷走了我的细齿金梳和粗齿银梳。""是的,我把它们偷走了,虽然这让你难受。""你杀死了我那秃脑袋、糙皮肤的随从。""是的,我杀死了他,虽然这让你难受。""你偷走了我的光剑。""是的,我把它偷走了,虽然这让你难受。""你杀死了我的母亲。""是的,我杀死了她,虽然这让你难受。""你偷走了我的雄鹿。""是的,我把它偷走了,虽然这让你难受。""你什么时候再来?""等我有事要办的时候自然会去找你。""要是你在我这边,我在你那边,"巨人说道,"你要怎么追上我?""我会趴下来喝水,直到把河水喝干。"巨人趴了下去,一直喝到撑死。蜜尔·阿·赫里班和农夫的小儿子结了婚。

明智的小女孩

(俄罗斯)

兄弟俩一起行路：哥哥穷，弟弟富，他们各有一匹马，穷哥哥的是匹母马，富弟弟的是匹去势的公马。他们停下来过夜，两个人挨在一起。穷哥哥的母马夜里产下一头马驹，小马驹滚到富弟弟的马车下面。早上富弟弟摇醒穷哥哥说："起来，哥哥。夜里我的马车生了一头马驹。"哥哥起身说："马车怎么可能生崽？是我的母马生了这头马驹！"富弟弟说："要真是你的母马生的，它就应该躺在她身边呀。"为了解决争端，他们去找法官。富人用钱贿赂了法官，穷人口述了事情的原委。

最后，这件事传到沙皇的耳朵里，他把兄弟二人叫到面前，给他们出了四道谜语："世上最强、最快的是什么？世上最肥的是什么？最软的是什么？最惹人爱的是什么？"他给他们三天时间，说："第四天带着答案来见我。"

富人想了又想，他记起了自己的教母，于是去向她请教。她让他在桌边坐下，请他吃饭喝酒，然后问："我的教子，你为什么这么悲伤？""我们的君主给我出了四道谜语，限我三天之内解答出来。""是什么谜语？和我说说吧。""好吧，教母，第一道谜语是：'世上最强、最快的是什么？'""这

不难！我的丈夫有匹栗色的母马，世上没有什么比它更快，要是你用鞭子抽，它能追得过野兔呢。""第二道谜语是：'世上最肥的是什么？'""这两年我们一直在喂一头斑点猪，他已经肥得站不稳了。""第三道谜语是：'世上最软的是什么？'""这个谁都知道，是羽绒被——你想不出比这更软的东西了。""最后一道谜语是：'世上最惹人爱的是什么？'""世上最惹人爱的是我的孙子伊万努什卡。""谢谢您，教母，您的建议很有用，我将终生感激您。"

至于穷哥哥，他流下了伤心的眼泪，然后回家去了。他见到了七岁的女儿，他唯一的孩子。女儿问："爸爸，你为什么又是叹气，又是落泪？""我怎么能不叹气、不落泪呢？沙皇给我出了四道谜语，我永远都不可能解出来。""告诉我，是什么谜语？""我的小女儿，谜语是这样的：'世上最强、最快的是什么？最肥的，最软的，最惹人爱的又是什么？'""爸爸，你去告诉沙皇，世上最强、最快的是风；最肥的是土地，因为她哺育世间万物；最软的是手，因为人不管躺在什么地方，总是把手垫在脑袋下面；世上没有什么比睡眠更惹人爱了。"

贫富两兄弟来到沙皇跟前。沙皇听了他们的答案,问穷人道:"是你自己解出了这些谜语,还是有人帮你?"穷人答道:"陛下,我有个七岁的女儿,是她告诉我的。""既然你的女儿这么明智,你就把这根丝线拿去给她,让她明天早上之前为我织一条绣花手巾。"农民接过丝线,伤心欲绝地回到家里。"我们有麻烦了,"他对女儿说,"沙皇命令你用这根线织一条手巾。""爸爸,别伤心。"小姑娘说。她从扫帚上折下一根小树枝递给父亲,对他说:"你去请沙皇找个匠人,用这根小树枝做一台织布机,我用它来给他织手巾。"农夫照女儿的话做了。沙皇听他说完,然后给了他一百五十个鸡蛋,说:"把这些蛋拿去给你女儿,让她明天之前孵出一百五十只小鸡。"

农夫回到家里,比上一次更加伤心欲绝。"我的女儿啊,"他说,"你才躲过一难,新的一难又来了。""爸爸,别伤心。"七岁的女儿答道。她把鸡蛋烤了做中饭和晚饭,然后让父亲去见国王。"告诉他,"她对父亲说,"我需要一天的谷子喂小鸡。请他在一天之内耕好地、播种、收割、脱粒完毕,我们的鸡不愿意啄别的谷子。"沙皇听罢说道:"既然你的女儿这么明智,就让她明天早上来见我——我要她既不走路又不骑马,既不赤身又不穿衣,既送我礼物又不送我礼物。"农夫想,这下连我女儿也解不开这么难的谜题了,我们输定了。"别伤心,"七岁的女儿对他说,"你去猎人那里为我买一只活的野兔和一只活的鹌鹑。"于是父亲为她买了野兔和鹌鹑。

第二天早晨,七岁的小姑娘脱掉衣服,披上渔网,一手拿着鹌鹑,骑着野兔去了王宫。沙皇在大门口迎接她。她朝他鞠了一躬,一面说道:"陛下,这是给您的小礼物。"她把鹌鹑递过去,沙皇伸出手,但是鹌鹑拍拍翅膀,扑扑地飞走了。"很好,"沙皇说,"你按照我的命令做了。来,告诉我——你父亲这么穷,你们靠什么过活?""我爸爸在岸上抓鱼,从不把鱼饵投到水里,我就在裙子里做鱼汤。""你真笨!鱼从来都不生活在岸上,它们生活在水里。""那么您就很明智吗?谁见过马车产崽呢?生马驹的不是马车,是母马呀。"

　　沙皇把马驹赏给了贫穷的农夫,又把他的女儿接进了自己的王宫。她长大以后,沙皇同她结了婚,于是她当上了皇后。

鲸脂小伙

（因纽特）

从前有个姑娘，她的男朋友在海里淹死了。她的父母怎么都安慰不了她，她对别的追求者又没有兴趣——她只要那个淹死的小伙子，别人都不行。最后她找来一大块鲸脂，把它刻成了淹死的男朋友的形状，然后她刻出了他的脸。整个雕塑就和真人一模一样。

哎，要是他是真的就好了，她想。

她用鲸脂雕塑摩擦自己的生殖器，擦了一圈又一圈，突然它活了过来。英俊的男朋友就站在她的面前。她多高兴啊！她把他领到父母面前，说：

"你们也看到了，他其实没有淹死……"

姑娘的父亲允许女儿结婚了。她和她的鲸脂小伙搬到一座离村子不远的小屋里住。有时候小屋里会变得很热，于是鲸脂小伙就会变得很疲倦。这时候他会说："揉揉我，亲爱的。"然后姑娘会用他的整个身体摩擦自己的生殖器，这能使他恢复精神。

一天，鲸脂小伙正在捕斑海豹，阳光强烈地照在他的身上。他划独木舟回家的时候，身上开始流汗，流着流着，人就变小了。等到了岸边,他半个身体都化掉了。然后他跨出独木舟,跌倒在地上,又变成了一堆鲸脂。

"真可惜啊,"姑娘的父母说,"而且他是个这么好的小伙子……"

姑娘把鲸脂埋在一堆石头底下,然后开始哀悼。她堵住左边的鼻孔,不做针线活,既不吃海鸟蛋,也不吃海象肉。每天她都去鲸脂的坟墓探望,一面同它说话,一面朝着太阳的方向围绕坟墓走三圈。

哀悼结束后,姑娘找来另一块鲸脂刻了起来。她又把它刻成了淹死的男朋友的形状,然后又用刻好的人形摩擦自己的生殖器。突然她的男朋友就站在了她的身旁,对她说:"再揉揉我,亲爱的……"

待在树杈上的姑娘

(西非)

这是一个女人做过的事情。

当时她住在荒野里,从不让任何人看见。她只和一个女儿住在一起,小姑娘每天坐在树杈上编篮子打发时光。

一天,母亲刚去打猎,树下就来了一个男人,他看到姑娘像往常一样在编篮子。"好家伙!"他说,"原来这片荒野里有人住啊!那姑娘可真是个美人儿!他们竟然让她一个人待着。要是国王娶了她,其他所有的王后不都要出走了吗?"

他回到城里,径直去了国王家,对国王说:"陛下,我发现了一个貌美如仙的姑娘,要是你把她召到这里,你所有的王后都会忙不迭地逃走。"

第二天,国王召集了众人,他们磨利斧头,然后就朝着荒野出发了。他们到了那里,发现母亲又出去打猎了。

离开之前,她为女儿煮好粥,挂好肉,然后才上路。

人们说:"我们把姑娘待的这棵树砍倒吧。"

于是他们抡起斧头砍下去。姑娘立刻唱起歌来:

"母亲,回来!

母亲,有人在砍我们遮荫的大树。

母亲,回来!

母亲,有人在砍我们遮荫的大树。

砍啊砍!我在上面吃住的这棵树就要倒了。

就要倒了。"

母亲跳下来,仿佛从天而降。

"虽然你们人多势众,但我还是会用大针把你们全都缝上。

缝啊!缝啊!"

他们立刻倒在了地上……女人只留下一个人回去通风报信。

"去吧,"她说,"告诉人们发生了什么。"于是他逃走了……

回到城里,人们问:"出了什么事?"

"那里,"他说,"我们刚去的那个地方!大事不好了!"

当他站到国王面前时,国王也问他:"出了什么事?"

"陛下,"他说,"我们全完蛋了。只有我一个人活着回来了。"

"天哪!你们都死光了吗!如果真是这样,明天去那边的村子多叫点人来。早晨派他们去把那个姑娘给我带来。"

他们睡得饱饱的。

第二天一早,他们磨好斧头去了姑娘住的地方。

他们也看到母亲已经出门,粥煮好了,肉挂在树上……

"拿斧头来。"他们立刻扑向遮荫的大树,但是歌声已经响了起来:

> "母亲,回来!
> 母亲,有人在砍我们遮荫的大树。
> 母亲,回来!
> 母亲,有人在砍我们遮荫的大树。
> 砍啊砍!我在上面吃住的这棵树就要倒了。
> 就要倒了。"

母亲落到他们中间,接着唱道:

> "虽然你们人多势众,但我还是会用大针把你们全都缝上。
> 缝啊!缝啊!"

他们全都死了。母亲和女儿拾起了斧头……

"哎呀!"国王听说了事情的经过,不禁叫道,"今天,让所有怀孕的女人把小孩生下来。"

于是女人们立刻一个接一个地生出了孩子。很快就有了一大排。

然后这一大群婴孩都出发了,一路发出口齿不清的声音。

姑娘看见了,说:"这下可不是闹着玩啦。那边来了一支红色的军队,他们身上还连着脐带呐。"

他们找到了她住的树杈。

姑娘想:我来给他们点粥吃。

她就这么把粥涂到他们头上,但是孩子们都不吃。

然后,最后出生的孩子爬到了遮荫的树上,捡起姑娘正在编的篮子,说:"喂,给我拿把斧头来。"

姑娘又一次大声唱道:

"母亲,回来!
母亲,有人在砍我们遮荫的大树。
母亲,回来!
母亲,有人在砍我们遮荫的大树。
砍啊砍!我在上面吃住的这棵树就要倒了。
就要倒了。"

母亲跳到人群中间:

"虽然你们人多势众,但我还是会用大针把你们全都缝上。
缝啊!缝啊!"

可是婴儿大军已经在拖姑娘了。他们用脐带捆住了她,是的,用他们身上的脐带!母亲继续念着咒语:

"虽然你们人多势众,但我还是会用大针把你们全都缝上。
缝啊!缝啊!"

可是一切都无济于事了！婴儿大军已经走进了田野，他们胜利的尖叫一直传到上帝的住处，不久他们就进了城。

到了以后，母亲对他们说："既然你们已经把我的孩子带走了，我就必须告诫你们，别让她去捣臼里捣谷子，也别让她夜里去取水，要是让她做其中的任何一样，你们就得当心了！我知道上哪里去找你们。"

然后母亲回到了荒野里的住所。

第二天，国王说："我们去打猎吧。"然后又对自己的母亲说："千万别让我的妻子去捣臼里捣谷子，她只能编编篮子。"

丈夫在野外的低洼地里打猎时，其他的妻子还有婆婆都说："为什么她不能像大家一样去捣臼里捣谷子？"

她们叫她去捣谷子，她说："不行。"

她们把一篮高粱送到她面前。

婆婆亲自取走了捣臼里的粗粉，其他女人一个接一个地端来高粱，全都倒了进去。

于是姑娘一边捣，一边唱：

"捣啊捣！在家里我不捣谷子，
在这里我捣谷子庆祝婚礼。
嘿哟！嘿哟！

我一捣谷子,就要去见上帝喽。"

她开始往地底下沉,但还是继续唱道:

"捣啊捣! 在家里我不捣谷子,
在这里我捣谷子庆祝婚礼。
嘿哟! 嘿哟!
我一捣谷子,就要去见上帝喽。"

眼看着她的下半身就陷了下去,然后土埋到了她的胸口。

"捣啊捣! 在家里我不捣谷子,
在这里我捣谷子庆祝婚礼。
嘿哟! 嘿哟!
我一捣谷子,就要去见上帝喽。"

很快她的脖子也被埋住了。这下捣杵自己动了起来,捣啊捣啊,继续捣着地上的谷子。最后,姑娘彻底不见了。

她消失得无影无踪之后,捣杵还是像先前那样一下下砸在地上。

然后女人们问:"现在我们该怎么办?"

她们找来一只鹤,对它说:"你去把消息告诉她母亲,但是你先告诉我们,你会说些什么?"

鹤说:"咯啊! 咯啊!"

她们说:"这个没有意义,回去吧。我们派人把乌鸦叫来。"

乌鸦被叫来了:"那么你会说什么?"

乌鸦说:"呱!呱!呱!"

"乌鸦不知道该怎么说。你来,鹌鹑。你会怎么做?"

鹌鹑说:"咕噜噜!咕噜噜!"

"鹌鹑也不知道该怎么说。我们把鸽子叫来吧。"

她们说:"鸽子们,让我们来听听你们会对她母亲说些什么?"

然后她们听到:

"咕咕!咕!
哺育太阳的人①去了,
哺育太阳的人。
挖地的人,
哺育太阳的人去了,
哺育太阳的人。"

她们说:"去吧,你知道该怎么做。"

母亲听到鸽子的话就上路了。她朝城里走去,一手拿着盛药的陶片,一手挥舞着动物的尾巴。

路上她遇见一匹斑马:

"斑马,你在干什么?

---

① 根据 J. 托伦德(J. Torrend)在《北罗得西亚的班图民间故事样本》(*Specimens Of Bantu Folk-lore From Northern Rhodesia*)中所做的注释,这里"哺育太阳的人"("she-who-nurses-the-sun")是姑娘的名字,后面她也被称作"木文萨"(Mwinsa)——当地的居民一般有好几个名字,在另一版本中她也被称作"上帝的孩子"。

——尼森可宁①。

我父亲的妻子②死了。

——尼森可宁。

哦,母亲啊!我要杀死你。

——尼森可宁。"

斑马死了。女人继续往前走,走啊,走啊,突然她看到有人在挖地。

"挖地的人,你们在干什么?

——尼森可宁。

我父亲的妻子死了。

——尼森可宁。

哦,母亲啊!我要杀死你们。

——尼森可宁。"

他们也死了。女人继续走啊走啊,突然她看到有人在敲皮鼓:

"敲鼓的人,你在干什么?

——尼森可宁。

我父亲的妻子死了。

——尼森可宁。

---

① 英文作"Nsenkenene",意思不详,这里按音译。
② 同样根据 J. 托伦德的注释,这里将"女儿"称作"母亲"是一种更加亲切的称呼,另一版本写的是:"上帝的孩子死了"。

哦,母亲啊!我要杀死你。
——尼森可宁。"

进城以后,她唱道:

"让我来召集,召集起
我母亲的牧群。
木文萨,起来。
让我召集起牧群。
"让我来召集,召集起
我父亲的牧群。
木文萨,起来。
让我召集起牧群。"

然后她听到捣杵还在孩子的头顶上砸着。
于是她先洒了这种药,又洒了那种药。
孩子已经在地下砰砰地敲打了。渐渐地,她的头露了出来,接着是脖子,然后就又能听见歌声了:

"捣啊捣!在家里我不捣谷子,
在这里我捣谷子庆祝婚礼。
嘿哟!嘿哟!
我一捣谷子,就要去见上帝喽。"

这下孩子的身体全都出来了。最后她跨出了捣臼。
我讲完了。

穿皮套装的公主

(埃及)

在一个谁也不知道的地方住着一个国王,他有一个妻子——他全心全意地深爱着她,还有一个被他视作掌上明珠的女儿。公主一长大成人,王后就生病去世了。国王垂着头坐在她的坟墓旁守了一年灵,然后他叫来几个熟谙世事的老媒婆,对她们说:"我想再娶一个妻子。这是我可怜的王后戴过的脚镯。去找一个姑娘,不管她贫富贵贱,只要能戴上这只脚镯就行,因为王后临终前我许下承诺,非这个姑娘不娶。"

媒婆们走遍全国各地,寻找国王的新娘,可是不管她们怎么找,都找不到一个能戴下脚镯的姑娘。王后是这么一位非凡的女人,再没有人同她相仿。然后一个老女人说:"我们已经去过全国每个姑娘的家了,只差国王自己的女儿住的地方。我们去王宫吧。"

她们把镯子戴到公主的脚上,大小刚刚好,就好像是度身定制的一样。媒婆们冲出公主的闺房,径直跑到国王面前,说:"我们走遍了您的王国,拜访了每一位姑娘,但是没有谁的脚能挤进仙逝的王后留下的脚镯——除了您的女儿,公主殿下,她轻而易举就能戴上,像戴自己的镯子一样。"一个满脸皱纹的老妇人说:"您为什么不娶公主呢?肥水不流外人田嘛。"她话音刚落,国王就传唤法官来写结婚文书,但是他没有把自己的计划透露给公主。

这下王宫里忙碌起来,珠宝匠、裁缝和家具商都来侍奉新娘。公主知道自己即将出嫁,心中很是高兴,但她一点也不知道丈夫是谁。直到洞房之夜——也就是新郎第一次见新娘的晚上——她都还蒙在鼓里,尽管仆人们窃窃私语地在她周围忙碌,又是帮她梳妆打扮,又是为她固定衣衫。最后,大臣的女儿来欣赏穿盛装的公主了,她问:"你为什么皱着眉?女人难道不是为了嫁人而生的吗?世上又有谁比国王的地位更高呢?"

"此话怎讲?"公主大声质问。"我不告诉你,"姑娘说,"除非你把你的金手镯给我。"公主脱下手镯,于是姑娘道出来龙去脉,告诉公主新郎不是别人,正是她的亲生父亲。

公主的脸色变得比头上的布还要白,全身颤抖得好像发四十天高烧的病人。她站起身,把周围所有的人都打发走。她知道除了逃走再没有别的办法,于是跑到阳台上,跳过王宫院墙,落到下面一个皮匠的院子里。她往皮匠手里塞了一把金币,说:"你能不能为我做个皮套装,把我从头到脚遮起来,只留两个眼睛在外面?明天破晓之前我必须拿到。"

穷皮匠赚得金币,大喜过望,偕同妻儿起劲地干了起来。他们又是切又是缝,忙活了一整夜,天将亮未亮尚分不清黑线白线的时候,套装做好了。且慢!咱们的公主殿下这就来了。她穿上套装——那样子煞是奇怪,谁看了都会以为面前只不过是一堆皮革。她就这么伪装着离开了皮匠家,躺在城门边等待天明。

现在回过头来说我们的国王陛下。他走进新娘的卧室,发现公主没了踪影,于是派军队去城里搜索。时不时有士兵撞见躺在城门边的公主,他们会问她:"你见到国王的女儿没有?"每到这时她就回答说:

> 我名叫珠莱达,因为我身穿皮外衣,
> 我的眼睛不好,看不清东西,
> 我的耳朵聋了,啥都听不清楚。
> 不管远近,我谁都不在乎。

天亮以后,城门开了,她挪到城墙外面,转过头背对父亲的城池,开始了逃亡。

她走走跑跑,一刻不停,一天太阳落山的时候,她终于来到另一座城市。公主累得再也走不动了,于是栽倒在地上。她在围墙的阴影里歇息,围墙里面正是苏丹王宫中女人们的闺阁。一个婢女探出窗口,把王室餐桌上的残渣扔到外面,她注意到地上有一堆皮革,但是并没有多想。可紧接着她就发现皮革中间有两只明亮的眼睛正盯着自己,她吓得跳了回去,对王后说:"夫人,我们的窗户外面蹲了个怪物。我亲眼看见的,和恶魔一般模样!"王后说:"把它带上来,我看过之后自有判断。"

婢女下去了,她吓得浑身发抖:要是不听吩咐,女主人一定会暴跳如雷,她不知道外面的怪物和女王的愤怒哪个更好对付。不过当她拉扯皮革的一角时,穿皮套装的公主一声也不吭。婢女壮起胆子,一口气把她拖到苏丹妻子的面前。

那个国家的人从来没见过这么令人吃惊的东西。王后惊讶得举起双手,问仆人道:"这是什么玩意?"然后她又转向怪物,问:"你是谁?"那堆皮革说:

> 我名叫珠莱达,因为我身穿皮外衣,
> 我的眼睛不好,看不清东西,
> 我的耳朵聋了,啥都听不清楚。
> 不管远近,我谁都不在乎。

听了这个稀奇古怪的回答,王后笑得前仰后合。"去给我们的客人拿点食物和饮料,"她一手捂着肋骨说,"我们应该把她留下来逗我们开心。"珠莱达吃完饭,王后说:"告诉我们你会做些什么,这样我们好在王宫里给你找份差事。""您让我做什么,我都愿意试试。"珠莱达答道。王后叫道:"大厨!把这个可怜人儿带到你的厨房去。也许因为她,真主会赐福给我们。"

就这样,我们美丽的公主成了厨房里的仆人,又是往炉子里添柴,又是往外耙灰。王后每到寂寞无聊之时,就会把珠莱达叫到面前,嘲笑她喋喋不休的念白。

一天维齐尔①传话来请苏丹家所有的女宾去他们家参加晚宴。整整一天,闺房里的女人们都兴奋不已。晚上王后临走前经过珠莱达身边,问她道:"今晚你不和我们一起

---

① 维齐尔(英文拼作 wazir、vizier 等)在阿拉伯语中有"辅佐者"的意思,是伊斯兰国家对宫廷大臣或者宰相的称呼。

去吗？所有的仆人和奴婢都受到了邀请。你一个人在家，不害怕吗？"但珠莱达只是重复了老一套：

我的耳朵聋了，啥都听不清楚。
不管远近，我谁都不在乎。

一个女仆不以为然地说："能有什么让她害怕呢？她又瞎又聋，就算夜里恶魔跳到她身上，她也不会知道！"于是她们都走了。

维齐尔家的女宾接待厅里大摆宴席、载歌载舞，一片乐陶陶的景象。人们谈笑正欢之时，突然走进来一个人，直教大伙儿瞠目结舌。她像柏树一样高挑，面色像玫瑰一样红润，身上的绫罗珠宝好似国王的新娘身上的华装，她一走进来，屋里就变得亮堂堂。来者是谁？正是珠莱达——苏丹家的女人一走，她就甩掉了皮外套，跟着她们来到维齐尔家。这下原本和颜悦色的妇人们吵了起来，个个都想坐到新来宾的身旁。

天将破晓时，珠莱达从腰带的褶缝里掏出一把金片撒在地上。妇人们争相去捡亮闪闪的宝贝。她们忙碌的当口，珠莱达离开了大厅。她飞快地跑回王宫厨房，重新穿上皮外套。不久其他人也回来了。王后看见厨房地上的那堆皮革，用红拖鞋的脚尖捅了两下，说："我真希望你和我们在一起，也好欣赏一下晚会上的那个姑娘。"但珠莱达只哼哼了一句："我的眼睛不好，什么都看不见……"于是她们各自上床歇息去了。

第二天王后醒来时已经日上三竿了。苏丹的儿子照例来吻母亲的手,并且向她请安,但是她反反复复都在说那个去维齐尔家赴宴的访客。"哦,我的儿子,"她感叹道,"她有如此这般的脸蛋、脖子和身段,所有见到她的人都说:'她可不是国王或者苏丹的千金,她的出身比这还要尊贵!'"王后滔滔不绝地赞美这个姑娘,直到王子心如火烧。最后他的母亲说道:"我真希望当时问了她父亲的名字,这样就能订下婚约,让她做你的新娘了。"苏丹的儿子答道:"今晚你回去继续参加晚会的时候,我就站在维齐尔家的门口等她出来。到时候我自会问清她的父亲姓甚名谁,她又是怎样的身份地位。"

日落时分,女人们又梳妆打扮起来。她们袍子的褶缝里散发出橙花和熏香的味道,胳膊上的镯子叮当作响。经过厨房的时候,她们问摊在地板上的珠莱达:"你今晚跟不跟我们一起去?"但珠莱达只是背过身不理不睬,等她们一走远,她就甩掉皮外套,匆匆跟了上去。

维齐尔家的大厅里,客人们紧紧围住珠莱达,想一睹她的芳容,问问她乡关何处。可不管她们怎么问,她都避而不答,既不说是,也不说否,不过她一直和她们坐到天快亮的时候。然后她撒了一把珍珠在大理石地砖上,女人们推搡着去抓的功夫,她已经轻易地溜了出去,好像从面团里抽发丝那样。

现在你猜门外站着什么人?当然是王子了。他一直在等待这个时刻,所以一见珠莱达就上前拦住她的去路,抓住她的胳膊问她的父亲是谁,又问她从哪里来。可是公主得赶快回到厨房,否则她的秘密就要泄露了,于是她努力想要脱身,挣扎中把王子的戒指拽了下来。"起码告诉我你从哪里来!"王子望着她跑远的背影叫道,"看在安拉的分上,告诉我是哪里!"她答道:"我住在搅棒和长柄勺的国度。"然后她就逃回了王宫,躲进皮外套里。

其他人谈笑着走了进来。王子告诉母亲发生了什么,并且宣布他打算外出远行:"我必须去搅棒和长柄勺的国度。""儿子,别着急,"王后说,"给我点时间为你准备路上的吃喝。"王子急不可耐,不过还是答应推迟两天出发——"但再多一个小时都不行!"

这下厨房成了王宫里最忙碌的一角。人们开始磨啊,筛啊,揉啊,烤啊,珠莱达站在一旁观看。"走开,"厨师嚷道,"这可不是你干的活!"珠莱达说:"我也想像其他人一样侍奉我们的主人王子殿下!"厨师不大愿意让她帮忙,于是给她一个面团捏。珠莱达开始做蛋糕,然后趁别人不注意,把王子的戒指塞了进去。食物装好之后,珠莱达把自己的小蛋糕放在了最上面。

第三天一早,口粮被捆进了鞍囊,王子率领仆从和手下出发了。他马不停蹄,直到阳光热辣辣地照在他们身上。然后他说:"我们让马匹休息一下,大家也好吃点东西。"一个仆人看到珠莱达的小蛋糕放在所有食物的上面,于是把它丢到一边。"你为什么把那块扔掉?"王子问。"它是那个叫珠莱达的家伙做的,我亲眼看到她捏起来的,"仆人说,"真是和她的人一样七扭八歪。"王子有些同情那个奇怪的傻瓜,于是让仆人把她的蛋糕拿回来。他撕开一看,里面正是自己的戒指!那枚在维齐尔家的宴会当晚丢失的戒指。这下王子知道长柄勺和搅棒的国度在哪里了,于是下令打道回府。

国王和王后前来迎接，之后王子说道："母亲，今晚让珠莱达给我送饭。"王后说："她两眼昏花，连听都成问题，又怎么能够给你送饭呢？""要是珠莱达不送，我就不吃。"王子答道。于是到了晚餐时间，厨师们把碟子放进托盘，又帮助珠莱达把托盘顶到头上。她上了楼梯，但是快到王子房间的时候，她的手一歪，碟子稀里哗啦砸了一地。"我早就跟你说她看不见了吧。"王后对儿子说。"但是我只吃珠莱达送来的东西。"王子坚持道。

厨师们又做了一顿饭，他们把满满的托盘放到珠莱达头上，稳住之后又派了两个奴婢，让她们一人扶住一只手，把她领到王子的门前。"去吧，"王子对两个奴婢说，"你，珠莱达，过来。"珠莱达开始念叨：

> 我的眼睛不好，看不清东西，
> 我名叫珠莱达，因为我身穿皮外衣，
> 我的耳朵聋了，啥都听不清楚。
> 不管远近，我谁都不在乎。

但是王子对她说："过来斟满我的酒杯。"她刚走到近前，王子就抽出腰间佩戴的匕首，把她的皮外套从领口到底边切成了两半。皮革落地，堆成一堆——王子面前站着母亲描绘的那个闭月羞花的姑娘。

王子把珠莱达藏到房间的一角，然后派人去请王后。我们的王后陛下一见到地上那堆皮革就惊叫起来。"天哪，儿子，你把她杀了吗？那个可怜的家伙，你应该怜悯她，而不是惩罚她呀！""进来，母亲，"王子说道，"来看看我们的珠莱达,先别急为她哀悼。"他带领母亲来到我们美丽的公主坐着的地方,没有了皮外套,她的美貌好似一束阳光照亮了整个房间。王后扑到姑娘身上,左亲右吻,又让她坐到王子身边一起用餐。然后她召来法官写下一纸契约,让我们的王子殿下和美丽的公主结成连理。之后他俩过上了最甜蜜的生活。

现在我们再回头说说国王,也就是珠莱达的父亲。他进了新娘的卧室,想揭开自己女儿的面纱,却发现她已经没了踪影。他徒劳地搜遍全城,然后叫来大臣和仆从,换好衣衫就上了路。他从一个国家走到另一个国家,从一座城市走到另一座城市,一路用铁链拴着那个最先建议他娶女儿的老太婆。最后他终于来到珠莱达和她的王子丈夫生活的城市。

他们进城的时候,公主正坐在窗前,她一眼就认出了他们,于是立刻派人叫来丈夫,催促他邀请陌生人进来。我们的王子殿下前去迎接,再三劝说才留住他们,因为一行人都

急着上路继续找寻。他们在王子的客厅里用了餐,谢过主人就要告辞,他们说:"有谚语道:'吃饱喝足,就该上路!'"但是王子也用谚语相留,说:"哪里有面包,哪里就有你的床铺。"

最后,疲倦的旅人们抵不过王子的好意,决定在他家留宿一晚。"但是你为什么偏偏挑出这一群陌生人呢?"王子问珠莱达。"把你的袍子和头布借我一用,我去见见他们,"她说,"很快你就会知道其中的原因了。"

珠莱达乔装打扮之后,坐到客人中间。喝罢咖啡,她说:"我们来讲故事打发时间吧。是你们先讲,还是我先讲?"国王,也就是她的父亲答道:"孩子,我们的伤心事还是不要提的好。"珠莱达说:"那么我来讲故事逗你们开心,让你们不去想难过的事情。""从前有一个国王,"故事这样开始了,然后她从头到尾诉说了自己的冒险经历。每隔一会儿,那个老太婆就会打断她说:"孩子,你就找不到比这更好的故事了吗?"但是珠莱达一口气讲了下去,讲完之后,她说:"我就是公主,您的女儿,都是因为这个恬不知耻的老罪人说了那些昏话,这么多苦难才降临到我的头上!"

第二天早晨,他们领着老太婆来到高高的悬崖上,把她扔进了下面的山谷。然后国王将半壁江山赠给女儿和王子。从此他们生活得幸福美满,直到隔开最真爱侣的死亡迫使他们分离。

野兔

（斯瓦希里）

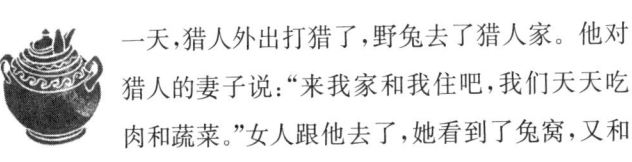

一天，猎人外出打猎了，野兔去了猎人家。他对猎人的妻子说："来我家和我住吧，我们天天吃肉和蔬菜。"女人跟他去了，她看到了兔窝，又和野兔一起吃草，睡在野外，但是这让她很不满足。她说："我要回家了。"野兔说："是你自己决定要来的。"女人不认识荒野里的路，于是说道："跟我一起回去，我来做一顿可口的晚饭。"野兔领着她回到她家。然后女人说："去给我弄点柴火来。"

野兔去森林里拾了一捆柴火。女人点起火,把锅架在上面。水开之后,她把野兔放进锅里。猎人回到家,女人说:"我捉了一只野兔做晚餐。"猎人一直都蒙在鼓里。

苔衣姑娘[①]

(英格兰吉卜赛)

从前,有个贫穷的老寡妇住在一间小屋里。她有两个女儿,小女儿大概十九、二十岁,长得很漂亮,她母亲每天都忙着给她织大衣。

一个小贩来追求这个姑娘,他常来,不断给她带这带那。他爱上了姑娘,非常想娶她,但是姑娘偏偏不爱他,犹豫着不知该拿他怎么办好。于是有一天她去问母亲。"让他来,"母亲对她说,"尽量从他那里捞些好处,容我做完这件大衣,然后你就再也不需要他和他的礼物了。所以,丫头,你告诉他说你不愿意嫁给他,除非他送给你一条白缎子连衣裙,上面有巴掌那么大的金枝,你还得提醒他,裙子的大小必须刚刚好。"

小贩又来求婚了,姑娘一字不差地对他说了母亲教给的话。小贩估摸了一下她的身材和尺码,一个星期不到就带着裙子来了。裙子确实满足她的描述,姑娘同母亲上楼试裙子,大小也刚刚好。

[①] 这个故事是按照讲述者的口音记录下来的,因此里面的大量单词不符合标准的英文拼写。翻译中为了避免歧义,没有使用中文的错别字,但是保留了大部分的重复和个别叙述含混的地方。

"母亲,这下我该怎么办呢?"她问。

"告诉他,"母亲说,"你不愿意嫁给他,除非他送给你一条丝绸连衣裙,上面有所有飞鸟羽毛的颜色,而且跟前头一样,裙子的大小必须刚刚好。"

姑娘对小贩说了这番话,过了两三天他就带着姑娘要的丝绸彩裙来到小屋。既然他已经知道了她的尺码,这条裙子当然也很合身。

"母亲,这下我该怎么办?"她问。

"告诉他,"母亲说,"你不愿意嫁给他,除非他送你一双大小刚刚好的银拖鞋。"

姑娘对小贩说了要求,过了几天他就带着拖鞋来了。她的脚只有三英寸长,但是拖鞋的大小刚刚好,既不大也不小。姑娘又去问母亲这下她该怎么办。"我今晚就能做完这件大衣,"她母亲说,"所以你去告诉小贩你明天跟他结婚,让他十点钟到这里来。"姑娘和他说了这番话。"记住,亲爱的,"她说,"早上十点。""我会来的,宝贝,"他说,"我向上帝发誓。"

那天晚上她母亲做大衣做到很晚,但确实是做好了。衣服是绿苔藓和金线缝成的,只有这两样东西。她管它叫"苔衣",又把这名字给了小女儿,因为衣服是为她做的。这是一件有魔力的大衣,母亲说,它能实现人的愿望,她对女儿这么讲。穿上以后,她说,只要心里想去哪里,人立马就到了;要是想变成别的东西,天鹅啊,蜜蜂啊什么的,也只要许个心愿就行了。

第二天天没亮母亲就起床了。她叫醒小女儿,告诉女儿现在她必须去外面的世界寻找出路了,而且她会找到很好的出路的。这个老妈妈是个有先见的人,她知道将来会发生什么。她把苔衣给了女儿,让她穿上,又给了她一顶金王冠,然后让她带上从小贩那里弄来的两条裙子和银拖鞋,但是她身上必须穿日常的衣服,也就是工作的时候穿的那些。这下苔衣姑娘准备好上路了。她母亲说,她应该许愿去一百英里以外的地方,然后一直往前,走到一个大庄园,在那里找一份工作。"有福的丫头,你不用走很远的,"母亲说,"他们肯定会在这个大庄园里给你找一份工作的。"

苔衣姑娘按母亲的话做了,很快她就来到一个有钱人的大宅子跟前。她敲敲正门,说她是来找工作的。好了,长话短说,女主人亲自来见她了,这位夫人喜欢她的样子。

"你能做什么工作?"她问。

"夫人,我会做菜,"苔衣姑娘答道,"事实上人们都说我是个非常好的厨师。"

"我不能让你做厨师,"夫人对她说,"因为我已经有一个厨师了,但是我愿意雇你给她当帮手,如果这样能让你满意的话。"

"夫人,谢谢您,"苔衣姑娘说,"能在这里干活,我真的很高兴。"

就这样,夫人决定让她做助理厨师。她领着苔衣姑娘上楼去卧室,然后带她去厨房,把她介绍给其他仆人。

"这位是苔衣姑娘。"她告诉她们。"我已经雇了她,"她说,"做助理厨师。"

夫人离开了她们,苔衣姑娘回到卧室整理东西,把金王冠、银拖鞋还有丝绸和缎子连衣裙全都藏了起来。

厨房里的其他姑娘当然嫉妒得要命,更让她们恼火的是,新来的姑娘比她们中的任何一个都漂亮得多。这个破破烂烂的乞丐最多只配做洗碗的丫头,可是现在她的职位竟然比她们的都高。要是有谁配当助理厨师的话,那也应该是她们这些明白事理的人,而不是这个从街上捡来的破烂货——不过她们会让她知道自己有几两重的。她们这群女人叽叽喳喳说个没完,一直到苔衣姑娘下楼来准备干活。这时候她们突然开始和她作对:"她以为自己是谁?竟敢爬到咱们头上?她不是要做助理厨师吗?咱们答应才怪!她应该去刷锅、洗刀、磨碎食物什么的,反正她也只配做那些,咱们就只会给她这个。"她们用漏勺咚咚咚地敲她的头。"这就是你应得的东西,"她们对她说,"别的就别指望了,小姐。"

这就是苔衣姑娘所受的待遇。她被派去干最脏的活儿,没过多久就满身油污,脸像煤灰一样黑了。而且,这个或者那个仆人时不时用漏勺咚咚咚地敲她的头,直到她疼得快要受不了。

一天又一天过去了,苔衣姑娘还是在刷锅、洗刀、磨食物,仆人们还是在用漏勺咚咚咚地敲她的头。然后当地的人们要举行一场盛大的舞会,一共持续三个晚上,白天有打猎和其他的项目。方圆几英里内所有的头面人物都会到场,他们这家的老爷、夫人还有少爷——他们就只有一个儿子——当然也要去了。仆人们兴奋地谈论着这场舞会,一个希望自己也能参加,另一个想和少爷们跳舞,还有一个想看夫人们的裙子,就这样,她们说个没完没了,除了苔衣姑娘。要是有衣服,她们就也能去参加舞会了,她们想,因为她们觉得自己一点都不比贵夫人差哩。"你呢,苔衣,你现在也想去了,不是吗?"她们说,"你一身破烂,脏兮兮地去那里,真是合适得很。"说着,漏勺又咚咚咚地敲在了她的头上。然后她们嘲笑她,这说明她们这帮人有多粗俗。

就像我前面说的那样,苔衣姑娘很漂亮,破衣服和油污也掩盖不了。其他的仆人可能觉得她的美貌被遮住了,但是少爷看上了她,老爷和夫人也一直因为她的长相而特别注意她。舞会快要开始的时候,他们觉得要是能叫她去就好了,于是就派人请她来,好问问她想不想去。"不了,谢谢你们,"她说,"我想都没想过这样的事情。我对自己的身份清楚得很呢。""再说我会把马车的一边弄得油腻腻的,"她对他们讲,"还会弄脏别人的衣服。"老爷和夫人并不在意她说的话,努力劝她一起去。他们真是很好,苔衣姑娘说,但是她不打算去。她一直坚持这个决定。回到厨房,其他仆人当然要问她为什么被叫去啦,是被解雇了还是怎么的?于是她告诉她们说老爷和夫人问她想不想和他们一起参加舞会。"什么?就你?"他们说,"真是没法儿相信。要是选了我们中的谁,那就是另一码事了,可是竟然是你!哎呀,人们永远都不会让你进去的,因为就算有哪个先生要跟洗碗的丫头跳舞,你也会把他们的衣服弄脏的,至于夫人们嘛,她们经过你身边的时候肯定得捏起鼻子。"不,她们说,她们根本就不能相信老爷和夫人邀请她一起去参加舞会。她肯定是在说谎,她们说,于是漏勺又敲在了她的头上,咚咚咚地直响。

第二天晚上,老爷、夫人,这次还有他们的儿子,一齐邀请她去参加舞会。他们说,前一天晚上的场面很壮观,她本应该去的。今天晚上的场面还要大,他们说。他们,尤其是少爷,央求她一起去。但是,不,她说,因为身上的破衣服和油污,她不能也不愿意去,就连少爷也说服不了她,虽然他可没少费口舌。其他仆人听说她又受到了邀请,而且少爷非常热心,但是他们就是不相信。

"瞧她那副德性!"她们说,"这个自负的暴发户下面又要说些什么啊?统统都是假话。"然后其中一个仆人——她的嘴像猪槽,腿像拉车大马的腿——一把抓起漏勺,照着苔衣姑娘的脑袋咚咚咚砸了下去。

那天晚上,苔衣姑娘决定自己一个人穿着体面的衣服像模像样地参加舞会,而且不让任何人知道。首先,她让其他所有的仆人昏睡过去,她只是在走动的时候悄悄碰了每个人一下,然后她们就立刻中咒睡着了,而且自己是醒不过来的,只有会相同魔法的人才能解开咒语,不管这魔法是像她这样通过魔衣得到的,还是另有什么来头。然后苔衣姑娘好好洗了个澡:自从她来到这个庄园就一直没被允许,因为别的仆人决心尽量把她弄得油腻腻、脏兮兮的,而且尽量让她一直是那副模样。然后她上楼回到自己的卧室,扔开干活时穿的衣服和鞋子,穿上她那条带金枝的白缎子连衣裙和那双银拖鞋,又戴上了金王冠。当然,她里面穿了苔衣,所以她一准备好就许了个去舞会的愿望,话刚出口,就已经快到了。她只感到自己升到半空,飞着穿过空气,不过只飞了一小会儿就已经在舞厅里了。

少爷看到她站在那里,他一见她,眼睛就挪不开了。他从没见过这么漂亮的姑娘,也没见过谁穿这么美的衣服。"她是谁?"他问母亲,但是她说她也不知道。

"母亲,你能不能去弄个明白?"他说,"你能不能过去和她说两句?"母亲看出只有照做,儿子才会安心,于是走过去向姑娘做了自我介绍,又问她叫什么,从哪里来之类的,但是她只问出姑娘来自一个人们用漏勺敲她头的地方。过了一小会儿,少爷也去向她做自我介绍,但是她既没告诉他姓名也没告诉他别的什么东西,他请她跳舞的时候,她说不,她不想跳。不过他还是站在她身旁,时不时地邀请她,最后她答应了,挽起了他的手。他们只跳了一次,在房间里绕了个来回,然后她就说她得走了。他劝她留下,但也只是白费唇舌,她已经决定立刻就走了。

"好吧,"他除了这个就说不出别的了,"我来送你走。"但是她只许了个回家的心愿,人就已经到了。少爷没看到她走,眨眼功夫她就从他身边消失了,留他站在那里,惊讶地张大了嘴巴。他以为她又回了舞厅,或者是到门廊上等马车去了,于是他去找她,但是里里外外都不见她的影子,他问的人也都没看到她离开。他回到舞厅,但是脑子里只有她,别的什么都想不进去,在那里的功夫,他就只想回家。

苔衣姑娘回到家,确保其他仆人都还在昏睡。然后她上楼换回工作的衣服,换好之后,她又来到厨房,碰了每个仆人一下。你可能会说她把她们叫醒了,不管怎么样吧,她们又能动了,都想知道现在是什么时候,她们睡了多长时间。苔衣姑娘告诉了她们,然后暗示说她可能得去告诉夫人。她们求她不要告密,大多数人都琢磨着要是她不说出去,就送给她一点儿东西,那些都是旧玩意儿,不过还能穿一阵儿,什么裙子、鞋、长筒袜、束身衣之类的。苔衣姑娘向她们保证不去告发。那天晚上她们没用漏勺敲她的头。

第二天少爷一直坐立不安,一心只想着前一天晚上让他一见钟情的姑娘。他一直琢磨着今天晚上她会不会再去,会不会像前一天那样消失得无影无踪。他考虑着怎么才能拦住她,还有,要是她再逃走,他要怎么才能追上。他得查明她住在哪里,他想,不然跳完舞他到哪里去追呢?他对母亲说,要是不能娶她,他就会死掉,他就是这么疯狂地爱上了她。"好吧,"母亲说,"我觉得她是个和善端庄的姑娘,但是她不肯说出姓名和身份,也不肯说是从哪里来的,只说那是个人们用漏勺敲她头的地方。"

"我也知道她有点神秘,"少爷说,"但我对她的渴望并不会因此而减少。母亲,我必须拥有她。"他说:"不管她叫什么,做什么。这可是千真万确的,母亲,要是有半句假话,我就立刻不得好死。"

女仆们都是长耳朵,大嘴巴,所以你就放心吧,没过多久,厨房里的人全都在谈论少爷还有他爱上的这个漂亮出众的姑娘了。

"瞧你那德行,苔衣,竟然以为他专门要你去参加舞会。"她们毫不留情地骂起她来,什么恶毒挖苦的话都说,然后用漏勺咚咚咚地敲她的头,因为她对她们撒了谎(至少她们是这么说的)。之后也是一样,老爷和夫人派人来叫她,又请她一起去参加舞会,但是她又一次拒绝了。这是她的最后一次机会,仆人们说,除此之外还说了好多不值得重复的话,漏勺又咚咚咚地敲在了她的头上。然后她让这一大帮恶人昏睡过去,就像前一天晚上一样。她自己做好了参加舞会的准备,唯一不同的是,这次她穿上了另一条裙子,也就是那条丝绸连衣裙,上面有所有飞鸟羽毛的颜色。

现在,苔衣姑娘来到了舞厅。少爷一边等待,一边四下里张望,一见到她就立刻请父亲派人去牵马厩里最快的一匹马,让马备好鞍在门口等待。然后他请母亲过去和姑娘说会儿话。母亲照做了,但是和前一晚相比,她并没有了解到更多的东西。少爷听到门口的马准备好了,于是走到姑娘面前,请她跳舞。她和前一晚一样,一开始说"不",但最后还是答应下来,而且也和先前一样,他们刚在舞厅里跳了个来回,她就说她得走了,不过这一次他一直挽着她走到了门外。然后她许了个回家的愿望,话一出口人就差不多到了。少爷感到她升到了空中,但却没有办法拦住她。不过他可能是碰到了她的脚,因为她的一只拖鞋掉了下来。我也不知道他是不是真的碰到了,不过看上去有点儿像是那样。他拾起拖鞋,但再想追已经没指望了——在刮大风的晚上跟风赛跑都比这要容易得多。苔衣姑娘一回到家就换回旧衣服,然后她解开了其他仆人中的咒语。她们还以为自己又睡着了,于是请她不要告密,一个说给她一先令,一个说给她一克朗,还有一个说要给她一星期的工钱;她向她们保证不泄露秘密。

第二天少爷卧床不起了,他一心思念那个前一晚丢了银拖鞋的姑娘,病得快要死去了。医生一点都治不了他,于是宣布了他的病情,说只有穿得上这只拖鞋的姑娘才能救他的命,如果她站出来,他就跟她结婚。就像我前面说的那样,这双拖鞋大概只有三英寸长。远近的大家闺秀都来试鞋,她们有的脚大,有的脚小,但不管怎么挤啊塞啊,全都穿不上这只小鞋。穷人家的姑娘们也来了,不过情况还是一样。当然了,所有的仆人也都试了试,不过她们统统穿不进去。少爷病入膏肓了。没有别人了吗?他的母亲问,不管贫富，真的一个人都没有了吗？"没有了。"他们对她说，所有人都试过了，除了苔衣姑娘。

"让她立刻过来。"夫人说道。

于是他们把她找了过来。

"试试这只拖鞋。"夫人说。

苔衣姑娘轻易就穿上了，大小刚刚好。少爷从床上跳起来，正要抱住她。

"慢着。"她说，然后就跑开了，不过不一会儿她就穿着金枝缎子裙回来了，头上戴着金王冠，脚上穿着一双银拖鞋。少爷正要上前抱住她。

"慢着。"她说，然后又跑开了。这一次她穿着丝绸裙子回来了，上面有所有飞鸟羽毛的颜色。这一次她没有拦着他，于是就像老话说的那样，他差点没把她吃了。

等他们都安顿下来，开始安安静静地说话了，老爷、夫人还有少爷还想弄明白一两件事情。她是怎么一下子去舞会，一下子又回来的，他们问她。"只要许个心愿就好了。"她说，然后她跟他们说了母亲给她做的魔衣，还有那些她只要想用就能用的魔法，就像我前面跟你们说的那样。"唔，这样所有的事情都对上了。"他们说。然后他们想起她说她来自一个人们用漏勺敲她头的地方。他们都想知道她这么说是什么意思。就是字面上的意思，她说，漏勺总是咚咚咚地敲在她头上。他们听了气坏了，解雇了整个厨房的仆人，然后放狗把这帮害人虫撵得远远的。

苔衣姑娘和少爷尽快结了婚，她坐上了六匹马拉的马车，哎呀，她要十匹也行啊，你放心，她要什么就有什么。从此他们过上了幸福的生活，生了许许多多小孩。大儿子成年的时候,我还在宴会上拉小提琴呢。不过那是好多年前的事了,如果说老先生和老夫人已经死了,我也不会觉得奇怪,虽然我从来没听到过这个消息。

神父的女儿瓦西丽莎

(俄罗斯)

在某个地方的某个国家住着一位名叫瓦西里的神父,他有一个女儿,名叫瓦西丽莎·瓦西里耶夫娜。她总是穿男人的衣服,不但会骑马,而且是个好枪手。瓦西丽莎做什么事都大大咧咧,不像个姑娘,所以很少有人知道她是女儿身,大多数人都以为她是男人,于是管她叫瓦西里·瓦西里耶维奇——这里面还有个更重要的原因,那就是瓦西丽莎·瓦西里耶夫娜特别爱喝伏特加,众所周知,对于一个姑娘,这实在是太不成体统啦。一天,国王巴卡特(这是那个国家的国王的名字)去打猎的时候遇见了瓦西丽莎·瓦西里耶夫娜。她一身男装,骑着马,也在打猎。国王巴卡特看到后就问仆人:"那个小伙子是谁?"一个仆人答道:"陛下,那不是男人,是个姑娘。我确定她就是神父瓦西里的女儿,名叫瓦西丽莎·瓦西里耶夫娜。"

国王一回到家就给神父瓦西里写了一封信,请他允许儿子瓦西里·瓦西里耶维奇前来拜访,并与国王一起用餐。与此同时,他自己去后院找干瘪的老女巫,问她怎么才能知道瓦西里·瓦西里耶维奇到底是不是姑娘。干瘪老女巫对他说:"你在房间的右边挂一幅刺绣,左边挂一杆枪,要是她真是瓦西丽莎·瓦西里耶夫娜,就会先注意到那幅刺绣;要是她是瓦西里·瓦西里耶维奇,就会先注意到那杆枪。"国王巴卡特按照干瘪老女巫的建议,命令仆人在他的房间里挂了一幅刺绣和一杆枪。

神父瓦西里收到了国王的信,拿去给女儿看,她读罢就去马厩里给一匹灰鬃毛的灰马备好鞍,然后直奔国王巴卡特的宫殿。国王前来迎接,她礼貌地做了祷告,按照规范划了十字,向四面深深鞠躬,又彬彬有礼地问候了国王巴卡特,然后跟他进了王宫。他们一起入席,开始喝烈酒,吃油腻的食物。晚饭之后,瓦西丽莎·瓦西里耶夫娜和国王巴卡特一起穿过王宫里的房间。一见到那幅刺绣,她就开始责备国王:"国王巴卡特,你这里都是些什么垃圾?我父亲的屋子里压根儿没有这种娘们家的无聊玩意,可是在国王巴卡特的宫殿里,娘们家的无聊玩意竟然挂在房间里!"然后她礼貌地向国王巴卡特告辞,骑马回家去了。国王没有弄清她到底是不是姑娘。

于是仅仅过了两天,国王巴卡特又给神父瓦西里写了一封信,请他派儿子瓦西里·瓦西里耶维奇到王宫里来。瓦西丽莎·瓦西里耶夫娜一听到这个消息,就去马棚给灰鬃毛的灰马备好鞍,然后直奔国王巴卡特的宫殿。国王迎接了她。她彬彬有礼地问候他,礼貌地向上帝祷告,按照规范划了十字,又朝四面深深鞠躬。国王巴卡特听了后院干瘪老女巫的建议,命人晚饭时做了荞麦粥,并在里面撒满了珍珠。干瘪老女巫告诉他说,要是这个年轻人真是瓦西丽莎·瓦西里耶夫娜,她就会把珍珠堆成一堆;要是他是瓦西里·瓦西里耶维奇,就会把珍珠扔到桌子底下。

到了晚饭时间,国王坐到桌前,让瓦西丽莎·瓦西里耶夫娜坐在他的右手边,然后他们开始喝烈酒,吃油腻的食物。最后端上来的一道菜是荞麦粥,瓦西丽莎·瓦西里耶夫娜舀了一勺,发现里面有颗珍珠,于是立刻把珍珠和荞麦粥一起泼到桌子底下,然后开始责备国王巴卡特:"他们把什么垃圾放到了你的荞麦粥里?"她说:"我父亲的屋子里压根儿没有这种娘们家的无聊玩意,可是在国王巴卡特的家里,娘们家的无聊玩意竟然被放到食物里!"然后她礼貌地向国王巴卡特告辞,骑马回了家。这一次国王又没能弄清她到底是不是姑娘,尽管他实在很想知道。

两天以后,在干瘪老女巫的建议下,国王巴卡特命人为他热好洗澡水。女巫告诉他说,要是那个年轻人果真是瓦西丽莎·瓦西里耶夫娜,就会拒绝和他一起沐浴。就这样,洗澡水热好了。

国王巴卡特给神父瓦西里写了一封信,让他派儿子瓦西里·瓦西里耶维奇到王宫来拜访。瓦西丽莎·瓦西里耶夫娜一听到这个消息,就去马棚为她那匹灰鬃毛的灰马备好鞍,然后飞快地奔向国王巴卡特的宫殿。国王去正门的门廊里迎接。她客气地向他问候,然后踏着丝绒地毯进了王宫。一进屋她就礼貌地向上帝祷告,按照规范划了十字,又朝四面深深地鞠躬。然后她和国王巴卡特一起入席,开始喝烈酒,吃油腻的食物。

吃罢晚饭,国王说:"瓦西里·瓦西里耶维奇,你愿不愿意和我一起沐浴?""当然,陛下,"瓦西丽莎·瓦西里耶夫娜答道,"我已经很久没洗澡了,正想好好蒸一下。"于是他们一起去了浴室。国王巴卡特在前厅更衣的时候,她已经洗好澡出去了。于是国王也没能在浴室里撞见她。离开浴室之后,瓦西丽莎·瓦西里耶夫娜给国王留了张字条,命令仆人等国王出来以后交给他。字条上写着:"啊,国王巴卡特,虽然你是渡鸦,却吓不着花园里的鹰隼!因为我不是瓦西里·瓦西里耶维奇,而是瓦西丽莎·瓦西里耶夫娜。"于是国王巴卡特费尽周折却一无所获,因为瓦西丽莎·瓦西里耶夫娜是个聪明的姑娘,而且非常漂亮!

学生

(斯瓦希里)

阿里酋长是个老教师,基布瓦纳是他的学生。一天老师出门了,老师的妻子叫基布瓦纳过来:"你,年轻人,快来。""什么事?""笨蛋,你饿了却不知道该怎么吃饭!"基布瓦纳终于明白过来,说:"好吧。"他进了屋,和老师的妻子睡了。老师的妻子教会了他老师没有教他的东西。

富农的妻子

(挪威)

从前有个富农,他有很多田产,他的大箱子里藏着许多银子,银行里也存了钱,但是他总觉得缺了点什么,因为他是个鳏夫。一天,邻居的女儿正为他干活,他突然着迷地爱上了她。姑娘的父母很穷,所以他想,只要他暗示一下结婚的事,她就会迫不及待地想要抓住机会了。于是他对她说,他很想再娶个妻子。

"哦,是啊,人是什么都想得出来的。"姑娘说着,一面暗自发笑。

她想,这个丑老头应该想点比结婚更适合他的事情。

"啊,你看,我是想或许你可以做我的妻子。"农夫说。

"不,谢谢,"姑娘答道,"那可没门儿。"

农夫不习惯听人们对他说"不",她越是不愿意和他结婚,他就越是疯狂地想要娶她。

既然和姑娘的谈话没有进展,农夫就派人叫来了她的父亲,对他说要是他能让女儿同意婚事,就不用还先前借的钱,而且还能拥有他牧场旁边的那块农田。

唔,父亲认为他很快就能让女儿清醒过来。"她只不过是个孩子,"他说,"根本不知道好歹。"

但是不管父亲怎么劝说哄诱都一点用也没有。她就是不愿意嫁给农夫,哪怕他全身上下贴满了金子。

农夫等了一天又一天,终于变得又气又急,于是对姑娘的父亲说,要是他还打算履行诺言,就必须立刻把事办妥,因为他可不愿意再等了。

姑娘的父亲意识到只有一个解决办法了,那就是让富农做好一切结婚的准备,等牧师和婚礼上的客人一到,就派人去把姑娘叫来,假装是要她去农场上干活儿;她来之后,农夫得赶快和她完婚,这样她就没有机会改变主意了。

富农觉得这个办法不错,于是开始酿酒、烤面包,准备举行一场隆重的婚礼。宾客们都来了,富农叫来一个伙计,命令他跑到邻居家,让邻居把答应给的东西送来。

"你要是稍有耽搁,"他冲伙计摇着拳头说,"我就……"他还没来得及把话说完,伙计就一溜烟儿地跑了。

"我的老板要你把答应给他的东西送去,"伙计一到邻居家就说,"但是你得快点,因为他今天急得要命。"

"好吧,你去牧场把她带去,你会在那儿找到她的。"邻居说。

伙计匆匆地走了,到了牧场,他看到邻居的女儿正在耙地。

"我来取你父亲答应给我老板的东西。"他说。

啊哈,你打算用这个办法来骗我吗? 姑娘心想。

"那就是你要的东西吗?"她问,"我猜你是要我们那匹栗色的小母马吧。你得过去牵她,她拴在豌豆田的另一边。"

伙计跳上栗色小母马的背,飞一般地骑回了家。

"你把她带来了吗?"富农问。

"她就在那边门口。"伙计答道。

"把她带到我母亲的房间里。"农夫说。

"我的天哪,这要怎么才能办到啊?"伙计说。

"你就按我说的去做,"农夫说,"要是你一个人不行,就去叫其他人帮忙。"他猜姑娘可能会闹事。

伙计看到主人的脸色,知道再争辩也没有用了,于是叫足人手,匆匆地去了。他们有的用力拉马头,有的在后面推,好不容易才把母马弄上楼梯,牵进卧室。房间里婚礼的盛装已经全摆好了。

"好啦,老板,我完成任务了,"伙计说,"但这可不是件容易的差事,我在农场上从没干过这么累的活儿。"

"好吧,你不会白干的,"农夫说,"现在派女人们上楼去给她穿衣服。"

"可是,我的天哪!"伙计说。

"别瞎扯了,"农夫说,"快去叫她们给她穿衣服,花环和

发冠一样都不能忘。"

伙计匆匆进了厨房。

"嘿,听着,姑娘们,"他说,"赶快上楼把那匹栗色的小母马打扮成新娘子。我猜老板是想让婚礼上的客人们偷笑呢。"

于是姑娘们把房间里所有的衣衫首饰都披挂到栗色小母马的身上。然后伙计下楼说她准备好了,花环、发冠什么的一样都不少。

"好吧,把她带下来,"富农说,"我会亲自到门口迎接她的。"

楼梯上传来一阵嘈杂的嗒嗒声,因为新娘子可不是穿着缎子拖鞋下楼来的。门开了,富农的新娘子进了客厅,大家都乐了,有的偷笑,有的格格笑出了声儿。

至于富农嘛,他对新娘子满意极了,再也没去追求别的女人。

保守秘密

(西非)

一个姑娘被父母许配给了一个小伙子。她不喜欢那个年轻人,于是拒绝跟他结婚,说要自己挑个丈夫。没过多久,村上来了个健壮俊美的好小伙儿,姑娘对他一见钟情,跟父母说她找到了如意郎君,小伙子也挺乐意,所以两人很快就结婚了。

可是这个小伙子偏偏不是人,而是只土狼,因为尽管照常理女人会变成土狼,男人会变成老鹰,土狼却既能变男,又能变女,想怎样都行。

第一夜,这对新婚夫妇一起睡的时候,丈夫说:"假使咱们碰巧在回我镇上的时候吵了嘴,你会怎么办?"妻子回答说她会变成一棵树。男人说,即便如此他也有办法抓住她。

她说,要是那样的话,她就变成一池水。"哦!那可难不倒我,"土狼人说,"我还是能抓住你。"

"哎呀,那我就变成一块石头。"他的妻子答道。"我照样能抓住你,"男人说。

就在这时候,姑娘的母亲从自己的房间里叫了起来,因为她听到了两个人的谈话:"别说了,我的女儿,一个女人就是这样把所有的秘密讲给自己的男人听的吗?"于是姑娘不再说下去了。

第二天天刚蒙蒙亮丈夫就叫妻子起床,因为他要回自己家去。他吩咐她做好准备,陪他走一小段路,好为他送行。她照他说的做了,夫妻俩刚刚走得看不见村庄,丈夫就变成了土狼,想要抓住姑娘,姑娘变成一棵树,然后变成一池水,然后又变成一块石头,可是土狼差点儿把树推倒,把水喝干,又把石头吞下去一半。

然后姑娘摇身一变,变成了前一天晚上母亲阻止她说出的那样东西。土狼到处找啊找啊,最后他怕村民赶来把他打死,于是仓皇逃跑了。

姑娘立刻变回原形,跑回了村子。

三把盐

(希腊)

从前有个国王,他有九个儿子,他们国家的对面住着另一个国王,他有九个女儿;那时候,人人都是国王。每天早晨,两个国王都会去边境问候对方。有一次,他们在边境相遇互致问候的时候,有九个女儿的国王说:"早上好,有九个儿子的国王陛下,希望你一个儿媳妇都找不到!"另一个国王听了深感痛心,坐在王宫的角落里陷入了沉思。他的一个儿子走过来问:"父亲,您为什么这么悲伤?""没什么,我的儿子。"另一个儿子也问他,他回答说:"没什么,我的儿子,我只是有点头痛。"第三个儿子也来了:"但是您为什么不告诉我们出了什么事呢?"国王一言不发。长话短说,他们全都来问他,但是他没有对其中的任何一个道出原委。儿子们离开了他。中午到了,国王没有胃口吃饭。上帝让夜幕降临,然后又唤来黎明,但是国王还是一筹莫展。大儿子又来到他身边:"父亲,不能再这样下去了,您一天一夜没吃东西,在这里独自难过却又不告诉我们发生了什么。"国王说:"可我又能说些什么呢,儿子?"他把发生在自己和另一个国王之间的事情告诉了大儿子:"昨天早上他看到我的时候对我说:'早上好,有九个儿子的国王,希望你一个儿媳妇都找不到!'""就是这个让您如此痛苦吗,父亲?明天见到他的时候,您应该对他说:'早上好,有九个女儿的国王陛下,希望你一个女婿都找不到。'"第二天一大早国王就去了边境,他看到另一个国王,说:"早上好,有九个女儿的国王陛下,希望你一个女婿都找不到。"那个国王听了恼火得要命!他也回去坐在王宫一角,心中满是忧愁。

他的一个女儿走过来问:"父亲,您怎么了?""没事,我的女儿。"然后另一个女儿也来问他,他说:"什么事也没有,只是有点头疼。"然后第三个女儿也来了。国王说:"我都和你们说了,什么事都没有。"长话短说,九个女儿全来问过他了,但是他对谁都没有说。于是女儿们离开了他。中午到了,但是他不想吃饭。上帝让夜幕降临,然后又唤来黎明,可是他还是忧心忡忡。最后他的女儿们说:"不能再这样下去了,他独自坐了一天一夜,连教堂的面包也不吃一口,对发生了什么只字不提,只是编故事来打发我们!"大女儿又来到父亲身边,说:"亲爱的父亲,求您了,为什么不告诉我们发生了什么呢?""要是你想知道,我的女儿,事情是这样的,那边的国王对我说:'早上好,有九个女儿的国王陛下,希望你永远都没法儿为她们找到婆家!'"大女儿是个聪明的姑娘,她说:"您就是为那个难过吗,父亲?明天你得回答他说:'既然我的女儿找不到丈夫,你何不给我一个儿子呢?我的大女儿能轻易在他脸上揉三把盐,而且不让他发现。'"他按照大女儿的话做了。

第二天,他们早早问候了彼此,他对另一个国王说:"既然我的女儿全都找不到丈夫,不如把你的一个儿子给我。

我的大女儿正好和他相配,她可以轻易地在他脸上揉三把盐,而且不让他发现。"于是他们商定了婚事,让大儿子和大女儿结婚。第一天晚上两人上床以后,王子对他的新婚公主说:"你的办法很不错,聪明的姑娘,现在我们结婚了,但是告诉我,你说你要在我头上揉三把盐,而且不让我发现,这三把盐到底是什么?"她说:"我不告诉你。""你要是不告诉我,我就要出远门,离开你。""那你去啊,只要告诉我你去哪里就行了,这样我可以偶尔给你写封信。""我去萨洛尼卡。"于是这个年轻人做好了一切准备。公主也坐船去了,而且赶在他之前到达了同一个地方。

她在岸边遇见一个老妇人,老妇人对她说:"您一定是新来的。你要是愿意,我有一幢靠海的房子可以让你住,那是一幢给国王的女儿住的房子。"姑娘来到房子里,对老妇人说:"过一两天会有个王子抵达此地,你必须把他带到我这里。""遵命,夫人。"老妇人说。第二天王子到了。老妇人去了岸边,对他说:"我可以带您去一幢与王子的身份相称的房子,那里还有个姑娘让你亲吻。"他来到那幢房子,见到了公主。"你好,你长得真像我妻子,这是怎么一回事?""哎呀呀,我的好基督徒,"公主说,"人和人,物和物,相似的地方处处有。"当然了,这个女人就是王子的妻子。他们整日谈天,夜晚就睡在一起。公主怀孕了,然后生下一个男孩。男孩降生的时候,整个房间都充满了光,因为他一边的眉上有颗启明星。一年没满,王子就要回去了,公主说:"你难道不留个礼物给你的孩子吗?"于是他拿出自己的金表,挂在孩子身上,又给了老妇人一千枚金币。他走以后,他的妻子也上了船,并且赶在他之前回到自己的国家。她把儿子交给一个保姆,这个孩子被放在地下的金房间里抚养,房间是公主在父亲的宫殿里建造的。她告诫所有的女仆说王子回来以后千万不能提她外出的事情,只说她得了感冒,一年都在生病。第二天王子回来了,他问起妻子怎么样了。她们说:"糟糕得很——真希望病成这样的是您的仇人,这都是因为您不在的缘故。"于是他来见了公主,两人互相亲吻之后,他说:"听说你因为我俩分离而生了病,但这都是你的错,因为你说你要在我头上揉三把盐而不让我发现,但又不告诉我那究竟是什么。好了,告诉我吧。""不,我不告诉你。""你还真是顽固啊? 好,我也和你一样。要么你告诉我,要么我就出远门,离开你。""那你去啊,只要告诉我你去哪里就行了,这样我可以偶尔给你写封信。""我去艾伊娜,"他说。

他走以后,公主也顺着另一条路出发了,坐着船,赶在王子之前到了艾伊娜。上岸之后她碰见了同一个老妇人——这真是她的宿命——于是又和她去了一幢海边的房子。第二天,王子也到了,老妇人把他带到同一幢房子里,留下他就走了。王子一见到屋里的女人就跑过去亲吻她。女人说:"你为什么一见到我就这么热情?""我有个长得和你一模一样的妻子,我一时想起了她。""人和人,物和物,相似的地方处处有。"他们整日谈天,夜晚就睡在一起,而且每夜如此,直到她怀了孕,生下一个男孩。男孩降生的时候,整个房间都充满了光,因为他一边的眉上有轮银闪闪的月亮。一年没到头,王子就留下自己的金手杖给孩子做纪念:他吻了吻孩子,又送给老妇人一千枚金币,然后离开了。就这样,他前脚刚走,妻子后脚就跟着去了。公主先回到自己家,把第二个孩子交给同一个保姆,然后给仆人们一件礼物,让她们不把她外出的事情说出去;回到宫里,她又扮演起伤心的妇人。第二天她的丈夫回来了,他向仆人们打听自己的妻子,她们说她因为悲伤,一整年都把自己关在房间里。仆人退下了,王子来到妻子身边说:"不管你遭了怎样的罪,都是夫人你自己的错。但是现在还是告诉我吧,你说你要在我脸上揉三把盐,而且不让我知道,那究竟是什么?如果你不说,我可又要走了。""那么祝你旅途愉快,只要告诉我你去哪里就行了,这样要是什么时候我想捎信给你,就知道该往哪里寄了。""我去威尼斯。"

于是就和先前一样,他上了船,她也跟着去了,并且赶在他之前到达了目的地。同一个老妇人出现了,领着她去了岸上一座雄伟的宫殿。过了两三天,王子也到了。老妇人对他说:"王子,欢迎您。请您大驾光临我的房子,想住多久就住多久,因为我为您准备了一个姑娘。""太好了。"他说。然后他去了,并且又见到了同一个女人。他说:"哦,你长得多像我妻子啊!""人和人,物和物,相似的地方处处有。"长话短说,公主又怀孕了,然后生下一个女儿。孩子出生的时候,整个房间都充满了光,因为她的额头上有一轮金闪闪的太阳。他们为孩子施洗礼,叫她作亚历桑德拉。一年没有过完,王子就要回去了,公主对他说:"你至少应该给孩子留个礼物,让她记住你吧?"他说:"当然,就算你不跟我说,我也一直在想这件事。"他去商店买了一串各种各样的宝石,那是一件无价之宝——既然说是在威尼斯买的,你就能想象它是怎样的了——然后他把宝石挂在宝宝的脖子上;除此之外他还买了一条纯金的连衣裙,并且脱下自己的戒指送给了女儿。他吻了吻宝宝,送给老妇人一千枚金币,然后离开了。公主比他后走,但是却赶在他前面回到自己家。她把孩子交给保姆,给她一些钱作为酬劳,然后给女仆们一件礼物,让她保守秘密。她又把自己关在王宫里,假装悲痛万分。过了两三天,她丈夫回来了,问仆人说:"我的妻子怎么样?""糟糕得很——真希望病成这样的是您的仇人,这都是因为您不在的缘故。"他来到她身边,发现她很悲伤。他说:"你能怪谁呢?你遭的罪都是自找的。你说你要在我脸上抹三把盐,而且不让我发现,但是你为什么不告诉我那究竟是什么?现在就告诉我吧。""我是不会说的。""不能再这样下去了,要么告诉我,要么我就离开你,再娶一个妻子。""好啊,那你就走吧,再去结一次婚好了,我会来送上祝福的。"于是王子和附近的另一个公主订下婚约,安排接下来的那个礼拜天举行婚礼。

当天所有的人都去送上祝福,各种乐器正在演奏。王子的第一任妻子穿上最好的衣服,又帮三个孩子盛装打扮起来:她把表交给长子,手杖交给次子,又为小女儿戴上那串宝石和那枚戒指。保姆领着三个孩子,他们全都去参加婚礼的祝福。所有女人都在大厅里跳舞,她们的眼睛盯着三个孩子和他们的母亲,因为孩子额头上的启明星、太阳和月亮照得整个房间亮如闪电。所有人都说:"愿生育他们的母亲幸福欢乐!"王子也离开了将要娶的姑娘,目不转睛地看着孩子们。年轻的新娘忌妒极了。然后人们就听到两个男孩在跟他们的妹妹说话,我猜小姑娘还不到一岁吧,当时正被保姆抱在怀里,两个男孩站在她前面。"小小姐,小小姐,"男孩们说,"小亚历桑德拉,听听手表的声音,滴答滴:

母亲在金地金墙的房间里。"王子听了再也无法忍受了,婚礼正举行到一半,他就撇下新娘,跑到孩子们跟前。他打量着他们,然后看到那串宝石、那块表和那个戒指,于是认出他们来。

他之前的妻子就站在旁边,于是他问这些是谁的孩子。"你的和我的。老大是我们在萨洛尼卡生的,老二是我们在艾伊娜生的,小女儿是在威尼斯生的。你在那三个地方遇见的女人,她们每一个人都是我;我离开的时候,又总是赶在你的前头。想想看,你竟然连自己的孩子都不认识!这就是我要抹在你脸上而又不让你发现的三把盐。"王子抱起孩子们,高兴地把他们全都亲吻了一遍,然后领着孩子和他们的母亲回了原来的家。就这样,新娘子被留在原地,沐浴的水凉了,婚只结了一半。

足智多谋的妻子

（印度部落）

一个女人爱情人爱得发狂,以至于把米缸里所有的米都给了他,自己只好用谷壳填满米缸,好不让丈夫发现。日子一天天过去,播种的时候到了,女人知道再也瞒不过丈夫了。

一天丈夫去池塘旁边的田里耕地。第二天早晨,妻子早早去了池塘,脱光衣服,用淤泥抹遍全身。她坐在草丛里等丈夫来。丈夫一出现,她就猛地站起来,高声喝道:"我要把你的两头小公牛拿走。如果你还需要它们,也可以把你家米缸里所有的谷子给我,我会用谷壳填满米缸——但是这两样我必须得到一样,因为我饿得很。"

男人立刻说,女神——他还以为她是女神——应该取走谷子,因为他知道要是没了这两头牛,他就一无所有了。"很好,"妻子说,"现在回家去吧,你会看到我把谷子取走了,但是已经用谷壳填满了米缸。"这么说着,她就消失在池塘里。

男人跑回家,发现谷子确实都不见了,米缸里装满了谷壳。他的妻子飞快地洗好澡,换好衣服,路过水井,回了家,炫耀地向别的女人说起了这个故事。

凯特姨妈的魔粉

(北美:欧扎克山脉)

从前有个名叫杰克的农场小伙儿,他想和一个住在城里的有钱姑娘结婚,但是姑娘她爸不同意。"听着,米妮,"她爸说,"这家伙几乎没受过教育!他靴子上有牛粪!连自己的名字都不会写!"米妮没有回答,但是她知道杰克能做什么,这正合她的心意。读书是没错,但是那跟选个好丈夫没有关系。米妮下定决心要嫁给杰克,不管别人怎么说。

杰克想和米妮私奔,无论怎样都和她结婚,但是米妮说不行,因为她可不打算一辈子过苦日子。她说,我们得让爸爸给我们一个大农场,里面还得有座好房子。杰克听了只是大笑,两个人有一阵子没提这件事儿。最后杰克说,好吧,明天我要去蜂蜜山,看看凯特姨妈怎么想。

凯特姨妈知道许多大家从来没听过的事情。杰克向她说了自己和米妮身处的困境,但是凯特姨妈说,没有银子她可帮不上忙。于是杰克给了她两块钱,那是他所有的财产。然后凯特姨妈给了他一个小容器,就像胡椒瓶一样,里面有些黄色的粉末。"这是魔粉,"她说,"你别沾到身上,也千万别弄到米妮身上,不过你要让她撒一点儿在她爸的裤子上。"

那天夜里米妮看到爸爸的裤子挂在床柱上,于是往里面撒了点儿粉。第二天早上,她爸正吃着早饭就放了一个屁,那声音大极了,震得墙上的画儿直摇晃,吓得猫儿从厨房里跑了出来。米妮她爸想,这一定是因为他吃了什么不好的东西。但是很快他又放了一个屁,没过多久他就放个不停,简直是震天响,米妮只好关上窗户,怕被邻居听到。"爸,你不去上班吗?"她问。但是就在这时候她爸放了一个前所未闻的响屁,他说:"不,米妮,我要上床了。我要你赶快去把霍尔顿医生叫来。"

医生到的时候,米妮她爸已经感觉好些了,但还是相当苍白虚弱。"我上床不久就渐渐不放屁了,"他说,"但是放的时候难受得要命。"然后他把之前发生的事情全都告诉了医生。医生检查了很长时间,给了他一些让他睡觉的药。米妮跟着医生走到门廊上,医生说:"你有没有听见他一直在说的那些响声,像是有人放屁那样?"米妮说没有,她没听到那样的声音。"果然不出我所料,"医生说,"这些全是他想出来的。你爸一点儿事儿都没有,只是神经紧张而已。"

吃了医生给的药,米妮她爸睡得挺不错。但是第二天早上他起了床,刚穿上衣服就又开始放屁,而且比先前还要糟糕。最后他发出一声巨响,好像装了十发子弹的猎枪,于是米妮扶着他上了床,又派人去请医生。这一回医生在他的胳膊上打了一针。"让他待在床上,"他说,"等我去找库伯森医生来看他。"两个医生把米妮她爸从头到脚检查了一遍,但是什么毛病都没查出来。他们只是摇摇头,又给了他一些让他睡觉的药。

米妮她爸连续三天不见好转,最后医生说他最好这段时间都待在床上,每隔四小时吃一次药,还说如果他去疗养院,也许会感觉好一点。"因为我肚子胀气就要送我去疯人院?"米妮她爸喊道。就这样,他大吵大闹起来,医生只好又在他的胳膊上打了一针。

第二天米妮她爸坐在床上嚷嚷说医生全都是该死的蠢货,于是米妮说她知道有个人五分钟就能把他治好。很快杰克就走了进来。"是的,我可以轻易把你治好,"他说,"但是你得让我和米妮结婚,还得给我们一个大农场。"米妮她爸甚至不愿意跟杰克说话。"要是这个傻子能把我治好的话,"他对米妮说,"你想要什么都成。"米妮走过去拨了拨壁炉里的煤。很快火就烧得很旺了,杰克拿起钳子,直接把米妮她爸的裤子扔进了火堆。

她爸看到裤子着了火,简直说不出话来。他就那么躺着,虚弱得像只小猫,杰克像真正的医生那样,镇定地走了出去。但是过了一会儿,米妮她爸就下了床,他换上一身礼拜天才穿的衣服,然后再也没有放屁。米妮为他做了一顿美味的早餐,他吃了个精光,连个嗝儿都没打。接着他绕着房子走了三圈,肚子里一点儿胀气也没有。"啊,老天作证,"他说,"我是真心实意地相信那个该死的傻瓜把我的病治好了!"进城的路上,他去看了霍尔顿医生。"我终于好了,但这一点儿都不是你的功劳,"他说,"要是按你说的去做,这会儿我就在疯人院里啦!"

骂完医生,米妮他爸去了银行,把他最好的一个农场转到了米妮的名下。他又给女儿一些钱买马匹、奶牛和机器。于是米妮和杰克结了婚,生活得很不错。有人说他们幸福地过了一辈子。

鸟的较量

(苏格兰盖尔族)

从前所有的动物和鸟都会聚在一起一决高下。遥远国国王的儿子说,他要去看这场较量,这样就能给父王带个准信儿,告诉他谁会做这一年的万物之王。他赶到的时候,动物们的较量已经差不多结束了,最后只剩下一场大黑渡鸦和蛇的决斗,看起来蛇就要打败渡鸦了。国王的儿子见此情形便去帮助渡鸦,一下斩断了蛇头。渡鸦喘好气,看到蛇已经死了,他说:"因为今日你对我的好意,我要带你登高望远。快来坐到我的翅膀根上。"国王的儿子骑上渡鸦,渡鸦带着他飞过七座峰、七道谷和七片山野,然后才停下来。

"好了,"渡鸦说,"你看见远处那座房子了吗?现在就去那里吧。我的一个姐姐住在里面,我会确保你受到欢迎的。要是她问你去没去看鸟的较量,你就说去了。要是她问你看没看见我,你就说看见了。记住,明天早晨还要回到这里来见我。"当天晚上,国王的儿子受到了盛情款待,不仅有各种好酒好肉,而且有热水供他洗脚,软床让他歇息。

第二天渡鸦又带他飞过七座峰、七道谷和七片山野。他们看见远处有座小屋,虽然离得远,他们不一会儿就到了。就像前一晚一样,这天晚上他又受到了盛情款待——各种好酒好肉,热水供他洗脚,软床让他歇息——下一个晚上也是如此。

到了第三个早晨,国王的儿子没有像之前那样看见渡鸦,他的面前竟然出现了一位俊美无比的小伙子,小伙子的手里拿了个包袱。国王的儿子问他有没有看见一只大黑渡鸦。小伙子说:"你再也不会见到那只渡鸦了,因为我就是那只渡鸦。之前我中了魔咒,遇见你才解开,为了报答你,我把这个包袱送给你。现在你要按原路返回,在每个房子里住上一晚,就像先前那样,但是你一定得走到最想住的地方才能打开我给你的这个包袱。"

国王的儿子背对小伙子,面朝父亲的家出发了。他在渡鸦的姐姐家寄宿,就像来时一样。快到父亲家的时候,他得穿过一片茂密的树林。这时候他感到包袱变沉了,于是想打开看看里面究竟是什么。

他解开包袱,结果吓了一跳。转眼功夫他的面前就出现了一个绝美无比的地方,那里有座城堡,城堡周围有片果园,里面种满各种水果、香草。他吃惊地站在那里,后悔打开了包袱——现在他再也没有能力把这一切装回去了——早知如此,他会想要把这个美丽的地方安放在父亲家对面那个漂亮的绿色小山谷里,但是就在这时候,他看到一个巨人朝他走来。

"国王的儿子,你把房子建在这里真是太糟糕了。"巨人对他说。"是的,但这并不是我的本意,只不过是我不走运。"国王的儿子答道。"要是我把这些按原样装回包袱里,你要怎么报答我?""你想要我怎么报答你?"国王的儿子问。

"我要你在大儿子长到七岁的时候把他交给我。"巨人说。"要是我有儿子的话,你就会得到他了。"国王的儿子说。

眨眼之间巨人就按原样把花园、果园和城堡装回了包袱。巨人说:"现在你走你的路,我走我的路,但是记住你的承诺,就算你忘了,我也会记得的。"

国王的儿子上路了,过了几天,他来到自己最喜欢的那个地方。他打开包袱,面前又出现了与先前一模一样的景象。他推开城堡的门,看到一位美丽绝伦的姑娘。"请进,国王的儿子,"漂亮姑娘说道,"一切都为你准备好了,如果你今晚就想和我结婚的话。""我正求之不得。"国王的儿子说。于是当晚他们就结婚了。

过了七年零一天,有人来到城堡——除了巨人还能有谁?国王的儿子记起了自己对巨人的承诺,一直到现在他才把承诺告诉了他的王后。"你就把这件事交给我和巨人来解决吧。"王后说。

"把你的儿子交出来,"巨人说,"别忘了你的承诺。""等他母亲为他打点好行装,"国王说,"你就会得到他了。"王后打扮好厨师的儿子,牵着他的手,把他交给巨人。巨人带他离开了,但是没走多远就把一根棍子交到小男孩手里。巨人问:"要是你爸爸拿着这根棍子,他会用它来做什么?""要是爸爸拿着这根棍子,他会用它来打猫和狗,不让它们靠近国王吃的肉。"小男孩答道。"你是厨师的儿子。"巨人说罢就拎起他的两个小脚踝,"咚"地一声把他砸在了旁边的石头上。巨人气急败坏地回到城堡,他说要是他们不把国王的儿子交给他,他就把整个城堡翻个个儿。王后对国王说:"我们再试试,管家的儿子跟我们的儿子一样大。"她打扮好管家的儿子,牵着他的手,把他交给巨人。巨人没走多远就把棒子交到男孩手里。"要是你爸爸拿着这根棍子,"巨人说,"他会用它来做什么?""他会用它来打猫和狗,不让它们靠近国王的酒瓶和酒杯。""你是管家的儿子。"巨人说罢也把他的脑浆砸了出来。巨人怒不可遏地回到城堡,脚板跺得地直摇,城堡和里面所有的东西也跟着一起摇。"快把你的儿子交出来,"巨人吼道,"要不然我眨眼功夫就把城堡翻个个儿。"于是他们不得不把国王的儿子交给了巨人。

巨人把男孩带回自己家,把他当作自己的儿子抚养长大。一天,巨人出去了,小伙子听见巨人家顶层的某个房间里有美妙无比的音乐。他看到一张最美丽的面庞,那姑娘招手让他靠近些,然后叫他暂时离开,但当天晚上午夜时分一定要再回到那里。

他按照承诺回到那间屋子。眨眼功夫,巨人的女儿就出现在他身旁,她说:"明天你可以挑选我两个姐姐中的一个,然后跟她结婚,但是你要说你谁都不想娶,只想娶我一个。我父亲要我跟绿城国王的儿子结婚,但是我不喜欢他。"第二天,巨人领出三个女儿,他说:"好了,遥远国国王的儿子,你跟我住了这么久,并没有损失什么。你可以娶我的大女儿或者二女儿,婚礼过后第二天就可以带着她回家去。""要是你把漂亮的小女儿给我,"国王的儿子说,"我就按你说的去做。"

巨人的火气又上来了,他说:"要想得到她,你就得听我的吩咐,办到三件事。""说吧。"国王的儿子答道。巨人把他领到牛棚。"好了,"巨人说,"这里有一百头牛的牛粪,已经七年没人清洗了。今天我要出门,你得在天黑之前打扫干净——干净得能让一只金苹果从一头滚到另一头。要是你办不到,那就休想得到我的女儿,而且晚上我还要喝你的血解渴。"国王的儿子开始打扫牛棚,但那就好像是用桶不断去舀汪洋大海里的水一样。过了正午,汗水模糊了他的双眼,巨人的女儿来到他身边,说:"国王的儿子,你受到惩罚了。""是啊。"国王的儿子说。"过来,"姑娘说,"坐下休息一会儿吧。""好的,"他说,"反正我只有等死了。"他坐到姑娘身旁,疲倦得睡着了。醒过来的时候,巨人的女儿没了踪影,但牛棚已经打扫得干干净净,能让金苹果从一头滚到另一头。巨人回来了,他说:"国王的儿子,你扫好牛棚了吗?""我扫好了。"他说。"有人帮你扫的。"巨人说。"反正你没扫。"国王的儿子答道。"好了,好了!"巨人说,"既然你今天这么积极,我要你明天的这个时候用鸟绒盖好牛棚顶——而且每根羽毛的颜色都得不一样。"国王的儿子天没亮就起床了,拿起弓和箭筒去射飞鸟。他来到荒野里,但是鸟儿可没有那么好射。他跟在鸟群后面跑啊跑啊,直到汗水模糊了双眼。中午又有人来到他身边——除了巨人的女儿还能有谁?"国王的儿子,你筋疲力尽啦。"姑娘说道。"是啊,"他说,"我只射下这两只乌鸦,而且颜色都一样。""过来在这座漂亮的小丘上休息一会儿吧。"巨人的女儿说。"我正求之不得。"国王的儿子答道。他想,这一次她也会帮助他的,于是他坐到她身边,没过多久就睡着了。

醒来的时候,巨人的女儿不见了。他觉得应该回巨人家看看,然后他就看到牛棚顶上盖满了羽毛。巨人回家以后说:"国王的儿子,你盖好牛棚顶了吗?""我盖好了。"他说。"有人帮你盖的。"巨人说。"反正你没盖。"国王的儿子答道。"好了,好了!"巨人说。"听着,"巨人又说,"那头的湖边有棵枞树,树顶上有个喜鹊窝,窝里面有鸟蛋。你必须把鸟蛋弄来给我做早餐。一共五个蛋,一个都不能破。"国王的儿子一大早就来到树下。那棵树很好找,整个树林里没有哪棵比它更高了,光是从地面到第一根枝丫就有五百英尺。国王的儿子正围着树打转,那个总是帮他的姑娘就来了。"你手上、脚上的皮都磨掉了。""啊!是啊,"他说,"我刚爬上去一点儿就往下掉。""这可不是停下的时候。"巨人的女儿说。她交替着把手指插进树干,为国王的儿子搭起梯子,一直让他爬到喜鹊窝。他来到窝边的时候,姑娘说:"快点拿鸟蛋,我父亲喘的气已经烧到我的后背了。"他匆忙取蛋的时候,她把自己的小拇指留在了树顶上。"好了,"她说,"你快点把蛋拿回家,要是你能认出我的话,今晚就能和我结婚。我和我的两个姐姐会穿相同的衣服,而且会被打扮得一模一样,但是当我父亲说'国王的儿子,去你妻子身边'的时候,你要看着我,然后你就会看到我的一只手上缺了小拇指。"国王的儿子把鸟蛋给了巨人。"好了,好了!"巨人说,"你就准备结婚吧。"

然后果然举行了一场婚礼,一场真正的婚礼!巨人们和绅士们都来了,里面还有绿城国王的儿子。他们结了婚,人们开始跳舞——那哪里是舞蹈啊?巨人家从顶到底都在摇。但是睡觉的时间到了,巨人说:"遥远国国王的儿子,你该去休息了,从她们中间领走你的新娘吧。"

巨人的小女儿伸出那只缺了小拇指的手,于是他抓住了她的手。

巨人说:"这一次又让你找准了,但是谁都不能保证我们不会再聚头。"

不过他们确实是去休息了。"听着,"巨人的女儿说,"别睡觉,不然你就死定了。我们得赶快逃走,不然父亲肯定要杀死你。"

他们跑了出去,跳上马厩里蓝灰色的小母马。"等一下,"她说,"我来跟老英雄玩个小把戏。"她跑回屋,把一只苹果切成九瓣,两瓣放在床头,两瓣放在床尾,两瓣放在厨房门口,两瓣放在大门口,还有一瓣放在屋外。

巨人醒过来,叫道:"你们睡着了吗?""还没呢。"床头的苹果说。过了一会儿巨人又问了一遍。"还没呢。"床尾的苹果叫道。又过了一会儿,他问了第三遍。"还没呢。"厨房门口的苹果说。巨人叫了第四遍。大门口的苹果回答了他。"你们离我越来越远了。"巨人说。"还没呢。"屋外的苹果说。"你们逃走了。"巨人说着就站起身,跑到他们的床边,但是冷冷的床已经空了。

"是我自己的女儿在用计试探我,"巨人说,"我这就去追。"

天快亮的时候,巨人的女儿说父亲喘的气已经烧到她的后背了。"快点,"她说,"把手伸到小灰马的耳朵里,不管摸到什么都赶快把它扔到身后。""我摸到一根黑刺李的小树枝。"他说。"把它扔到你身后。"巨人的女儿说。

他刚扔出去,后面就长出二十英里的黑刺李灌木丛,茂密得连黄鼠狼都难穿过去。巨人一头冲进去,脑袋和脖子上都扎满了刺。

"这又是我女儿的诡计,"巨人说,"但要是我有大斧头和砍柴刀,很快就能从中间穿过去。"他回家去取大斧头和砍柴刀,路上当然没花多少时间,然后他就抡着大斧子来了。不久他就劈开一条道路,穿过了黑刺李灌木丛。"我把斧子和柴刀留在这里,等回来再拿。"巨人说。"你要是留下,"树上的一只乌鸦说,"我们就把它们偷走。"

"你们要是这么做,"巨人说,"我就把它们拿回家。"他掉头把它们放回家里。中午最热的时候,巨人的女儿又感觉到父亲喘的气在烧她的后背了。

"把手伸到小灰马的耳朵里,不管摸到什么,都赶快把它扔到身后。"他摸到一片灰色的碎石,眨眼间他们身后就出现了一块二十英里宽、二十英里高的灰色巨岩。巨人快速冲了过来,但是却翻不过巨岩。

"我女儿的诡计是我遇到的最大难题,"巨人说,"但要是我有撬杆和神锄,很快也能从这块石头中间穿过去。"他没有别的办法,只好先不去追,回家去取工具。就这样,他劈着石头,不久就分开一条道路,从石头中间穿了过去。"我把工具留在这里,再也不走回头路了。""你要是留下,"乌鸦说,"我们就把它们偷走。""你要偷就偷吧,我没时间回头了。"快到晚上的时候,巨人的女儿说她又感觉到父亲喘的气在烧她的后背了。"国王的儿子,找找小马的耳朵里还有什么东西,不然我们就输定了。"他照她的话做了,这一次他从马耳朵里掏出了一个水囊。他把水囊扔了出去,他们的身后立刻出现了一个二十英里长、二十英里宽的淡水湖。

巨人来了,但是他跑得太快,一下冲到湖心,然后就沉了下去,再也没有爬出来。

第二天,两个年轻的旅伴看到了王子父亲的家。"好了,"她说,"我父亲已经淹死了,不会再来找我们麻烦,但是往前走之前,"她说,"你得先去你父亲家,告诉他们你和我在一起,不过你千万不能让人或者动物吻你,不然你就会彻底忘记我了。"他见到的所有人都向他表示欢迎,并且祝他好运。他嘱咐父母不要吻他,可是不巧的是,一只老灰狗进来了,这只狗认识他,于是一下扑到他的嘴上,从那以后他就不记得巨人的女儿了。

巨人的女儿坐在他们分别的井边,但是国王的儿子没有回来。天要黑的时候,她爬上井边的一棵橡树,然后整夜都躺在树杈上。井边的房子里住着个鞋匠,第二天中午,鞋匠叫老婆去井边打水给他喝。鞋匠的老婆来到井边,她看到树上巨人的女儿投下的倒影,还以为是自己的影子——她从来都没想过自己这么漂亮——于是她扔下手里的水碟,碟子掉在地上摔碎了,然后她空手回了家,既没有碟子也没有水。

"老婆,水在哪里?"鞋匠问。"你这个卑鄙无耻路都走不稳的老东西,你这个没有礼貌的大老粗,我帮你打水砍柴,做牛做马,实在是受够了。""我在想,老婆,你是不是疯了。女儿,快去,给你爸打点水喝。"他的女儿去了,同样的事情也发生在她的身上。她从来没有想过自己这么招人喜爱,于是也两手空空地回了家。"水呢?"她爸问。"你这个没有见识的臭鞋匠,你以为我只配做你的奴隶吗?"穷鞋匠以为她们的脑子出了问题,于是自己去了井边。他看到井里姑娘的倒影,然后抬头看树,他的眼前竟是一个美丽绝伦的女子。"你坐得不大稳当,但是脸蛋儿很漂亮,"鞋匠说,"下来吧,因为我需要你跟我回去住一阵儿。"鞋匠知道就是她的倒影让家里人发了疯。他领着姑娘回到家,他说他只有一间破茅屋,但是里面的东西尽她用。过了一两天,三个有身份的小伙子来到鞋匠家,要他帮他们做鞋,因为国王的儿子回来了,马上就要举行婚礼。小伙子们看到了巨人的女儿,他们从没见过这么漂亮的姑娘。"你有个漂亮的女儿。"小伙子们对鞋匠说。"她确实很漂亮,"鞋匠答道,"但她可不是我的女儿。""天哪,"其中一个小伙子说,"要是能和她结婚,我愿意出一百镑。"另外两个小伙子也说了一模一样的话。穷鞋匠说他跟姑娘既不沾亲也不带故。"但是,"他们说,"你今晚问问她,明天给我们答复。"贵族小伙儿们走了以后,姑娘问鞋匠:"他们说我什么?"鞋匠告诉了她。"你去追上他们,"她说,"就说我会和其中一个人结婚,让他把钱拿来。"年轻人回来了,他给了鞋匠一百镑做彩礼。两个人去休息了,姑娘躺下之后叫小伙子拿点水来给她喝,水杯就放在卧室另一头的桌子上。小伙子去了却再也走不回来了,就这么拿着水杯站了一夜。"小伙子,"姑娘说,"你为什么不睡下?"但是他怎么都动不了,一直站到了天亮。鞋匠来到卧室门口,姑娘让他把这个傻小子带走。于是来求婚的小伙子回了家,但他没有告诉另外两个人究竟是怎么一回事。接下来第二个小伙子也来了,还和先前一样,姑娘上床后说:"你去看看门闩插上了没有。"小伙子抓住门闩,然后就不能动了,整整一夜就那么站着,一直站到天亮。于是他也耻辱地走了。不过他没有告诉另一个小伙子到底发生了什么,所以第三天晚上,第三个小伙子也来了。就像前两个小伙子一样,他也遭遇了同样的事情。他的一只脚粘在地板上,既不能前进也不能后退,就这么待了一夜。第二天，他离开了鞋匠家，头也不回地走了。"好了，"姑娘对鞋匠说，"这个毛皮袋里的钱都是你的了，我不需要这些。它们对你有帮助，而我也没有损失，因为我得到了你的善待。"鞋匠做好鞋子，当天国王就要结婚了。鞋匠要带着小伙子们的鞋去城堡，姑娘对鞋匠说："我想在国王的儿子结婚前看他一眼。""跟我来，"鞋匠说，"我跟城堡的仆人很熟，你会见到国王的儿子还有所有的宾客。"贵族们看到来了一位貌美的姑娘，便把她领进举行婚礼的大厅，又为她倒了一杯葡萄酒。她刚要喝，酒杯里喷出一团火，里面飞出一只金鸽一只银鸽。他们到处飞着，突然三粒大麦掉在地上。银鸽猛地飞过去，把麦粒吃光了。金鸽对他说："你要是还记得我打扫牛棚的事，就不会独自把麦粒吃掉，一点儿也不分给我。"天上又掉下来三粒大麦，银鸽猛地飞过去，像先前一样把麦粒吃光了。金鸽说："你要是还记得我盖牛棚顶的事，就不会独自把麦粒吃掉，不把我的那一份给我。"然后又有三粒大麦掉了下来，银鸽猛地飞过去，把麦粒吃光了。"你要是还记得我端喜鹊窝的事，就不会独自把麦粒吃掉，

不把我的那一份给我,"金鸽说,"为了把它拿下来,我失去了一个小拇指,到现在我都还想把它要回来。"国王的儿子记起了过去的事情,他知道面前的人是谁了。他冲到她的面前,从她的手吻到她的嘴。牧师来了之后,他们举行了第二次婚礼——他们的故事我就讲到这里。

香芹姑娘

（意大利）

很久很久以前的一个冬天，有个妇人说："我实在很想吃香芹，修女们的花园里有很多，我去弄一点来。"

第一次妇人采了一小枝，她一个人都没看见。第二次，她采了两小枝，没有人发现她。但是第三次她采了一大把，她正采得起劲，一只手落到她的肩上，一个又高又大的修女出现在她面前。

"你在干什么？"修女问。

"采香芹。我实在很想吃香芹，因为我就要生孩子了。"

"你想采多少就采多少吧，但是生完孩子以后，如果是个男孩儿，就得叫他香芹小子，如果是个女孩儿，就得叫她香芹姑娘，等孩子长大，你得把它交给我们。这就是你必须为香芹付出的代价。"

妇人当时一笑了之，但是生下个女儿之后，她确实为孩子起名叫"香芹姑娘"。有时候香芹姑娘会到修道院的墙边玩耍。一天一个修女对她说："香芹姑娘！问问你妈什么时候把它交给我们。"

"好的，"香芹姑娘答道。

她回了家,对母亲说:"修女问我,你什么时候把它交给她们?"

她母亲笑道:"让她们自己来拿。"

香芹姑娘又回到修道院的墙边玩耍,修女问:"香芹姑娘,你问过你妈没有?"

"问过了,"香芹姑娘答道,"她说你得自己去拿。"

于是修女伸开长胳膊,揪着香芹姑娘的脖子,把她拎了起来。

"别抓我呀!"

"抓的就是你!"

修女对香芹姑娘说了香芹和承诺的事情。香芹姑娘放声大哭:"坏妈妈!她从来都没提过这事儿!"她们进了修道院,修女说:"香芹姑娘,你去煮一大锅水,水开了你就跳进去!你够我们晚上美美地吃上一顿了。"

香芹姑娘又放声大哭起来。突然砂锅里面蹦出个小老头。

"你为什么哭呀,香芹姑娘?"

"因为修女们要拿我当晚饭。"

"她们不是修女,是邪恶的老女巫。把盛水的锅子架到火上,快别哭了。"

"我为什么不能哭呢?修女们就要把我吃掉了。"

"哦,不会的。拿好这根魔棒。她们来看水开没开的时候,你就用魔棒点她们一下,然后她们就都会跳到锅里了,就像青蛙跳到池塘里一样。"

她想:老头子说这些话,只不过是想让我不哭而已,但她还是觉得好些了。水开之后,她喊道:"修女们!修女们!

水开了!"

她们全都跑来看,一面叫道:"啊,我们马上就能吃到一顿丰盛的晚餐啦!"香芹姑娘吓呆了,她拾起魔棒,在每个修女肥大的屁股上敲了一下。啊,真的! 她们全都扑通扑通地跳到锅里去了。

"香芹姑娘,快把锅从火上端下来! 我们只不过是和你闹着玩儿的!"

"哦,不,你们才不是和我闹着玩呢! 你们根本就不是修女,是女巫! 你们就在里面待到煮熟煮透吧,不过别指望我赏脸把你们吃掉,你们实在是老得嚼不动啦。我去炉子上看看你们还有些什么。"

她来到炉子跟前,在砂锅里找到一个英俊的小伙子。

"你好,英俊的年轻人。我饿了。"

"别拿我寻开心了。我一点儿都不年轻,我又老又丑。"

"哦,不,你不老,"她指给他看洗碗盆里的英俊倒影,"至于我嘛,我只是个小女孩儿,真可惜。"

"你才不是小女孩儿呢,"小伙子说,"我来让你看看。"

他让姑娘贴墙站好,为她量了个头儿,让她看看自己已经长得多高了。香芹姑娘说:"我有一个提议。"

"到底是什么提议?"

"我们结婚吧。"

"可是你这么漂亮,我这么平常。"

"依我看,你长得很英俊呢。"

"好吧,你要是想结婚,我就娶你。"

"那我们吃点晚饭就去睡觉吧。明天我们可以找个牧师。"

"不过我们还是别待在修道院里了,因为修女们把恶魔放在了耶稣的位置上。"

他们去找恶魔,但是因为魔棒的法力,恶魔已经变回了耶稣。香芹姑娘说:"你的确知道我把所有的女巫都杀了,对吧?"

他们朝锅里看看,里面全是死尸。

"我们挖个洞,把她们埋了,然后离开这里。"

他们吃完晚饭就上床睡觉了。第二天早晨他们去了牧师那儿,两个人结了婚。

聪明的格蕾特尔

(德国)

从前有个厨师名叫格蕾特尔,她脚穿红跟鞋,出门的时候左转转右转转,欢快得像只云雀。"你真是挺美的!"她会这么自言自语。回到家,她会仅凭了好心情就喝上几口葡萄酒。酒会增进她的食欲,于是她就拿起正在烧的最好的菜肴,尝啊尝啊,直到满意为止。然后她会说:"厨师必须知道她做的菜是什么味道!"

一天,她的主人对她说:"格蕾特尔,今晚我请了个客人来吃饭。为我做两只鸡,要尽量美味可口。"

"先生,包在我身上,"格蕾特尔答道。于是她宰了两只鸡,烫好,拔了毛,穿在烤扦上,天快黑的时候放到了火上。鸡慢慢变成了棕色,很快就要烤好了,可是客人还没来。格蕾特尔冲着主人叫道:"要是客人不快点儿来,我就得把鸡从火上取下来了。现在正是鲜嫩多汁的时候,不赶快吃就太可惜了。"

"那我亲自跑去把客人叫来吧。"主人说。

主人出了门,格蕾特尔把穿着烤鸡的扦子放到一边,心想,要是一直站在炉火边,我就只会出汗、口渴。谁知道他们什么时候回来啊?不如去地窖里弄点酒喝吧。

她跑下楼,盛了一壶葡萄酒,说:"上帝保佑你,格蕾特尔!"然后就喝了一大口。"这酒流得很顺畅,"她继续道,"打断了可不好。"说罢又咕咚咚咚地喝了一大口。然后她上了楼,把鸡重新放到火上,在外面涂了一层黄油,快乐地转起了烤扦。烤鸡闻起来香极了,格蕾特尔想,也许还缺了点儿什么,我最好尝一下,看看它们到底怎么样。她用手指碰了碰其中的一只,说:"天哪!这两只鸡烤得真好!不马上吃实在是太作孽啦!"她跑到窗口,看看主人和客人是不是已经在路上了,但是她不见有人来,于是走回烤鸡边,想:那只翅膀就要烤糊了,我最好赶紧把它吃掉。

于是她切下鸡翅,美美地吃掉了。吃完以后,她想,我最好把另一只翅膀也吃掉,不然主人就会注意到缺了点儿什么。吃完两只翅膀,她走回窗边,想看看主人在哪里,但下面连个影儿都没有。谁知道呢,她突然想到他们也许决定不来了,顺路去了别的什么地方。然后她自言自语道:"嗨,格蕾特尔,别难过!你已经吃了一大块了。再去喝点儿酒,把它吃光吧!吃完以后你就没理由内疚了。上帝的恩赐为什么要白白浪费呢?"

她又跑进地窖,扎扎实实地喝了一气,然后回到楼上,津津有味地把整只鸡都吃了。一只鸡下肚以后,她的主人还没回来,格蕾特尔望着另一只鸡说:"一只去了哪里,另一只也该去哪里。两只鸡应该在一起:那只得了怎样的待遇,这只就应该得到怎样的待遇。我想要是再喝点儿酒也不会有什么害处。"于是她又喝了一大口,让第二只鸡跑去跟第一只鸡做伴了。

她吃得正欢,主人回来了,他大声喊道:"快点儿,格蕾特尔,客人马上就要来了!"

"好的,先生,我会把一切都准备好的,"格蕾特尔答道。

与此同时,主人去看桌子是不是已经摆好了,然后他拿出一把打算用来切鸡的大刀,在门厅的台阶上磨了起来。就在这时候,客人到了,他礼貌地轻轻敲了敲门。格蕾特尔跑去看是谁来了,一见是客人就把食指举到唇边,小声说:"嘘,别出声! 赶快离开这里,能跑多快就跑多快! 要是被我的主人抓住,你可就完蛋了。没错,他是请你来吃晚饭了,但实际上他是想割掉你的两只耳朵。你听,他正在磨刀呢!"

客人听见了磨刀声,拼了命地跑下楼去。格蕾特尔一点儿没耽搁,嚷嚷着跑到主人跟前:"你请的是什么客人啊!"

"老天爷啊,格蕾特尔! 你干吗这么问? 你这么说是什么意思?"

"你看,"她说,"我刚要把鸡端上桌,他就一把夺过两只鸡跑了!"

"这样做真不厚道!"主人说,丢了两只上好的烤鸡,他沮丧极了,"至少也该留一只给我,让我也吃点儿东西啊。"

于是他跟在客人后面,大声叫他不要跑,但是客人假装没听见。就这样主人追了出去,刀还拿在手里。他高声喊着:"就一只,就一只!"意思是,客人至少应该给他留一只鸡,而不是把两只都拿走。但客人以为主人只要割他的一只耳朵,为了安全回到家,保全两只耳朵,他撒开腿一路狂奔,好像有人在他脚下点了火似的。

毛堡包

（北美）

一个女士进了某家宠物店，要买一只稀有、奇异、别人都没有的动物。她对店主说了要求，店主把他家所有的珍禽异兽都展示给她看。折腾了半天，女士还是没有找到对她胃口的稀罕动物。她又央求了店主一回。店主实在没有办法，终于说道："我的确还有一只你没见过的动物，不过我有点儿不情愿拿给你看。""哦，求求你了。"女士叫道。

于是店主走到店铺后面的房间里，过了一会儿提着个笼子出来了。他把笼子放在柜台上，打开笼子，把里面的动物拿出来放到台面上。女士看了看，但只看到一团皮毛，没头没尾，没有眼睛，什么也没有。"这到底是什么呀？"女士问。"毛堡包。"店主漫不经心地说。"但是它能做什么呢？"女士又问。"太太，您看好了，"店主低头看着毛堡包说，"毛堡包，墙！"话音未落，那只动物就飞了出去，好似一吨砖头，猛地撞在墙上，把墙彻底撞毁了，只留下一摊粉末。接着它以同样的速度飞了回来，重又坐到柜台上。然后店主说："毛堡包，门！"话音未落，那只动物又飞了出去，好似一吨砖头，猛地撞到门上，把整个门和门框撞了个粉碎。接着它又以同样的速度飞了回来,坐到了柜台上。

"我就要它了。"女士说。"好吧,如果你真心想要的话。"店主答道。女士提着毛堡包,正要出门,店主说:"夫人,原谅我冒昧,但是你要拿你的毛堡包做什么呢?"女士回头对他说:"啊,最近我跟我先生之间有点儿麻烦,所以今晚回家以后我打算把毛堡包放到厨房地板的正中央。我先生下班回来以后会走进房门,朝地上一看,问我说:"那究竟是个什么玩意儿?"我就说:"哎呀,亲爱的,那是个毛堡包呀。"然后我先生会看着我说:"毛堡包个蛋!"①

。

---

① 原文为:"Furburger, my ass!"直译为"毛堡包个屁!"但这也是一句双关语,毛堡包听了就会攻击他的屁股。此处译文取近似意。

第三章

傻　瓜

一壶脑子

(英格兰)

在不太久远的过去,咱们这儿住着个傻瓜,他想买一壶脑子,因为他的愚蠢总是害他闯祸,成为所有人的笑柄。大伙儿对他说,山顶上住着个明智的妇人,她什么都有,不仅卖魔水、草药、咒语什么的,还能占卜你和你家人的命运。于是傻瓜跟母亲说了这事儿,问能不能去找那个明智的妇人买一壶脑子。

"你应该去,"母亲说,"儿子,你太需要那个啦,要是我死了,谁来照顾你这么一个可怜的傻瓜呢?你就像个还没出生的小孩儿一样不会照顾自己。但是孩子,你要懂礼貌,好好跟她说,因为他们那些聪明人很容易生气。"

傻瓜喝完茶就去了,他看到明智的妇人坐在火炉边上,正在搅拌一只大锅里的东西。

"晚上好,夫人,"傻瓜说,"今晚的天气真好。"

"嗯。"妇人应了一声,然后继续搅着。

"可能会下雨。"傻瓜边说边烦躁地晃来晃去。

"可能吧。"

"但也许不会。"傻瓜又说,然后朝窗外望了望。

"也许吧。"

傻瓜挠挠头,转了转帽子。

"你看,"他说,"我就只记得这么多关于天气的话,不过,再让我想想,嗯,庄稼长得很不错啊。"

"不错。"妇人说。

"还有——还有——牲口都长膘了。"

"是啊。"

"还有——还有——"傻瓜说不下去了——"既然礼貌的话都说完了,我想我们还是谈正事儿吧。你有脑子卖吗?"

"那得看是什么脑子了,"妇人说,"要是你想买国王、士兵或者教师的脑子,我这里可没有。"

"哦,不,"傻瓜说,"我只要一般的脑子——够傻子用就行——跟咱们这儿所有人的脑子一样,干干净净、普普通通就好。"

"啊,要是这样,"明智的妇人说,"我也许能帮你,如果你也愿意帮你自己的话。"

"夫人,那个要多少钱?"

妇人朝锅里看看,说:"你只要把你最喜欢的东西的心拿来给我,我就告诉你到哪儿去弄一壶脑子。"

"可是,"他挠挠头说,"我要怎么做呢?"

"这我可不好说,"妇人说道,"你得自己琢磨了,小伙子! 要是你不想做一辈子傻瓜的话。不过你还得先回答一道我出的谜语,让我看看你拿没拿对东西,长没长脑子。现在我还有别的事要做,晚安啦。"妇人说着就端锅进了里屋。

傻瓜回到母亲身边,把明智的妇人说的话告诉了她。

"所以我大概得把那头猪杀掉了,"他说,"因为我最喜欢吃肥熏肉了。"

"那就动手吧,孩子,"母亲说,"这事儿的确有点儿蹊跷,但是肯定对你有好处——要是你能买到一壶脑子,从此照顾好自己的话。"

于是傻瓜把猪杀了,第二天又去了明智妇人的小屋,他看到妇人正坐在那儿读一本大书。

"晚上好,夫人,"傻瓜说,"我拿来了我最喜欢的东西的心,用纸包好,放在桌子上了。"

"是吗?"妇人说罢,透过眼镜看了看他,"那么你来告诉我,什么东西能跑没有脚?"

傻瓜挠挠头,想啊,想啊,就是答不上来。

"走吧,"她说,"你还没把正确的东西拿来。今天我没有脑子给你。"她砰地一声合上书,背过身去。

傻瓜打算回去告诉母亲。

但是快到家的时候,一群人跑来跟他说,他母亲就快要死了。

进了家门,母亲只看了他一眼,对他微微一笑,好像在说她可以安心地离开他了,因为他已经有足够的脑子照顾自己了——然后她就离开了人世。

他一屁股坐了下来,越想越难受。他记起了自己还是个小毛孩的时候,母亲是怎么照顾他的,记起了母亲是怎么帮他复习功课、准备晚餐、缝补衣服,又是怎么耐心忍受他的愚蠢的。他越想越难过,抽噎着痛哭起来。

"哦,母亲,母亲!"他说,"现在谁来照顾我呀!你不该丢下我一个人,因为世上所有的东西里头我最喜欢的是你!"

这么说着,他想起了明智的妇人说过的话。"哎呀!"他说,"难道我要把母亲的心拿去给她?"

"不行!我不能那么做,"他说,"但我该怎么办呢!现在我一个人活在世上,要怎么才能弄到那一壶脑子呢?"他想啊,想啊,想啊,第二天跑去借了个麻袋,把母亲装了进去,扛着麻袋上山去了明智妇人的小屋。

"晚上好,夫人,"他说,"我想我这次肯定把正确的东西拿来了。"说着他就扑通一声把麻袋重重地扔进了门槛。

"也许吧,"明智的妇人说,"但是现在你得回答这道谜语,什么东西黄澄澄、亮闪闪却又不是金子?"

傻瓜挠挠头,想啊,想啊,就是答不上来。

"小伙子,你还是没找对东西,"妇人说,"我怀疑你比我想象得还要傻哩!"说完她就当着傻瓜的面把门关上了。

"瞧她做了什么啊!"傻瓜说罢就坐在路边哭了起来。

"我只在乎两样东西,现在全没了,我还能找别的什么去买那一壶脑子呢!"他失声嚎哭,直到眼泪流进嘴里。这时候一个住在附近的姑娘走了过来,看看他,说:

"傻瓜,你怎么了?"

"哦,我杀了我的猪,然后失去了母亲,自己又只不过是个傻瓜。"他抽抽噎噎地说。

"真糟糕,"姑娘说,"没有人照顾你吗?"

"没有,"他说,"而且我没法儿买一壶脑子了,因为世上再没有我最喜欢的东西了!"

"你在说什么呀!"姑娘说。

她坐到傻瓜旁边,傻瓜一五一十地跟她说了明智的妇人、猪、母亲、谜语还有他独自活在世上的事儿。

"哎呀,"姑娘说,"我不介意亲自来照顾你。"

"你能行吗?"傻瓜问。

"唔,行啊,"她说,"大伙儿都说傻子能做好丈夫,我想,你要是愿意,我就选你吧。"

"你会做饭吗?"傻瓜问。

"嗯,会。"

"打扫房间呢?"傻瓜又问。

"当然啦。"

"还有为我缝补衣服?"

"我能行。"姑娘答道。

"我想你大概不会比别人差,"他说,"但是我要拿这个明智的妇人怎么办呢?"

"哦,别急,"姑娘说,"也许会发生什么事情,但是只要有我照顾你,你就不用担心自己是个傻瓜啦。"

"这倒是,"傻瓜说,然后两个人就去结了婚。姑娘把傻瓜家收拾得干干净净、整整齐齐,又为他做美味可口的饭菜,于是一天晚上傻瓜对她说:"姑娘,我觉得说到底所有东西里头我最喜欢的是你。"

"听你这么说,我也很高兴,"姑娘说,"但那又怎么样呢?"

"你说我是不是应该把你杀掉,拿着你的心去找明智的妇人换那壶脑子?"

"上帝啊,那可不行!"姑娘一脸恐惧,"我可不能让你那么做。你瞧呀,你也没有把你母亲的心挖出来,不是吗?"

"嗯,但要是我那么做了,也许就已经得到一壶脑子了。"

"才不是那样呢,"姑娘说,"你把我整个人带去,心啊什么的一样也不少,我保证帮你解开谜语。"

"你能行吗?"傻瓜怀疑地说,"我看那些谜语对女人来说太难了。"

"那么,"姑娘说,"咱们试试看吧。你来问我第一个谜语。"

"什么会跑没有腿?"

"哎呀,是水!"姑娘说。

"对啊。"傻瓜挠挠头。

"那么什么黄澄澄、亮闪闪,却又不是金子?"

"哎呀,是太阳!"姑娘答道。

"可不是嘛!"傻瓜说,"来,咱们这就上山去找明智的妇人。"于是两个人去了。他们顺着山路往上走,看到妇人坐在门口编麦秆。

"晚上好,夫人。"傻瓜说。

"晚上好,傻瓜。"妇人说。

"我想我终于把正确的东西拿来了。"傻瓜说。

明智的妇人看看他俩,擦了擦眼镜。

"你能不能告诉我,什么最初没有腿,然后变成两条腿,最后变成四条腿?"

傻瓜挠挠头,想啊,想啊,就是答不上来。

姑娘在他耳边小声说:

"是蝌蚪。"

"可能,"于是傻瓜照着说道,"可能是蝌蚪,夫人。"

明智的妇人点点头。

"这就对了,"她说,"你已经得到了一壶脑子。"

"在哪儿?"傻瓜四下里搜寻,又摸了摸口袋。

"在你妻子的脑袋里,"妇人说,"治傻瓜的唯一办法就是找个好妻子照看他,这个你已经有了,所以二位晚安啦!"

说罢她朝他们点点头,起身进了屋。

就这样他们一起回了家,他再也不要买一壶脑子了,因为妻子的脑子足够他们两个人用。

早上就有小伙子了

(非裔美国人)

A一个住在乡下的老太婆很想结婚,但是她太老了,就像我一样。早上经常有个小伙子从她的院子里经过——老太婆就是想跟他结婚。于是小伙子对她说:"要是你把床单弄湿,裹在身上,今晚在屋顶待一整夜,那么明早我就跟你结婚。"

老太婆愚蠢到决定照做。她把湿床单裹在身上,然后爬上屋顶,坐在那里直发抖。小伙子待在下面的屋子里,好确保她一直待在屋顶上。整晚小伙子都听到她一边抖一边说:

哦……哦……
早上就有小伙子了。

她是说,要是不冻死,就刚好能撑到天亮(她的确是够蠢的)。她每说一遍,身子就变得更加虚弱。于是凌晨三点钟的样子,床单结了冰,小伙子听到她从屋顶上滚下来,重重地掉到院子里,已经冻硬了。她落地的时候,小伙子说:"谢天谢地,再没有老太婆来烦我了。"

要是我没死，这会儿就要哈哈大笑啦

(冰岛)

从前两个结了婚的女人发生了一场争论，两个人都说自己的丈夫才是最大的傻瓜。她们终于决定试探一下，看看他们是不是真像看上去那么蠢。其中的一个女人玩了这么一个把戏。等丈夫干完活回到家，她就搬出纺车，拿起纺梳，坐下来又梳又纺，但不管是她的农夫丈夫还是别的什么人都看不到她手里的羊毛。丈夫见了问她是不是疯了，明明没有羊毛，却刮着起绒草，空摇着纺车，他要她说明白这到底是什么意思。女人说，她可没指望丈夫能看到自己在做什么，因为这是一种特殊的亚麻，细得肉眼看不见，她要用这块布为他做一身衣服。丈夫觉得这是个很不错的解释，他为好妻子的聪明才智而感到惊讶，一想到穿上这身非凡的衣服他将会多么的高兴、骄傲，他就满心期待起来。妻子说线已经纺足了，于是她装好织布机，织起布来。丈夫时不时去看看她，妻子的手艺直令他惊叹。这一切都让妻子发笑，于是她想赶快戏弄丈夫一把。织好布，她把布从织布机上拿下来，洗干净，打上褶，然后坐下来剪啊，缝啊，把它做成了衣服。全部完工之后，她让丈夫来试穿，但又不敢让他自己穿，所以就在一边帮忙。

就这样,她假装为丈夫穿上了精美的衣服,可怜的丈夫事实上一丝不挂,却坚信那全是自己的错,他以为聪明的妻子真为他做了一身精美绝伦的衣服,禁不住高兴得蹦来跳去。

现在我们来说说另一位妻子。丈夫下班回家以后,她问他究竟为什么不在床上歇息,而是下地到处走动。丈夫听了吃了一惊,说:"你到底为什么这样问?"妻子说服了他,说他得了重病,最好躺到床上去。丈夫信了,立马上了床。过了一阵儿,妻子说要为他做最后的祷告。丈夫问她为什么,然后求她千万别那么做。妻子说:"你为什像个傻瓜一样,你难道不知道自己今天早上就已经死了吗?我这就叫人给你做棺材去。"这下可怜的丈夫相信这一切都是真的了,于是他就那么躺着,直到被人放进棺材里。然后妻子安排了下葬的日期,雇了六个柩夫,又让另一对夫妇去为自己

亲爱的丈夫送行。她在棺材的一边开了个窗户,好让丈夫看到周围发生的一切。到了起棺的时候,那个一丝不挂的男人来了,他以为大家都会欣赏他精致的衣服,但事实远非如此。尽管枢夫们很悲伤,但是一见这个赤身裸体的傻瓜,就都忍俊不禁。棺材里的人也瞥见了他,放开嗓门叫道:"要是我没死,这会儿就要哈哈大笑啦!"就这样,葬礼被延期了,入了棺的人也被放了出来。

三个傻瓜

(英格兰)

从前有个农夫,他和妻子有个女儿,一位绅士来追求他们的女儿,每晚都来看望姑娘,在农舍里跟他们一家共进晚餐。女儿常被派到地窖里打晚饭时喝的啤酒。于是一天晚上她又去了地窖,打啤酒的时候,她偏巧抬头望了望天花板,看到一把木槌嵌在一根房梁里。木槌一定嵌了很长很长时间,但不知怎么的,她以前一直没注意到,就这样她的脑子转开了。她觉得木槌悬在那里很危险,因为她心想:要是我跟他结了婚,生下个儿子,然后儿子长大成人,到地窖里来打啤酒,就像我现在这样,结果木槌掉到他头上,把他砸死了,那将是件多么可怕的事情啊!于是她放下蜡烛和水罐,坐下哭了起来。

就这样,楼上的人开始感到奇怪,姑娘下去打个啤酒,怎么花了这么长时间? 于是母亲下楼去找,却看到女儿坐在长椅上哭,啤酒流了一地。"哎呀,到底出了什么事?"母亲问。"哦,母亲!"姑娘说,"你看那个吓人的木槌! 要是我们结了婚,生下个儿子,然后儿子长大了,到地窖里来打啤酒,结果木槌掉到他头上把他砸死了,那将是件多么可怕的事情啊。"

"天哪,天哪!那将是件多么可怕的事情啊!"母亲说着就坐到女儿旁边,也哭了起来。又过了一会儿,父亲开始琢磨她们为什么还不回来,于是他也下了地窖,亲自去找她们,他看到母女俩坐在那里哭,啤酒流了一地。"到底出了什么事?"他问。"哎呀,"母亲说,"你看那个吓人的木槌。你想想,要是咱们的女儿和她的心上人结了婚,生下一个儿子,然后孩子长大了,到地窖里来打啤酒,结果木槌掉到他头上把他砸死了,那将是件多么可怕的事情啊!"

"天哪,天哪,天哪!你说得没错!"父亲说着就坐到母女俩旁边,也哭了起来。

楼上的绅士独自待在厨房里,他等不及了,终于也下了地窖,想看看他们都在做些什么。这下可好,他看到一家三口并排坐在一起哭着,啤酒流得满地都是。

他立刻跑过去拧上龙头,然后问:"你们三个到底在做什么呀,为什么坐在这里哭,啤酒流了一地也不管?"

"哦,"父亲说,"你看那个吓人的木槌!要是你跟我女儿结了婚,生下个儿子,然后孩子长大了,到地窖里来打啤酒,结果木槌掉到他头上把他砸死了,那可怎么是好啊!"说罢他们三个哭得更凶了。

但是绅士哈哈大笑起来,他伸出手,拔下木槌,然后说:"我去过很多地方,但是从来没遇见过像你们仨这么傻的大傻瓜。现在我又要上路了,等我找到三个比你们更傻的傻瓜,我就回来娶你们的女儿。"就这样,他同他们告了别,出门旅行去了,留下一家人哭作一团,因为姑娘失去了心上人。

绅士出发以后走了好长一段路,终于来到一个妇人的农舍,农舍的屋顶上长了些草,妇人正努力想把奶牛赶上梯子,好让它吃上面的草,但是可怜的奶牛就是不愿意走。绅士问妇人在做什么。"哎呀,你瞧,"她说,"瞧瞧那草长得多好啊。我要把奶牛赶到屋顶上去吃草。它不会有事的,因为我会用绳子的一头拴住它的脖子,然后把绳子从烟囱里穿过去,再把另一头系在我的手腕上,这样我就能在屋里到处走动,要是它掉下来,我准会知道。""哦,你这个可怜的傻瓜!"绅士说,"你应该去割草,然后把草扔下来喂奶牛呀!"但是妇人觉得把奶牛赶上梯子比把草弄下来容易,于是她又是推又是哄,把奶牛赶上了屋顶,她用绳子的一头拴住牛脖子,把绳子从烟囱里穿过去,然后把另一头系在了自己的手腕上。绅士继续往前走,但是没走多远奶牛就跌下了屋顶,它被脖子上的绳子吊住勒死了。奶牛的重量牵起妇人手腕上的绳子,把她拽进了烟囱,她紧紧地卡在当中,被煤烟熏死了。

就这样绅士找到了一个大傻瓜。

他继续走啊走啊,然后来到一间客栈,准备在那里过夜,可是客栈已经住满了,所以店主只好把他安排进了某个两张床的房间,让他和另一个旅行者各睡一张床。他的这个同屋是个友好的家伙,他俩相处得很融洽,但是到了早晨,两个人都起床了,绅士惊讶地看到同屋把裤子挂在衣柜的圆把手上,然后从房间的另一头跑过来,想要跳到裤子里去。他试了又试,但是都没成功。绅士想知道他到底为什么要那么做。那人终于停下来,用手帕擦了擦脸。"天哪,"他说,"裤子实在是所有衣服里面最难缠的一种。我真想不出是谁发明了这种东西。每天早上我都要花将近一个钟头才能钻进去,每次都弄得热得要命!你是怎么办的?"绅士听了哈哈大笑,然后演示给他看,那人十分感激,说自己无论如何都想不到要那么做。

就这样绅士又找到了一个大傻瓜。

然后他又上了路,这次他来到一个村庄,村庄外面有个池塘,池塘周围围了一圈人,他们正把耙子、扫帚和干草叉往池塘里伸呢。绅士问他们出了什么事。"哎呀,"他们说,"大事不好了!月亮掉到池塘里去了,我们怎么都捞不上来!"绅士听了哈哈大笑,让他们抬头看天,告诉他们水里的只不过是倒影。但是他们都不听他的话,还可耻地辱骂他,于是他赶紧离开了那里。

就这样,绅士找到了一大群比家乡那三位还要傻的傻瓜。

他掉头回了家,娶了农夫的女儿,要是他们没有从此过上幸福的生活,那也与你我无关了。

从来没见过女人的男孩儿

(非裔美国人)

有个男孩儿,应该是在阿拉巴马吧,抚养他的人从来没让他见过姑娘,就这样,他一直长到二十一岁——他们有点儿像在做试验,总之他是由男人们拉扯大的。于是他满二十一岁的时候,他爸带他去了个地方,那儿有高中生经过,都是回家去吃午饭的。男孩儿透过窗户看到姑娘们朝这边走过来,一个个漂亮得不得了,她们系着丝带,留着长头发(因为那个年代她们都是长头发),一路笑着玩着。男孩儿说:"爸爸,爸爸,快过来。瞧呀,瞧呀,那些是什么?""那些是鸭子。""爸爸,给我一只。""你要哪只?""哪只都没关系,爸爸,随便哪只都行。"

所以还是让男孩儿和女孩儿一起长大比较好,这样他们就能挑一挑了。

住在醋瓶里的老妇人

（英格兰）

很久很久以前有个老妇人住在醋瓶里。一天有位仙子路过,听到老妇人在自言自语。

"可惜,可惜,真可惜,"老妇人说,"我本不该住在醋瓶里。我应该住一间漂亮的小农舍,有茅草盖的屋顶,还有蔷薇爬满墙,我就应该住在那里。"

仙子听了说:"很好。今晚你上床以后翻三个身,然后闭上眼睛,早上你就会看到你该看到的东西了。"

于是老妇人上了床,翻了三个身,然后闭上眼睛——到了早上,她果然就在一间漂亮的小农舍里了,有茅草盖的屋顶,还有蔷薇爬满墙。她又惊又喜,但是把感谢仙子的事儿忘得一干二净。

就这样仙子去了北方、南方、东方、西方,到处忙着她必须照管的事情。过了一会儿,她想:我去看看那个老妇人怎么样了,她在小农舍里一定住得很高兴吧。

她刚来到正门口,就听见老妇人在自言自语。

"可惜,可惜,真可惜,"老妇人说,"我本不该独自住在这么一小间农舍里。我应该住进一排房子里的一幢,窗上挂着花边窗帘,门上安着黄铜门环,外面有人叫卖蚌蛤海鲜,到处一片欢声笑语。"

仙子颇为惊讶,但是她说:"很好。今晚你上床以后翻三个身,然后闭上眼睛,早上你就会看到你该看到的东西了。"

于是老妇人上了床,翻了三个身,然后闭上眼睛——到了早上,她果然住进了一排房子里的一小幢,窗上挂着花边窗帘,门上安着黄铜门环,外面有人叫卖蚌蛤海鲜,到处一片欢声笑语。她真是又惊又喜,却把感谢仙子的事儿忘得一干二净。

就这样仙子去了北方、南方、东方、西方,到处忙着她必须照管的事情。过了一阵儿,她想:我去看看那个老妇人怎么样了,这下她总该高兴了吧。

她刚来到那一小排房子跟前,就听见老妇人在自言自语。"可惜,可惜,真可惜,"老妇人说,"我不应该住在这样一排房子里,跟平头百姓做邻居。我应该住进乡间豪宅,有大花园环绕,还有仆人应门。"

仙子非常吃惊,而且相当恼火,但是她说:"很好。你上床以后翻三个身,然后闭上眼睛,早上你就会看到你该看到的东西了。"

于是老妇人上了床,翻了三个身,然后闭上眼睛——到了早上,她果然住进了乡间豪宅,周围有片美丽的花园,还有仆人应门。她又惊又喜,学会了如何装腔作势地说话,但却把感谢仙子的事儿忘得一干二净。

就这样仙子去了北方、南方、东方、西方,到处忙着她必须照管的事情。过了一段时间,她想:我去看看那个老妇人怎么样了,这下她总该高兴了吧。

但是她刚靠近老妇人家客厅的窗口,就听见老妇人在装腔作势地自言自语。

"这实在是太可惜了,"老妇人说道,"我竟得独自一人住在这个没有上流社会的地方。我应该做女公爵,乘着自己的马车去侍奉女王,身旁有男仆跑着伺候。"

仙子惊讶极了,也失望极了,但是她说:"很好。你今晚上床以后翻三个身,然后闭上眼睛,早上你就会看到你该看到的东西了。"

于是老妇人上了床,翻了三个身,然后闭上眼睛——到了早上,她果然变成了侍奉女王的女公爵,有自己的马车,还有男仆在身旁跑着伺候。她真是又惊又喜,但是,她又把感谢仙子的事儿忘到了九霄云外。

就这样仙子去了北方、南方、东方、西方,到处忙着她必须照管的事情。过了些时候,她想:我最好去看看那个老妇人怎么样了,现在她成了女公爵,总该高兴了吧。

但是她刚来到老妇人城中豪宅的窗口,就听到她用比以往更加装腔作势的声调说道:"我只能当个对女王卑躬屈膝的女公爵,这的确是太可惜了。为什么我不能自己当女王,坐金宝座,戴金王冠,周围都是侍臣?"

仙子失望极了,而且非常生气,但是她说:"很好。你上床以后翻三个身,然后闭上眼睛,早上你就会看到你该看到的东西了。"

于是老妇人上了床,翻了三个身,然后闭上眼睛——到了早上,她果然住进了王宫,自己当上了女王,坐金宝座,戴金王冠,周围都是侍臣。她高兴极了,对他们吆来喝去,但是她又把感谢仙子的事儿忘到了九霄云外。

就这样仙子去了北方、南方、东方、西方,到处忙着她必须照管的事情。过了些时候,她想:我去看看那个老妇人怎么样了。这下她总该满足了吧!

可是她刚靠近宝座,就听见老妇人在说话。

"太可惜了,实在是太可惜了,"她说,"我只不过是这么一个弹丸小国的女王,而不能够统治整个世界。我最适合当教皇,控制地球上每个人的思想。"

"很好,"仙子说,"你上床以后翻三个身,然后闭上眼睛,早上你就会看到你该看到的东西了。"

于是老妇人上了床,心里尽是些得意的念头。她翻了三个身,然后闭上了眼睛。第二天早上,她回到了醋瓶里。

汤姆·提特·桃

（英格兰）

从前有个妇人烤了五个饼。她把饼从烤炉里端出来之后，发现它们全都烤过了头，外面的皮硬得嚼不动。于是她对女儿说：

"闺女，把饼放到架子上，过一会儿就又变回来了。"你也知道，她是说，饼皮过一会儿就会变软的。

但是姑娘心想：啊，要是过一会儿还能变回来，我现在就把它们吃掉吧。于是她吃了起来，把五个饼吃得一个不剩。

到了晚饭时间，妇人说："你去拿个饼来。这会儿它们肯定变回来了。"

姑娘去看了看，但是那儿除了空盘子什么都没有。于是她回来对母亲说："没有，没变回来呢。"

"一个都没有？"母亲问。

"一个都没有。"姑娘答。

"那么，不管变没变回来，"妇人说，"我晚饭都要吃一个。"

"但要是没变回来，你就不能吃啊。"姑娘说。

"能啊，"她说，"你去拿个最好的来。"

"不管好不好,"姑娘说,"我已经把它们吃掉了,变回来之前,你是吃不到啦。"

就这样,妇人无话可说,于是把纺车搬到门口纺起线来,一边纺一边唱:

"我的闺女今天吃了五个饼呀五个饼,
我的闺女今天吃了五个饼呀五个饼。"

这时候国王从街上路过,他听见妇人在唱歌,却听不清她在唱些什么,于是停下来问:

"大嫂,你在唱什么呀?"

妇人不好意思把女儿做的事情告诉他,于是改口唱道:

"我的闺女今天纺了五束线呀五束线,
我的闺女今天纺了五束线呀五束线。"

"天哪!"国王叫道,"我从没听说过有谁一天能纺那么多。"

然后他说:"你瞧,我正要娶妻子,我愿意跟你的女儿结婚,但是你瞧,"他接着又说,"一年中的十一个月里,她可以想吃什么就吃什么,想穿什么就穿什么,想和谁做伴就和谁做伴,但是到了最后一个月,她必须每天纺出五束线来,不然我就要处死她。"

"好的。"妇人说,因为她想,这桩婚事多气派啊。至于五束线的事嘛,到时候总有各种逃脱的办法,最有可能的是,国王自己都忘得一干二净啦。

于是他们结了婚。之后的十一个月里,姑娘想吃什么就吃什么,想穿什么就穿什么,想和谁做伴就和谁做伴。

但是随着时间临近,姑娘开始琢磨五束线的事,她想知道国王是否还记得,可是国王只字不提,于是姑娘以为他全忘记了。

不过,到了第十一个月的最后一天,国王带她来到一间她过去从没见过的房间,房间里空荡荡的,只有一架纺车和一只凳子。国王说:"好了,亲爱的,明天你就要被关在这里了,我会给你些食物、饮料,还会给你些亚麻,要是你天黑之前纺不出五束线来,你的脑袋就保不住了。"

然后他就去忙别的事了。

姑娘害怕极了,她一直是个胆小的姑娘,这下连怎么纺线都不知道,加上没人来帮忙,明天要怎么办才好呢?她坐在厨房的凳子上——天哪,她哭得多凶啊!

可是这时候她突然听见敲门声,就在房门偏下的位置上。她站起身,打开门,眼前竟是个黑糊糊的小家伙,身后拖着条长长的尾巴。这家伙抬着头,好奇地盯着她说:

"你为什么哭呀?"

"这跟你有什么关系?"姑娘问。

"这你就别问了,"小家伙说,"还是跟我说说你为什么哭吧。"

"告诉你也没有用。"

"那可不见得。"小家伙说着摇了摇尾巴。

"好吧,"姑娘说,"就算没有好处,也不会有什么坏处。"于是她说出了事情的经过,把烤饼、五束线什么的全说了一遍。

"这样吧,"黑糊糊的小家伙说,"我每天早晨到你的窗口把亚麻取走,晚上把纺好的线带回来。"

"你要我出多少钱?"姑娘问。

小家伙斜着眼睛看看她说:"我每天晚上给你三次机会,让你猜猜我的名字,要是月底之前猜不出来,你就是我的了。"

她觉得月底之前肯定猜得出来,于是说:"好,我同意。"

"那好。"小家伙说——天哪,它的尾巴摇得多快啊。

第二天她丈夫把她带进了那个房间,房间里放着亚麻和一天的食物。

"亚麻在这里,"丈夫说,"要是你今晚纺不好,你的头就要掉了。"然后他走出去,锁上了房门。

他刚走,姑娘就听见有人敲窗户。她站起身,打开窗,那个小老头果然就坐在窗台上了。

"亚麻在哪儿?"他问。

"在这儿。"姑娘说着把亚麻递给了他。

然后夜幕降临,又有人来敲窗户了。她站起身,打开窗,那个小老头的胳膊上果然担着五束线。

"你要的东西在这儿。"他把线递给姑娘。

"好了,你说我叫什么名字?"他问。

"啊,是比尔吗?"姑娘问。

"不,不是。"他说着摇了摇尾巴。

"是内德吗?"姑娘问。

"不,不是。"他又摇了摇尾巴。

"那么,是不是马克?"

"不,不是。"他的尾巴摇得更猛了,然后就飞走不见了。

等姑娘的丈夫进屋,五束线已经都准备好了。"亲爱的,看来我今晚不用处死你了,"他说,"明早我会再把你的食物和亚麻送来的。"说完他就走了。

于是每天都有人把亚麻和食物送来,每天那个黑糊糊的小恶魔都会早上来一趟,晚上来一趟。姑娘整天坐在那里,想着晚上他来的时候应该说些什么名字,但是她一直没有猜中。快到月底的时候,小恶魔变得恶狠狠的,姑娘每猜一个名字,他的尾巴就摇得更快一些。

终于到了倒数第二天。晚上小恶魔带着五束线来了,他说:

"怎么,你还没猜到我的名字吗?"

"是尼哥底母吗?"姑娘问。

"不,不是。"

"是萨穆尔吗?"姑娘又问。

"不,不是。"

"那么,是麦修撒拉吗?"

"不,也不是。"

然后小恶魔用火炭一样的眼睛看了看她,说:"女人,就只剩下明晚啦,然后你就是我的了!"说完他就飞走不见了。

姑娘吓得要命,不过她听到走廊上传来了国王的脚步声。国王进了屋,看到五束线,说:

"啊,亲爱的,我看你明天晚上也一定能纺出五束线来,我猜我不用把你杀掉了,所以今晚我就在这儿吃晚饭吧。"于是有人端来了饭食,又为他添了只凳子,两个人坐了下来。

国王没吃两口就停住笑了起来。

"怎么了?"姑娘问。

"啊呀,"他说,"我今天外出打猎的时候到了林子里一个从前没去过的地方,那儿有个老白垩坑,我听见有人哼哼,于是下了马,悄悄走到坑边,朝下一看,里面竟是黑乎乎的小家伙,你真是从来没见过这么可笑的东西。他居然有架小纺车,而且纺得飞快,一面还摇着尾巴。他一边纺,一边唱:

'你猜也猜不到,
我名叫汤姆·提特·桃。'"

姑娘听了欣喜若狂,但是她一句话都没讲。

第二天小家伙来取亚麻的时候简直是一脸狰狞。夜幕降临,姑娘听见有人在敲窗玻璃。她打开窗,小恶魔一下子

跳到窗台上。他龇牙咧嘴地笑着——哦！他的尾巴摇得多快啊！

"我叫什么名字?"他边说边把五束线递给了姑娘。

"是所罗门吗?"姑娘装出害怕的样子。

"不,不是。"他又往房间里走了一点儿。

"那么,是西庇太吗?"姑娘又问。

"不,不是。"小恶魔说罢大笑起来,一面飞快地摇着尾巴,快得简直看不见了。

"女人,你慢慢猜吧,"他说,"再猜一个,你就是我的了。"他朝她伸出了黑糊糊的手。

姑娘向后退了一两步,看着小恶魔,哈哈大笑,指着他说:

"你猜也猜不到,
你名叫汤姆·提特·桃。"

小恶魔听了发出一声可怕的尖叫,然后飞进了黑暗,从此姑娘再也没有见过他。

丈夫看家

（挪威）

从前有个脾气暴躁的男人，他觉得妻子在家里什么事都做不好，于是一天晚上晒干草的时候他回到家里，骂骂咧咧地大发雷霆。

"亲爱的，别这么生气。唉，这样就对了，"他的妻子说，"明天咱俩换换工作吧，我和割草工人出去割草，你在家里照看房子。"

丈夫心想这样正好，便说他很乐意。

于是第二天一早妻子就把镰刀挂在脖子上，跟割草工人去干草地干起活来，丈夫则被留下来看家、做家务。

首先他想做点儿黄油，但是搅了一会儿他就觉得口干，于是下了地窖，想打桶麦芽酒喝。他刚塞好木塞，把龙头插进木桶，就听到楼上的猪跑进了厨房。他手握龙头，赶紧顺着地窖台阶往上跑，想去看住那头猪，生怕它把奶桶弄翻，可是跑到楼上一看，猪已经撞翻了奶桶，正站在那里呼噜噜地拱着洒了一地的奶油。丈夫暴跳如雷，一下子忘了酒桶的事儿，拼了命地去追猪。猪正要跑出门的时候被他逮着了，他猛踢一脚，猪当场就趴下断了气。然后他突然想起手里还拿着龙头，可是等他下了地窖，木桶里的酒早淌得一滴不剩了。

接着他去了牛奶房,用剩下的奶油装满了奶桶,就这样他又搅拌起来,因为他们晚饭必须有黄油。他搅了一会儿,突然记起家里产奶的牛还关在棚里,整个早上都没吃一点儿草,没喝一滴水,而现在太阳已经升得很高了。他突然想,带牛去草地吃草实在是太远了,还是把牛赶到房顶上吧——要知道,他们的房顶是草皮铺的,上面长了一层绿油油的草。屋顶的坡面很陡,离地很近,他想,要是把木板架到后面的草皮屋顶上,不用费多大力气就能把奶牛弄上去。

但是他还是不能离开奶桶,因为他的小宝宝正在地上爬来爬去。他想,要是我丢下奶桶,小孩肯定会把它打翻的,于是他背起奶桶出了门;但是他又想,最好先让奶牛喝点儿水,然后再把它赶上屋顶,于是他拿起水桶去井边打水,可是刚一弯腰,奶桶里的奶油就流了出来,越过他的肩膀,流到井里去了。

这么一来已经快到晚饭时间了,他却连黄油都没做好。他想,还是把粥煮上吧,于是他盛了一锅水,把锅吊在火上。弄完之后,他想,奶牛也许会从草皮屋顶上掉下来,把腿或者脖子摔断,于是他爬上屋顶去拴牛。他把绳子的一头绑在牛脖子上,另一头穿过烟囱系在自己的大腿上,他得赶快做好这一切,因为锅里的水已经开了,他还有燕麦没磨呢。

就这样他磨起了燕麦,正干得起劲的时候,奶牛到底从屋顶上掉了下来。这一掉不要紧,绳子把他拽进了烟囱——他紧紧地卡在里面,奶牛则吊在墙半腰,不着天不着地地晃悠着,因为它既上不去,也下不来。

这时候妻子左等右等,还是不见丈夫来叫他们回去吃晚饭。终于她觉得已经等得够久了,于是自己回了家。到了家里,她看到奶牛吊在这么一个不成体统的地方,连忙上前用镰刀砍断了绳子。这一砍不要紧,丈夫也从烟囱里掉了下来,所以妻子进厨房的时候,正看到他倒栽葱般插在粥锅里。

第四章

好姑娘和她们的归宿

太阳东边、月亮西边

（挪威）

从前有个贫穷的农夫,他的孩子太多,弄得他既没有足够的食物给他们吃,也没有多少衣服给他们穿。孩子们都长得很漂亮,但是最漂亮的要数小女儿,她的美貌简直无法形容。

一天晚上,那是深秋的一个星期四,外面的天气恶劣极了,到处一片漆黑,风雨交加,农舍的墙都开始发颤。一家人正坐在火炉边,忙着这样那样的事情,就在这时候,突然有什么东西敲了三下窗玻璃。于是父亲出去看个究竟,他走出房门,面前竟然是只大白熊。

"晚上好。"白熊说。

"晚上好。"农夫答道。

"你可以把你的小女儿给我吗？要是你同意的话,那你现在有多贫穷,我今后就让你变得多富有。"白熊说。

如果真能变得那么富有,农夫当然也很乐意,但是他觉得应该先和女儿谈谈。于是他进了屋,告诉一家人外面有只大白熊在等待,承诺说只要能得到小女儿,就赠给他们万贯家财。

姑娘直截了当地说"不行!"什么都不能让她改口。于是农夫出去和白熊说定,让他下个星期四再来听回音。与此同时他跟女儿好好谈了一番,不断对女儿说他们将能得到怎样的财产,而她又能过上怎样的好日子,所以最后她改变了主意,清洗修补好自己的破衣烂衫,尽量打扮得整洁漂亮,然后准备出发了。我得承认,她收拾起行李来一点儿都不费事。

第二个星期四的晚上,白熊来接姑娘了,姑娘背着包袱,骑上熊背,然后他俩就走了。走了一段之后,白熊问:

"你怕吗?"

"不怕!"姑娘说。

"好!你当心,抓紧我身上的长毛就没有什么好怕的了。"

于是她骑了很长一段路,一直来到一座陡峭的大山跟前。白熊在山上敲了一下,然后一扇门就打开了,他们进了一座城堡,里面有许多灯火通明的房间,房间里有金银闪闪发光,还有一张摆好的桌子,要多气派就有多气派。白熊给姑娘一只银铃,如果她想要什么东西,只要摇一下铃铛就能立刻得到。

姑娘吃饱喝足,夜也渐渐深了,经过这番旅行,她觉得困了,便想上床睡觉,她摇了摇铃铛,手刚握了一下,人就已经进了卧室,那里有张铺好的床,要多洁白就有多洁白,上面有丝绸枕头,周围拉着丝绸帷幔,边缘缀着金流苏。房间里的一切都是金子和银子做的,但是她上了床,熄了灯,一个男人进来躺在了她的身旁。这个人就是白熊,晚上他会抛开兽形,不过姑娘从来没有看到过他,因为他总是在姑娘熄灯以后才进来,然后天不亮就起身离开了。于是姑娘开心地过了一阵子,但是终于变得沉默、悲伤起来,因为她整天一个人待着,很想回家看看父亲母亲和哥哥姐姐。于是一天白熊问她到底缺少什么的时候,她说那里又无聊又寂寞,她十分想回家里看看父亲母亲还有哥哥姐姐,就是因为见不到他们,她才变得如此难过悲伤的。

"好吧,好吧!"白熊说,"也许有解决的办法,但是你得答应我一件事,那就是只能当着别人的面同你母亲说话,不能独自跟她交谈,因为她会拉着你的手,想把你单独领到一个房间里去说话,但是你必须当心,不能那么做,不然你会给我们两个人带来厄运的。"

一个星期天,白熊来对姑娘说,现在他们可以出发去见她的父母了。于是他们上了路,姑娘骑在熊背上,走了很远。终于他们来到一幢大宅子跟前,她的哥哥姐姐们正在外面跑来跑去地玩耍,一切都美丽极了,看了让人欢喜。

"这就是你父母现在住的地方,"白熊说,"但是别忘了我对你说过的话,不然你会让我们俩都倒霉的。"

"不!我无论如何都不会忘记的。"姑娘说。她来到门口,然后白熊转身离开了她。

姑娘进屋见到父母,一家人快乐得无法形容,因为她所做的一切,每个人都对她感激不尽。他们得到了想要的一切,要多好就有多好,于是他们都想知道她过得怎么样了。

啊,她说,她住得地方很不错,想要什么就有什么。至于她还说了什么我就不知道了,但是我觉得他们中间没有谁真正理解她的话,而且也没从她那里问出什么。下午吃过饭,白熊预料的事情果然发生了。姑娘的母亲想单独到卧室里跟姑娘谈谈,但是姑娘记着白熊的话,不愿意上楼。

"哦,我们等会儿再说也不迟。"她这么推脱着,但是母亲想方设法,终于说服了她,于是她不得不把事情的经过全都说了出来。她说每晚上床以后,一熄灯就会有个男人走进来,躺在她身边,她从来没有见到过他的样子,因为他总是天不亮就起身离开了。她说她总是伤心难过,因为很想见见他,还说整天独自在屋里走来走去,无聊、乏味、寂寞得要命。

"天哪!"她的母亲说,"你很有可能是和山精睡在一起呢!不过我来教教你怎么看到他。我会给你一截蜡烛,你可以揣在怀里带回家,他睡着以后你就把蜡烛点燃,但是千万别把蜡烛油滴到他身上。"

太好了!姑娘接过蜡烛,藏进怀里,夜深以后,白熊来把她接走了。

但是他们走了一段之后,白熊问自己预料的事情是不是真的发生了。

啊,姑娘说,她也不能否认。

"好了,记住,"白熊说,"要是你听信了母亲的建议,你就给我们俩带来了厄运,你我之间发生的一切都会化为乌有。"

"不,"姑娘说,"我没有听信母亲的建议。"

她回到家,上了床,一切都和先前一样。一个男人走进来,躺在她身旁,但是夜深人静的时候,她听到男人睡着了,于是起身擦亮火柴,点燃蜡烛,让烛光照在他的脸上。就这样,姑娘看到面前的人竟然是世上最俊美的王子,当即深深地爱上了他,她觉得要是不立刻吻他一下,自己就活不下去了。于是她真的吻了他一下,可是就在这时候,她把三滴滚烫的蜡烛油滴在了他的衬衫上,于是王子醒了过来。

"你做了些什么?"他叫道,"现在你给我们俩都带来了厄运,因为只要你坚持这么一年,我就可以被解救了。我有一个继母,她对我施了魔法,所以我白天是白熊,晚上变回人身。可是现在我们之间的联系全断了,我得离开你到她那里去了。她住在一座城堡里,那个城堡在太阳东边、月亮西边,那里还有个公主,鼻子有三厄尔①长,现在我必须娶她为妻了。"

姑娘哭了起来,心里难过极了,但是已经没有补救的办法了,王子必须离开。

然后姑娘问能不能跟他一起去。

不,王子说,她不能。

"那么告诉我到那里要怎么走,"她说,"我会找到你的,我总可以这么做吧。"

"是的,你可以这么做,"他说,"但是没有路能通往那里。那个地方在太阳东边、月亮西边,你永远都不会找到的。"

第二天早上她醒过来的时候,王子和城堡都不见了,她躺在一小块绿草地上,周围是阴森茂密的树林,身边摆着从原来的家里带出来的那个破破烂烂的包袱。

她揉揉眼睛,驱走睡意,一直哭到累,然后她上了路,走了好多好多天,终于来到一座高高的峭壁跟前。峭壁下面坐着个丑老太婆,手里拿着一只金苹果,来来回回地扔着玩。姑娘问她知不知道去王子家的路,说王子和他的继母

---

① 厄尔(ell),英国旧时的长度单位,1厄尔相当于45英寸,或者114厘米。

住在一座城堡里,城堡在太阳东边、月亮西边,王子就要和一个鼻子有三厄尔长的公主结婚了。

"你是怎么知道他的?"丑老太婆问,"莫非你就是那个本来应该跟他结婚的姑娘?"

正是,姑娘答道。

"哎呀呀,原来是你!"丑老太婆说,"我只知道他住在太阳东边、月亮西边的城堡里,还有那个地方你永远都找不到,但你还是可以借走我的马,骑上它去找我的邻居,也许她能告诉你。等你到了那里,只要在马的左耳朵下面拧一把,让它自己回家去就行了。哦,等等,你把这只金苹果也拿去吧。"

于是姑娘上了马,骑了好长好长时间,终于来到另一座峭壁跟前,峭壁下面坐着另一个丑老太婆,手里拿着把金纺梳。姑娘问她知不知道怎么去太阳东边、月亮西边的城堡,但是就像先前那个丑老太婆一样,她也回答说自己什么都不知道,只知道它在太阳东边、月亮西边。

"那个地方你永远都找不到,但你可以借走我的马,骑着它去找我的邻居,也许她能告诉你所有的事情。等你到了那里,只要在马的左耳朵下面拧一把,让它自己回家去就行了。"

这个丑老太婆把金纺梳给了她,说她也许会用得着。姑娘上了马,骑了很远很远,经过了一段十分漫长的时光,就这样,她终于来到另一座大峭壁跟前,峭壁底下坐着另一个丑老太婆,她正在用一架金纺车纺纱线。姑娘也向她打听怎么才能找到王子,还有太阳东边、月亮西边的城堡到底在哪里。于是先前的情形又发生了。

"也许你是那个本来应该跟王子结婚的人?"丑老太婆问。

正是,姑娘答道。

但是这个丑老太婆不比前两个知道的多。"太阳东边、月亮西边",这个她是知道的——除此之外就一无所知了。

"那个地方你永远都找不到,但是我可以把马借给你。然后我想你最好骑着它去找东风问一问,也许他知道那些地方,能把你吹过去。到了那里,你只要在马的左耳朵下面拧一把,它就能自己跑回家了。"

于是她也把金纺车给了姑娘。

"也许你能用得上。"丑老太婆说。

姑娘骑了很多很多天,经过了一段十分漫长的时光,这才到了东风的家,但她总算是到了,于是她问东风能不能告诉她怎么才能找到住在太阳东边、月亮西边的王子。嗯,东风经常听说王子和城堡,但是他不知道怎么去那里,因为他从来没有刮到那么远。

"但是,要是你愿意的话,我可以和你一起去找我的哥哥西风,也许他会知道,因为他比我强壮得多。如果你骑到我的背上,我就能带你去他那里。"

于是姑娘骑上东风的背,我想他们大概走得很快吧。

他们到了以后就去了西风的家,东风说他带来的这个姑娘本应该和那住在太阳东边、月亮西边的王子结婚,所以她就上路来找他了,东风又说了自己和姑娘同行的经过,说想问问西风是否知道怎样去王子住的城堡。

"不,"西风说,"我从来没有刮到那么远,但如果你愿意,我可以和你一起去找我们的哥哥南风,因为他比我们俩都强壮得多,他飞到过许许多多地方,也许他能够告诉你。你可以骑到我背上,我带你去见他。"

于是姑娘骑上西风的背,跟他一起去找南风,我想他们一路上没有花太长时间。

到了以后,西风问南风可不可以告诉姑娘怎么去太阳东边、月亮西边的城堡,因为她本应该跟住在那里的王子结婚。

"不用你说我也知道!就是她,对吧?"南风说。

"啊,我这·辈子刮到过大部分地方,但是从来没有刮到那么远。不过要是你愿意,我可以带你去见我的哥哥北风,他是我们当中最大最强的,要是连他都不知道城堡在哪里,这世上就再也没有人能告诉你了。你可以骑到我背上,我带你去。"

于是姑娘骑上南风的背,南风出了门,飞快地走了。这一次她也没有在路上花太多时间。

他们到了北风家,北风凶猛愤怒,老远就能感觉到他喷出的冷气。

"你们两个该死的家伙到底想要什么?"北风远远地冲着他们吼,刺骨的气流吹得他们打了个寒战。

"啊,"南风说,"你不必口出恶言,我是你的弟弟南风呀,这位姑娘本应该跟那个住在太阳东边、月亮西边的王子结婚,现在她想问问你有没有去过王子的城堡,能不能告诉她要怎么走,因为她很想再找到他。"

"是的,我很清楚城堡在哪里,"北风说,"有一次我把一片山杨叶刮到那里,结果累得好多天都吹不出一口气。不过你要是真想去,而且不怕跟我一起走的话,我就让你骑在

我的背上,看看能不能把你吹到那里。"

姑娘真心诚意地说了声好,只要还有一丝办法,她就一定要去那里,至于害怕这回事,不管北风变得多狂暴,她都一点儿也不怕。

"那么,非常好,"北风说,"但是你今晚必须睡在这里,因为要是咱们还想去,就起码得有一整天时间。"

第二天一早,北风叫醒了姑娘,然后吸足气,鼓起身体,让自己变得又大又强壮,那样子可吓人了。就这样,他们高高地飞上了天,好像不到世界尽头就绝不罢休似的。

他们所到之处,地上都起了骇人的风暴,刮倒了大片树林和众多房屋,经过汪洋大海的时候,更是刮沉了数以百计的船只。

就这样他们不断向前疾驰——没有人能相信他们走了多远——过了好久,他们还在海上,北风越来越累,上气不接下气,简直鼓不出气来了,他的翅膀一点点耷拉下来,最后越飞越低,浪尖都打到他的脚后跟了。

"你害怕吗?"北风问。

"不怕。"姑娘答道。

不过他们离陆地也不太远了,北风用尽全身力气把姑娘抛上了岸,让她落在太阳东边、月亮西边的城堡窗下,但是这么一来他变得又虚弱又疲惫,不得不在那里歇了好多天,然后才得以回家。

第二天早晨,姑娘坐在城堡窗下玩起了金苹果,她见到的第一个人就是那个要和王子结婚的长鼻子。

"姑娘,你的金苹果怎么卖?"长鼻子推起窗户问。

"不管是金子还是钱,我都不卖。"姑娘答道。

"如果不要金子和钱,你要怎么才肯卖呢?你可以自己开个价。"公主说。

"啊!要是我能见到住在这里的王子,并且今晚和他待在一起的话,我就把金苹果给你。"北风带来的姑娘说。

好的,可以!公主同意了,于是得到了金苹果。可是晚上姑娘来到王子卧室的时候,王子睡得很沉,姑娘又是叫又是摇,当中还伤心地落泪,却无论如何也叫不醒他。第二天天一亮,长鼻子公主就来把她赶走了。

就这样,白天姑娘坐在城堡窗下,用金纺梳梳起了羊毛,同样的事情又发生了。公主问金纺梳怎么卖,姑娘说金子和钱都换不走,但要是她能获准上楼见到王子,并且和他待上一晚的话,公主就可以把纺梳拿去。可是她来到王子的卧室,看到王子又沉沉地睡着了,不管她怎么叫、怎么摇,也不管她怎么哭、怎么祈祷,都不能把他唤醒。然后天刚蒙蒙亮,长鼻子公主就又进来把她赶走了。

就这样,白天姑娘坐在外面的城堡窗下,用金纺车纺起了线,长鼻子公主也想要那架纺车,于是推起窗,问姑娘怎么卖。姑娘的回答和前两次一样,她说金子和钱都换不走,但要是她能上楼见到城堡里的王子,并且单独和他待上一晚的话,公主就可以把纺车拿去。

行!欢迎你来,公主说。不过你们要知道,有一群基督徒被带到了城堡里,他们坐在自己的房间,隔壁就是王子的卧室。连续两个晚上他们都听到有个女人在王子的屋里又哭又祈祷,想要把他唤醒,于是他们把这件事告诉了王子。

那天晚上公主给王子喝安眠药的时候,王子假装喝了下去,实际上却把药倒到了身后,因为他猜到那是一种让他睡觉的药。所以姑娘进来的时候看到王子很清醒,于是她把自己来到这里的经过统统说了一遍。

"啊,"王子说,"你来得真是太及时了,因为明天就是举行婚礼的日子,但现在我不会娶那个长鼻子了,你是这个世界上唯一能够解救我的人。我会说,我得看看我的妻子究竟能做些什么,然后就让她洗那件有三滴蜡烛油的衬衫;她会答应下来,因为她不知道是你把蜡烛油滴在上面的;可那是桩只有基督徒才能干的活儿,这帮山精全都做不了,所以到时候我就说,我只和能洗掉蜡烛油的女人结婚,然后就让你来洗。"

就这样,他俩在深深的爱和喜悦中度过了整个夜晚。到了第二天婚礼即将举行的时候,王子说:

"首先,我想看看我的妻子究竟能做些什么。"

"好啊!"王子的继母由衷地叫道。

"既然如此,"王子说,"我有一件上好的衬衫,想在婚礼上穿,但不知怎么回事,上面落了三滴蜡烛油,我必须请人把它们洗掉——我发过誓,只娶那个能洗干净的女人,要是办不到,她就不配做我的新娘。"

那没什么大不了的,他们说,于是便把活儿接了下来,长鼻子女人用尽全力洗开了,可是她越使劲揉搓,上面的污点就越大。

"啊!"丑老太婆,也就是她的母亲说,"你不会洗,让我试试。"

但是她刚把衬衫拿到手里,情况就比先前糟多了,她揉啊,拧啊,搓啊,但是污点越来越大,越来越黑,衬衫也变得越来越脏,越来越丑。

然后其他所有的山精都来洗衬衫,可是洗的时间越长,衬衫就变得越黑越丑,到最后,整件衬衫都黑了,就好像是从烟囱里掏出来的一样。

"啊!"王子说,"你们所有人都一点儿用也没有,个个都不会洗。你们瞧呀,外面坐着个乞讨的姑娘,我敢肯定她比你们这一大帮人都会洗衣服。姑娘,进来!"他大声叫道。

于是姑娘走了进来。

"你能把这件衬衫洗干净吗,姑娘?"王子问。

"我也不知道,"她说,"但是应该行吧。"

姑娘把衬衫接过来,刚一浸到水里,布料就变得像白雪一样无暇,甚至比那还要白呢。

"对,你就是我要娶的姑娘。"王子说。

听了这话,丑老太婆怒火中烧,当场冲了出去,长鼻子公主跟随她去了,然后整群山精都跟着跑了——至少从此以后我再也没有听到过他们的消息。

至于王子和公主,他们解救了所有可怜的基督徒,那些人都是被带去关在城堡里的;然后两个人带上全部金银,远走高飞,离开了太阳东边、月亮西边的城堡。

好姑娘和坏脾气的姑娘

(北美：欧扎克山脉)

从前有个老妇人住在遥远的树林里,她有两个女儿,一个温顺善良,一个脾气很坏,但是老妇人更喜欢坏脾气的姑娘,所以她们让好姑娘干所有的活儿,还叫她用钝斧头劈柴。坏脾气的姑娘整天仰面朝天地躺着,什么事儿也不做。

有一天,好姑娘去捡柴火,没走多远就看到一头奶牛,奶牛说:"行行好,帮我挤挤奶吧,我的乳袋就快要撑破啦!"于是好姑娘帮牛挤了奶,但是自己一口都没喝。不一会儿,

她看到一棵苹果树,树说:"行行好,摘下我身上的苹果吧,不然我就要被彻底压垮啦!"于是好姑娘摘下苹果,但是自己一个也没吃。不久,她又看到一块正在炉子上烤着的玉米面包,面包说:"行行好,把我取出来吧,我就快要烤焦啦!"于是好姑娘把面包拉了出来,但是自己连粒面包屑都没吃。就在这时候,一个小老头来到她跟前,朝她撒了一袋金币,那些金币全都粘在了她的身上。好姑娘回到家,抖落满身金币,就好像鹅抖落身上的羽毛一样。

第二天,坏脾气的姑娘出了门,也想找点金子。没走多远她就看到一头奶牛,奶牛说:"行行好,帮我挤挤奶吧,我的乳袋就快要撑破啦!"但是坏脾气的姑娘只是照着老奶牛的肚子踢了一脚,然后径直朝前走去。不一会儿,她看到一棵苹果树,树说:"行行好,摘下我身上的苹果吧,不然我就要被彻底压垮啦!"但是坏脾气的姑娘只是哈哈大笑,然后径直朝前走去。不久,她又看到一块正在炉子上烤着的玉米面包,面包说:"行行好,把我取出来吧,我就快要烤焦啦!"但是坏脾气的姑娘一点儿都不理睬,径直朝前走去。就在这时候,一个小老头来到她面前,朝她泼了一壶柏油,那些柏油全都粘在了她的身上。坏脾气的姑娘回到家,全身一抹黑,老妇人都认不出来了。

人们用尽各种办法,终于把大部分柏油弄了下来,但是从此以后坏脾气的姑娘就一直挺难看的,而且一点儿用处也没有。这个小泼妇真是活该。

无臂少女

(俄罗斯)

从前有个王国——不是在我们这片土地上,那里住着个富有的商人,他有两个孩子,一男一女。后来父母亲死了,哥哥对妹妹说:"妹妹,咱们离开这个镇吧,我会去租个店做生意,然后为你找个住的地方,咱们生活在一起。"他们去了另一个省。到了之后,哥哥加入了商业协会,租了个卖布的店。哥哥决定结婚,于是娶了个女巫做妻子。一天他要去店里照顾生意,于是对妹妹说:"妹妹,你把家看看好。"妻子觉得受了冒犯,因为他是对妹妹说这话的。为了报复,她砸坏了所有的家具,丈夫回来以后她迎上前去,说:"瞧你的好妹妹,她把家里所有的家具都砸坏啦。""真是太糟糕了,但是我们可以买些新的。"丈夫说。

第二天去店里之前,他同妻子和妹妹道了别,又对妹妹说:"妹妹,你一定要尽量照看好家里所有的东西。"妻子等待着,一有机会就跑到马棚,用马刀把丈夫最喜欢的一匹马的脑袋砍了下来。然后她站在门廊里等丈夫回来。"瞧你的好妹妹,"她说,"她把你最喜欢的马的脑袋砍下来啦。""让狗把它们分内的东西吃掉吧。"丈夫说。

第三天丈夫又去了店里,道别之后他对妹妹说:"请你照看好我的妻子,别让她伤害自己或是孩子——如果她碰巧今天生产的话。"妻子生下孩子以后就砍掉了孩子的头。丈夫回到家,看到她坐在那里为了孩子伤心恸哭。"瞧你的好妹妹!我刚把孩子生下来,她就用马刀砍掉了他的头。"丈夫什么都没有说。他伤心得直落泪,然后背过脸去。

夜幕降临,午夜的钟声刚响,哥哥就起身说:"妹妹,做好准备,我们要去做弥撒了。"妹妹说:"亲爱的哥哥,今天应该不是节日吧。""是的,妹妹,今天是节日,我们走吧。""哥哥,现在走还是太早了。"她说。"不,"哥哥答道,"姑娘们总是要花很长时间准备。"妹妹开始穿衣服,她动作很慢,心里很不情愿。哥哥说:"快点,妹妹,把衣服穿好。""求你了,哥哥,"她说,"现在时候还早。""不,妹妹,不早了,已经到该上路的时候了。"

妹妹准备好以后他们就上了四轮马车,做弥撒去了。两个人驾着马车,也不知走了多长时间,终于来到一片森林。妹妹说:"这是什么林子?"哥哥回答:"这是教堂周围的树篱。"这时候马车卡在了灌木丛里。哥哥说:"下来,妹妹,把马车弄出来。""啊,亲爱的哥哥,我不能那么做,不然会把连衣裙弄脏的。""妹妹,我会给你买条新的,比这条更好。"于是妹妹下去了,使劲想把马车弄出来。就在这时候,哥哥把她的两条手臂齐胳膊肘砍了下来,然后快马加鞭地跑了。

妹妹被一个人丢在那里,一下子哭了出来。她开始在森林里走,走啊走啊,也不知走了多少时候,全身都被划破了,还是找不到出去的路。过了好几年,她终于找到一条小路。就这样,她来到一个集镇,找到了最富有的商人,在他

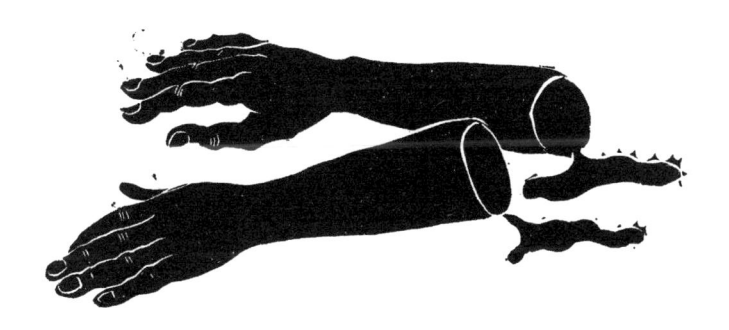

们家的窗下乞求施舍。这个商人有个独生子,被父亲当作心肝宝贝。他爱上了这个女乞丐,于是说:"亲爱的父亲母亲,让我结婚吧。""我们应该让你跟谁结婚呢?""跟这个女乞丐。""啊,亲爱的孩子,我们镇上的商人家没有漂亮的女儿吗?""请让我跟她结婚吧,"他说,"不然我就要做出伤害自己的事情了。"父母听了都很苦恼,因为他是他们唯一的儿子,是他们一生的珍宝。于是他们召集了所有的商人、教士,让大家来评判他们到底应不应该让儿子跟女乞丐结婚。神父说:"这一定是他的命运,上帝准许你们的儿子跟这个女乞丐结婚。"

就这样,商人的儿子跟姑娘住了一年,然后又住了一年。第二年快到头的时候,他去了另一个省,就是姑娘的哥哥开店的那个地方。临走的时候他说:"亲爱的父亲母亲,不要抛弃我的妻子,她一把孩子生下来就赶快给我写信。"商人的儿子离开两三个月之后,妻子生下一个孩子,他从手到胳膊肘都是金子做的,身侧缀着星星,额上有一轮明月,心脏旁边有一轮闪闪发光的太阳。祖父母高兴极了,立刻给心爱的儿子写信。匆忙中,他们派了个老头子去送信。

与此同时,邪恶的嫂子知道了所有的事情,于是请老信差去他们家。"老伯,请进,"她说,"在这里休息一会儿。""不,我没有时间,我有一封要紧的信要送。""进来吧,老伯,休息一下,吃点东西。"

她让老头子坐下吃晚饭,然后拿过他的包,找到里面的信,读完以后撕成碎片,自己写了一封放进去,上面说:"你的妻子生了个半狗半熊的东西,是她和森林里的野兽怀上的。"老信差找到商人的儿子,把信交给了他。商人的儿子读完哭了起来,回信让父母在他回去之前不要伤害自己的儿子。"等我回来,"他说,"我自会看到他是个怎样的孩子。"回程的时候女巫又请老信差去她家。"请进,请坐,休息一下。"她说。就这样,她又花言巧语地迷惑了他,偷走了他带的信,读完以后撕成碎片,自己又写了一封,命令一收到信就把自己的小姑子赶出去。老信差把信送到了,商人夫妇读了很伤心。"为什么他要给我们惹这么多麻烦?"他们说,"我们让他跟这个姑娘结婚,现在他又不要自己的妻子了!"他们与其说是同情儿媳,倒不如说是可怜孙子。就这样他们祝福了母子,把孩子系在姑娘胸前,然后把她打发走了。

姑娘流着伤心的眼泪离开了。她在一片开阔的田野上走啊走啊,也不知走了多少时候,周围既没有树林也没有村庄。她来到一座山谷,感到口渴得要命。她朝右边一望,望见一口水井。她想喝井里的水,但是不敢俯身,怕孩子掉下去。然后她产生了幻觉,以为水离自己更近了。她俯下身喝水的时候孩子真的掉到了井里。她围着水井打转,一面痛哭起来,不知道要怎么才能把孩子捞上来。这时候一个老人走到她身边说:"上帝的奴隶,你为什么哭啊?""我怎么能不哭呢?刚才我俯下身喝水的时候,孩子掉到井里去了。""弯腰把他抱出来吧。""不行啊,老伯,我办不到。我没有手,只有两条残缺的胳膊。""按我说的去做吧。把你的孩子抱出来。"姑娘来到井边,伸出手臂——上帝保佑,她突然又有了双手,而且完好无损。她弯下腰,把孩子拉了出来,然后开始向四方鞠躬,向上帝表示感激。

她祈祷完毕,继续往前走,来到她的哥哥和丈夫住的房子,请求在那里留宿。她的丈夫说:"兄弟,让这个女乞丐进来吧,女乞丐会说故事,还有她们亲身经历的事情。"邪恶的嫂子说:"我们没有地方给客人住,这么多人已经够挤的了。""求你了,兄弟,让她进来吧,我最喜欢听女乞丐讲故事了。"于是他们让她进来了。姑娘抱着孩子坐到了灶台上。她的丈夫说:"好了,小白鸽,给我们讲个故事吧——什么故事都行。"

姑娘说:"我什么故事都不知道,但是会说真话。听着,我知道一件真实的事情,可以说给你们听。"就这样,她讲了起来:"从前有个王国——不是在我们这片土地上,那里住着个富有的商人,他有两个孩子,一男一女。后来父母亲死了,哥哥对妹妹说:'妹妹,咱们离开这个镇吧。'于是他们到了另一个省。哥哥加入了商业协会,然后租了个布店。他决定结婚,于是娶了个女巫做妻子。"这时候,姑娘的嫂子嘀咕道:"这个丑婆娘,干吗用这些故事来烦我们?"但是姑娘的丈夫说:"这位大嫂,你接着讲,接着讲,我最爱听这样的故事了!"

"于是,"女乞丐讲了下去,"这个哥哥去店里做生意,他对妹妹说:'妹妹,你把家看看好。'但是妻子觉得受了冒犯,因为他是对妹妹说这话的。为了出气,她把所有的家具都砸坏了。"接着女乞丐又说了哥哥如何带妹妹去做弥撒,砍下了她的一双手,还有妹妹如何生下一个孩子,可是她的嫂子花言巧语地骗了老信差——这时候,姑娘的嫂子又打断了她的话,大声喊:"她在胡言乱语些什么呀!"但是姑娘的丈夫说:"兄弟,吩咐你的妻子不要吵,这是个很精彩的故事,不是吗?"

姑娘说到丈夫写信给父母,让他们别伤害那个孩子,等他回去再做决定,这时候她的嫂子嘀咕道:"什么鬼话!"然后姑娘又说到自己如何以女乞丐的身份来到他们家,这时候她的嫂子又嘀咕:"这个老泼妇在胡说八道些什么呀!"姑娘的丈夫说:"兄弟,你吩咐她不要吵,为什么她老是插嘴呢?"最后姑娘说到自己得到许可,进了屋,开始说真事而不是讲故事。然后她指着他们说:"这是我丈夫,这是我哥哥,这个人就是我嫂子。"

她的丈夫听了跳了起来,冲到坐在灶台上的妻子跟前,说:"好了,亲爱的,让我看看孩子,看看父母亲信上说的是不是真的。"他们抱起孩子,打开襁褓——然后整个屋子都被照亮了!"她果然没有编故事,这就是我妻子,这就是我儿子——从手到胳膊肘都是金子做的——侧身缀着星星,额上有一轮明月,心脏旁边有一轮闪闪发光的太阳!"

哥哥从马厩里牵出最好的一匹母马,把妻子绑在马尾巴上,让马在开阔的田野上跑。马拖着女巫跑啊跑啊,最后只带回了她的辫子,其余的尸体都撒在了田野上。然后他们套上三匹马,回了年轻丈夫的父母家。他们过上了幸福的生活,日子红红火火。我在那儿喝过蜜糖酒和葡萄酒,酒顺着我的胡子流,却没有流进我嘴里。

第五章

女　巫

中国公主

（克什米尔）

莫卧儿皇帝沙·贾汉在位的时候,克什米尔谷地受阿里·马丹汗的统治。他这个人非常喜欢打猎,有一天,他在美丽的达尔湖附近的森林里搜寻猎物,突然看到一头雄鹿,于是丢下同伴,追了上去。过了一会儿,雄鹿躲开了他,消失在一片灌木丛里。

阿里·马丹拉住缰绳等待着,希望雄鹿能从藏身之处走出来,但是周围连个影子都没有。他又疲惫又失望,掉头去找同伴,就在这时候,他的耳边传来什么人的哭声。他寻着声音走过去,看到树下坐着个貌美无比的少女,她身穿华丽的衣服,佩戴各种珠宝,一看就知道不是这个国家的人。

阿里·马丹为姑娘的美貌而倾倒,他下了马,问姑娘是谁,为什么哭泣。

"哦,先生,"姑娘答道,"我是一个中国国王的女儿。我父亲在跟邻省统帅打仗的时候战死了。我们的许多贵族都被俘虏,但是我设法逃了出来。从那以后,我就从一个地方流落到另一个地方,一直来到了这里。"

"美丽的姑娘,"阿里·马丹安慰她道,"你不用再流浪了。你不会再受到伤害,因为我就是这个国家的王。"

中国公主听了伤心地哭了起来。

"哦,陛下,"她说,"我为我的父亲哭泣,我为我的母亲哭泣,我为我的国家哭泣,我也为我自己哭泣。我将来会怎样,没有了朋友和家园,我要怎么活呢?"

"美丽的人儿,别哭了,"国王同情地说,"住到我的王宫里去吧,这样你就会感到安全舒适了。"

"我很乐意这么做,"姑娘一边说,一边还在哭,"如果你向我求婚,我是无法拒绝的。"

听了姑娘的话,阿里·马丹高兴起来,他拉起姑娘的双手。

"来吧,我心爱的人儿!我会让你做我的妻子。"他说,然后他带着姑娘去了自己的王宫,很快两个人就结婚了。

阿里·马丹和妻子度过了一段快乐的时光,突然有一天,妻子向他建议道:

"为我在湖边建一座宫殿吧,这样我站在阳台上就能看到我在水中的倒影了。

于是阿里·马丹立即下令建造新宫殿,成百上千的工人和泥瓦匠参与了工程,最短的时间之内,一座美丽的大理石宫殿立在了达尔湖畔。宫殿的三面被花园包围,里面种着芬芳的奇花异草。他们幸福地住在湖边,阿里·马丹对妻子的爱也与日俱增。

但是好景不长,一天早晨,阿里·马丹醒来的时候感到身体不适。

"我肚子痛。"他对中国妻子说。

他没有太担心,但是疼痛持续了一整天,于是妻子派人请来御医,御医为他做了检查,又给了他一些药,可是疼痛还是没有消减。阿里·马丹病得出不了房间,中国公主一直照料着他的各种需求。许多天过去了,可是他的病情还是不见好转。

碰巧这时候有位瑜伽行者拎着一小罐水经过达尔湖畔,见到这座新宫殿,他很是惊讶。

"我从来没在这里看到过宫殿,"他自言自语道,"这究竟是谁造的呢?"

他感到疲惫,天气又很热,于是他走进宫殿旁的花园里,坐到一棵树下。他置身于花圃当中,感到十分平和,加上鸟儿在他身旁婉转地歌唱,不久他就进入了梦乡。

就在这时候,阿里·马丹感觉稍微好些了,于是来到花园里散步。他走得很慢,由侍从搀扶着。

阿里·马丹是个谦逊的人,无论信仰,他对圣洁之人总是抱有极大的敬意,所以见到这个闯进王宫的人,他非但没有生气,反而露出了笑容。

"别去打搅这个正在睡觉的瑜伽行者,"他对侍者们说,"把你们能找到的最好的床搬来,把这个圣人轻轻放在上面。"然后他看到了水罐,补充道:

"把这个也照看好。"

两个钟头之后,瑜伽行者醒了过来,惊讶地发现自己躺在如此舒适的床上。

一个侍者看到他醒了,走上前说:"别担心,你是克什米尔国王阿里·马丹的客人,他想要见你。"

然后侍者注意到他在寻找什么东西,于是补充道:

"你的水罐有人安全保管,请放心。"

接下来,瑜伽行者被领进国王的房间,他看到国王正躺在床上。

"圣人,你休息得好吗?"阿里·马丹温和地问,"你是谁,从哪里来?"

"陛下,"行者答道,"鄙人是一位大师的门徒,这位大师住在森林里,离这里有段距离。我的师傅爱喝一眼圣泉里流出的泉水,所以有时候会派我去取。上次我经过的时候,这里还没有宫殿,所以今天见了颇为惊讶。不过我现在得向您告辞了,因为我已经耽搁了,要是天黑之前回不去,师傅就会担心的。"

瑜伽行者谢过了国王的好意,他正要离开卧室,阿里·马丹突然感到一阵剧痛。经过询问,行者得知国王患了怪病。然后他离开了宫殿。

当天晚上,行者回到师傅身边,向他讲述了当天发生的事情。他特别提到了国王的盛情招待,大师听了很高兴。然后门徒同他说了国王得怪病的事,说到现在都没有医生

治得了他。

"听说他生病,我感到很难过,"大师说,"明天带我去见他,我们来看看能不能帮助他。"

第二天早晨,门徒领着师傅来到王宫,求见仍然出不了卧室的国王。

门徒把自己的师傅介绍给阿里·马丹,并且向他说明了来意。

"哦,大师,您的神圣拜访让我感到莫大的荣幸,"阿里·马丹说,"要是您能治好我的病,我将终生感激您。"

"让我看看你的身体。"圣人说。

国王刚刚解开衣服,大师就问:"你最近结婚了是吗?"

"是啊。"阿里·马丹答道,然后他简要地向圣人诉说了遇见中国公主并且同她结婚的经过。

"果然如我所料。"圣人道。随后他用严肃的语气说:

"国王啊!你真是病得不轻,但要是你照我说的去做,我就能把你治好。"

国王很是担心,向圣人保证说他会按照吩咐去做。

当天晚上,阿里·马丹根据大师的指示,命人做了一甜一咸两种烩饭,并把它们盛在同一个盘子的两边。他们像往常一样坐下来吃饭的时候,国王把咸的一边转向了中国妻子。妻子觉得自己的一份太咸了,但是看到丈夫吃得津津有味,她便没有说话,沉默地吃了下去。

到了就寝时间,阿里·马丹按照大师的指示,命侍从取走卧室里的饮用水,并从外面把门锁上。

正如他预计的那样,中国公主半夜醒来口渴得要命,见屋里没有水,又出不了房间,不禁绝望起来。她看了看丈夫,确保他在熟睡之后就变成蛇形,从窗户里溜出去,到下面的湖边喝水解渴。几分钟后,她又原路返回,变回人身,重新躺到丈夫身边。

阿里·马丹实际上是装睡,见此情景心生恐惧,后半夜都无法入眠。第二天一早,他找到圣人,向他诉说了夜里发生的事情。

"国王啊!"圣人说,"如你所见,你的妻子不是女人,而是拉弥亚——蛇妖。"然后他向阿里·马丹解释道:

"如果一条蛇一百年没被任何人看到,它的头上就会长冠,变成群蛇之王;如果再过一百年还是没被人看见,它就会变成一条龙;要是三百年都没有人看到它,它就会变成拉弥亚。拉弥亚拥有巨大的魔力,可以随心所欲地改变外形。它非常喜欢变成女人的样子,就像你的妻子这样啊,国王!"他最后说道。

"太可怕了!"国王大呼,"难道没有摆脱这怪物的办法吗?"

"有倒是有的,"圣人回答,"只不过我们必须谨慎行事,以免让她生疑,因为只要稍微怀疑秘密败露,她就不仅会毁掉你,而且会毁掉你的整个国家。所以,你要仔细按我说的去做。"

然后大师向国王诉说了自己的计划,国王立刻就去实施了。人们在离王宫较远的地方建起一幢虫胶做的房子,房子里只有一间卧室和一间厨房,厨房里建了个大烤炉,上面配了个结实的盖子。

然后御医建议阿里·马丹在这幢房子里禁闭四十天,这段时间里除了他的妻子,谁都不许见他。

能独自占有阿里·马丹,妻子正求之不得。她高兴地照料他所有的需求,如此过了若干天。一天,阿里·马丹告诉妻子:

"医生为我开了个方子,让我吃一块特别的面包,请你为我烤好。"

"我不喜欢烤炉。"她说。

"但是我有生命危险,"国王说,"要是你真心爱我,就为我办到这件事吧。"

除了烤面包,她别无选择,于是进了厨房,动手干了起来。正当她俯身对着烤炉口转动面包时,阿里·马丹抓住机会,使尽全身力气,把她推了进去,接着又紧紧盖上炉盖,使她无法逃脱。然后他冲了出去,按照圣人的指示点着了房子,由于房子是虫胶做的,火苗顷刻窜了起来。

就在这时候,大师来到他身边。"你做得很好,"他说,"现在回到王宫去吧,在那里休息两天。第三天来见我,我要给你看样东西。"

国王按照他的话去做了。两天之内,他彻底恢复了健康,整个人变得愉快又强壮,就像遇到假中国公主的那天一样。

到了第三天,阿里·马丹和大师如约来到虫胶房先前所在的地方。那里只剩下一堆灰烬。

"你在灰烬里仔细找找,"圣人说,"然后你会在当中找到一块鹅卵石。"

阿里·马丹找了几分钟。

"在这儿。"他终于说道。

"好,"大师说,"那么你要哪一个——鹅卵石还是灰烬?"

"鹅卵石。"国王答道。

"可以,"圣人说,"那我就把灰烬拿走了。"

就这样,他小心翼翼地把灰烬包进衣服褶边里,然后带着门徒走了。

阿里·马丹很快就发现了鹅卵石的法力。这是一块点金石,一碰就能把所有的金属变成金子。但是灰烬的价值一直无人知晓,因为阿里·马丹再也没有见过大师和他的门徒。

猫女巫

（非裔美国人）

这件事发生在奴隶制时期的北卡罗来纳。我听姥姥讲过好多遍。

我姥姥给一户奴隶主当厨子跟女仆——他们家应该姓比西特吧，因为我姥姥就是姓比西特的。嗯，这户人家的老爷养羊，他把剪下来的羊毛放在楼上。太太责备厨子偷了她的羊毛。"我的羊毛一天天见少，有人拿走了我的羊毛。"她知道除了女仆，没人能轻易上楼。于是他们把我姥姥拎出去，为了羊毛的事狠命打她的背，老爷更是用鞭子一顿猛抽。

姥姥上楼打扫的时候经常看到一只猫躺在羊毛堆里，她以为躺在那儿的猫把羊毛压实了，所以看上去就少了。她心想，要是再撞见那只猫，就用屠刀把它的头砍下来。果然她又撞见了。她抓住猫爪——猫的一只前爪——用刀把它砍了下来。然后猫跑下楼梯，逃走了。

就这样，她撩起砍下来的爪子，爪子变回原形，变成一只人手，手指上戴着枚金戒指，上面刻了个名字的首字母。我姥姥把手拿下楼给女主人看。姥姥既不会读也不会写，但是那家的太太识字，她看到了戒指上的首字母。于是大伙儿炸开了锅,都开始谈论这件事情,邻里之间总是这样的。然后他们开始四处寻找,想看看是谁丢了一只手。结果他们发现是个有钱的白人女人,她有奴隶,不久前刚和一个小伙子结了婚(女巫们不会在一个地方久待,而是到处游荡)。第二天早上,这个女人不愿意起床给丈夫做早餐,因为她只有一只手了。然后丈夫听到人们说的话,看到断手上戴着妻子的金戒指,又看到妻子躺在床上,缺了一只手,于是知道她就是猫女巫。他说他不要她了。

就这样,人们按照处死老巫婆的习俗,把她绑在一根铁柱子上,用木桩支着,在她周围泼上焦油,点起火把她烧了个精光。

这个女人学了巫术,想要那些羊毛,而且又能去各种地方,就像风或者鬼魂那样。她会在丈夫上床以后溜出去,穿过钥匙孔,有必要的话还能变成耗子——她们是会变身的——然后偷走别人的东西,带回自己家。

我姥姥说这事儿千真万确。

巴巴亚嘎

（俄罗斯）

从前有对老夫妻,妻子死后丈夫又结了婚。不过他和过去的妻子生有一个女儿,这个姑娘一点都不讨坏后妈的喜欢,后妈常常打她,还想着如何直接把她除掉。有一天父亲外出去了什么地方,后妈对姑娘说:"去你姨妈也就是我姐姐那里,问她借针线来给你缝条直筒裙。"

这个姨妈是个巴巴亚嘎。姑娘可不是傻瓜,她先去了一个真正的姨妈家,她说:

"早上好,姨妈!"

"早上好,亲爱的!你来找我有什么事?"

"母亲派我去她姐姐家,问她借针线来给我缝直筒裙。"

于是她的姨妈教她应该怎么做。"我的外甥女,那里有棵白桦树,它会戳你的眼睛——你必须绕着树扎一条丝带;那里有几扇门吱嘎乱撞——你必须往它们的铰链上倒油;那里有群狗,能把你撕成碎片——你必须把这些小圆面包扔给它们;还有一只猫,能把你的眼珠子抓出来——你必须给它一片熏肉。"

就这样,姑娘离开了,她走啊走啊,一直来到后妈要她去的地方。那里有幢小屋,"骨头小腿"巴巴亚嘎正坐在里面织布。

"早上好,姨妈。"姑娘说。

"早上好,亲爱的。"巴巴亚嘎答道。

"母亲派我来借针线,好给我缝条直筒裙。"

"很好。你等着,顺便坐下来织会儿布吧。"

就这样,姑娘坐到纺车后面,巴巴亚嘎出去对女仆说:

"你去热洗澡水,然后把我的外甥女洗干净。一定要留神看好她,我要拿她当早餐。"

姑娘坐在那里吓了个半死。过了一会儿,她恳求女仆说:

"好姐姐,求你把木柴弄湿,别让它烧着,打洗澡水的时候用筛子来盛。"说罢她送给女仆一块手帕当礼物。

巴巴亚嘎等了一会儿,然后走到窗口问:

"你在织布吗,外甥女?你在织布吗,亲爱的?"

"哦,是的,亲爱的姨妈,我在织布呢。"于是巴巴亚嘎又走开了。姑娘给猫一块熏肉,问它:

"难道没有从这里逃出去的办法吗?"

"我把这把梳子和这条毛巾给你,"猫说,"拿着它们走吧。巴巴亚嘎会来追你,你必须把耳朵贴在地上,听到她靠近的时候就先扔下这条毛巾,它会变成一条宽宽的大河。要是巴巴亚嘎过了河还要来抓你,你就再把耳朵贴在地上,听到她靠近就扔下这把梳子。它会变成一片茂茂密密的森林,这片林子她是无论如何都穿不过的。"

姑娘拿起毛巾和梳子逃走了。那群狗本来会把她撕碎,但是姑娘把小圆面包扔给了它们,于是它们放她通过

了;几扇门本来会砰砰乱撞,但是她往铰链上倒了油,于是它们也让她穿过了去;白桦树本来会把她的眼睛捅出来,但是她在树上系了条丝带,于是树允许她继续赶路。那只猫则坐到纺车跟前忙活起来,虽然没纺什么布,但也胡乱对付了一气。巴巴亚嘎来到窗边问:

"你在织布吗,外甥女? 你在织布吗,亲爱的?"

"我在织布,亲爱的姨妈,我在织布。"猫粗声粗气地答道。

巴巴亚嘎冲进小屋,看到姑娘已经跑了,于是揍起猫来,怪它没有把姑娘的眼珠子抓出来。"我伺候了你这么长时间,"猫说,"你连块骨头都没给过我,她却给了我一块熏肉。"接着巴巴亚嘎扑向狗、门、白桦树和女仆,把他们统统臭骂一顿,而且拳脚相加。那几只狗对她说:"我们伺候了你这么长时间,你都没扔块烤焦的面包皮给我们,她却喂我们吃小圆面包。"门说:"我们伺候了你这么长时间,你都没往我们的铰链上倒一滴水,她却往我们身上倒油。"白桦树说:"我伺候了你这么长时间,你都没在我身上系过一根线,她却为我系了条丝带。"女仆说:"我伺候了你这么长时间,你连块破布都没给过我,她却给了我一块手帕。"

骨头腿巴巴亚嘎立刻跳进捣臼,挥挥杵,让捣臼飞了起来,她用扫帚扫掉所有飞行的痕迹,然后上路追赶姑娘。姑娘把耳朵贴在地上,听到巴巴亚嘎在后面追,而且已经离得很近了,她扔下毛巾,毛巾变成一条那么宽那么宽的大河!巴巴亚嘎来到河边,恨得咬牙切齿。她回家去牵自己的牛群,把它们赶到河边。牛群把河里的水喝得一滴不剩,于是巴巴亚嘎重新上路去追。可是姑娘又把耳朵贴在地上,听到巴巴亚嘎靠近的时候,她扔下梳子,地上立刻长出一片森林,真是茂密得不得了!巴巴亚嘎撕扯开了,可不管她怎么拼命都穿不过去,所以她只好又回了家。

不过到了这个时候,姑娘的父亲已经回来了,他问:

"我女儿在哪里?"

"她去她姨妈家了。"后妈答道。

没过多久姑娘本人跑回家来。

"你去哪里了?"父亲问。

"啊,父亲!"她说,"母亲派我去姨妈家借针线,好给我缝条直筒裙。可是姨妈是个巴巴亚嘎,她要把我吃掉!"

"那你是怎么逃出来的,女儿?"

"啊,是这样。"姑娘说,然后就道出了事情的原委。父亲听完暴跳如雷,一枪打死了妻子。他和女儿生活了下去,而且过上了好日子,事事都很顺利。

三娘子①

（中国）

版本一

唐汴州西有板桥店。店娃三娘子者，不知何从来，寡居，年三十余，无男女，亦无亲属。有舍数间，以鬻餐为业，然而家甚富贵，多有驴畜。往来公私车乘，有不逮者，辄贱其估以济之。人皆谓之有道，故远近行旅多归之。元和中，许州客赵季和，将诣东都，过是宿焉。客有先至者六七人，皆据便榻。季和后至，得最深处一榻，榻邻比主人房壁。既而，三娘子供给诸客甚厚。夜深致酒，与诸客会饮极欢。季和素不饮酒，亦预言笑。至二更许，诸客醉倦，各就寝。三娘子归室，闭关息烛。人皆熟睡，独季和转展不寐。隔壁闻三娘子窸窣，若动物之声。偶于隙中窥之，即见三娘子向覆器下，取烛挑明之。后于巾厢中，取一副耒耜，并一木牛、一木偶人，各大六七寸，置于灶前，含水噀之。二物便行走，小人则牵牛驾耒耜，遂耕床前一席地，来去数出。又于厢中，取出一裹荞麦子，受于小人种之。

---

① 故事《板桥三娘子》收录于唐代孙颀的《幻异志》、薛渔思的《河东记》以及宋代的《太平广记》等。这里提供文言文版本和译自英文的白话文版本。后者是一次实验，测试两次翻译后的失真度。

须臾生,花发麦熟,令小人收割持践,可得七八升。又安置小磨子,碾成面讫,却收木人子于厢中,即取面作烧饼数枚。有顷鸡鸣,诸客欲发,三娘子先起点灯,置新作烧饼于食床上,与客点心。季和心动遽辞,开门而去,即潜于户外窥之。乃见诸客围床,食烧饼未尽,忽一时踣地,作驴鸣,须臾皆变驴矣。三娘子尽驱入店后,而尽没其货财。季和亦不告于人,私有慕其术者。后月余日,季和自东都回,将至板桥店,预作荞麦烧饼,大小如前。既至,复寓宿焉,三娘子欢悦如初。其夕更无他客,主人供待愈厚。夜深,殷勤问所欲。季和曰:"明晨发,请随事点心。"三娘子曰:"此事无疑,但请稳睡。"半夜后,季和窥见之,一依前所为。天明,三娘子具盘食,果实烧饼数枚于盘中讫,更取他物。季和乘间走下,以先有者易其一枚,彼不知觉也。季和将发,就食,谓三娘子曰:"适会某自有烧饼,请撤去主人者,留待他宾。"即取己者

食之。方饮次,三娘子送茶出来。季和曰:"请主人尝客一片烧饼。"乃拣所易者与啖之。才入口,三娘子据地作驴声。即立变为驴,甚壮健。季和即乘之发,兼尽收木人木牛子等。然不得其术,试之不成。季和乘策所变驴,周游他处,未尝阻失,日行百里。后四年,乘入关,至华岳庙东五六里,路旁忽见一老人,拍手大笑曰:"板桥三娘子,何得作此形骸?"因捉驴谓季和曰:"彼虽有过,然遭君亦甚矣!可怜许,请从此放之。"老人乃从驴口鼻边,以两手擘开,三娘子自皮中跳出,宛复旧身,向老人拜讫,走去。更不知所之。

版本二

唐朝的时候,开封府西边有家"板桥客栈",店主是个三十岁上下的妇人。没有人知道她是谁、从哪里来,当地人都叫她"三娘子"。她无儿无女,也无亲戚,据说是个寡妇。这家客栈舒适宽敞,女主人颇为富足,养了一群上好的驴子。

此外她还是个慷慨大方的人,要是哪个旅客缺钱,她就降价或者免费收留他,所以她的客栈一直住满了客人。

大约公元806到820年间,有个名叫赵季和的人要去洛阳(那时候洛阳是中国的首都),他在"板桥客栈"留宿。客栈里已经有六七个客人,全都住在一间大卧房里,各自占据一张床铺。赵季和最后才到,分得角落里的一张床,隔壁就是女主人的卧室。三娘子待他很好,就像对待其他的房客一样。到了就寝时间,她请每个客人喝酒,自己也跟他们喝了一杯。只有赵季和滴酒未沾,因为他向来不喝酒。夜深了,所有的客人都上了床,女主人回到自己的房间,关上门,吹了灯。

其他的客人很快就安详地打起了呼噜,赵季和却怎么也睡不着。

午夜前后,赵季和听到女主人在房间里搬东西的声音,于是透过墙缝望过去。只见三娘子点了支蜡烛,从箱子里取出一头牛、一个赶牛人和一套犁具,全都是六七寸高的木偶。她把木偶放到灶台边压实的泥地板上,含了口水喷到他们身上,木偶立时动了起来。小人赶着牛,牛拉着犁,来来回回地耕起一席大小的地板来。耕完以后,三娘子递给赶牛人一包荞麦子。小人播了种,种子立刻就发芽了,几分钟功夫便开出了花,结出了成熟的麦粒。赶牛人将荞麦收割下来,脱好粒,交给三娘子,三娘子又让他用小磨把荞麦磨成粉。接下来她把赶牛人和牛、犁一起放回箱子里——这时他们已经变回了小木偶——然后把荞麦粉做成了烧饼。

鸡鸣时分,客人们起身准备离去,可是女主人说:"你们不能空着肚子上路。"随即把烧饼端到他们面前。

赵季和感到很不自在,于是谢过女主人,出了客栈。他一回头,只见客人们一尝烧饼就趴倒在地上,发出驴子的嘶鸣,个个都变成了上等壮驴。女主人立即赶驴进棚,把客人的财物据为己有。

赵季和没有把自己的经历讲给任何人听。但是一个月之后,他在洛阳办完事又回到当地,一天晚上又去"板桥客栈"投宿。他随身带了几块新做的荞麦烧饼,大小和形状都跟上次三娘子做的一样。

客栈里刚好没有别的客人,三娘子让他住得舒舒服服,就寝之前还问他有无别的需要。

"今晚就不必了,"他说,"但是明天一早我想在出发前吃点东西。"

"我会给你做一顿可口的早饭的。"女主人说。

夜里,种荞麦的戏法照常上演了。第二天早晨,三娘子端给赵季和一盘荞麦烧饼。她走开了一小会儿,赵季和趁机拿走了盘子里的一块妖饼,把自己带来的一块放了回去,然后坐等女主人回来。三娘子回来之后说:"你怎么什么都没吃啊?"

"我在等你,"赵季和说,"我也有些烧饼,要是你不尝一块我的烧饼,我就不吃你给我的这些。"

"那就给我一块吧。"三娘子说。

赵季和把自己从盘子里拿的妖饼递给三娘子,她刚咬了一口就趴倒在地上,发出驴子的嘶鸣,变成了一头壮实的上等母驴。

赵季和给她套上挽具,骑上她回家去了,一并还带走了那箱木偶。但是他不知道咒语,没法让他们动弹,也没法把别人变成驴子。

三娘子真是世上最强壮、最吃苦耐劳的驴子,不管什么样的路,一天都能走上一百里。

四年之后,赵季和骑着她经过某座华岳庙的时候,一位老人突然拍手大笑起来,高声叫道:"板桥三娘子,你怎么变成了这副模样?"然后他抓住笼头,对赵季和说:"她曾想加害于你,这点我承认,但如今她已赎够了罪孽,现在让我把她放了吧!"说罢他摘下笼头,三娘子立刻脱去驴皮,变回人形,直起身来。她拜谢过老人就消失不见了。自此以后再也没有人听说她的消息。

第六章

不幸的家庭

赶走七个小伙子的姑娘

(摩洛哥)

从前有个妇人,她有七个儿子。每次一感到产痛,她就会说:"这次我准定生个女儿。"但是她每次生下的都是儿子。

她又怀上了孩子,而且生产的月份到了。临近产期的时候,丈夫的妹妹过来照顾她。她的七个儿子外出打猎了,但是临走前他们对姑姑说:"要是我们的母亲生下个女孩,就请把纺锤挂在门上,我们看了就会调头回家来。要是她又生了男孩,就请挂起镰刀,我们看了就会与家里一刀两断,从此远走高飞。"这个姑姑憎恨自己的侄子,所以尽管生下的是个女孩,她还是把镰刀挂在了门上。七个小伙子见了便离家去了沙漠。

人们管这个孩子叫"撵走苏贝雅的乌黛雅",意思是"赶走七个的姑娘"。孩子长大了,开始跟别的姑娘一起玩耍。一天她和朋友们吵了嘴,朋友们对她说:"要是你还有一点儿用的话,你那七个哥哥怎么会在你出生那天离家去沙漠呢?"

乌黛雅跑回家找母亲。"我是不是真有七个哥哥?"她问。"你确实有七个哥哥,"母亲说,"但是你出生那天他们外出打猎了,之后——唉,真叫人伤心难过——之后我们再也没有听说过他们的消息。""那么我应该去找他们。"姑娘说。"我们这十五年都没有见到他们,你又怎么能找得到呢?"母亲问。"我要从世界的这一头找到那一头,直到找到他们为止。"乌黛雅说。

于是她的母亲给了她一头骆驼当坐骑,又派一男一女两个仆人跟她一起去。出发以后没多久,男仆说:"你从骆驼上下来,让女仆来骑。""呀,乌咪——哦,我的母亲。"乌黛雅叫了起来。母亲答道:"你为什么叫我?""仆人要我从骆驼上下来。"乌黛雅说。母亲命令仆人让乌黛雅骑,就这样他们又往前走了一段,然后仆人又想让乌黛雅下来。乌黛雅又叫"呀,乌咪!"好请母亲来帮忙。但是到了第三次,母亲没有回应,因为他们已经走得太远,听不见了。仆人逼她从骆驼上下来,让女仆骑了上去。乌黛雅光着脚在地上走,血流了一地,因为她不习惯走这么远的路。

他们这样走了三天,女仆高高地骑在骆驼背上,乌黛雅哭哭啼啼地在下面走,衣服缠在脚上。第三天,他们看到一辆商人的大篷车。仆人说:"哦,大篷车的主人,你们有没有见过七个男人在荒野里打猎?"大篷车上的人答道:"你们中午之前就能找到他们了,他们的城堡就在这条路上。"

于是男仆在太阳底下热了柏油,把柏油抹到姑娘乌黛雅的身上,直到她全身变得漆黑。然后男仆把骆驼牵到城堡门口,叫道:"少爷们,好消息!我把你们的妹妹带来了。"七兄弟跑去欢迎父亲的仆人,但是他们说:"我们没有妹妹,母亲生下的是儿子!"仆人让骆驼跪下来,然后指着女仆说:"你们的母亲生的是女孩,你们看,她已经来了。"兄弟们从来没有见过妹妹,又怎么会知道真假呢?父亲的仆人说那个女仆就是他们的妹妹,乌黛雅则是妹妹的女奴,于是他们就信了。

第二天兄弟们说:"今天我们不去打猎了,在家跟妹妹坐在一块儿。"大哥对黑女奴说:"过来帮我捉捉头发里的虱子。"乌黛雅让哥哥枕着自己的膝盖,一边哭一边为他梳头。一滴眼泪落到了她的胳膊上,哥哥揉了揉泪珠掉落的那一点,柏油下面的白皮肤显露出来。"跟我讲讲你的故事吧。"大哥说。于是乌黛雅呜咽着讲述了自己的经历。她的哥哥拿起剑,到城堡里把男仆和女仆的头砍了下来。然后他热好水,拿来肥皂,乌黛雅洗了起来,直到皮肤又变得雪白。她的哥哥们说:"这下她看起来像我们的真妹妹了。"他们亲吻了她,当天和第二天都同她待在一起。但是到了第三天,他们说:"妹妹,把城堡的大门锁上,因为我们要出去打猎,过七天才能回来。把猫也锁在家里,和你待在一起,你要照顾好她,不管吃什么都要分她一份。"

乌黛雅在城堡里等了七天,和猫待在一块儿。第八天哥哥们带着猎物回来了。他们问:"你害怕吗?""有什么好怕的呢?"乌黛雅说,"我的房间有七扇门,六扇是木头做的,第七扇是铁做的。"过了一段时间,哥哥们又要出去打猎。"没有人敢靠近我们的城堡,"他们对妹妹说,"你只要当心那只猫就好了,不管你吃什么都要给她一半。万一出了什么事,她知道我们在哪里打猎——她和窗台上的那只鸽子知道。"

乌黛雅一边等哥哥们回来,一边打扫房间,她看到地上有粒蚕豆,于是捡了起来。"你在吃什么?"猫问。"没什么,我在灰堆里找到一粒蚕豆。"乌黛雅说。"你为什么不给我一半?"猫问。"我忘了。"乌黛雅说。"你等着瞧吧,看我怎么报复你。"猫说。"就只为了半粒蚕豆?"乌黛雅问。但是猫跑进厨房,对着火撒了泡尿,把火浇灭了。

这下没有火来烧饭了。乌黛雅站到城堡的墙头上张望,终于看到远处有一点火光。她朝着那个方向走过去,到了以后看到一个食尸鬼坐在火炉边上。他的毛发很长很长,一边的胡须压在身下当垫子,另一边的胡须盖在身上当毯子。"你好,食尸鬼老伯。"乌黛雅说。食尸鬼答道:

> 看在安拉的分上,要是你开口之前
> 没有先向我问好,
> 这会儿周围的山丘就已经听到
> 你年轻的骨头被折断,皮肉被撕掉!

"我需要借火。"乌黛雅说。食尸鬼答道:

> 要是你想要一大块带火的木炭,就必须给我一条皮肤,
> 从你最长的手指一直到下巴底边。
> 要是你想要一小块带火的木炭,也必须给我一条皮肤,
> 从你的耳朵向下一直到大拇指尖。

乌黛雅拿起那块大木炭,开始往回走,血从她的伤口里涌了出来。一只渡鸦跟在她后面,扔下泥土,埋起每一块血

迹。姑娘回到城堡门口,渡鸦腾空而起,飞到墙头上。乌黛雅吓了一跳,责骂道:"你让我受了惊吓,愿真主也让你害怕。""这就是好心换来的回报吗?"渡鸦说。他从墙头上落下来,顺着地面往前跑,扒开泥土让血迹暴露出来,就这样一直从她家门口跑到食尸鬼的帐篷。

食尸鬼半夜醒来,跟踪血迹一直来到兄弟们的城堡。他冲进大门,却发现姑娘的房间外面锁着七扇门——六扇是木板做的,第七扇是铁做的。他说:

> 撵走苏贝雅的乌黛雅,
> 你来的时候,你的老父亲在做什么?

姑娘答道:

> 他躺在金框的床上,
> 床罩是丝绸做的,
> 垫子也是一样。

食尸鬼大笑,砸掉一扇木门,走了。但是之后几夜也发生了同样的事情,直到他把六扇木门全部砸碎。这么一来就只剩下第七扇铁门了。

乌黛雅害怕了。她写了张字条,找来哥哥们养的鸽子,用线把纸系在鸽子的脖子上。"哦,鸽子呀,我的哥哥们爱你,"她说,"飞过天空,把我的信带去给他们吧。"那只驯服的鸟儿飞走了,一路不停,直到最终落在大哥的大腿上。大哥读起妹妹的信:

六扇门被砸掉,只有第七扇还在。

要是你还想见到妹妹,就请赶快回来。

七个小伙子跳上马鞍,下午没过半就回到家中。城堡的大门被冲开了,妹妹的六扇门被砸裂。他们隔着第七扇铁门叫道:"妹妹,妹妹,我们是你的哥哥。把门打开,告诉我们出了什么事。"

她把经过复述了一遍,听完之后他们说:"愿安拉赐予你智慧。我们不是告诉过你,无论吃什么都要分给猫一份吗?你怎么能忘记呢?"他们开始为迎接食尸鬼做准备,在地上挖了个深深的大坑,往里面填上木柴,点起火,加上煤,直到坑里堆满灼热的煤炭,然后他们小心地用垫子遮住陷阱口,等待食尸鬼到来。

食尸鬼来了之后说:

撵走苏贝雅的乌黛雅,
你来的时候,你的老父亲在做什么?

姑娘隔着门答道:

他在剥骡皮驴皮,
饮血吮内脏。
缠结的毛发又乱又长,
刚好给他做睡觉的床。
哦,但愿他掉进火里,

烤黄变焦直到死亡。

食尸鬼怒不可遏,大吼一声,撞开第七扇门冲了进来。乌黛雅的哥哥们迎上去说:"来吧邻居,跟我们坐一会儿。"可是食尸鬼刚蹲坐到草垫上,就跌进了木炭坑里。兄弟们往他身上扔木头,越垒越多,直到他烧得精光,连骨头都没了。他什么都没剩下,除了一片小拇指上的指甲弹到了房间中央。这片指甲就这么一直留在地上,之后乌黛雅弯腰去抹地砖的时候,指甲戳破了她的手指,钻到了皮肤底下。姑娘立刻倒下去不动了。

哥哥们看到她躺在地上一命呜呼,不禁痛哭哀号,然后他们为她做了个棺材架,把架子绑到父亲的骆驼背上,对骆驼说:

> 哦,父亲的骆驼啊,载着她,
> 载着她回到母亲的身边。
> 一路上不要停下来休息,
> 不管是男人还是女人,都不要为他们停歇。
> 只有见到那个说"歇!"①的人,你才可以为他下跪。

骆驼站起身,按照他们的吩咐做了。一路上既不停也不跑,按照原路往回走。走到一半的时候,它突然被三个男人看见了,他们觉得它看上去像头迷失在野外的无主骆驼。

---

① 英译本中用的是赶走动物时发出的声音"shoo",与后文"shoe"(鞋子)同音。

"我们把它抓过来吧!"他们说,然后三个人嚷着想让它停下来,可骆驼还是继续往前走。

突然其中一个人对另外两个同伴喊:"等等,让我把鞋系上!"骆驼一听到"鞋"这个字就开始往下跪。三个人高兴地跑过去抓住它的缰绳。可是他们找到了什么呀?一个木头棺材架,上面躺着个咽气的姑娘!"她家里很有钱,"其中一个人说,"瞧瞧她手上的戒指!"这个念头刚起他就伸手去拽那枚闪闪发光的宝石,想把它据为己有。但是拔戒指的功夫,强盗把食尸鬼的小拇指指甲弄了出来,就是乌黛雅扫地的时候刺穿她皮肤的那片。姑娘坐了起来——她又活了,而且有了呼吸。"愿让我起死回生的人长命百岁。"她说,然后就把骆驼的头拨向了哥哥们的城堡。

小伙子们又是哭又是抱地欢迎失而复得的妹妹。大哥说:"让我们趁父母健在,回去亲吻他们的手吧。"其他人都说:"一直以来你在我们眼里就像父亲一样,你的话就像是父亲的话。"七个小伙子全都上了马,加上骑骆驼的妹妹,一行八人朝着家的方向出发了。

父亲亲吻了他们,并且欢迎他们回家,然后他说:"儿子们啊,你们为什么要离开我生活的这个世界?为什么让我

和你们的母亲日夜为失去你们而伤心落泪?"第一天、第二天和第三天小伙子们在家休息,什么都没说。但是第四天吃完饭以后,大哥道出了他们的遭遇,从姑姑狡诈地把他们赶进荒野,一直说到兄妹团圆。从那天起,他们全都生活在一起,而且都很幸福。

"撵走苏贝雅的乌黛雅"就讲到这里。

死人集市

（西非：达荷美）

从前有两个妻子，第一个妻子生了一对双胞胎，但是自己难产死了，于是第二个妻子负责照顾两个小孩。他们中大的叫惠斯，小的叫惠威。后妈捣谷子的时候会把上面一层细面粉拿走，把下面不能吃的渣滓留给他们。

一天，后妈给了他们一人一个小葫芦，让他们去打水。他们去了小溪边，可是回来的路上惠斯滑了一跤，把葫芦打坏了。弟弟说，要是我们现在回去，后妈就会放过我去打惠斯，所以我要把我的这个也砸了。他扔下自己的葫芦，把它砸坏了。

后妈看到发生了什么之后，拿来鞭子抽了他们一顿。

惠威说："我要去买颗珠子。"惠斯说："对，我们一人买颗珠子给枯①。我们去找死神的守门人，也许他会让我们见见母亲。"

坟墓深深，

---

① 在达荷美神话中，"枯"（Ku）是死神的名字。

深又深,
后妈买了葫芦,
可是惠斯打坏了他的葫芦,
所以惠威也打坏了自己的葫芦。
我们把这事儿告诉后妈,
她用鞭子抽了我们一顿,
所以惠斯买了颗珠子,
惠威也买了颗珠子。

好。就这样,兄弟二人去找死神的守门人。守门人问他们:"你们要什么?"

惠威说:"昨天我们去取水的时候,我哥哥惠斯把他的葫芦打坏了,所以我也打坏了自己的葫芦。后妈打了我们一顿,一整天都没给我们吃一点儿东西,所以我们来求你放我们进去,我们想见我们的母亲。"

守门人听后打开门。

坟墓深深,
深又深,
后妈买了葫芦,
可是惠斯打坏了他的葫芦,
所以惠威也打坏了自己的葫芦。
我们把这事儿告诉后妈,
她用鞭子抽了我们一顿,
所以惠斯买了颗珠子,
惠威也买了颗珠子。

> 我们把珠子送给守门人,
> 然后门就开了。

门后有两个集市,一个活人集市,一个死人集市。

好。大家都问他们:"你们从哪里来?你们从哪里来?"活人这么问,死人也这么问。孩子们说:"是这样的,昨天我们把后妈给的小葫芦打坏了。她打了我们一顿,而且不给我们东西吃。我们求守门人放我们进来见母亲,好请她再给我们买两个葫芦。"

好。他们的母亲来了,她在活人集市为他们买了些阿卡萨①,又转身给某个活人一些钱,在活人集市买了两个葫芦,交给孩子们。然后她自己去了死人集市,买了些棕榈仁带给丈夫另外的那个妻子,因为她知道对方非常爱吃这种果仁——只要她吃下去,就必死无疑了。

好。母亲对孩子们说:"好了,这就回家去吧,向你们的后妈问好,谢谢她把你们照顾得这么周到。"

> 坟墓深深,
> 深又深,
> 后妈买了葫芦,
> 可是惠斯打坏了他的葫芦,
> 所以惠威也打坏了自己的葫芦。

---

① 阿卡萨(英译本中拼作"acasa";也作"akansa"、"acasan"或"akasa")是一种包在香蕉叶子里的玉米面糕点。采集这个故事的梅尔维尔·J.赫斯科维茨和弗朗西斯·S.赫斯科维茨在《苏里南民间故事》(*Suriname Folk-lore*)中提到,苏里南、海地和达荷美等地的人常在宗教仪式中用到这种食物。

我们把这事儿告诉后妈,
她用鞭子抽了我们一顿,
所以惠斯买了颗珠子,
惠威也买了颗珠子。
我们把珠子送给守门人,
然后门就开了。
母亲听了我们的故事,
为我们买了两个葫芦,
好给我们的后妈。

后妈想找两个孩子,她到处都找遍了,却还是不知道他们去了哪里。两兄弟回来之后,她问:"你们上哪儿去了?"

他们说:"我们去见我们的母亲了。"

但是后妈把他们骂了一顿,说:"不可能,你们在撒谎。没有人能见到死人。"

好。孩子们把棕榈仁交给她,说:"呶,母亲让我们把这个带给你。"

另外的这个妻子嘲笑了他们一番,说:"你们找了个死人给我带棕榈仁吗?"

但是后妈吃了这些棕榈仁就死了。

坟墓深深,
深又深,
后妈买了葫芦,
可是惠斯打坏了他的葫芦,
所以惠威也打坏了自己的葫芦。

我们把这事儿告诉后妈,
她用鞭子抽了我们一顿,
所以惠斯买了颗珠子,
惠威也买了颗珠子。
我们把珠子送给守门人,
然后门就开了。
母亲听了我们的故事,
为我们买了两个葫芦,
好给我们的后妈。
回到家,后妈想要赎命,
但是我们给了她
很多很多果实。

在达荷美,人死以后,他的家人会去找占卜的,占卜的能让死者说话,这样你就能听到他的声音了。于是他们召唤死掉的后妈时,她说:"告诉其他所有的女人,我的死是两个孤儿造成的。也告诉她们,玛乌①说,要是有几个妻子,其

---

① 在达荷美神话中,玛乌(Mawu)是造物女神。

中一个丢下孩子死了,其他人就必须照顾这个亡妻的孩子。"

就是因为这个原因,一个男人要是有两个妻子,其中一个丢下孩子死了,你就应该把孩子交给第二个妻子,这个妻子必须把亡妻的孩子照顾得比自己的孩子更好。也就是因为这个原因,人们永远都不能虐待孤儿,因为一虐待他们,你就会死——当天就死,连生病的功夫都没有。我有亲身体会,因为我就是孤儿。父亲从来不让我晚上一个人出去。每次我向他要什么东西,他都会给我。

娶了儿媳妇的女人

(因纽特)

从前有个老妇人想要占有年轻漂亮的儿媳妇。她儿子是猎人,经常一出去就是好几天。有一次他出门了,老女人坐下来,用海豹骨和海豹皮为自己做了个阴茎。她把阴茎系在腰上,展示给儿媳妇看,儿媳妇惊叫道:"真好呀……"然后她们一起睡了。不久,老妇人也开始乘皮质的大独木舟外出打猎了,就像她儿子一样。回来以后,她会脱掉衣服,上下晃动两个乳房,说:"跟我睡吧,我亲爱的小妻子,跟我睡吧……"

碰巧儿子打猎回来,看到母亲打的海豹堆在房子外面。"这些是谁的海豹?"他问妻子。

"不关你的事。"妻子答道。

丈夫怀疑她,于是在房子后面挖了个洞,躲了进去。他觉得是哪个猎人趁他不在家,霸占了他的妻子。但是很快他就看到自己的母亲划着独木舟回来了,舟里载着一头巨大的冠海豹。母子俩一向只抓巨大的冠海豹。老妇人上了岸,脱掉衣服,上下晃动两个乳房,说:"我可爱的小妻子,请你帮我捉捉虱子……"

见了母亲的举动,儿子很不高兴。他从洞里钻出来,照着老妇人重重打下去,结果把她打死了。"好了,"他对妻子说,"你必须和我一起离开这里,因为我们家遭了诅咒。"

妻子全身颤抖起来。"你杀害了我亲爱的丈夫。"她喊道,一面呜呜哭个不停。

小红鱼和金木屐

(伊拉克)

在一个谁也不知道的地方住着一个渔夫,他的妻子在大河里淹死了,留给他一个漂亮的小女儿,两岁还不到。附近一幢房子里住着个寡妇,她也有一个女儿。寡妇开始来渔夫家照顾他的女儿,为她梳头,每次她都会对孩子说:"我待你就像母亲一样,不是吗?"她努力讨好渔夫,但渔夫总是说:"我永远都不会再结婚的,后妈恨丈夫的孩子,尽管她们的对手已经离开人世,埋进地下。"女儿长大了,看到父亲自己洗衣服,不禁同情起他来,开始跟他说:"父亲,你为什么不和我们的邻居结婚?她没有恶意,爱我就像爱她自己的女儿一样。"

人们都说水滴石穿,渔夫终于和寡妇结婚了,寡妇搬进了他家。婚后一个星期不到,她果然嫉妒起丈夫的女儿来。她看到丈夫多么爱、多么宠这个孩子,又不情愿地注意到这个孩子既白皙又伶俐,自己的女儿却又黄又瘦,而且笨得连自己的衣缝都不会缝。

女人觉得自己是家里的女主人了,很快就把所有的活儿都丢给姑娘做,她不给姑娘肥皂洗头发和脚,只给她吃面包皮和面包屑。这一切姑娘都耐心地忍了下来,一句话都没有说,因为她不想让父亲难过,而且她想:既然是我亲手捡起了这只蝎子,就要自己动脑筋解救自己。

除了干各种杂活儿,渔夫的女儿还得每天去河边把父亲捕的鱼拎回家,这些鱼他们会吃掉或者卖掉。一天,篮里的三条鲶鱼下面突然有条小红鱼开口对她说:

> 如此坚忍的孩子啊,
> 求你放过我的性命。
> 把我扔回水里,
> 从今往后做我的女儿。

姑娘停下来聆听,半是惊奇半是害怕,然后她折回去,把鱼抛进河里,说:"去吧!常言说'哪怕像把金子扔进大海,人们也应施乐行善,因为在真主的眼里它并没有丢失。'"小鱼探出水面答道:

> 你的好心不是徒劳——
> 新母亲你已经得到。
> 伤心的时候就来找我,
> 我会让你变得快乐。

姑娘回到家,把三条鲶鱼给了继母。渔夫回来以后问起第四条鱼,姑娘说:"父亲,那条红鱼从我的篮子里掉出去了,可能落回了河里,因为我再也找不到了。""没关系,"父亲说,"那只是条很小的鱼。"但是继母咒骂开了:"你根本没告诉我一共有四条鱼,你根本没说你弄丢了一条。现在就去把它找回来,免得讨骂!"

这时候太阳已经落山了,姑娘不得不摸黑走回河边。她哭得眼睛都肿了,站在水边大声呼唤:

> 红鱼啊红鱼,我的母亲和守护人,
> 快来帮我避开一场灾祸。

小红鱼出现在她脚边,安慰她说:"忍耐虽苦,果实尤甜。弯下腰来,取走我嘴里的这块金子吧。把它交给你的继母,她就不会再对你说什么了。"后来发生的事情果然和红鱼说得一模一样。

日复一日,年复一年,渔夫家的生活像从前一样继续,一切都没有改变,除了两个小姑娘长成了年轻的女子。

一天,一个有地位的人宣布自己的女儿要出嫁了——这个人是商会的会长。按照习俗,女人们要在新娘的"海娜[①]彩绘日"聚集在她家,一边唱歌,一边看人用红色的海娜染料装饰姑娘们的手掌、胳膊和脚,为婚礼做准备。每到这种场合,家家户户的母亲都会把没出嫁的女儿带去给家里有儿子的母亲们看,许多姑娘的命运就是在这一天决定的。

渔夫的妻子好好搓洗了女儿一番,为她穿上最好的衣服,然后匆匆带着她跟其他人一起去了大商人家。她们把渔夫的女儿留在家里,让她趁家里没人把水罐装满,把地扫干净。

[①] 海娜(henna)也就是散沫花(或者指甲花),常用来做皮肤、头发和指甲的染色剂。

但是两个女人一走远,渔夫的女儿就拎起裙子,跑到河边,向小红鱼诉说她的悲伤。"你应该去参加新娘的彩绘,坐在大厅正中的垫子上。"小红鱼对她讲。她给了姑娘一个小包袱,说:"这里有你需要的所有衣服,还有一只戴在头上的珍珠发插,和一双穿在脚上的金木屐。但是你必须记住一件事,那就是必须在继母起身回家之前离开那里。"

姑娘解开包衣服的布,里面掉出一件像三叶草一样绿的丝绸礼服,上面缝着金线和金亮片,褶痕间散发出玫瑰精油般的甜香。姑娘赶快梳洗打扮一番,把珍珠发插插到编好的头发后面,蹬上金木屐,轻快地参加盛宴去了。

城里每一户人家的女人都来了。她们话说到一半就停下来欣赏姑娘美丽的面容和优雅的举止,心想:这一定是总督大人的女儿!她们为她端来果汁冰糕和杏仁蜂蜜蛋糕,让她坐在众人中间的上座。姑娘用目光搜寻继母和她的女儿,发现她们远远地坐在门边,跟农妇还有织工、小贩的妻子坐在一起。

继母盯着姑娘看,心想:我们赞颂的安拉啊,这位小姐多像我丈夫的女儿啊!但人们不是常说"一团泥巴捏出七个人"吗?所以,继母一直都不知道这一位不是别人,恰恰是自己丈夫的女儿!

我们长话短说,其他女人起身之前,渔夫的女儿来到新娘母亲的面前,说:"哦,我的阿姨,愿这段姻缘获得真主的祝福和慷慨恩赐!"说罢她就匆匆离开了。这时候太阳已经落山,夜幕渐渐降临。路上她必须经过一座桥,桥下的小河正好流进国王的花园。因为命运和天意,她跑过桥的时候一只金木屐从脚上掉了下来,落到下面的河里去了。要爬到下面的水边实在是太远了,而且还要在暮色里寻找,万一继母在她之前回到家,那可怎么是好啊?于是姑娘把另一只鞋也脱了,拉起斗篷裹住头,急急忙忙朝家里奔去。

到家以后,她剥去身上的好衣服,把珍珠发插和金木屐卷在里面,又把它们一起藏到柴堆底下。她往头上、手上和脚上抹泥巴,让自己变得脏兮兮的,继母看到她的时候,她正握着扫帚站在房间里。渔夫的妻子仔细看了看她的脸,检查了她的手和脚,说:"太阳落山了还在扫地?还是说你想把我们的命都扫掉啊?"

但是姑娘的金木屐到哪里去了呢?啊,河水把它冲进了国王的花园,它翻啊滚啊,最后停在国王的儿子饮马的池子里。第二天王子牵马来喝水,他看到每次马儿低下头都会被什么东西吓得往后退。池子里到底有什么能吓着他的马呢?王子叫来马夫,马夫从泥里捞出闪闪发光的金木屐,把它递给王子。

王子捧着这件精美的小东西,不禁开始想象穿过它的美丽小脚。他心事重重地走回王宫,满脑子都在想是什么样的姑娘拥有这么珍贵的鞋。王后见他想得出神,便说:"愿真主带给我们好消息。我的儿子,你为什么这样忧虑?""雅玛,母亲,我想请你帮我找个妻子!"王子说。"你这么忧心忡忡,只不过是为了一个妻子?"王后问,"你要是有意,我帮你找一千个都行!只要你想,我可以让全国的每个姑娘都来做你的妻子!但是儿子,告诉我,是哪个姑娘让你神魂颠倒啊?""我要娶拥有这只木屐的姑娘。"王子答道,然后他向母亲诉说了找到木屐的经过。"儿子,你会娶到她的,"王后说,"我明天天一亮就开始找,不找到她绝不罢休。"

第二天王子的母亲就立刻行动起来。她胳膊下夹着金木屐,从一户人家走到另一户人家,不管走到哪里,只要看到年轻女子,就拿出鞋跟姑娘的脚底做比较。与此同时,王子坐在王宫的大门口等她回来。"母亲,有什么消息吗?"他问。王后说:"儿子啊,还没有消息。耐心点孩子,把雪放到胸膛上,让热情冷却下来。我早晚会找到她的。"

就这样,王后继续找寻。她从这家大门进去,从那家大门出来,拜访了贵族、商人和金匠的家,见了工匠和店主的女儿,去了挑水工和织工的小屋,家家户户走了个遍,只差河岸上渔夫们的棚屋了。每天晚上王子打听消息的时候她都会说:"我会找到她的,我会找到她的。"

打鱼的人听说王后要来拜访他们的家,于是渔夫那个诡计多端的妻子忙活起来。她为女儿洗了澡,给她穿上最好的衣服,用海娜为她染发,用黑色的眼影粉为她涂眼眶,又搓搓她的脸蛋,让她面泛红光。但即便是这样,她的女儿站在渔夫女儿旁边的时候还是像太阳底下的蜡烛一样黯然无光。渔夫的女儿又是挨饿又是遭虐待,然而因为安拉的意志和小红鱼的帮助,她还是一天天越长越漂亮。继母把她拉出房间,拖进院子,推到烤面包的炉子里,用擀面的圆陶盘盖起炉口,又用手摇磨的磨盘压住。"待在这里,我不来找你,就动也不许动!"继母说。可怜的姑娘只好蹲在灰堆里指望安拉来救她,除此之外她又能做些什么呢?

王后来了之后,继母把自己的女儿推到她面前,说:"无知的孩子,还不快吻王子母亲的手!"就像先前在别人家里一样,王后让姑娘坐到身旁,托起她的脚和金木屐做比较。就在这个当口,邻居家的公鸡飞进院子,打起鸣来:

喔喔喔喔!
就让国王的妻子知道
他们把丑姑娘领来作秀,
把漂亮姑娘藏在下头!
喔喔喔喔!

公鸡刺耳的叫声又响了起来,继母冲出去,挥动胳膊把它撵走了。但是王后已经听到了公鸡的话,于是派仆人上上下下地搜。他们把烤炉口的盖子推到一边,发现了里面的姑娘——炉灰中间,她像月亮一样皎洁。他们把她领到王后面前——金木屐不大不小,就好像是制作她的脚的模具一样。

王后很满意,她说:"从这一刻起,你的这个女儿就许配给我的儿子了。为婚礼做好准备,如果一切顺利,迎亲的队伍星期五就来接她。"然后她给继母一个装满金子的钱袋。

继母意识到自己的计划失败了,丈夫的女儿要和王子结婚,自己的女儿却要留在家里,想到这个她就气急败坏。她说:"我一定要让他一夜没过完就把这个丫头送回来。"

她拿起装金子的钱袋,跑到调香师的店铺,问他要一种能把肠子刮成碎片的泻药。调香师一看到金子,就在托盘里调起药粉来。然后女人又要了能损伤头发、让头发脱落的砒霜和石灰,还有一种闻上去像腐肉的油膏。

继母开始为新娘子做婚礼的准备。她用混了砒霜和石灰的海娜洗姑娘的头发,又把泛着恶臭的油膏涂在上面,然后拎着姑娘的耳朵,把泻药灌进她的喉咙。很快婚礼的队

伍就到了,人们骑着马、打着鼓,鲜艳的衣服翩翩飞舞,到处是一片欢声笑语。他们把新娘抬上轿,然后把她领走了。姑娘来到王宫,前面有人奏乐,后面有人吟唱、拍手。进了卧室,王子揭开她的面纱,姑娘的面庞像满月般熠熠生辉。王子闻到一种檀香和玫瑰的香气,于是把脸贴在她的头发上,用手指抚摸她的发丝,那感觉就像是在抚摸一匹金布。然后新娘开始感到肚子发沉,但是从她的礼服里掉落的是成千上万枚金币,一直把地毯和垫子都铺满了。

与此同时,继母守在家门口,嘴里念叨着:"这下他们要把那个丢人现眼的丫头送回来了。这下她要又脏又秃地回老家了。"可是她在门口一直站到黎明都不见有人从王宫里来。

渐渐地,城里的人都开始谈论王子美丽的妻子。大商人的儿子对母亲说:"他们说王子的新娘有个姐姐,我要娶她为妻。"他母亲去了渔夫的小屋,给渔夫的妻子一个装满金子的钱袋,对她说:"为新娘子做好准备,如果一切顺利,我们星期五就来接她。"渔夫的妻子自言自语:"如果说我为丈夫的女儿做的那些让她的头发变成了金丝,让她的肚里装满了金币,那么我难道不应该为亲生女儿做同样的事情吗?"她赶快去找调香师,要了一样的粉和药剂,只不过药性比先前更强。她为自己的孩子做好了准备,然后迎亲的队伍来了。商人的儿子揭开新娘的面纱,却好像掀开了坟墓的盖子,里面的恶臭直熏得他喘不上气,他用手一摸,新娘子的头发就掉了满把。于是他们包起满身污秽的可怜新娘,把她送回到母亲身边。

至于王子,他和渔夫的女儿生活在一起,非常幸福美满。真主赐给他们七个孩子,如同七只金鸟一般。

> 桑椹子,桑椹子,
> 我的故事讲到此。
> 要是我家没那么远,
> 我就给你带一罐无花果和葡萄干。

坏后妈

（西非：多哥兰）

从前有个男人，他有两个妻子。第一个妻子为他生了个儿子，另一个妻子没有孩子。男孩的母亲病了，知道自己不久于人世，于是派人叫来第二个妻子，把儿子托付给她，说："现在我要走了，不得不离开我的儿子了。你要收留他，像对待你自己的孩子那样照顾他，喂养他。"第二个妻子答应了，没过多久孩子的母亲就死了。

但是活着的那个妻子忘记了自己的承诺，虐待起没妈的男孩，既不给他东西吃，也不给他衣服穿，可怜的孩子必须自己寻衣觅食。

一天，女人把孩子叫到跟前，让他跟自己去灌木林里找柴火。男孩听了她的话，随她一起去了。他们出了村，走了很远，然后女人去灌木丛里拾木柴，男孩坐到一棵大树的树荫下。过了一会儿，他注意到树上掉下了许多水果，于是吃了起来。他饿得要命，直到把地上所有的水果都吃完才觉得饱了。然后他睡着了，过了一阵儿，他醒过来，发现自己又饿了，但是地上已经没有果子了，他的个儿又太小，够不到树枝上的水果，于是他唱起歌来，他正唱着赞美大树的歌

谣——你瞧！树枝朝他弯了过去，让他上了树。他摘了足够自己吃的果子，又多采了一些，将就着装在破布里，准备带回家。然后他继续唱着歌，爬下树，等后妈回来。没过多久她就来了，于是两个人回了家。

过了几天，男孩坐在屋外吃采来的水果，女人看见了，问他手里拿的是什么。男孩告诉了她，她吃了一些，说味道很好。然后她叫男孩跟她一起去找那棵树，好再摘些新奇美味的水果。

他们去了，快到树下的时候，男孩又唱起歌，树顺从地弯下枝条，女人爬了上去。接着男孩止住了歌声，枝条弹起来，把女人带了上去。女人大声呼唤男孩，但是男孩回答说尼阿美①给了他智慧,教他如何获取食物,女人一直对他不管不顾,所以现在他也要丢下女人不管了。说完他就回了村。

到了村里,所有的人都问他女人上哪里去了,他回答说女人去灌木丛里找柴火了。夜幕降临,还是不见女人的踪影,于是人们聚集在村里的大树下,又问了男孩一回,但他的回答还是跟先前一样。

第二天早上,人们又聚集起来,央求男孩带他们去先前丢下后妈的地方。他们央求了好长时间,男孩总算同意了,领着他们进了灌木林,人们看到女人正待在树顶上。他们问她是怎么爬上去的,于是女人向他们诉说了经过。然后大家都央求男孩唱歌,男孩起先不肯,但是人们央求了很长时间,所以他终于同意了,又唱起那首赞美大树的歌谣。树枝立刻弯了下来,女人得救了。

大家都回了村,向酋长报告了所见的一切。酋长立刻召集所有的长老,又派人把女人叫了去。他告诉女人,要是男孩没有答应唱歌,她就不会被救下来,然后他要女人交代先前是怎样对待这个没妈的孩子的。女人承认自己做了错事,酋长说:"现在让所有的人从这件事中吸取教训:如果一个男人有许多妻子,那么每个孩子都应被当作她们所有人的孩子。每个女人都应把丈夫的儿子当作自己的儿子,每个孩子都应称父亲所有的妻子为母亲。"

---

① 尼阿美(Nyame)是阿散蒂人信奉的至高神。

塔格立克和她的孙女

(因纽特)

从前有个捕独角鲸的猎场,人人都去了那里,只有老妇人塔格立克和她的孙女库加匹克没去。渐渐地,两个人都很饿了,可她们一点都不知道怎样打猎捕食。不过老塔格立克会几个咒语,恍惚之间念了出来。突然她就变成了一个男人,有海豹骨做的阴茎和一团鲸皮做的睾丸,她的阴道则变成了雪橇。她对孙女说:

"这下我可以去峡湾为咱们弄些吃的了。"

姑娘答道:"可是你没有拉雪橇的狗啊?"

然而老妇人的法力十分强大,竟把自己身上的虱子变

成了一队雪橇狗。这些狗汪汪地吠叫,做好了出发的准备,于是塔格立克抽响鞭子,跟它们去了峡湾。日复一日,她就这么外出打猎,晚上总会带些猎物回来,哪怕只是一两只松鸡。有一次,她在外面打猎的时候,一个男人来到她们的小屋,四处看了看,说:

"小姑娘,这是谁的渔叉?"

"哦,"库加匹克说,"只不过是我奶奶的。"

"那么这是谁的独木舟?"

"我奶奶的而已。"

"你好像怀孕了。谁是你的丈夫?"

"我奶奶是我的丈夫。"

"啊,我认识一个人,他更适合做你的丈夫……"

然后老妇人回家了,雪橇上担了一只海象。"库加匹克!"她喊道,"库加匹克!"可是库加匹克连影子都没了。姑娘收拾起所有的东西,跟新丈夫离开了村庄。

塔格立克觉得再做男人也没意思了——一个人的时候,男女都没什么差别。于是她念念咒,又变成了皱巴巴的丑老太婆,雪橇又变成了阴道。

刺柏树

（德国）

这一切都发生在很久以前，很可能有两千多年了吧。那时候有个富人，他有一位美丽虔诚的妻子，两人彼此深爱着对方。尽管没有孩子，他们俩都很想要，为此，妻子日夜祈祷，但始终没能怀孕，一切都和从前一样。

他们家房子前面有个院子，院子里立着棵刺柏树。一个冬日，妻子站在树下削苹果，削着削着割到了自己的手指，血滴在雪地上。

"唉。"妻子重重地叹了口气。看着面前的鲜血，她难过起来，心想：要是我能有个嘴唇像鲜血一样红，皮肤像白雪一样白的孩子就好了！刚说完，她的情绪就发生了转变，一下子高兴起来，因为她感到也许会因此发生些什么。然后她就回家去了。

一个月后，雪融化了。两个月后，万物转绿。三个月后，地上的花儿发芽了。四个月后，林子里所有的树都更壮了，绿色的枝条互相缠绕。鸟儿开始歌唱，歌声传遍树林，树上的花也随之飘落。很快第五个月就过去了，妻子站在刺柏树下，闻到甜美的气息，心也随之雀跃——她是如此欢喜,不禁跪在了地上。第六个月过去了,果实变得大而结实,她感到非常平静。第七个月,她采摘刺柏树的浆果,如饥似渴地吃下去,结果变得悲伤、不适。第八个月过去之后,她把丈夫叫到跟前,伤心地哭了。

"要是我死了,"她说,"就把我埋在刺柏树下。"

之后她感到十分满足、宽慰,第九个月就这样过去了,她生下一个孩子,皮肤像白雪一样白,嘴唇像鲜血一样红。她看到孩子,喜极而亡。

丈夫把她埋在刺柏树下,伤心地哭了很久,过了些时候,他感觉好多了,但还是会时不时地落泪。终于,他不再哭了,过了一段时间,他又娶了一个妻子。他和第二个妻子生了个女儿——他和第一个妻子生的是男孩,嘴唇像鲜血一样红,皮肤像白雪一样白。每当女人看到自己的女儿,心中就充满了爱意,但只要一见那个小男孩,就好像受了深深的伤害。她无法忘记这个孩子永远会挡她的路,阻止女儿按照自己的计划继承所有财产。就这样,恶魔攫住了她,操纵了她对男孩的感情,终于使她变得非常残酷:她对孩子推来搡去,这里打一下,那里拍一下,弄得孩子整天担惊受怕。只要他一从学校回来,就一刻也不得安宁了。

有一次女人去了自己的房间,小女儿跟在后面说:"母亲,给我一个苹果。"

"好的,孩子。"女人说着便从箱子里拿出一个漂亮的苹果递给她,这个箱子有个又大又沉的盖子,上面有把锋利的大铁锁。

"母亲,"小女儿说,"哥哥也应该拿一个,不是吗?"

听到这话,女人恼火起来,但是她说:"是啊,他放学回来我就给他。"她望向窗外,看到男孩正朝家走,于是整个人就好像恶魔附体一样,一把夺过女儿手里的苹果。

"哥哥还没吃,你不应该先吃。"她说着就把苹果扔进箱子,关上了箱盖。

小男孩进了门,恶魔迫使女人友好地对他说:"我的儿子,你想不想吃一个苹果呀?"但与此同时她恶狠狠地看了他一眼。

"母亲,"小男孩说,"你看起来多凶啊!好,给我一个苹果吧。"

接下来女人觉得必须哄男孩上钩。

"到这儿来,"她一边掀开箱盖一边说,"自己拿一个苹果吧。"

小男孩把头探进箱子,在恶魔的驱使下,只听见"咔吧"一声,女人重重地关上箱盖,男孩的头飞了出去,掉进苹果堆里。女人吓呆了,心想:这下我要怎么逃脱罪责呢?她进了自己的房间,径直来到梳妆台边,从抽屉里取出一条白围巾。然后她把男孩的脑袋放回到脖子上,用围巾扎起来,这样就什么也看不出来了。她将男孩架到门口的椅子上,又把苹果塞到他手里。

过了一会儿,小马琳走进厨房,来到母亲身边。母亲正站在炉火旁,不停地搅着面前的一锅热水。

"母亲,"小马琳说,"哥哥坐在门边,看起来很苍白。他手里拿了个苹果,我让他把苹果给我,但是他不回答,我真害怕。"

"回到他那儿去,"母亲说,"要是他不理你,就扇他一耳光。"

小马琳回到男孩跟前说:"哥哥,把苹果给我。"

但是男孩没有回答,马琳扇了他一耳光,于是他的头掉了下来。小姑娘被吓坏了,又是哭又是嚎,跑回母亲身边说:"哦,母亲,我把哥哥的头打下来了!"她不停地哭啊哭啊,怎么劝都没有用。

"马琳,"母亲说,"你到底做了什么呀!这件事你绝对不能提。我们可不想让任何人知道,再说,事到如今也没有别的法子了,我们把他炖了吧。"

母亲拎起小男孩,把他剁成块,然后把肉放进锅里炖了起来。马琳站在一旁哭着,直到所有的眼泪都掉进锅里,所以连盐都不需要放了。

父亲回到家,坐到桌边,问:"我儿子在哪儿?"

母亲为他盛了一大份炖肉,马琳哭得停也停不下来。

"我儿子在哪儿?"父亲又问了一遍。

"啊,"母亲说,"他去乡下看望他母亲的大舅了。他打算在那儿待上一阵子。"

"他要在那儿做什么呢?这孩子都没跟我道个别。"

"哎呀,他想去得不得了,还问我能不能在那儿待上六个礼拜。他们会好好照顾他的。"

"哦,这真让我难过,"男人说,"他这么做是不对的,应该跟我道过别再走。"他吃了起来,然后说:"马琳,你哭什么呀?你哥哥很快就会回来的。"紧接着他又说:"哎呀,老婆,菜的味道好极了!再帮我盛一点儿!"他越吃越想吃。"再给我一些,"他说,"我就不和你分了,不知怎么地,我觉得这菜好像都是我的。"

他吃啊吃啊,一面把骨头扔到桌子底下,直到全部吃完为止。与此同时,马琳跑到自己的梳妆台边,从最底下的抽屉里拿出自己最好的丝巾,收集起桌下所有的骨头,用丝巾系好,拿到了屋外。她流下伤心的眼泪,把骨头放在刺柏树下。这么做的时候,她突然感到如释重负,而且也停止了哭泣。这下刺柏树动了起来,枝条分开又合拢,好像在欢乐地鼓掌。同时树里还冒出一阵烟,当中有团似在燃烧的火焰。一只美丽的鸟从火里飞出来,唱起美妙无比的歌曲。他高高地飞上了天,消失以后,刺柏树也恢复了原样,不过那条丝巾不见了。马琳高兴极了,就好像哥哥还活着一样,她欢快地回到屋里,坐到桌边吃了起来。

此时,鸟儿飞走了,他停在一个金匠的屋顶上,开始歌唱:

"我的母亲,她把我杀了。
我的父亲,他把我吃了。
我的妹妹马琳,她一定一定要
把我所有的骨头收齐,
用丝绸包好,要多整齐就有多整齐地
安放在刺柏树下。
啾啾,啾啾!我是一只多么美丽的鸟!"

金匠正坐在作坊里打一条金链,听见鸟儿在屋顶上歌唱,觉得非常动人。他站起身,迈过门槛的时候弄掉了一只拖鞋。但是他继续往前走,一直走到街当中,脚上只穿了一只袜子和一只拖鞋。他系了条围裙,一手拿金链,一手拿铁钳地往前走,阳光明亮地照在街上。然后他停了下来,想要看看那只鸟。

"鸟儿,"他说,"你唱得多好听啊!再为我唱一遍刚才那首歌吧。"

"不行,"鸟儿说,"我从来不白唱第二遍。你把金链子给我,我就再为你唱一遍。"

"好吧,"金匠说,"你把金链子拿去。再唱一遍那首歌吧。"

鸟儿俯冲下来,用右爪抓起金链,走到金匠面前唱了起来:

"我的母亲,她把我杀了。
我的父亲,他把我吃了。
我的妹妹马琳,她一定一定要
把我所有的骨头收齐,
用丝绸包好,要多整齐就有多整齐地
安放在刺柏树下。
啾啾,啾啾!我是一只多么美丽的鸟!"

接着鸟儿飞到一个鞋匠家,停在屋顶上唱道:

"我的母亲,她把我杀了。
我的父亲,他把我吃了。
我的妹妹马琳,她一定一定要
把我所有的骨头收齐,
用丝绸包好,要多整齐就有多整齐地
安放在刺柏树下。
啾啾,啾啾!我是一只多么美丽的鸟!"

鞋匠听到这首歌,连外套都没穿就跑到门边,手搭凉棚,抬头看屋顶。

"鸟儿,"他说,"你唱得多好听啊!"他冲着屋里喊:"老婆,快出来一下!屋顶上有只鸟儿。你看呀,他唱得多好听啊!"他叫来女儿和女儿的孩子,又叫来临时工、学徒和女仆。他们全都跑到街上看鸟儿,全都看到他有多么美丽。他有鲜艳的红绿羽毛,脖子像纯金一般闪闪发光,头上的眼睛像星星一样闪烁。

"鸟儿,"鞋匠说,"再为我唱一遍刚才的那首歌吧。"

"不行,"鸟儿说,"我从来不白唱第二遍。你必须给我一件礼物。"

"老婆,"鞋匠说,"你去店里把架子顶层的那双红鞋子拿来给我。"

他的妻子取来了鞋。

"给你,"鞋匠说,"再唱一遍那首歌吧。"

鸟儿俯冲下来,用左爪抓起那双鞋,飞回屋顶,唱了起来:

"我的母亲,她把我杀了。
我的父亲,他把我吃了。
我的妹妹马琳,她一定一定要
把我所有的骨头收齐,
用丝绸包好,要多整齐就有多整齐地
安放在刺柏树下。
啾啾,啾啾!我是一只多么美丽的鸟!"

鸟儿唱完以后就飞走了。他右爪抓着金链,左爪抓着鞋,飞了很远的路,来到一座磨坊。磨坊发出咔嗒、咔嗒、咔嗒的响声。主人雇的二十个工人正坐在磨坊里凿一块石头,凿子叮当、叮当、叮当地响。与此同时,磨坊也不断发出咔嗒、咔嗒、咔嗒的声音。鸟儿俯冲下来,停在磨坊外的一棵欧椴树上,唱道:

"我的母亲,她把我杀了。"

一个工人停下了手里的工作。

"我的父亲,他把我吃了。"

两个工人停下来聆听。

"我的妹妹马琳,她一定一定要……"

又有四个工人停了下来。

"……把我所有的骨头收齐,
用丝绸包好,要多整齐就有多整齐地……"

这下只有八个工人还在凿了。

"……安放在……"

只剩下五个人了。

"……刺柏树下。"

只剩下一个人了。

"啾啾,啾啾!我是一只多么美丽的鸟!"

然后最后一个工人也停下来听歌曲的结尾。

"鸟儿,你唱得多好听啊!让我也听听,再为我唱一遍那首歌吧。"

"不行,"鸟儿说,"我从来不白唱第二遍。把那块磨石给我,我就再唱一回。"

"要是能给,我就给了,"工人说,"那块磨石可不是我一个人的。"

"如果他再唱一遍,"其他人说,"就可以把磨石拿走。"

鸟儿俯冲下来,二十个磨坊工人都扛来木桩撬磨石。"嘿吼!嘿吼!嘿吼!"然后鸟儿从洞里钻出脑袋,像套项圈一样把磨石套在脖子上,飞回树上唱道:

"我的母亲,她把我杀了。
我的父亲,他把我吃了。
我的妹妹马琳,她一定一定要
把我所有的骨头收齐,
用丝绸包好,要多整齐就有多整齐地

安放在刺柏树下。

啾啾,啾啾!我是一只多么美丽的鸟!"

唱完之后,鸟儿张开翅膀飞走了,他右爪抓着金链,左爪抓着鞋,脖子上套着磨石,飞呀飞呀,飞到了父亲的家。

父亲、母亲还有马琳正坐在客厅的桌边,父亲说:"哦,我多么高兴啊!感觉真是好极了!"

"我可不是这样,"母亲说,"我感到害怕,就好像一场风暴会突然降临。"

这时候,马琳只是坐在那儿哭个不停。然后鸟儿飞了起来,当他落到房顶上时,父亲说:"我的心情真好。外面阳光这么明媚,我感觉好像要和老朋友重逢似的。"

"我可不是这样,"妻子说,"我害怕得牙齿直打颤,感觉好像火正烧遍我的血管。"

女人扒开连衣裙的领口。马琳坐在角落里,仍旧哭个不停,她用手绢捂住眼睛,哭啊哭啊,直到手绢浸满了泪水。鸟儿俯冲到刺柏树上,栖在枝头唱了起来:

"我的母亲,她把我杀了。"

母亲捂起耳朵,闭上眼睛,想不去看也不去听,但是她的耳朵里起了狂风暴雨般的轰鸣,眼睛灼烧放光,好像闪电一样。

"我的父亲,他把我吃了。"

"哦,孩子她妈,"男人说,"你听这只美丽的鸟儿唱得多出色啊！太阳这么暖,空气里还有肉桂的味道。"

"我的妹妹马琳,她一定一定要……"

这时候马琳正趴在膝盖上,哭啊哭啊,但是男人说:"我要出去了,我得从近处看看那只鸟。"

"哦,别去!"妻子说,"我感到整座房子都在摇晃,马上就要被大火烧掉了!"

尽管如此,男人还是出去看那只鸟儿了。

"……把我所有的骨头收齐,
用丝绸包好,要多整齐就有多整齐地
安放在刺柏树下。
啾啾,啾啾!我是一只多么美丽的鸟!"

唱完之后,鸟儿扔下金链,链子不偏不倚地套在男人的脖子上,大小正合适。他回到屋里说:"你们瞧那只鸟多好啊!他给了我这条美丽的金链,他自己也和金链一样美丽!"

但是女人怕得要命,一头栽倒在地上,帽子从头上掉了下来。鸟儿又唱道:

"我的母亲,她把我杀了。"

"哦,我真希望能躲到地下一千英尺的地方,这样就不用听他唱了!"

"我的父亲,他把我吃了。"

女人又倒在地上,好像死了一样。

"我的妹妹马琳,她一定一定要……"

"哦,"马琳说,"我也要到外面去,看看鸟儿会不会给我些什么。"就这样,她走了出去。

"……把我所有的骨头收齐,
用丝绸包好,要多整齐就有多整齐地……"

这时鸟儿把鞋子扔给了她。

……安放在刺柏树下。
啾啾,啾啾!我是一只多么美丽的鸟!"

马琳感到快活极了。她穿上崭新的红鞋子,蹦蹦跳跳地回了屋。

"哦,"她说,"我出去的时候还那么难过,现在却感到这么快乐。那确实是一只非凡的鸟,他给了我一双红鞋做礼物。"

"我可不是这样,"妻子说,她跳起来,头发像炽热的火苗一样往上蹿,"我感觉世界末日就要来了。也许到外面去能让我好过一点儿。"

她刚一出门,只听得哐啷一声,鸟儿把磨石扔到她头上,把她砸死了。父亲和马琳听到巨响,走到屋外。磨石落下的地方腾起烟和火苗,熊熊燃烧起来。烧完之后,只见小哥哥站在那儿。他拉起父亲和马琳的手,三个人都很高兴。然后他们进了屋,坐到桌边吃起饭来。

诺莉·哈迪格

(亚美尼亚)

从前有个富人,他有一个美丽的妻子和一个美丽的女儿,女儿名叫诺莉·哈迪格(也就是一小片石榴的意思)。每个月月亮出现在天上的时候,妻子都会问:"新月,是我最美,还是你最美?"每个月月亮都会回答:"你最美。"

但是当诺莉·哈迪格长到十四岁的时候,她已经比母亲漂亮得多了,所以月亮不得不更改答案。一天,母亲又照例问了同样的问题,月亮回答说:"我不是最美,你也不是。父亲和母亲唯一的孩子诺莉·哈迪格才是世上最美丽的。"诺莉·哈迪格的名字真是再合适不过了,因为她皮肤雪白,脸颊红润。要是你见过石榴的话,就知道石榴里面有带果肉的红籽,红色的皮儿,纯白的里儿。

母亲非常妒忌——事实上她妒忌得生了病,躺到床上去了。那天诺莉·哈迪格从学校回来,母亲拒绝见她,也不肯和她说话。母亲今天病得厉害,诺莉·哈迪格想。父亲回家以后,她对父亲说,母亲病了,不愿意同她说话。父亲去看望妻子,温和地对她说:"你怎么了,妻子? 哪里不舒服呀?"

"发生了一件重大的事情,我必须立刻告诉你。你认为谁更不可缺少,是你女儿还是我?不能两个都要。"

"你怎么能这么说呢?"父亲问,"你又不是她的继母,怎么能对自己的骨肉说这么狠心的话?我怎么能除掉自己的孩子呢?"

"我不管你怎么做,"女人说,"你必须除掉她,让我永远都不用再见到她。杀了她,把她的血衣拿回来给我。"

"她不仅是我的孩子,也是你的孩子啊。但若是你非要我杀了她,我也只好这么办了。"父亲伤心地回答。然后他走到女儿身边,说:"来,诺莉·哈迪格,我们去拜访一户人家。带点衣服,跟我走。"

他们俩走了很远的路,直到天终于黑了下来。"你在这儿等着,我去溪边打点水,吃晚饭的时候喝。"父亲对女儿说。

诺莉·哈迪格等着父亲回来,可是左等右等就是不见父亲出现。她不知该怎么办,只好一边哭一边穿过树林,想找个藏身的地方。终于,她看到远处有一点灯火,靠近之后,面前出现了一幢大房子。她想,也许房子里的人会留我过夜。可是她刚一碰,门就自己开了,进去之后,门又立刻从身后关上,想再开却已经办不到了。

她穿过屋子,看到许多珍宝,一间房里装满金子,一间房里装满银子,一间装满皮毛,一间装满鸡羽,一间装满珍珠,一间装满地毯。她打开另一个房间的门,看到一位英俊少年睡在里面。她呼唤少年,少年却并不应答。

突然她听到一个声音,说她必须照顾这个少年,为他准备食物。她得把食物放在床头,然后离开,回来的时候,食物就会消失了。她必须这样做七年,因为少年中了咒语,咒语会持续七年时间。于是,她每天烧饭做菜,照顾男孩。诺莉·哈迪格离开之后的第一个新月,她的母亲问:"新月,是我最美,还是你最美?"

"我不是最美,你也不是,"新月答道,"父亲和母亲唯一的孩子诺莉·哈迪格才是世上最美丽的。"

哦,这就是说我丈夫最后没有把她杀死,邪恶的女人心里想。她生气极了,又躺到床上,假装生病。"你对我们的漂亮女儿做了些什么?"她问丈夫,"你到底把她怎样了?"

"你让我除掉她,所以我就除掉她了啊。你要我把她的血衣拿来,我也照办了。"丈夫回答。

"我跟你说那些的时候正在生病,根本不知道自己在说什么,"妻子说,"现在我后悔了,打算把你这个谋杀亲生女儿的罪犯交给当局发落。"

"妻子,你在说些什么呀? 是你指使我的,现在你又要把我交给当局?"

"你必须告诉我,你对我们的孩子做了些什么!"妻子喝道。丈夫并不想告诉妻子他没有把女儿杀掉,但是为了保全自己,他不得不说出了实情:"妻子,我没有杀死她,而是杀了只鸟,把诺莉·哈迪格的衣服浸在了鸟血里。"

"你必须把她找回来,不然你知道会有什么后果。"妻子威胁道。

"我把她留在森林里,不知道她之后怎样了。"

"很好,那么我会找到她的。"妻子说。她去了很远的地方,却找不到诺莉·哈迪格。每个新月她都会问相同的问题,但每次新月都向她保证诺莉·哈迪格才是世上最美丽的人。于是她继续寻找女儿。

诺莉·哈迪格已经在中了魔法的屋子里住了四个年头,一天她朝窗外望的时候看到一群吉卜赛人在附近露营,于是冲他们喊:"我在上面很寂寞。你们能不能送一个跟我差不多大的漂亮姑娘到我这儿来?"他们同意了,诺莉·哈迪格跑到金房间里拿了一把金币,扔给下面的吉卜赛人,吉卜赛人也相应地把绳子的一头扔给她。然后下面的姑娘开始顺着绳子的另一头往上爬,很快就够到了新主人。

诺莉·哈迪格和吉卜赛姑娘很快就成了好朋友,决定分担任务,一起来照顾沉睡的少年。她们今天这个服侍他,明天那个服侍他,如此持续了三年。一个温暖的夏日,吉卜赛姑娘正在为小伙子扇扇子,小伙子突然醒了。他以为整整七年来都是这个吉卜赛姑娘在服侍他,于是对她说:"我是王子,你照顾了我这么长时间,你将成为我的公主。"吉卜赛姑娘说:"既然你这么说,那就这么办吧。"

诺莉·哈迪格听到两个人的谈话,感到痛苦万分。吉卜赛姑娘到来之前,她一个人在屋里守了四年,然后又和她的朋友一起照顾王子三年,而如今那个姑娘就要和英俊的王子结婚了。两个姑娘都没把之前的协定告诉王子。

他们准备着婚礼要用的一切,王子计划着进城买新娘的礼服。但是临走前他对诺莉·哈迪格说:"我猜你至少服侍了我一段时间。告诉我,你想让我帮你带点儿什么回来?"

"帮我带一块坚忍之石吧。"诺莉·哈迪格答道。

"还要什么呢?"王子惊讶于姑娘简单的要求。

"还有你的幸福。"

王子进城买了新娘的礼服,然后去找凿石匠,问他要一块坚忍之石。

"给谁?"凿石匠问。

"给我的仆人。"王子回答。

"这是一块坚忍之石,"凿石匠说,"如果一个人把大烦恼讲给坚忍之石听,石头就会发生相应的变化。要是那个人的烦恼太大,大到坚忍之石都无法承受那么多悲伤,石头就会膨胀,然后爆裂。反之,要是一个人无病呻吟,坚忍之石就不会膨胀,说话的人倒会肿胀起来,若是没有人来救,他就会爆裂。所以你要在仆人的门外听着。坚忍之石的事不是人人都知道,你的仆人是个不同寻常的人,一定有个重要的故事要讲。你得做好冲进去救她的准备,以防她撑爆——如果她有这种危险的话。"

王子回到家,把礼服给了未婚妻,把坚忍之石交给诺莉·哈迪格。当天晚上,王子在诺莉·哈迪格的门外聆听。美丽的姑娘把坚忍之石放到面前,开始讲述自己的故事:

"坚忍之石,"她说,"我是个富裕人家的独生女。我母亲非常美丽,但是我不幸生得比她还美。每到新月,母亲都会问谁是世上最美的人。新月总是回答说我的母亲最美。一天,母亲又问了一回,月亮告诉她说诺莉·哈迪格才是全世界最美丽的人。母亲非常妒忌,让父亲把我带到外面杀掉,再把我的血衣拿回去给她。父亲不忍心,便把我放了。"诺莉·哈迪格问:"告诉我,坚忍之石,是我更坚忍,还是你更坚忍?"

坚忍之石开始膨胀。

姑娘继续道:"父亲离开我之后我就走啊走啊,直到远

远地看见这幢房子。我朝它走过来,刚一碰门,门就神奇地自己开了。我刚进来,门又从身后关上了,而且一关就是七年。我在屋里找到一位英俊少年。一个声音让我为他准备食物,并且照顾好他。我这么做了四年,日复一日,夜复一夜,独自住在陌生的地方,没有人听我说话。坚忍之石,你告诉我,是我更坚忍,还是你更坚忍?"

坚忍之石又膨胀了一点儿。

"一天,一群吉卜赛人在我的窗下露营。我一个人孤单了这么些年,于是买了个吉卜赛姑娘,用绳子把她拉进我被困的这个地方。然后我和她轮流照顾中了咒语的少年,今天她来做饭,明天我来做饭。三年后的一天,吉卜赛姑娘正在给小伙子扇扇子,小伙子醒过来,看见了她,还以为这些年来都是她在服侍自己,于是要她做自己的未婚妻。这个我买来的吉卜赛姑娘,这个我当作朋友的人,竟然一点儿都没向他提到我。坚忍之石,告诉我,是我更坚忍,还是你更坚忍?"

坚忍之石越胀越大,越胀越大。这时王子听了这个离奇的故事,冲进屋想要拯救姑娘,让她不至于撑爆,可就在他踏进房间的时候,坚忍之石竟然爆裂了。

"诺莉·哈迪格,"王子说,"我选吉卜赛姑娘做妻子而没有选你——这个不是我的错。我并不知道整件事的真相。你将成为我的妻子,吉卜赛姑娘将成为我们的仆人。"

"不,你已经和她订了婚,婚礼的准备也全做好了,你必须和吉卜赛姑娘结婚。"诺莉·哈迪格说。

"那可不行。你必须做我的妻子和她的女主人。"于是诺莉·哈迪格和王子结了婚。

与此同时,诺莉·哈迪格的母亲一直没有停止寻找自己的女儿。一天,她又问新月:"新月,是我最美,还是你最美?"

"我不是最美,你也不是,阿达纳公主才是世上最美丽的。"新月说。母亲立刻知道诺莉·哈迪格结了婚,住在阿达纳。于是,她命人做了一枚美丽的戒指,美丽闪亮到无人能够抵挡它的诱惑,但是她在戒指里放了一种能让戴的人沉睡的魔水。完工之后,她叫来一个骑长柄扫帚飞行的女巫。"女巫,你把这枚戒指交给阿达纳公主,说是深爱她的母亲给她的礼物,事成之后我会满足你的愿望。"

就这样母亲把戒指交给女巫,女巫立刻就启程去阿达纳了。她到的时候,王子不在家,于是她得以单独跟诺莉·哈迪格还有那个吉卜赛姑娘说话。她说:"公主,这枚漂亮的戒指是深爱你的母亲送给你的礼物。你离家的时候她正在生病,说了些气话,但是你父亲不该听她的,因为她当时痛苦得要命。"她把戒指留给诺莉·哈迪格,然后离开了。

"我母亲不想让我幸福,为什么要送给我一枚这么漂亮的戒指呢?"诺莉·哈迪格问吉卜赛姑娘。

"一枚戒指能有什么害处?"吉卜赛姑娘问。

于是诺莉·哈迪格把戒指套在了手指上。谁知刚一戴上去,她就不省人事了。吉卜赛姑娘把她抱上床,但除此之外就帮不上忙了。

没过多久,王子回到家,看到妻子沉沉地睡了过去。他们不管怎么摇都摇不醒她,然而她的脸上挂着和悦的笑容,任何人见了都不会相信她正处于昏迷之中。她还在呼吸,却并不睁眼。无论谁都无法将她唤醒。

"诺莉·哈迪格,你照顾了我那么多年,"王子说,"现在我也要照顾你。我不会让他们把你埋掉的。你会永远躺在这里,吉卜赛姑娘夜里守着你,我白天守着你。"于是王子白天陪伴她,吉卜赛姑娘夜里陪伴她。三年里,诺莉·哈迪格一直没有睁眼。一个又一个医师来了又走,谁都帮不了美丽的姑娘。

一天,王子又带来一个医师给诺莉·哈迪格看病。这个医师一点儿都帮不上忙,却又不愿意承认。当他独自和中了魔法的姑娘待在一起的时候,他注意到姑娘漂亮的戒指,心想:她戴了这么多戒指、项链,如果把这一枚拿回去给我的妻子也不会有人发现的。他刚把戒指从姑娘的手指上摘下来,姑娘就睁开眼睛坐了起来。医师连忙把戒指戴回到她的手指上。"啊哈!我发现了秘密!"

第二天,他要求王子承诺,如果能治好公主的病,就给他这样那样的金银财宝。"只要你能医好我的妻子,你要什么我都给你。"王子说。

医师、王子和吉卜赛姑娘来到诺莉·哈迪格身边。"这么多项链、装饰是做什么用的？一个生病的女人戴这么些珠宝首饰合适吗？快,"他对吉卜赛姑娘说,"把它们都摘下来!"吉卜赛姑娘摘下了所有的珠宝,只留下那枚戒指。"把那枚戒指也摘下来。"医师命令道。

"但那枚戒指是她母亲送来的,是珍贵的纪念品啊。"吉卜赛姑娘说。

"你说什么？她母亲什么时候送了枚戒指给她？"王子问。吉卜赛姑娘还没来得及回答,医师就把戒指从诺莉·哈迪格的手指上摘了下来。公主立刻坐起身,又能说话了。大家都很高兴:医师、王子、公主,还有吉卜赛姑娘——现在她已经成了诺莉·哈迪格真正的朋友。

过去这些年里,每当母亲问月亮那个永恒不变的问题,月亮都会回答:"你最美!"但是当诺莉·哈迪格康复之后,月亮说:"我不是最美,你也不是。父亲和母亲唯一的女儿,阿达纳公主诺莉·哈迪格才是世上最美丽的。"得知女儿还活着,母亲惊诧愤怒到了极点,当场就气死了。

天上掉下三个苹果:一个给我,一个给讲故事的人,一个给逗你开心的人。

靓妹和疤妹[1]

(中国)

从前有两个姐妹,姐姐非常漂亮,人人都叫她"靓妹",妹妹的脸上却满是疤痕,大家都叫她"疤妹"。疤妹是第二个妻子生的女儿,娇生惯养、性情恶劣。靓妹很小的时候母亲就死了,死后她变作一头黄牛,养在花园里。靓妹很爱黄牛,但黄牛过着凄惨的日子,因为后妈总是虐待它。

一天,后妈带丑女儿去看戏,把姐姐留在家里。靓妹也想跟她们一起去,但是后妈说:"如果你把我屋里的乱麻理好,明天我就带你去。"

靓妹去了后妈的房间,坐在一团乱麻跟前,但是过了很长时间只理出一半。她哭起来,把乱麻拿去给黄牛,黄牛把一团乱麻都吞了下去,然后一点一点吐出来,全都理得整整齐齐。靓妹擦干眼泪,后妈回来以后便把麻交给她说:"母亲,这是理好的麻。明天我就能去看戏了吧?"

可是到了第二天,后妈又不带她去了,说:"你把芝麻和

---

[1] 这个故事源于广东地区,民间有若干版本和变体。此版本由英文回译,读者可以参看刘万章在《广州民间故事》(国立中山大学语言历史学研究所,1929)中收录的版本。

豆子分开才能去。"可怜的姑娘必须一粒一粒捡,直到眼睛被这累人的差事弄得生疼。她又去找黄牛帮忙,黄牛对她说:"傻丫头,你得用扇子扇。"这下靓妹明白了,很快就分开了芝麻和豆子。她把分得好好的种子拿去给后妈,后妈知道这下不能再阻止她去看戏了,却又问她:"一个丫鬟怎么可能这么聪明?是谁帮了你?"靓妹不得不承认是黄牛出的主意,后妈听了非常生气,二话不说就把黄牛宰来吃,但是靓妹太爱黄牛,不忍心吃它的肉,而是把它的骨头收在陶罐里,藏进自己的卧房。

过了一天又一天,后妈还是没有带靓妹去看戏。一天晚上,她又带疤妹去了,靓妹气得砸坏了屋里所有的东西,连陶罐也被她砸出了一道口子。然后从裂口里冒出一匹白马、一条新裙子和一双绣花鞋。看到这些东西突然出现在眼前,姑娘吓了一大跳,但是她马上就发现它们都是真的,于是连忙穿上新衣、新鞋,跳上白马,出了家门。

骑着骑着,她的一只鞋掉到沟里去了。她想下马拾鞋,身子却动不了,而她又不想把鞋扔在那里。正在进退两难的时候,一个卖鱼的出现了。"这位卖鱼的大哥!请帮我把鞋子捡起来。"姑娘对他说。卖鱼的咧嘴一笑,说:"我很乐意为你效劳,如果你愿意嫁给我的话。""谁会嫁给你啊?"姑娘生气地说,"卖鱼的总是一身腥气。"卖鱼的见自己没有一点儿机会,便继续赶去路了。然后一个米店的伙计从旁边经过,姑娘对他说:"这位卖米的大哥,请你把我的鞋子递给我。""当然可以,如果你愿意嫁给我的话。"小伙子说。"嫁给卖米的!他们满身都是灰。"卖米的走了。不久又来了个卖油的,姑娘也请他拾鞋。"如果你同意嫁给我,我就帮你捡。"卖油的答道。"谁要嫁给你啊?"靓妹叹了口气说,"卖油的身上总是油腻腻的。"过了一会儿,一个秀才从这里路过,姑娘也请他拾鞋。秀才转身看着她,说:"如果你答应嫁给我,我马上就帮你捡。"秀才长得眉清目秀,于是姑娘点头同意了。秀才拾起鞋,帮她穿好,然后领着她回了自己家,同她成了婚。

三天以后,靓妹按规矩和丈夫回家拜见父母。后妈和妹妹举止大变,对二人极为友善,关心备至。晚上,她们想把靓妹留下来,靓妹以为她们是出于好意,于是答应让丈夫先走,自己多住几天。第二天早上,妹妹拉着她的手,笑着对她说:"姐姐,来井边照照,看看咱俩谁更美。"靓妹一点都没生疑,走到井边,弯腰朝里望,可就在这时候妹妹猛地推了她一把,把她推到井里,又连忙用篮子堵住井口。可怜的靓妹失去知觉,淹死了。

过了十天,秀才见妻子还没回来,不禁纳闷起来。他派了个信差去问,后妈捎信来说他的妻子出了严重的天花,还没恢复,暂时不能回去。秀才信以为真,天天送咸蛋还有其他给病人吃的美味佳肴,可是这些全都进了丑妹妹的肚子。

两个月后,后妈被秀才不断的询问惹恼了,打定主意骗他一回,将自己的女儿送回去,冒充他的妻子。秀才见了大吃一惊,说:"天哪!你的模样怎么有了这么大变化!你肯定不是靓妹吧。我的妻子从来不是这样一个丑八怪。老天爷啊!"疤妹认真地回答:"我不是靓妹还能是谁?你明知道我得了天花,病得厉害,现在竟想不认我为妻。我要去死!我要去死!"她嚎哭起来,秀才心软,不忍看她痛哭落泪,虽然心存疑虑,还是求她原谅,并且设法安慰她,于是渐渐地她就不哭了。

另一方面,靓妹死后变成一只麻雀,疤妹梳头的时候,她常飞来唱:"一梳望,二梳瞧,三梳梳到疤妹尾龙骨。"坏妻子也答道:"一梳,二梳,三梳梳到靓妹尾龙骨。"秀才听了她们的对话大感不解,于是问麻雀:"你为什么那样唱?难不成你是我的妻子?如果是,就叫三声,我会把你放到金笼里养起来。"麻雀叫了三声,秀才买来金笼,把它养在里面。丑妹妹见丈夫把麻雀养在笼里,气得要命,偷偷把麻雀杀了,扔到花园里。可是麻雀又变成了竹子,长出许多竹笋。疤妹吃了竹笋,舌上生疮,秀才却觉得它们十分美味。坏女人又起了疑心,叫人把竹子砍了,做成床,可是她一躺上去就如睡针毡,秀才却觉得舒服极了。疤妹又很生气,把床给扔了。

秀才隔壁住着个卖荷包的老妇人。一天,她在回家的路上看到了那张床,心想:这里又没有死人,他们为什么要把床扔掉呢?我把它拿回家去吧。于是她把床搬回屋,在上面舒舒服服地睡了一晚。第二天,她看到厨房里的饭菜已经全做好了。她吃完饭,却一点儿也不知道是谁做的,心里不免有些担忧。这样过了好几天,老妇人发现只要一回家就有饭吃,但是她终于按捺不住心里的焦虑,一天下午提前回了家。她走进厨房,看到一个黑影正在淘米,连忙冲上前去,紧紧抱住黑影的腰。"你是谁?"她问,"为什么给我做饭?"黑影答道:"我把所有的事情都告诉你吧。我是隔壁秀才的妻子,名叫'靓妹'。我被妹妹扔下井淹死了,但是我的魂儿还没散。请你给我一个饭斗做头,一双筷子做手,一块洗碗布做内脏,一把火钳做脚,然后我就能变回原形了。"老妇人把黑影要的东西拿来给她,眨眼工夫面前就出现了一个标致的姑娘。见到这样美丽的女子,老妇人高兴极了,细细询问了一番。姑娘向她诉说了来龙去脉,然后又说:"老婆婆,我有一个荷包,你一定要在秀才家门外叫卖。要是他出来,你可一定要卖给他啊。"然后她把一个绣花荷包交给老妇人。

第二天,老妇人站在秀才家门外,高声叫卖荷包。秀才被吵得受不了,出来问她卖什么样的荷包,老妇人给他看靓妹的绣花荷包。"你是从哪里得到的?"秀才问,"这是我送给妻子的礼物。"于是老妇人把故事前前后后说了一遍。听说妻子还活着,秀才大喜过望,和老妇人安排好一切,将红布铺在地上,迎接靓妹回家。

疤妹见姐姐回来了,一直不依不饶。她发起牢骚,说这个女人其实是妖精,只不过在假扮靓妹。她要二人比试一番,看谁才是真妻子。靓妹也不承认自己有错,对她说:"好,咱们就来比一比。"疤妹提议比试在鸡蛋上走路的本领,谁踩坏鸡蛋,谁就是输家。结果疤妹踩坏了所有的鸡蛋,靓妹一个都没踩破,但疤妹拒不认输,坚持要再比一回。这一次她们要比上刀梯。靓妹先试,她上去又下来,结果毫

发无伤;疤妹没爬两级,双脚就被割得皮开肉绽。这回疤妹又输了,但她坚持要再比跳油锅,指望先跳的靓妹被热油烫死。可是靓妹安然无恙地从油锅里出来了,坏妹妹掉进去之后就再也没有上来。

靓妹把坏妹妹炸过的骨头装进盒子里,叫一个结巴的老妈子带去给后妈,让她说那个是"你女肉"。但是后妈爱吃鲤鱼,把"你女肉"听成了"鲤鱼肉",还以为自己的女儿送了些鲤鱼来——她兴冲冲地打开盒子,却看到里面是女儿烧焦的骨头,不禁惨叫一声,倒在地上死了。

晚年

（因纽特）

从前有个妇人,她年纪很大了,不但眼睛瞎了,而且不能走路。有一回,她问女儿要水喝,女儿对老母亲很是厌烦,于是盛了碗自己的尿给她。老妇人把尿喝了个精光,然后说:"女儿,你真是个好人。告诉我——你更想找谁做情人,虱子还是海蝎?"

"哦,海蝎,"女儿笑道,"因为我跟他睡的时候,他不会那么轻易就被压坏。"

听了这话,老妇人从阴道里扯出海蝎,一只接一只,直到她倒地而亡。

第七章

道德故事

小红帽

（法国）

从前有个漂亮的小姑娘，母亲很喜欢她，外婆更是宠她。这位好心的老婆婆给她做了顶红色的风帽，就像优雅的女士们骑马时戴的那种。这顶帽子真是再合适不过了，很快大家都开始叫她"小红帽"。

一天，母亲用浅锅烤了几个蛋糕，对小红帽说：

"你姥姥病了，你得去看看她。给她带个蛋糕，再带一小罐黄油。"

小红帽去邻村看望姥姥，穿过森林的时候，遇见了一只狼，狼想吃她，可是又不敢，因为附近有樵夫在干活儿。狼问小姑娘去哪里。可怜的孩子不知道跟狼闲扯有多危险，天真地答道：

"我去看姥姥，把妈妈烤的这块蛋糕和这一小罐黄油带去给她。"

"你姥姥住得远吗？"狼问。

"远，"小红帽说，"你看见那边的磨坊了吗？她就住在那后面，村里的第一幢房子就是。"

"啊，那我也去看看她，"狼说，"我走这条路，你走那条路，看看谁先到。"

狼抄近路跑了,小红帽绕了最远的路,而且耽误了更多的时间,因为她一路游荡,采采坚果,追追蝴蝶,从路边摘了一把又一把的野花。

狼很快就到了姥姥家。他咚咚咚地敲了敲门。

"谁呀?"

"你的外孙女儿,小红帽,"狼捏起嗓子说道,"妈妈让我给你送个浅锅上烤的蛋糕,还有一小罐黄油。"

姥姥正躺在床上,因为她病了。她叫道:

"拎起门闩进来吧!"

狼拎起门闩,打开门。他已经三天没吃东西了,于是一下子扑到好心的老婆婆身上,几口就把她吞了。然后他关上身后的房门,躺到姥姥的床上等小红帽来。小姑娘终于来敲门了:咚咚咚。

"谁呀?"

小红帽听到狼嘶哑的声音,以为姥姥一定是得了感冒。她答道:

"是你的外孙女儿,小红帽。妈妈让我给你送个浅锅上

烤的蛋糕,还有一小罐黄油。"

狼捏着嗓子说:

"拎起门闩进来吧。"

小红帽拎起门闩,打开门。

狼看到她进来便藏到被子底下,说:

"把蛋糕和黄油放到面包箱上,过来躺到我身旁吧。"

小红帽脱掉衣服,躺到床上。看到姥姥的样子那么古怪,她很吃惊,于是对姥姥说:

"姥姥,你的胳膊真粗啊!"

"这样抱起你来才更方便啊,亲爱的。"

"姥姥,你的腿真壮啊!"

"这样跑起来才更快啊,亲爱的。"

"姥姥,你的耳朵真大啊!"

"这样听你说话才更清楚啊,亲爱的。"

"姥姥,你的眼睛真大啊!"

"这样看你才更真切啊,亲爱的!"

"姥姥,你的牙齿真长啊!"

"这样吃你才更利索啊!"

说到这里,邪恶的狼扑到小红帽身上,把她也吞了下去。

洗脚水

（爱尔兰）

在久远的过去，这个国家的每家人都要洗脚，就像现在这样，而且每次洗完，都一定要把水倒掉，因为脏水是绝对不能留在屋里过夜的。老人们总是讲，要是脏水留在家里不倒，就会有坏东西上门，他们也总是说，泼水的时候要喊："闪开！"免得把水泼到哪个可怜的鬼魂或者精灵身上。但这都是无关紧要的事儿，我得接着讲故事了。

很久以前，利默里克郡东面一个人烟稀少的地方住着个寡妇。一天晚上，她和女儿睡觉之前竟然忘记把洗脚水倒掉了。两个人刚上床一会儿功夫，就听见有人敲门，外面一个声音说："钥匙，让我们进去！"

寡妇什么也没说，女儿也忍住不吱声。

"钥匙，让我们进去。"那个声音又喊。天哪！这一次钥匙搭话了："我没法让你们进来，我被拴在老妇人的床柱子上啦。"

"洗脚水，让我们进去！"那个声音说。话音刚落，装洗脚水的盆就裂了，水流得厨房里到处都是。接着门打开了，从外面进来三男三女，男的口袋里装着羊毛，女的怀里抱着纺车。他们围着炉火坐下来,三个男人从口袋里取出一堆又一堆羊毛,三个小个子女人把羊毛纺成线,再由男人装回口袋里。

他们这么纺了两个钟头,寡妇和女儿吓得几乎要发疯。但是姑娘还保有一丝清醒,记起有个明智的妇人住在不太远的地方,于是她从卧室走到厨房,拎起一只水桶,面不改色地说:"你们忙活了这半天,我去给你们弄点茶喝。"然后她就出了门。

他们既没帮她也没拦她。

就这样,姑娘去找明智的妇人,向她诉说了事情的经过。"这事儿很糟糕,幸亏你来找我,"明智的妇人说,"因为你可能要走很远才能找到一个能救你的人。找上你的那些人不属于这个世界,不过我知道他们从哪儿来。你得这么这么办……"她告诉姑娘应该怎么做。

姑娘走了,在井边打了一桶水,然后回了家。她刚上台阶,就咚地一声扔下水桶,放开嗓门喊:"仙子山①着火啦!"

一听这话,屋里奇怪的男男女女立刻出了门,往东朝山的方向奔去。

姑娘进了屋,赶快把裂了的洗脚盆扔掉,把插销、门闩都插好,然后和母亲上了床。

没过多久,她们听到院子里又起了脚步声,外面的声音又在喊:"钥匙,让我们进去!"钥匙回答说:"我没法让你们进来,我不是跟你们说过我被拴在老妇人的床柱子上吗?"

---

① 仙子山在爱尔兰的蒂珀雷里郡,书中收录的这个版本保留了爱尔兰语的山名"Sliabh na mBan",也译作"女人山"。

"洗脚水,让我们进去!"那个声音说。

"我怎么让你们进去啊?"洗脚水说,"我洒了一地,正在你们的脚底下呢!"

那些人借着怒气拼命地喊啊叫啊,却怎么也进不了门,只不过白忙活了一场——洗脚水倒出去之后,他们就没本事进去了。

告诉你们吧,这件事发生之后很久寡妇和女儿都没有忘记要在上床之前把洗脚水倒掉,把屋子收拾好。

妻子治好吹牛病

(西非:达荷美)

这事儿发生在很久以前。有一户人家,族长早上放鸽子出去的时候会把豆子和玉米掺和在一起,扔给鸽子吃,他们吃完以后,还有一罐水喝。

公鸽子一吃饱就开始向母鸽子吹嘘,惹她们生气。他们不停地说:"要是有人敢来,我就跟他打一架。要是有人敢来,我就跟他打一架。"公鸽子们总是这么说。

母鸽子们聚在一起说:"我们的丈夫吃饱以后总是说:'要是有人敢来,我就跟他打一架。要是有人敢来,我就跟他打一架。'他们真有那么强吗?"

母鸽子们去找秃鹫阿克拉苏①,跟他说丈夫们总是想寻衅惹事。她们说:"明天你到我们那儿去一趟。他们吃完饭你就去跟他们打上一架。不过千万别把他们杀死,好好吓唬他们一下倒是行的。"她们又说了一遍:"不过千万别把他们杀死。"

秃鹫来了以后就停在旁边的一棵树上,公鸽子们一点儿都不知道他在那儿,但是母鸽子们知道。主人像往常一

---

① 阿克拉苏(英文作"Aklasu")就是秃鹫的意思。

样放他们出来吃东西了。日出时分,主人把玉米和豆子扔给他们,吃完之后,他们喝了些水。

一只只公鸽子又开始吹牛了:"要是有人敢来,我就跟他打一架。要是有人敢来,我就跟他打一架。"话刚出口,秃鹫就朝他们扑过去,又是撕又是扯又是拽他们的羽毛。

这时候母鸽子们在一旁观望。

公鸽子们嚷道:"放过我们吧。我们不想打架。我们那么说只不过是想吓唬那些娘们儿。放过我们吧。"秃鹫拔光了他们的羽毛,然后飞走了。

母鸽子们来到丈夫身边,这些公鸽子身上都没毛了。母鸽子们嘲讽地重复着:"要是看到了什么,我们的丈夫就会上去打一架。要是有人敢来,我们的丈夫就会跟他打一架。"

被打垮的公鸽子们推开妻子,说:"你们在说什么?你们在说什么?"

所以现在鸽子们总是说:"我不想打架。我不是来打架的。"

舌头肉

（斯瓦希里）

一个苏丹和妻子住在王宫里，可是他的妻子很不快乐，每一天都更加消瘦，更加无精打采。同一座城里住着个穷人，他的妻子健康丰满又开朗。苏丹听说之后就把穷人召进宫，问他有什么秘诀。穷人说："非常简单。我喂她舌头肉。"苏丹立刻叫来屠夫，要屠夫把城里宰的所有动物的舌头都卖给他苏丹一个人。屠夫鞠躬告退，之后每天都把店里所有动物的舌头送到王宫里去。苏丹让厨子煎炒烹炸，用尽一切办法，把书里所有的舌头菜都做了一遍。王后必须吃掉这些东西，每天三四顿，却一直没有成效。她更瘦了，身体也更加不适。这下苏丹命令穷人跟他交换妻子——穷人不情愿地答应了。他把消瘦的王后接回家，把自己的妻子送进王宫。啊呀，到了那里，穷人的妻子也越来越瘦，尽管苏丹好饭好菜地招待她。显然她在王宫里是过不好的。

穷人晚上回到家会向新的（王室）妻子问好，跟她讲述自己的见闻，特别是有趣的事情，然后给她讲故事，逗得她放声大笑。接下来他会拿出班卓琴，唱歌给妻子听，他知道的歌可真不少。他陪妻子玩到夜深，不停地逗她开心。嗨！

几星期的功夫,王后就胖了,而且还变漂亮了,皮肤又亮又紧,跟小姑娘似的。她整天面带微笑,回想新丈夫跟她说的那许多有趣的事情。苏丹召她回宫的时候,她拒不回去,于是苏丹来接,看到她彻底变了样,人也开朗了。他问王后穷人对她做了些什么,王后便告诉了他。苏丹这才明白舌头肉的意思。

樵夫的富姐姐

（叙利亚）

从前山脚下住着个男人,他有十个儿女。每天他都爬到山顶上砍柴,好拿到城里去卖。日落的时候,饥肠辘辘的妻儿总是在家等着,眼巴巴地盼他回来。男人会带回来一块面包,或许还有个洋葱或者橄榄做调味小菜。他很穷——更糟糕的是,他不但没有钱,而且没有脑子。

一天,山顶上的枯柴几乎砍光了,男人决定去远处另一座长满树的山上试试。晚上他背着柴火回家的时候,遇见一个衣着华丽的女人,女人手上戴着叮叮当当的金镯子,身上的绫罗绸缎沙沙作响。"哎呀弟弟,你不认识亲姐姐了吗?"她问,"我白白地等啊等啊,等你来看我,但是你瞧,不是所有的人都有好心肠。""我没有姐姐。"男人说。"什么!你现在要彻底不认我了吗? 但是告诉我,弟弟,你在这里做什么呀?""我干了一天活儿,正要回家去。"樵夫叹了口气说。"你应该歇一歇,丢下这些苦差事,让我来照顾你,"女人说,"为什么不上我那儿去,分享我的财产? 把你的妻子儿女也带上,跟我住大房子。我有很多好东西,你想要什么都有!""是这样吗?"男人答道,他也不知道说什么好。"我会骗亲弟弟吗?"女人说,"现在就跟我来,亲眼看一看吧,这样你明天就认识路了。"她拉起樵夫的手往家走。

她有一幢怎样的房子啊!房子里堆了一袋又一袋的小麦、小扁豆和蚕豆干!一排又一排的罐子里装满了橄榄油和黄油脂!女人请樵夫吃饭,并且专门为他烤了一头小羊羔。"这难道不会让你想起咱们很久以前过的好日子吗?"女人问樵夫。可怜的樵夫像乞丐一样扑到食物上,因为他已经好几个月没吃过肉了。他心想:我从来没见过她,可她不是我姐姐还能是谁?还有谁会这么欢迎我?还有谁会这么殷勤地招待我?他连忙回去告诉妻子,一路上跑得飞快,没有摔伤真是个意外。

但是樵夫的妻子不相信他的话。"如果我真有个大姑子,难道我会没听说过?"她问,"如果她不是我的大姑子,那么她又安了什么好心,要我们全家都搬去跟她住呢?"她试着跟丈夫理论,然后又试着劝他,可是最后不得不叫来十个孩子,牵起他们家骨瘦如柴的奶牛,跟着丈夫去了他姐姐家。

等待他们的是一场又一场盛宴。整整一个月他们什么都没干,只是吃吃喝喝,躺在荫里睡睡觉。孩子们刀刃般瘦削的脸慢慢胖了起来。樵夫大笑着说:"让所有辛苦的工作都见鬼去吧!愿安拉永远都不唤回那些劳累的日子,让我们永远这样生活下去——像凉爽的黄昏一样精力充沛。"

然后有一天晚上,樵夫一家人在楼下的房间里睡觉,樵夫的姐姐悄悄从顶楼上下来,试图打开房门,嘴里头嘀咕着:

> 我所有的油和面都吃得精光,
> 但是现在他们已经长胖,我不用再等很长。

因为她是一种吃人肉的食尸女鬼。这时候拴在门柱上的奶牛突然冲向怪物,说:

> 我的眼睛能像火一样烧你,
> 我的尾巴能把你抽成瘸腿,
> 我的角能撕你,顶你,把你变成残废。

于是食尸女鬼只好原路返回。

第二天晚上,怪物又悄悄地下来了,奶牛像之前一样把她拦在了外面。但是第三天晚上奶牛上去挡食尸鬼的时候用蹄子踢了踢木门,叫醒了樵夫的妻子,于是她听见丈夫的姐姐说:

> 我所有的油和面都吃得精光,
> 但是现在他们已经长胖,我不用再等很长。

然后又听见奶牛对答:

> 我的眼睛能像火一样烧你,
> 我的尾巴能把你抽成瘸腿,
> 我的角能撕你,顶你,把你变成残废。

她摇摇丈夫,想把他叫醒,可是他吃得太多,睡得太死,动也不动一下。

早上妻子跟樵夫说了夜里听到的一切,樵夫说,那肯定是场噩梦。但是到了中午,他的富姐姐来到他跟前,说:"哎呀,我的弟弟,今天我很想吃牛肉。你一定不会不舍得你那头全是骨头的牲口吧。"一个人怎么能够拒绝姐姐的请求呢?所以樵夫杀了奶牛,让妻子烧肉。妻子把最好吃的一份盛进盘里,让大女儿端去给姑姑。姑娘朝姑姑的房间里望,结果里面不是姑姑,而是恶魔,它的头发乱七八糟,两只眼睛闪着红光,房间的椽子上挂下来一具具男尸女尸。姑娘一声不响地跕着脚往回走,可是匆忙间在楼梯上绊了一下,所有的食物都从盘子里滑出来,掉到了地上。母亲过来责备她,姑娘诉说了刚才看到的情形。母亲又把这事儿讲给孩子们的父亲听,但樵夫还是说:"那不过是孩子的戏言。你明明应该感谢真主,为我们得到的恩赐祷告,怎么竟想踢开这样舒适的生活呢?"

那天晚上再也没有牛把食尸女鬼拦在门外了。樵夫的妻子看到恶魔摸摸床上的每个孩子,自言自语地重复道:

我所有的油和面都吃得精光,
但是现在他们已经长胖,我不用再等很长。

"大姑子,你要做什么?"樵夫的妻子叫道,她一夜都没合眼。"我只不过在给侄子侄女儿们盖被子,好让他们暖和一点儿。"食尸女鬼说罢就顺着楼梯爬回去,上了自己的床。

第二天樵夫的妻子煮了小扁豆糊糊汤给孩子们喝,她一句话不说地看着孩子们把汤溅得到处都是,弄脏了身上的衣服。然后她去找大姑子,说:"我要去溪边洗孩子们的衣服。把你的铜锅借给我,这样我就可以热点水,也给孩子们洗把澡。"她去了河谷,点起火,往上面堆了些潮木头,好让火堆冒烟。接着又把几块破布挂在风口,把孩子们叫到身边。她发出了祈祷:"为我们打开吧,宽广的安拉守护之门!"然后她咬住长裙的底边,拉起孩子们的手,逃离了食尸女鬼的家,跑啊跑啊,一直跑到山脚下自己的家。

食尸女鬼时不时地走到屋外,看一眼下面的山谷。她看到浓烟往上冒,布在风中飘,于是自言自语:"她在那儿,

还在忙着洗呢!"但是天色渐暗,太阳开始下沉,客人们还是没有回来,见此情形,女鬼连忙下去看他们究竟被什么耽搁了。结果她看到那里空无一人,母亲和孩子都跑了。她放声嚎叫,连周围的山都在嗡嗡作响。然后她喊道:

> 为什么我不断不断地把他们养胖,
> 到现在我本可以把他们吃光!

正在门口的葡萄架下打盹儿的樵夫听见了她的嚎叫。这下他警觉起来,四下里找藏身的地方。他听见食尸女鬼靠近了,知道她磨快的热刀只是冲着他一个人来的。惊恐之下,他一头扎进垃圾堆,把整个身子都埋了进去。食尸女鬼像风暴一样进了院子,一边咬手指,一边呼呼地喷气。她里里外外地找樵夫,从屋顶上的鸽舍一直搜到楼梯下面的鸡笼。

最后食尸女鬼爬到垃圾堆上,想看得更加清楚。当她把重心移到樵夫躲藏的地方时,樵夫打了个响亮的饱嗝儿。"啊,我的包头布,刚才是你在叹气吗?"恶魔大声叫道,接着就把包头布扯了下来。她踮着脚,尽量往远处望,这时候樵夫的肚子又咕噜噜地叫了。"啊,我的长袍,刚才是你在抱怨吗?"说罢,她把袍子也扔了。这下她站在那里,露出满身长毛,分明就是个骇人的食尸女鬼,谁见了都要逃跑。她又听见脚下的樵夫发出了声音,于是说道:"原来是垃圾在响!让我来看看到底是怎么回事。"她把一半垃圾扔到右边,一半垃圾扔到左边,然后把樵夫拖了出来。

"好了,"她说,"告诉我,我的弟弟啊,我应该从哪儿咬起?"

> 先咬掉我的两只耳朵,
> 它们聋得听不见妻子的啰嗦!

樵夫掉下泪来。"然后呢?"恶魔说。

> 然后咬掉我的两条胳膊,
> 是它们把她拉进了狼窝。

"然后呢?"

> 然后咬掉我的双腿,
> 它们没按她的请求撤退。

如此这般,直到食尸女鬼把樵夫吃得一点儿不剩,再也没有什么能够提问或者回答了。不过,这就是懒男人的下场:他们总是跌进亲手挖的坑里。

> 我的故事已经尽力讲好,
> 现在轮到你讲一个作为回报。

慢慢逃跑

(牙买加)

A 一只山羊带着两只小羊往前走,想要寻找美味香甜的青草,突然天上下起雨来,而且下得很大,她跑到一块突出的大石头下面躲雨,却不知道那里正是狮子的家。狮子看到三只山羊来了,高兴地打起了呼噜,声音像响雷一般。

山羊妈妈和小山羊听了吓了一跳,羊妈妈说:"晚上好,先生。"狮子说:"晚上好。"羊妈妈说她在找牧师给两只小羊施洗礼,因为她想给孩子们取名字。狮子说他很乐意帮忙:"这只叫'晚餐',这只叫'明天早餐',你就叫'明天晚餐'。"

听到狮子吼出这些话,山羊们真的害怕了,小羊的心开始砰砰砰地猛跳。狮子问羊妈妈这两个孩子是怎么回事,羊妈妈说:"哎呀,他们每次待在太热的房间里都会变成这样。"然后她问狮子:既然孩子们觉得不舒服,能不能让他们出去呼吸一点儿凉爽的空气?狮子同意了,说他们可以待在外面,但是一到晚饭时间就必须回来。就这样,羊妈妈对两只小羊耳语一番,让他们能跑多远就跑多远,天黑了再停下来。

狮子见夜幕降临,两只小羊还没回来,于是又开始大吼。羊妈妈说她想知道孩子们为什么在外面待了那么久,又问自己是不是应该出去一趟,好赶在天黑透之前把他们找回来。狮子同意了。羊妈妈一到外面就撒开腿跑了。

女人比男人更了解生活,特别是在有关孩子的事情上。

天经地义

（亚美尼亚）

从前有个国王，他只有一个女儿。他要女儿永远不出嫁，这样就可以永远照顾她，小心地看护她了。他想让女儿不谙世事，不解人情，除了他谁都不爱。

左思右想之后，国王叫来顾问，同他讨论了这个问题。他们一起设计了一座湖心孤岛上的美丽宫殿，打算让当时只有七岁的姑娘生活在里面，身边只有女仆和一位女教师做伴。

国王实施了计划，为女儿建造了这座美丽的宫殿，又雇了几个女仆和一位女教师。宫殿里没有窗户，这样姑娘就看不见外面了。其他人都不许去看她，只有父亲会在星期天去看望她三四个钟头。整个建筑里所有的门都上了锁，只有国王才有外门的钥匙。

过了一年又一年，国王的女儿满了十八岁。她学了很多东西，但是在她看来，读过的那些书都既乏味又空洞。她开始有自己的主张。"这是什么样的生活啊？我所有的仆人都是女的，我的老师也是女的。要是这个世界上只有姑娘，那我的父亲又是什么？"假使她更有勇气，就会去问父亲这个问题,可事实上她只问了老师。

"我要问你一个问题,但你必须对我说实话。我没有母亲,没有姐妹,没有朋友,对我而言,你就是一切,所以请像母亲一样地回答我吧。为什么我独自待在这个岛上?我周围所有的人都是女的,父亲却不一样,这是怎么一回事?"

老师接到过指示,这类事情根本不能跟学生提半句,所以她答道:"我不能说也不能想这样的事情,你也不可以。千万别让你父亲听到你说这些,否则我们的性命就连个帕拉(土耳其硬币)都不值了。"

但是姑娘坚持要问,还向老师要能够解释生活和世界的书。老师终于给她带来这么一本书,不过她让姑娘不要把读书的事情告诉任何人。

姑娘开始思考自己的未来。"我要一辈子生活在这个囚牢里吗?"她反复问自己。话说这个姑娘学了不少魔法。一天,她请老师帮她弄来了面粉、鸡蛋、黄油和牛奶,打算用它们做面团。她揉好面就拿它捏了个男人的模型,给它画

上五官,把它做得跟真人一般大。

姑娘动用所有的魔法塑造面人的形象,然后祈求上帝赐予它一颗人的灵魂。"我亲手造了他,用自己的意念画出他的样子,现在我含泪祈祷这个人形能够变成真人。"她一遍又一遍地重复这个祈祷,每次都请上帝赐予他灵魂。

最后上帝听到了她的声音,满足了她的愿望,赐给人形一颗灵魂。老师设法为男人找来了衣服。两个年轻人坠入爱河,姑娘小心地藏起小伙儿,这样除了老师谁都看不见他了——当然,老师帮助了他们俩。

姑娘知道父亲每个星期什么时候来访,于是谨慎地不让他发现自己的秘密。但是一个星期天她睡过了头儿,小伙儿和老师也睡过了。父亲进了王宫,竟看到有个男人在女儿身边!他愤怒极了!他费了这么多周折,花了这么多钱,正是为了阻止这样的事情啊!国王把所有人——女儿、小伙儿、老师、仆人——都关进了监狱,命人立刻将姑娘和小伙儿处死。

"请给我们一个辩护的机会。"姑娘向父亲恳求道。最后国王因为太爱女儿,答应听她陈述。他召集了全体审判人员,罪犯被带到法官面前。公主作为主犯首先发言,她从头至尾把真相诉说了一遍。

"我的父亲想让我永远都不结婚,所以造了个囚牢,把我关在里面。我所有的女仆都是女的,老师也是。但是我看得出每个星期天来看望我的父亲跟我们都不同。我想要生活,想要知道爱是什么!所以我利用学会的魔法,用面粉、黄油、鸡蛋和牛奶做了个人形。我亲手造了他,用自己的意念画出他的样子,又含泪祈求上帝赐予他灵魂。仁慈的上帝听见了我的声音,满足了我的愿望。这个站在我身边的人是我自己造出来的。他没有家庭,没有亲友。你若是杀了我们,就犯下了世界上最可怕的罪行。我已经实现了愿望:生活过,爱过,也被爱过。就算是死,我也死而无憾。"

"这样的事情可能吗?"所有的人都互相问着。

"我要派人来调查这件事。"国王说。但是调查的结果显示姑娘说的都是实话,那个男人没有家庭,甚至没有出生的证据。

"我的孩子们啊,我犯了重罪,现在我要努力弥补对你们造成的痛苦和伤害。我要为你们建造、布置一座美丽的宫殿。希望你们永远安宁地生活。"国王对女儿和她的伴侣说道。

国王兑现了承诺,为两个年轻人建了一座美丽的宫殿,从此他们过上了幸福的生活。

天上掉下三个苹果:一个给我,一个给讲故事的人,一个给逗你开心的人。

所以你们都看到了:自然帮助人们理解上帝之法、生存之道。这些天经地义的事儿,人们不能也不应改变。

两个找到自由的女人

(因纽特)

从前有个男人,他有两个妻子。这个男人名叫埃克苏阿克。他十分在意两个妻子,以至于会把她们锁在自己的小屋里。如果她们举止不得体,他就一顿猛抽;如果有谁碰巧看她们一眼,他也会上去一顿猛打。他杀了一个名叫安格瓜克的男人,因为有传言说安格瓜克和其中一个妻子上过床,但是他并没有那样做过。埃克苏阿克是个心眼挺小的人。

最后两个女人有点儿厌倦丈夫了。她们离开了他,沿着海岸线跑啊跑啊,直到两个人都精疲力竭,饥肠辘辘,再也走不动了——这时候她们看见海滩上有一头巨鲸的尸体,是被海浪冲上来的。两个人爬进鲸鱼的嘴巴,躲到尸体

里面。那味道很难闻,但是臭气总比挨打强。

这下埃克苏阿克气坏了。他到处找两个妻子,问遍了全村,威胁了不少人,但是大家似乎都不知道两个失踪女人的去向。最后男人去找村里的巫医,巫医对他说:

"你必须去心形山的礁岛上找一头巨鲸的尸体。"

于是埃克苏阿克向着心形山的礁岛出发了。一路上他唱着古老的鼓歌,因为心里希望能够痛快地抽妻子们一顿。他终于到了目的地,看到了那头死掉的鲸鱼,可是熏天的臭气使得他根本无法靠近。他一遍遍地呼唤妻子,但是都没人应答。也许她们已经不在那里了。埃克苏阿克扎下帐篷,在海滩上住了三天,然后回家去了,他下决心要抽巫医一顿。

与此同时,两个妻子继续在鲸鱼的肚子里生活。她们已经彻底习惯了恶臭,不再觉得难受了。她们有足够的东西吃——不管有多腐烂——也有暖和的地方睡觉。据说她们在新家里过得非常幸福。

丈夫如何让妻子戒除故事瘾

(俄罗斯)

从前有个客栈老板,他的妻子最爱听民间故事,所以只收那些会讲故事的人做房客。丈夫当然因此遭受了损失,于是盘算着怎样才能让妻子戒掉故事瘾。一个冬天的晚上,夜已经深了,有个冻得浑身发抖的老头儿来找他投宿。丈夫跑出去说:"你会讲故事吗?我老婆不让我放不会讲故事的人进来。"老头儿知道自

己没有选择了,因为他已经快要冻死了。于是他说:"我会讲故事。""你愿意讲很长时间吗?""整晚都行。"

到此一切都算顺利。他们让老头儿进了屋。丈夫说:"老婆,这个农民答应讲一夜故事,但是你必须答应他一个条件,那就是既不和他争,也不打断他。"老头儿说:"是的,一定不能打断,不然我就什么故事都不讲了。"他们吃完晚饭就上了床。然后老头儿讲了起来:"一只猫头鹰飞过一座花园,落在树干上,喝了点儿水。一只猫头鹰飞进一座花园,落在树干上,喝了点儿水。"他一遍又一遍不停地说:"一只猫头鹰飞进一座花园,落在树干上,喝了点儿水。"妻子听啊听啊,终于忍不住说:"这是什么故事啊?他说来说去都在说一样的东西!""你为什么打断我?我不是告诉你不要和我争嘛!这只不过是个开始,后面会有变化的。"这正是丈夫想听的话,所以他听完就从床上跳下来,开始痛打妻子:"告诉你不要争,这下你害得他讲不完了!"他不住地打啊打啊,弄得女人憎恨起故事来。从那以后,她发誓再也不听了。

第八章

坚强的意志和卑劣的欺诈

十二只野鸭

（挪威）

很久很久以前,冬天的一场新雪过后,有个王后驾着雪橇在外面赶路,可是走了一段她就开始流鼻血,只好从雪橇上下来。她倚着篱笆站在那里的时候,看到了雪地上鲜红的血迹,于是陷入了沉思,她想到自己有十二个儿子,却没有一个女儿,于是自言自语道:

"要是能有个皮肤像白雪一样白,脸颊像鲜血一样红的女儿,我就不会在乎所有的儿子变得怎样。"

可话一出口,一个年老的山精女巫就来到她面前。

"你会有一个女儿,"她说,"皮肤像白雪一样白,脸颊像鲜血一样红。你的儿子将归我所有,但你可以把他们留到女儿受洗为止。"

时候一到,王后果然生下一个女儿,皮肤像白雪一样白,脸颊像鲜血一样红,和山精许诺的一模一样。人们给她起名叫"雪白与玫瑰红"。王宫里一片喜气洋洋,王后要多高兴就有多高兴,但是她想起了对老女巫的承诺,于是派人叫来银匠,吩咐他做十二把银勺,给王子们每人一把,然后又让他多做一把,王后把这把勺子给了雪白与玫瑰红。可是公主刚刚受洗,王子们就变成十二只野鸭飞走了。从此以后,人们再也没有见到过他们——王子们走后就没有回来。

公主长大了,她既高挑又美丽,却常常显得那么疏离、忧伤,而且没有人了解是什么在困扰她。不过有一天晚上,王后也很难过,因为她一想到儿子们就心事重重。她对雪白与玫瑰红说:"我的女儿,你为什么这么忧伤?你是不是想要什么?如果是,那么只要你一句话,就马上可以得到。"

"哦,这里乏味冷清得要命,"雪白与玫瑰红说,"其他所有的人都有兄弟姐妹,我却一个也没有,只是孤孤单单一人,这就是我这么忧伤的原因。"

"可是我的女儿,你有过哥哥,"王后说,"我曾有十二个儿子,他们就是你的哥哥,后来为了生你,我把他们都送走了。"然后王后同女儿说了整件事的经过。

公主听了心绪难平,不管王后说什么、做什么,也不管王后怎么哭泣、祈祷,她都决心上路寻找哥哥,因为她觉得这一切都是自己的错。终于她获准离开了王宫,走进了外面广阔的世界,她走啊走啊,走了很远很远——你根本无法想象一个年轻的姑娘有力气走那么远的路。

有一回她正在穿越一座巨大的森林,一天,她觉得累了,于是坐在一丛苔藓上休息,结果睡着了。她梦见自己朝森林里走啊走,一直来到一幢小木屋,在那里找到了哥哥。这时候她醒了,看到眼前的绿苔藓中间有一条踏出来的小路通往森林深处。她沿着小路往前走,走了很长时间,终于看到一幢小木屋,跟梦里的一模一样。

她走进去,发现家里没人,但是屋里有十二张床、十二把椅子和十二把勺子——总之什么东西都有一打。看到这些她可乐坏了,她已经很久都没有这么高兴了,因为她一下子就猜到哥哥们住在这里,床、椅子和勺子都是他们的。于是她开始生火、扫地、铺床、做饭,尽量把屋子收拾得整整齐齐。她烧好饭,收拾完屋子就自己吃了晚餐,然后钻到小哥哥的床下躺着,但是她把勺子忘在了桌上。

躺下没一会儿她就听见天上有扑扑、扑扑的声音,紧接着十二只野鸭拍着翅膀进了屋,但他们一越过门槛就立刻变成了王子。

"哦,这里面多舒服,多暖和呀,"他们说,"愿上帝保佑为我们生火并为我们做这顿可口晚餐的人。"

于是他们各自拿起银勺准备吃饭,可是所有人都拿好之后,桌子上还剩下一把,这把勺子跟他们的非常相似,他们简直辨认不出来了。

"这是妹妹的勺子,"他们说,"既然勺子在这里,她也不会走很远。"

"如果这是妹妹的勺子,而且她也在这里的话,"大王子说,"我们就应该把她杀掉,因为我们遭受的厄运都是因为她。"

这时候姑娘就躺在床下听着他说话。

"不行,"小王子说,"因为这个把她杀死实在是太可惜了。我们遭受的厄运与她无关,如果要怪什么人的话,那也是我们自己的母亲犯的错。"

他们开始上上下下地寻找妹妹,最后查看了所有的床肚子,在小王子的床下找到了她,把她拽了出来。大王子又想把她杀掉,但是她如此聪明地哀求他们放过自己:

"哦,天哪,别杀我!这三年来我到处找你们,如果能让你们获得自由,我甘愿牺牲自己的性命。"

"那好!"他们说,"如果能让我们重获自由,你就可以保命,而这个只要你愿意就能够做到。"

"好的,"公主说,"只要告诉我怎么做就行,不管是什么我都愿意。"

"你必须去采蓟花毛,"王子们说,"然后梳毛、纺线、织布,干完之后,你得把布裁剪好,做成十二件大衣、十二件衬衫和十二条围巾,给我们每人一套,这期间你既不能说话也不能哭和笑。如果你做到了,我们就自由了。"

"可是要做这么多围巾、衬衫和大衣,我要到哪里才能采够蓟花毛呢?"雪白与玫瑰红问。

"我们马上就带你去看,"王子们说。就这样,他们把姑娘领到一片辽阔的旷野,那里有无边无际的蓟,微风吹过,蓟海连绵起伏,蓟花毛在空中飘浮、闪烁,阳光下犹如薄纱。公主一辈子都没见过这么多蓟花毛,她尽量快尽量好地采集起来,晚上回到家就开始梳毛、纺线。这样过了很久很久,姑娘采啊,梳啊,纺啊,一面还为王子们料理家务,做饭、铺床。傍晚他们回到家里,像野鸭那样扑朔着翅膀,整晚他们都是王子,但是早晨又会飞走,整个白天都是野鸭。

但是有那么一回,姑娘在旷野里摘蓟花毛——如果我没弄错的话,她就只需要去那最后一次了——碰巧统治那片领土的年轻国王外出打猎,骑马穿过旷野的时候看见了姑娘。他停下来,想知道那个在旷野里边走边采蓟花毛的美丽女子是谁。他问姑娘叫什么,却没有得到回答,这让他更加吃惊了。最后他实在太喜欢姑娘,非得带她回城堡同她结婚不可。于是他命令仆人抓住她,把她架到自己的马上。雪白与玫瑰红绞着手,一个劲地冲他们比划,又指指装衣料的包,国王见她想把东西带上,便吩咐手下扛起身后的几个包。见他们这样做过之后,公主渐渐地平静下来,因为国王不仅聪慧而且英俊,他对公主温柔和善,就像医生一般。但是当他们回了王宫,老王后也就是国王的后妈见到了美丽的雪白与玫瑰红,她生气、妒忌得要命,竟对国王说:"你难道看不出这个你捡来的家伙、这个你要娶的女人实际上是个女巫吗?哎呀,她既不能说话,也不能哭和笑!"

但国王根本不在乎她说些什么,坚持举行了婚礼,娶了雪白与玫瑰红,两个人生活得十分美满幸福。然而姑娘并没有忘记要继续为哥哥们缝制衣衫。

一年快要过完的时候,雪白与玫瑰红生下一个王子,老王后比先前更加妒忌和不怀好意了。夜深人静的时候,她鬼鬼祟祟地来到雪白与玫瑰红身边,趁她熟睡的功夫,把孩子抱走,扔进了满是毒蛇的深坑。接着她割破雪白与玫瑰红的手指,把血涂到姑娘嘴上,然后径直去找国王。

"快来看呀,"她说,"你娶了个什么样的东西做王后!你看,她把自己的孩子给吃了。"

国王悲伤得几乎哭了出来,他说:"是啊,既然是我亲眼所见,那应该就是真的了,但是我敢肯定她今后不会再犯了,所以这一次我就饶她一命。"

第二年没到头,姑娘又生了一个儿子,同样的事情发生了。国王的后妈越来越妒忌,越来越怀恨在心。晚上,她趁年轻王后熟睡的功夫鬼鬼祟祟地来到她身边,把孩子抱走,扔进了满是毒蛇的深坑,接着又割破年轻王后的手指,把血涂到她嘴上,然后跑去跟国王说他的妻子吃掉了自己的小孩。国王别提有多难过了,他说:"是啊,既然是我亲眼所见,那应该就是真的了,但是我敢肯定她今后不会再犯了,所以这一次我也饶她一命。"

就这样,第三年没有过完,雪白与玫瑰红生下一个女儿,但是年轻王后熟睡的时候,这个孩子也被老王后抱走扔进了蛇坑。老王后又割破姑娘的手指,把血涂到她嘴上,然后又跑到国王跟前说:"这下你可以来看看我说的到底是不是实话了。她是个非常非常邪恶的女巫,你看,她把第三个孩子也吃掉了。"

国王伤心欲绝,因为这一回他再也不能饶恕妻子了,必须下令把她架到木柴堆上烧死。但是就在柴堆熊熊燃烧,人们即将把她放上去的时候,姑娘打着手势,请人抬来十二块板,围着火堆放了一圈,然后她把为哥哥们做的围巾、衬衫和大衣放在板上,不过小哥哥的衬衫还缺一只左胳膊,因为她没来得及缝完。姑娘刚做完这些,人们就听见空中传来好一阵扑扑、扑扑的声响,十二只野鸭飞过树林落了下来,每一只都飞快地衔起自己的衣服飞走了。

"你看!"老王后对国王说,"我早就跟你说她是女巫了吧。快点把她烧死,不然柴堆就要矮下去了。"

"哦!"国王说,"我们的柴火绰绰有余,我打算等一会儿,看看这一切究竟有什么结果。"

国王话音未落,十二个王子就骑着马来了,他们个个都是英俊健壮的小伙子,跟你希望看到的一样,只是小王子的左胳膊还是野鸭的翅膀。

"这是怎么回事?"王子们问。

"我的王后得被烧死了,"国王说,"因为她是女巫,而且把自己的孩子都吃掉了。"

"她根本没有把他们吃掉,"王子们说,"开口吧,妹妹,你让我们获得了自由，把我们救了出来，现在救你自己吧。"

雪白与玫瑰红开口道出了原委，说每次生下孩子之后，老王后也就是国王的后妈都会在夜里偷偷来到她身边，把孩子抱走，然后割破她的小拇指，把血涂到她嘴上。王子们又带国王去看蛇坑，只见三个小孩趴在那里跟蜥蜴和蟾蜍玩耍，再没有比他们更可爱的孩子了。

国王立刻命人把他们抱出来，然后他来到后妈面前，问她，如果一个人竟忍心背叛无辜的王后和三个如此有福的小孩，那么她应该受到什么样的惩罚。

"她应该被牢牢绑在十二匹野马中间，遭十二马分尸。"老王后说。

"你道出了自己的命运，"国王说，"马上你就要受到这样的惩罚了。"

于是邪恶的老王后被牢牢绑在十二匹野马中间，遭了十二马分尸。国王领着雪白与玫瑰红，还有他们的三个孩子和十二个王子，一行人去见公主的父母，讲述了他们遭遇的一切，然后举国上下一片欢腾，因为公主得救了，而且她让十二个哥哥获得了自由。

老福斯特

（美国山区）

从前有个老头子，孤零零一人住在很远很远的森林里，他会抓来女人，放到火上煮了吃，他就靠这个过活。听我妈说，他会跑到村里，跟她们说这个那个的，把她们骗出来捉住，然后就这么把她们的奶子煮了。她是这么跟我说的，不过也有人说他直接就把她们吃了。话说有这么一个漂亮强壮的女人，他最喜欢这个类型（要是见了我和你妈，他肯定会扑上去），所以他每天都会去这个女人家，跟她说一定要去他们家看看。"哎呀，福斯特先生，我找不到路呀。""你找得到的，我会从口袋里拿一卷红丝线，把它缠在灌木丛上，让它一路把你带到我家。"于是女人保证有朝一日会去的。

一天，女人吃完晚饭就出发了。她顺着红丝线找到了老头子家。到了以后，她看到有个可怜的小男孩坐在火炉边煮肉。男孩说："天哪，姨妈"——女人是他的姨妈——"你在这儿干什么？福斯特会把上这儿来的每个女人都杀掉，你赶快离开这里吧。"

女人正要逃出门去，就看见福斯特一手夹着一个姑娘往家走。于是她跑回去说："杰克，亲爱的，我该怎么办？我看见他朝这边过来了。""赶快钻到楼梯下面的老储藏室里,我会把你锁起来的。"杰克说。

她钻了进去,杰克锁上门。福斯特进来了,他跟那两个姑娘有说有笑,像往常一样编谎话说第二天会带她们去剥玉米。他说:"进来和我一起吃晚饭吧。"杰克端来一些煮好的肉和水。他们就只有这个。姑娘们进来看到里面的情形,知道活不长了,于是脸色顿时就变了。福斯特说:"你们最好进来吃点东西,也许这是你们最后的机会了。"两个姑娘跳起来,开始往外跑。福斯特猛地跳起来抓住她们,操起斧子就把她们往楼上拖。楼梯嘎吱嘎吱地响,上去的时候其中一个姑娘把手往后伸,扒住了一级台阶,福斯特抡起斧子就把她的手砍了下来。这只手掉到了女人藏身的地方。她继续趴在那里,直到第二天福斯特出门,然后杰克才放她出来。

她找到了剥玉米的地方,到的时候福斯特已经在那里

了。她不知道要怎么除掉他——人们还以为那些失踪的人跑到树林里被野兽吃掉了。于是她说:"昨天晚上我做了个噩梦,梦见我住在福斯特家旁边,他总是要我去他们家。"

福斯特说:"啊,不是这样,不会这样,上帝保佑永远都不会这样。"

她继续说道:"然后我梦见他拴了根红线,我就顺着这根线来到他们家,杰克正在火炉跟前煮女人的奶子。"

福斯特说:"啊,不是这样,不会这样,上帝保佑永远都不会这样。"

她继续说道:"然后杰克说:'你在这儿干什么?福斯特会把上这儿来的每个女人都杀掉。'"

福斯特说:"啊,不是这样,不会这样,上帝保佑永远都不会这样。"

她继续说道:"然后我看到福斯特带着两个姑娘进来了。到了以后,姑娘们吓坏了,福斯特抓住她们,操起斧子就把她们往楼上拖。

福斯特说:"啊,不是这样,不会这样,上帝保佑永远都不会这样。"

她继续说道:"楼梯嘎吱嘎吱响,他们上楼的时候,其中一个姑娘把手往后伸,抓住了一级台阶,但是福斯特抡起斧子就把她的手砍了下来。"

福斯特说:"啊,不是这样,不会这样,上帝保佑永远都不会这样。"

她说:"就是这样,就会这样,我有手来说明真相。"

人们知道两个姑娘不见了,知道事情确实如此,所以他们绞死了福斯特,然后找到杰克,把他救了出来。

沙辛

（巴勒斯坦阿拉伯）

从前有个国王（除了属于安拉的王，再没有别的王，愿众人颂扬真主安拉！），他有一个独生女，此外没别的孩子，他很为女儿骄傲。一天，公主正在闲逛，维齐尔的女儿前来拜访。她们坐在一块儿，无聊难耐。

"咱们坐在这儿没有事干，"维齐尔的女儿说，"不如去外面好好玩一玩，怎样？"

"好啊。"公主说。

于是公主派人叫来大臣、高官的女儿，把大家召集到一起，领着她们去父亲的果园里散步，进去之后姑娘们便散开了。

维齐尔的女儿悠闲地走着，突然踩到一个铁圈。她抓住铁圈，一拉，瞧啊！一扇门开了，底下有条通往地下的长廊。她走了下去，这时候其他姑娘正被别的东西吸引，各自玩得高兴。进了通道，维齐尔的女儿遇见一个卷着袖子的小伙儿。哎呀！小伙儿面前堆着鹿、鹧鸪和兔子，他正忙着拔毛、剥皮呢。

小伙儿还没注意，姑娘就已经向他问好了。"愿和平降临于你!"

"也愿和平降临于你!"小伙儿答道,然后他吃了一惊,问:"妹妹,你到底是人还是精灵?"

"是人,"姑娘回答,"而且是人间上品。你在这儿做什么?"

"安拉作证,"他说,"我们这儿有四十个小伙儿,全都是兄弟。每天哥哥们早上出去打猎,傍晚回到家里,我就在家为他们做饭。"

"好得很,"姑娘插嘴说,"你们有四十个小伙儿,我们有四十个姑娘。我做你的妻子,国王的女儿许配给你大哥,其他所有的姑娘分给你其他所有的哥哥。"她把姑娘小伙儿配成了双。

哎呀,听了这话,小伙儿多高兴啊!

"你叫什么名字?"

"沙辛。"小伙儿答道。

"欢迎你,沙辛。"[①]

小伙儿去拿来一张椅子,放在姑娘面前。姑娘在他身旁坐下,两个人聊起天来。小伙儿烤了些肉给姑娘吃。姑娘陪他说着话,直到他把饭做好。

"沙辛,"饭烧好以后姑娘问道,"你们家会不会有瓜子、坚果之类的东西啊?"

"有啊,安拉作证,我们有瓜子和坚果。"

"那不如拿一些来,打发打发时间。"

[①] 《说吧,鸟儿,再说一次》的注释中提到,一旦进入地下,地上的价值判断就被颠倒过来,所以尽管齐尔的女儿是在沙辛家里,却要对沙辛说"欢迎"。这个说法也可以用来解释她在故事中扮演的男性角色。

他们家的瓜子和坚果是放在高高的架子上的。沙辛站起身,扛了个梯子,爬到架子上。他装了一手帕的瓜子和坚果,正要下来的时候姑娘说:"嘿,让我接过来。递给我吧!"她接过小伙儿的手帕,抽掉梯子扔到地上,把小伙儿晾在了架子上。

然后她拿出许多大碗,准备了一个巨大的托盘,把所有的食物都堆在上面,然后端起食物,径直走了出去,关上了身后的地道门。她把食物放在树下,冲着大家喊:"姑娘们,来吃饭啦!"

"咦,这是从哪儿来的?"众人围上来问。

"只管吃,别多嘴,"姑娘答道,"你们还想要什么?只管吃就好了!"

那些食物是为四十个小伙儿准备的,现在来了四十个姑娘。她们起劲地吃了起来,把所有东西吃了个精光。

"现在大家都走吧!"维齐尔的女儿命令道,"从哪儿来就回哪儿去。解散!"

她驱散众人,姑娘们各自走开了。等大家都忙活起来,她又把托盘拿回去,放在原来的地方,然后出来了。过了一阵儿,姑娘们都回家了。

现在咱们翻回头说——说谁呢?说沙辛。傍晚哥哥们回到家,却找不到他的人。

"沙辛啊,"他们喊,"沙辛!"

你们瞧!他从架子上回话了。

"嗨!你在上面做什么呢?"大哥问。

"安拉作证,哥哥,"沙辛答道,"我做完饭就架起梯子来取点儿瓜子、坚果打发时间。梯子一滑,我就被晾在这里了。"

"很好。"他们说罢就为他架起梯子。他下来之后,大哥说:"好了,去把吃的端来,咱们好开饭。"大伙儿收集起当天打到的猎物,把它们堆在一处,然后坐了下来。

沙辛去厨房里取吃的,但是连一口饭菜都找不到了。

"哥哥,"他回来后说道,"饭菜一定是被猫吃了。"

"好吧,"大哥说,"行啦,随便给我们弄点儿吃的就成。"

沙辛取来猎物的内脏,拼拼凑凑做了顿晚饭给哥哥们吃,然后大家就躺下睡了。

第二天早晨,他们醒来之后又出去打猎。"嗨,弟弟,"他们嘲笑沙辛说,"你记住了,今天晚上还是别给咱们饭吃,让猫把所有的东西都吃掉!"

"不,哥哥,"他说,"别担心。"

他们刚一离开,沙辛就卷起袖子,开始剥羚羊和兔子皮,拔鹧鸪毛。时候一到,维齐尔的女儿又出现了。她去找了国王的女儿,聚齐了其他所有的姑娘,等她各自玩儿开了,她就下来找沙辛。

"萨拉姆!"

"也愿和平降临于你!"沙辛答道,"欢迎欢迎——你这个拿走食物,把我晾在架子上,害得我在哥哥们面前出丑的人!"

"你说的没错,"姑娘答道,"但是对于心上人,我能做的还不止这些呢。"

"至于我么,"沙辛嘀咕道,"你的恶作剧比蜜糖还甜。"

他去为姑娘搬来椅子,又拿了些瓜子、坚果。两个人坐下有说有笑,姑娘一直逗他开心,直到发现食物都做好了。

"沙辛,"她说,"你家里有没有厕所?"

"有啊。"沙辛说。

"我急得很,想上厕所。在哪儿呢?"

"在那儿。"沙辛答道。

"那么过来指给我看看。"

"哎,就在这儿。"沙辛说着便指给她看。

姑娘进去之后装出一副不知道怎么用的样子。

"来教教我怎么用这个东西。"她喊道。

我不知道她还说了什么,但是沙辛过去了——你可以说是去教她怎么坐在马桶上。这时候姑娘一把揪住他,像这样把他推了下去,结果他倒栽葱般扎进了马桶。姑娘把他关在里面就走了。她进了厨房,把食物装进托盘,然后离开了地下。她把食物放到树下,冲着伙伴们喊:"来吃饭啦!"

"你从哪儿弄来这么些东西?"

"你们只管吃就好了。"姑娘答道。

大家吃完饭就各自散去。姑娘悄悄地把托盘还了回去。

晚上沙辛的哥哥们回到家,却不见弟弟的影子。"沙辛,沙辛!"他们叫道,"沙辛啊!"可是都没人应答。他们找了架子上,找了这里那里,但是都没找到。

"你们知道吧,"大哥说,"我觉得沙辛的举止有点儿奇怪,我怀疑他有女朋友了。不管怎样,你们先派几个人到厨房里找吃的,端出来好开饭。沙辛肯定过会儿就出来了。"

他们进了厨房,却什么都没有找到。"没有吃的,"他们报告说,"全都没了!这下咱们可以肯定沙辛有女朋友了,而且他把所有的食物都给了她。咱们随便弄点儿什么,将就着吃吧。"

他们简单做了顿饭,填饱了肚子,刚准备睡下,其中一个人(听众们恕我直言!)憋不住,要去解手。他去了厕所,你瞧!沙辛头朝下插在里面呢。

"嗨,兄弟们!"他叫道,"沙辛在这儿呢,他掉到马桶里去了!"

众人冲上前,把他抬了出来。他可真是狼狈透了!大伙儿给他洗了把澡。

"告诉我,"大哥说,"到底是怎么回事?"

"安拉作证,哥哥,"沙辛答道,"我做完晚饭去解手,然后就滑进去了。"

"很好,"大哥说,"但是吃的在哪儿?"

"安拉作证,据我所知,吃的都还在厨房里,但我怎么知道有没有被猫吃掉呢?"

"那么好吧!"他们说罢就回去睡觉了。

第二天早晨出发前,哥哥们又嘲笑沙辛道:"今天晚上还是别给咱们做饭啊。"

"不,哥哥!"他说,"别担心。"

他们集结起来,出发了。时候一到,维齐尔的女儿又去见公主,她们召集起其他人,大家来到果园就各自散开了。等大家都忙活起来,姑娘就溜去找沙辛。注意,兄弟们!她在沙辛的家里找到了他。

"萨拉姆!"

"也愿和平降临于你!"沙辛没好气地说,"欢迎欢迎!第一天你把我晾在架子上,拿走了吃的;第二天你又把我推下马桶,偷走了食物,害得我在哥哥们面前丢尽了脸!"

"至于我嘛,"姑娘说,"对于心上人,我会做的还不止这些呢。"

"对我来说,这比蜜糖还甜。"沙辛边说边为她搬来椅子。姑娘坐下来,沙辛拿来瓜子和坚果,两个人一边吃一边说笑。姑娘一直同他聊着,直到看到饭菜全部做好。

"沙辛。"她说。

"嗯。"

"你们家有没有酒让咱们享受享受?这里有肉,还有瓜子和坚果。咱们可以一边吃一边喝。"

"有啊,"沙辛回答,"我们家有酒。"

"那你为什么不拿点儿出来?"姑娘催促他道。

沙辛拿来一瓶酒,放到姑娘面前。姑娘倒好,把酒杯递给他。"这一杯祝我健康,"姑娘怂恿他道,"这一杯也是为了我。"就这样,沙辛喝了一杯又一杯,最后旁若无人地躺倒在地上。姑娘取来些糖,放到火上煮,做成了脱毛用的糖稀。她把沙辛脸上、身上的毛脱得一干二净——天哪,看上去简直就是个美若天仙的姑娘。然后她拿来女人的长裙,套在沙辛身上,又用头巾裹住他的头,把他抱到床上去睡。她往沙辛脸上擦粉,将头巾包得严严实实,给他盖上被子就走了。她去厨房里装好食物,然后离开了地下。姑娘们又吃了一顿,托盘也被放回原处。

晚上哥哥们回来之后到处找不到沙辛。

"哦,沙辛!沙辛!沙辛!"

可是没有人回答。"咱们去厕所里看看。"他们商议道,但是沙辛不在里面。他们又搜了架子,还是不见他的影儿。

"我不是跟你们说沙辛有女朋友了吗?"大哥坚决地说,"依我看他确实交了女朋友,跟姑娘约会去了。你们找几个人去看看吃的还在不在。"他们去了,但是什么都没找到。

大家只好又用动物内脏做了顿简单的晚餐。到了睡觉的时候,兄弟们各自上了床。大哥在自己的床上找到了咱们那位喝高了的朋友,他正伸着胳膊大腿躺在那儿呢。大哥跑回弟弟们身边,说:"我早就跟你们说沙辛有女朋友了,你们还不信。过来看看!沙辛的新娘子在这儿呢。快来看!快来看!"

他冲着弟弟们喊,大家全都来了,嘴里嚷着:"沙辛的新娘!"众人解下头巾,仔细看。哎呀!怎么看都还是男人的眉眼。他们认出他来,叫道:"哎呀!这是沙辛啊!"于是大家端来水,洒到他脸上,把他弄醒了。他上上下下打量自己,结果看到了什么?大家取来镜子让他照,他的样子多滑稽啊——脸上擦了胭脂、香粉,身上尽是女人的打扮。

哥哥们问他:"这下你还有什么借口?"

"哥哥们,安拉作证,"沙辛答道,"容我把事情的真相讲给你们听。每天正午前后,一个长得如此这般的姑娘会来找我。她说:'我们有四十个姑娘。国王的女儿嫁给你大哥,我做你的妻子,其余所有的姑娘给你其余所有的兄弟。'她就是那个每天捉弄我的人。"

"是这样吗?"

"嗯,是啊。"

"那好,明天你们都去打猎,"大哥提议道,"我留下来陪沙辛。我会对付她的!"

第二天大哥拔出剑(据说是这样),戒备地坐在那里等着。安拉作证,兄弟们,时候一到姑娘就来了。她又像往常一样叫齐了众人,大家都来到果园里。别人的注意力一被吸引,姑娘就悄悄下来找沙辛。沙辛还没留神,她就已经问过好了。

"萨拉姆!"

"也愿和平降临于你!"沙辛答道,"第一次你把我晾在架子上,我说罢了;第二次把我推到厕所里,我也说罢了;可是第三次你竟然给我化妆,把我打扮成新娘子!"

"但是对于心上人,我能做的还不止这些呢。"

她话音刚落,大哥就站起身,冲到她面前,举起手中的剑。

"听着,"姑娘劝他道,"你们有四十个人,我们也有四十个人。就让国王的女儿做你的妻子,我做沙辛的妻子,然后我们中的这一个嫁给你们中的那一个,如此这般……"姑娘让他平静下来。

"你说的都是真话吗?"大哥问。

"当然是真的。"姑娘答道。

"谁能替这些姑娘做主?"

"我能。"

"你真能替她们做主?"

"是啊。"

(与此同时,沙辛在一旁听着,他吃过亏,心里想:哥哥已经上当了。)

"那么一言为定,"大哥说,"过来,让我把四十个姑娘的彩礼付给你。我们到哪儿去见你们?"

"先把彩礼给我,"姑娘答道,"然后明天你们自己花钱去为我们预订某某公共浴室。你在门口守着,我们进去的时候你可以亲自把四十个人一一点清楚。我们会到浴室里洗个澡,出来之后,你们就可以牵着各自新娘的手回家去了。"

"这样就好了吗?"大哥很是惊讶。

"当然啦。"姑娘让他放心。

大哥拿出一条毯子,姑娘把毯子铺开。大哥数啊,数啊,数啊,为每个姑娘数出一百枚奥托曼金币。数完之后,姑娘拿起钱就走了。她叫来朋友们说:"坐下来!坐到这棵树下来!每个人摊开手接自己的彩礼。"

"哎呀,"她们抗议道,"某某某!你是不是做了什么败坏名声的事儿啦?"

"谁都不许把这事儿说出去,"姑娘答道,"你们每个人收下自己那份彩礼,谁都不许吱声。"她把钱分好,说:"来,咱们回家去吧。"

姑娘走后,沙辛对哥哥说:"哥哥,她骗了我,但是只把吃的拿走了。现在她骗了你,竟然把咱们的钱也骗走了。"

"谁?我?"大哥坚决地说,"骗我?明天你就等着瞧吧。"

第二天兄弟们待在家里,没去打猎。他们自己花钱订了浴室,大哥在门口把守,等待姑娘们到来。与此同时,维齐尔的女儿早上起来,聚齐了所有的姑娘,包括国王的女儿,赶着她们,跟她们一起去了浴室。瞧啊!咱们的那位先生正在把门呢。姑娘们进去的时候,他就一个个数着,数啊,数啊,把所有的人都数了一遍——刚好四十个。

姑娘们进了浴盆,舒舒服服地洗了个澡,但是她们洗完穿上衣服之后,那个聪明的丫头建议道:"你们每个人在洗过的浴盆里拉泡屎,再把所有的浴盆排成一排。"于是她们每个人在自己的浴盆里拉了泡屎,又把四十个盆整整齐齐地排成一排。注意,这个浴室还有一扇远离入口的门。"跟我从这边走。"维齐尔的女儿催促道,就这样,她们全都匆匆忙忙地跑了。

沙辛的大哥在外面等了一个钟头、两个钟头、三个钟头,然后等了第四个钟头,但姑娘们还是没从里面出来。"哎呀!"他说,"她们洗得可真慢啊。"

"哥哥,"沙辛说,"她们跑啦。"

"听着!"大哥答道,"她能跑到哪儿去呢?她们是一起进浴室的啊。"

"好吧,"沙辛说,"咱们进去看看。"

他们进了浴室,天哪,里面只有浴室的主人。

"进浴室的姑娘们上哪儿去了?"

"哦,大叔!"浴室的主人说,"她们早就走啦。"

"她们怎么能够跑掉呢?"大哥问。

"从那个门走的。"浴室的主人答道。

先前吃过亏的沙辛查看了洗澡的地方,发现浴盆都排成了一排。

"哥哥!"他喊道。

"嗯,怎么啦?"

"你过来看看,"他说,"四十个都在这儿呢!好好看看!你看到她让人把浴盆排得多整齐了吗?"

最后兄弟们回了家,心里琢磨着:这下我们该怎么办呢?

"把她们交给我吧!"沙辛自告奋勇地说,"我会收拾她们的。"

第二天沙辛扮成了老妇人。他身穿老女人的连衣裙,脖子上戴了串念珠,朝着城里走去。与此同时,维齐尔的女儿召集起姑娘们,和大伙儿坐在一个俯瞰街道的房间里。沙辛从远处走过来,姑娘一见便认出他来。她冲朋友们眨眨眼,说:"我去叫他上来,你们都插进来说:'姨妈来了!欢迎姨妈!'"就这样,姑娘一见沙辛走近就打开门,冲出去说:"欢迎,欢迎,欢迎咱们的姨妈!欢迎,姨妈!"她拉着沙辛的手,把他领进大伙儿所在的房间。"欢迎姨妈!"大家一面嚷嚷,一面锁上了房门,"欢迎咱们的姨妈!"

"好了,姑娘们,把身上的衣服脱掉,"维齐尔的女儿催促道,"快把衣服脱掉。咱们已经很久没穿姨妈亲手洗的衣服了。让她帮咱们洗洗吧!"

"安拉作证,我累啦,"沙辛抗议道,"安拉作证,我洗不动啦。"

"安拉作证,姨妈,你必须帮咱们洗,"大家坚持道,"咱们已经很久没穿姨妈亲手洗的衣服了。"

姑娘让四十个人都把衣服脱掉,每个人只留下能蔽体的内衣,然后她把衣服交给沙辛。沙辛一直洗到中午。

"来呀,姑娘们,"维齐尔的女儿说,"安拉作证,咱们的姨妈已经很久没有亲自为咱们洗澡了。让她为咱们洗洗吧!"

于是她们每个人裹上披肩坐了下来,沙辛跑来跑去,挨个儿帮她们洗。等到全部洗完,沙辛已经狼狈透了!他累得精疲力竭。

每洗好一个,姑娘就会站起身,穿上衣服。然后维齐尔的女儿会冲她眨眨眼,小声让她把身上的披肩折好,拧起来,在一端打个结,做成鞭子的样子。

四十个姑娘都洗好之后,首领发话了:"太好了,姨妈!嗨,姑娘们,姨妈刚帮咱们洗过澡,咱们也得帮她洗洗作为回报。"

"不行啊,外甥女!"沙辛抗议道,"我不用洗澡!看在安拉的……"

"这可不行,姨妈!"维齐尔的女儿坚持道,"安拉作证,不能这样。哎呀!你洗啊洗啊,把大伙儿都洗了一遍,咱们不帮你洗洗作为回报怎么行?上啊,姑娘们!"

她一使眼色,大伙儿就不顾沙辛的反抗,扑到他身上。她们有四十个人,他还能怎么办?她们抓住他,扒掉他身上的衣服——瞧呀!原来是个男人。

"哎呀!"她们惊叫,"这不是咱们的姨妈,是个男人!上去打呀,姑娘们!"

她们把沙辛围在当中,用刚才编好、系好的鞭子抽他光着的身体。大伙儿翻来覆去地打他,这里一下,那里一下,他就在当中左蹦右跳,扯着嗓子喊。姑娘觉得他受够了惩罚,于是眨眨眼,让众人闪开一条道路。沙辛一见出路就夺门而逃,身上只穿着真主赐给他的皮囊。

他的哥哥们都在家里,还没留神,他就赤条条地进来了。那副样子多狼狈啊!大家都跳了起来,好像着了魔一样。"嗨!出什么事啦?"他们问,"过来!过来!你被什么打啦?"

"等一下,"他答道,"是这么这么一回事。"

"那么现在我们该怎么办?"他们互相问了起来。

"现在,"沙辛答道,"安拉作证,咱们没有别的依靠,只能各自去向新娘的父亲求亲。至于我,我会向她求婚,但是她一到这里,我就要把她杀掉,别的惩罚都不够,我要给她点颜色瞧瞧!"

大家都同意了,各自去向新娘的父亲求亲,父亲们也都答应下来。

话说大臣的女儿是个难对付的丫头。她跟父亲说,如果有人来求亲,不要急着答应,得先告诉她一声。所以当沙辛来求婚的时候,父亲说:"我得先征求一下女儿的意见。"父亲去跟女儿商量了。姑娘说:"好,同意吧,但是有个条件,那就是得等上一个月,这样新郎就有足够的时间购买结婚的衣服,照顾其他的细节了。"

求婚结束之后,大臣的女儿等到父亲出门就去穿上父亲的套装,用围巾包住口鼻,带上鞭子,去了木匠的作坊。

"木匠!"

"是,阁下!"

"过会儿我会送个小妾来。你要观察她的身高,做个能把她装进去的箱子。我要你明天之前做好,否则就叫人砍掉你的脑袋。别让她在这儿待半天!"

"不,先生,不会的。"

姑娘抽了他两下就走了,径直去了——哪儿?去了芝麻蜜饼店。

"做蜜饼的!"

"是。"

"我马上送个小妾来。你要观察她,记下她的体形、身高,然后给我做个一模一样的蜜饼人儿。别让她在这儿待半天,否则我就结果你的性命。"

"是,大臣,一定遵命。"店主说。

姑娘用鞭子抽了他两下就走了。她去换回平常穿的衣服,到木匠的作坊里待了一会儿,又在蜜饼店旁边站了一阵儿,然后直接回家,换回父亲的套装,拿起鞭子去找木匠。

"木匠!"

"是,大臣阁下!"

"是什么是,鸵鸟让你折寿!①"姑娘答道,"我派了个小妾来,你让她在这儿待了半天!"

她挥起鞭子,到处抽他。

"求您了,先生!"木匠恳求道,"那只是因为我要确保箱子的大小刚刚好。"

于是姑娘丢下他,朝蜜饼店走去。她也抽了店主好几下,然后回家去了。

第二天,她派人叫来自己的奴隶,对他说:"你去把木匠作坊里的木箱抬到蜜饼店,把蜜饼人装进去,锁好,然后带到我这儿来。"

"是,一定照办。"奴隶答道。

箱子取来之后,姑娘把它搬进屋,对母亲说:"听我说,母亲!我要把这个箱子交给您保管。到了送我出门,抬运嫁妆的时候,您一定要让人把这个箱子连同嫁妆一起抬走,放在我要住的那间屋里。"

"可是亲爱的女儿!"母亲抗议道,"人们会说些什么啊?大臣的女儿随嫁妆带了个木头箱子! 你会成为大家的笑柄

---

① 这么说是因为阿拉伯语中"鸵鸟"的读音与"是"相近。

的。"我不知道她还说了什么,但是都没有用。

"这个与您无关,"女儿坚持道,"我就要这么办。"

新郎家来迎亲的时候,人们为姑娘做好了准备,木箱子也随嫁妆运走了。人们抬着木箱,按照指示把它放在姑娘要住的那间屋里。姑娘进了房间,箱子一送到,她就把所有的女人都赶走了。"出去吧!"她说,"现在你们每个人都回家去。"

打发走所有人之后,她锁上房门。然后,老天爷啊,她搬出箱子里的蜜饼人,脱掉自己的衣服,穿到偶人身上,又把自己的金项链戴到它脖子上。接下来她把偶人安放在自己的新娘席上,在它的脖子上系了根线,然后打开门锁,躲到床下。

与此同时,她的丈夫一点儿都不着急,在外面等了一两个钟头才进来。你们想他进来的时候是什么心情?那简直是气急败坏啊,他手里拿着剑,准备把姑娘杀掉,就好像当初没打算娶她一样。这位新郎一进门就朝里望,看见姑娘坐在新娘席上。

"好啊,好啊!"他责备姑娘道,"第一次你把我丢在架子上,端走了吃的东西,我心想,没关系。第二次你把我推进马桶,端走了食物,我也说没关系。第三次你脱了我身上的毛,把我打扮成新娘子,而且又把吃的拿走了,即便是那样,我也还是想,这不要紧。可是经过这么一番折腾,你还不满足,竟然又骗了我们所有人,取走了四十个姑娘的彩礼,在澡盆里留给我们一人一泡屎。"

与此同时,他每数落一条,姑娘就拉一下绳子,让偶人点点头。

"这一切对于你来说好像还不够,"沙辛继续道,"你还得再演一出姨妈的好戏。'欢迎,欢迎,姨妈!咱们好久都没见到姨妈了。姨妈这么久都没替咱们洗过衣服了!'你让我洗了一天衣服,折腾完了又硬说:'咱们得帮姨妈洗个澡。'安拉作证,我要把你家七大姑八大姨的心都烧掉!"

偶人点头表示同意,沙辛见了大声喝道:"你是说你不害怕?而且也不会道歉?"他握住剑,劈了下去,砍落了姑娘的脑袋。一块芝麻蜜饼(如果讲故事的人没有说谎的话!)飞进他的嘴里。他舔了两口,觉得很甜。

"哎呀,妹妹!"他放声叫道,"你死了都这么甜,如果还活着,又该是怎样啊?"

姑娘一听这话就从床底下跳了出来,冲到他跟前,从背后抱住了他。

"哦,哥哥!我在这儿呢!"她喊道,"我还活着!"

他们圆了房,一起过上了幸福的生活。

这就是我的故事,我讲完了,现在交到你手里。

狗鼻人

（拉脱维亚）

很久以前，某个森林国家里住着两种人：狗鼻人和好人——前者是猎人，后者是农民。有一次，狗鼻人打猎的时候抓住一个好人家的姑娘，她不是从邻村来的，而是来自一个遥远的村庄。狗鼻人把姑娘带回家，喂她坚果和甜牛奶。过了一阵儿，他们想看看姑娘长得怎么样了，于是把一根长针插进她的额头。他们舔光了针上的血，就像熊舔蜂房里的蜜一样。他们继续喂养姑娘，直到她终于长得合乎要求。"她够咱们美美地吃两口呢！"他们让母亲趁他们去森林里打猎的功夫把姑娘给烤了。这时候烤炉已经热了两天了。狗鼻男人们的母亲派姑娘去旁边的农场借把铲子，好把她扔进烤炉，可是姑娘碰巧去了好人的农场。她到了那里，对他们的母亲说："阿妈，借一把铲子给咱们的狗鼻大妈吧。""她为什么要借铲子？""我不知道。""真是个笨丫头，"好人的母亲说，"你难道不知道烤炉是为你热的？你把铲子扛回去就是给自己送葬啊。小丫头，我来教你怎么做：你把铲子拿回去，狗鼻大妈对你说'躺到铲子上！'的时候，你就横着躺下去。接着她会说：'躺好一点儿。'这时候你就央求她做给你看。她一竖着躺到铲子上，你就赶快把她扔进烤炉，紧紧把门关上，让她打不开。干完之后你在周围撒点炉灰，脱掉树皮鞋倒过来穿，把鞋头变成鞋跟，鞋跟变成鞋头，然后你就拼命逃跑吧，他们是没法儿顺着脚印找到你的！当心别落到狗鼻人手里，不然你就完蛋了！"

姑娘拿起铲子回去了。狗鼻女人对她说："躺到铲子上！"姑娘横着躺了下去。然后狗鼻女人说："竖过来躺，这样好些。""我不明白，"姑娘说，"你做给我看。"她们争论了半天，最后狗鼻女人躺到了铲子上。姑娘立刻抓住铲子，飞快地把她塞进炉膛，紧紧关上炉门。然后她按照好人的母亲指点的那样，穿上鞋，逃走了。狗鼻男人回到家，怎么都找不到母亲。其中一个对另一个说："也许她去看望邻居了。咱们来看看烤肉做好了没有！"

逆流而上的老太婆

(挪威)

从前一个男人有个年迈的妻子,她又好发脾气,又爱与人作对,人们都很难与她相处。事实上她的老伴儿简直没法儿跟她过日子。不管他想做什么,她都总是和他对着干。

夏末的一个星期天,男人和妻子去看庄稼长得怎么样了。他们来到河对岸的田里,男人说:"啊,已经熟了。明天咱们就得开始收割了。"

"是啊,明天我们就要开始剪了。"老太婆说。

"你说什么?要剪吗?难道现在咱们连收割庄稼都不行了吗?"男人说。

不,得剪,老太婆坚持说。

"没有什么比知道得太少更糟糕了,"男人说,"但这一次你肯定是把仅存的那点儿脑子也弄丢啦。你几时见过有人剪庄稼来着?"

"我是知道得很少,我也懒得知道,"老太婆说,"但这一点我很肯定:庄稼得剪,不能割!"这样一来也就没有什么好说的了,他们得剪,事情就这么决定了。

于是他俩往回走,争着吵着来到一座桥跟前,桥旁就是个深水塘。

"老话说得好,"男人说,"好工具做好工。我敢说要是他们用羊毛剪子剪庄稼,那收成准定好不了! 难道现在咱们连庄稼都不能割了吗?"

"不行,不行! ——剪,剪,剪!"老太婆尖声叫着,上蹿下跳,用手指剪着男人的鼻子。但是她一发怒就没看脚下,绊到了桥柱子根儿,跌进了塘里。

旧习难改啊,男人心想,但要是我也能对上一次就好了。

他蹚水走进池塘,老太婆的头眼看就要被水淹没了,这时候男人一把抓住她的发髻,问:"那咱们是不是要割庄稼啊?"

"剪,剪,剪!"老太婆尖叫道。

你要剪,我就来教训你一下,等着瞧吧,男人心里想着

就把她摁了下去。但是这样也没有用。他刚让她浮上水面,她就又说要剪。

"我只好相信这个婆娘疯了!"男人自言自语,"许多人疯了都不知道,许多人没疯却蛮不讲理,不过现在我还是要再试一次。"可是他刚把老太婆摁下水,老太婆就猛地伸出一只手,手指像剪刀一样剪了起来。

男人勃然大怒,把她摁下去好好泡了一阵。可是老太婆的手立刻沉到水下,整个人也突然变得很沉很沉,男人只好撒了手。

"要是现在你想把我也拖下水,那你还是在下面躺着吧,你这个山精!"男人说。就这样,老太婆留在了水底。

过了一会儿,男人觉得她躺在下面没有行基督教葬礼很是可惜。于是他沿着河往下游走,开始找寻老伴儿。可是不管他怎么找都找不到。他带上了农场上的人和其他住在附近的乡亲们,大家都开始挖呀捞呀,向下把整条河搜了个遍。他们费了好大劲儿,但还是没有找到老太婆。

"不,"男人说,"这么做是没用的。这个婆娘自有主张。她活着的时候就那么倔,现在也不可能有多大改变。我们得往上游搜,到瀑布顶上找找看。也许她把自己浮到上面去了。"

就这样他们去了上游,在瀑布顶上找了一番。老太婆果然躺在上面。

她真是个逆流而上的老太婆,一点儿没错!

信的花招

(苏里南)

从前有个女人,她有一个丈夫。呃,然后丈夫在荒野里的时候,她又找了个男人。但是丈夫回城以后,另外那个男人对她说:"你要是爱我,就得让我去你家睡。"女人对那个男人说:"好吧。我丈夫在城里,不过我会让你来的。我要给你穿上我的裙子和上衣,然后跟丈夫说你是我从种植园上来的姐姐。"她给男人穿上那身衣服,当晚男人就去了她家。女人对丈夫说那人是她的姐姐。

晚上他们去睡了。但是早上女人去了集市，因为她是卖东西的。男人躺在楼上，女人的丈夫见她不下来就上楼去看，结果看到了一个男人。丈夫火了，抄起根棍子跑到集市上，朝着女人冲过去。女人见他来了就拿起一张纸，一边读一边哭。男人到了以后问："你在干什么？"于是女人编了一番话："哎呀！我刚刚收到一封信，说我种植园上所有的姐妹都变成了男人。"男人说："他们说的不假，因为昨晚来跟你睡的那个啊，她也变成了男人。"丈夫不识字，这就是女人能用这么一个花招骗他的原因。

罗兰多和布鲁尼尔德[①]

（意大利：托斯卡纳）

有个母亲和女儿生活在一个村庄里。女儿很幸福，因为她跟同村的一个砍柴小伙儿订下了终身大事，过几个星期就要完婚。每天她帮帮母亲，在田里干会儿活，再拾点儿柴火，闲暇的时候就坐在窗边，一边唱歌一边纺线。她纺啊唱啊，等待未婚夫从森林里回来。

一天，一个巫师从镇上经过，听到姑娘优美的歌声。他转过身，看见了窗边的姑娘，于是一见钟情，派了……派了个人去问姑娘是否愿意嫁给他。这个公……这个姑娘说："不行，因为我已经订婚了。我有个未婚夫，我非常喜欢他。过几个星期我们就要结婚了，所以我不需要巫师或者什么有钱人。"她这么说是因为巫师见她穷便说要让她当阔太太。

巫师遭到拒绝，愤愤不平，派了只鹰绑架了这个名叫布鲁尼尔德的姑娘。鹰带着姑娘来到巫师的城堡，巫师向她

[①] 这篇故事中有不少重复和前后不一的地方，应该是口头叙述的痕迹，这里全部依照英文版本译出。

展示自己所有的财富,所有的城堡,所有的金子和钱,但是姑娘对这些全都不屑一顾。她说:"我要跟罗兰多结婚,我要罗兰多。"巫师对她说:"要是你不跟我结婚就永远别想离开这座城堡。"他真的把姑娘关了起来……关在靠近他卧室的房间里。晚上巫师睡得很熟,而且会打呼噜,他怕有人把姑娘偷走,于是命人做了个跟他自己一般大的偶人,在上面拴了一千个小铃铛,这样要是有谁撞到偶人,他就会醒过来。

话说姑娘的母亲和罗兰多非常担心,因为姑娘没有回家,这位未婚夫想去杀掉巫师,但是姑娘的母亲说:"不,慢着,咱们等一等,不然他也会伤害你的,咱们还是再等等。"一天晚上,他们想要进入巫师的花园,但是巫师已经在周围筑起高墙,高得爬也爬不进去。姑娘的母亲坐着哭了一整天。

终于有一天,她在森林里遇见一位外表是老妇人的仙子,这位仙子说:"告诉我,你为什么哭得这么伤心啊?"于是姑娘的母亲对老妇人诉说了布鲁尼尔德的事,还有她被抓走的经过。"听着,"仙子说,"听我说,在这件事情上我没有多少法力,因为巫师比我强大得多,我什么都做不了。不过,我还是可以帮助你。"就这样,她告诉姑娘的母亲,巫师把姑娘关在一间屋里,并且让人照着他自己的样子做了个偶人。她说:"你不能去那儿,因为要是弄响了其中一个铃铛,巫师就会醒过来。"然后她说:"好好听着,你得这么做:现在正是棉花从树上掉落的季节。你要每天去拾棉花,装上满满一包。晚上罗兰多从森林里回来之后,你就让他把棉花带到城堡下,我帮你从洞里爬进去。"她还说:"我把包弄进花园,然后你到宫殿……城堡里去。进去之后,你必须每晚用棉花塞住几个铃铛,直到把所有的铃铛都塞实,这样它们就不会再响了,然后咱们再想对策。"可怜的夫人听后说:"当然,我会照做的。这需要时间,但我很乐意照做。"

于是她们跟小伙子说了这事儿。白天母亲采集棉花的时候,小伙子外出干活儿,晚上他们把棉花带到城堡里,由母亲来塞铃铛,直到终于有一天晚上所有的铃铛都被塞上了。母亲回到森林老妇人身边,告诉她当晚最后一个铃铛也被堵死了。老妇人说:"让罗兰多跟你一起去吧。"就这样,小伙子奉命从塞铃铛的那个门钻了进去,老妇人给了他一把剑,让他一等靠近就砍下巫师的左耳。她说,巫师所有的法力都藏在左耳朵里……他们果真进了城堡,跑去搭救姑娘。小伙子上前砍下了巫师的耳朵——他一砍下那只藏着所有法力的左耳,整个城堡就塌了,一切都土崩瓦解。这对年轻的情侣拿走了所有的黄金、白银,还有属于巫师的一切。他们发了财,结了婚,从此过上了幸福的生活。

绿鸟

(墨西哥)

从前有三姐妹,她们都是孤儿。路易莎总是缝缝补补,另外两个说她们不喜欢路易莎那样的生活,她们宁愿去酒馆什么的。嗯,她们就是那种喜欢寻欢作乐的女人。于是路易莎待在家里,她在窗台上放一罐水,缝啊,缝啊,缝啊。

然后他来了,他原本是位王子,后来中了魔法,变成了绿鸟的模样。当然了,他很喜欢路易莎,于是落到窗台上说:"路易莎,抬头看着我的眼睛,你的烦恼就会消失。"但是路易莎不愿意那么做。

又有一天晚上,他来到窗前说:"路易莎,让我喝一口你小罐子里的水。"姑娘虽不愿意去看他是鸟是人还是别的什么东西,却又不知道他喝了没有,结果一抬眼看到他是个男人。姑娘给了他一些水,于是过了一阵儿他又来了,并且向姑娘求婚,就这样两个人坠入爱河。鸟儿会到屋里去,躺在她的床上——就在床头板上面。他为姑娘建起一座花园,里面有许多果树和别的东西,还为姑娘找了一个信差和一个女仆,于是姑娘过上了颇为豪华的生活。

谁知道这件事情居然被姑娘的姐姐们发现了。"瞧瞧路易莎呀,瞧瞧她一夜之间爬得多高!"其中一个姐姐说,"再瞧瞧咱们,咱们过的是什么日子!咱们暗中监视她吧,看看到底是谁上她的房里去。"她们去监视她了,结果发现是只鸟,于是就拿来许多把刀放在窗台上。小鸟出来的时候被割得遍体鳞伤。

绿鸟说:"路易莎,如果你想跟随我的话,我住在鹰隼平原的水晶塔里。我受了重伤。"

于是路易莎买了双铁鞋,随身带了点走路能拿动的衣服,背起把吉他,去追赶绿鸟。她来到太阳的母亲住的地方。太阳的母亲是个头发颜色很淡很淡的老妇人,难看得要命。路易莎到了之后敲敲门,门就开了。老妇人说:"你上这儿来干吗?要是我儿子太阳看到你,就会把你吞掉。"

"我在寻找绿鸟。"路易莎说。

"他来过这儿。你看,他受了重伤,在那儿留下一滩血迹,刚走没多久。"

路易莎说:"那么好吧,我要走了。"

"别急,"老妇人说,"你躲起来,看看我儿子能不能告诉你些什么。他照耀整个世界。"

然后太阳气急败坏地进来了:

呼!呼!
我闻到人肉的味道。呼——呼!
要是我吃不到,就把你吃掉。

他对自己的母亲说。

"你要我怎么办呢,儿子?这儿没有人。"她让太阳平静下来，又给了他点吃的。然后她一点点向他道出了真相。

"这个姑娘在哪儿？"他说，"让她出来给我看看。"于是路易莎出来向他询问了绿鸟的事情。他说："我么，并不知道。我从没听说过他，不知道要去哪儿找他，而且也从没见过像他那样的东西。也许月亮的母亲或者月亮本人知道。"

既然如此，姑娘说："好吧，我现在就走。"她一口饭也没吃，太阳让她吃完饭再走。就这样，他们给了她一些吃的东西，然后她离开了。

接下来她来到月亮的母亲住的地方。月亮的母亲问："你上这儿来干吗？要是我女儿月亮看到你，就会把你吞掉。"我不知道老妇人还跟她说了多少别的东西。

"既然如此，我要走了。我只是想问问她有没有看到绿鸟从这儿经过。"

"他来过。你瞧，那儿有他留下的血迹。他受了重伤。"月亮的母亲说。

姑娘听罢准备离开，但是月亮说："丫头，别走。来吃点饭再走。"于是她们也给了她一些东西吃。她们刚把吃的给姑娘，姑娘就离开了。"你为什么不去风的母亲住的地方，等风回到家里？风会吹到每一个角落，没有什么地方是他不去的。"

风的母亲说："好吧。"于是姑娘藏了起来。她说："你必须藏起来，因为要是我儿子风看到你，咱们就完蛋了。"

"好吧。"姑娘说。

风回到家，愤怒得直冒气儿，母亲让他规矩点儿，找张座儿，坐下来吃点儿东西，于是他安静下来。然后姑娘对他说，她正在寻找绿鸟。

但是不行。"对于这件事儿,我什么都没法儿告诉你,我什么都没看见。"风说。

于是姑娘又要出去,但是他们留她吃早饭什么的。所以麻烦的是,等她弄清楚地方的时候,脚上的铁鞋已经踏破了。碰巧有位老隐士住在遥远的地方,照顾着所有的鸟儿。他会吹吹哨呼唤鸟儿,然后他们都会来到他跟前,还有各种各样的动物。于是姑娘也去了那儿。隐士问她来这荒郊野岭做什么,又问了这样那样的事情。姑娘对隐士说:"我在寻找绿鸟。你难道不知道他住在哪儿吗?"

"不知道,"隐士说,"我只知道他来过这儿,而且受了重伤。不过,容我把鸟儿都叫过来吧,也许他们知道或者听说过他的住处什么的。"

可是不行。所有的鸟儿都叫来了,只有年迈的老鹰没有来。这只老鹰正在吃牛肚。王子就要结婚了,但是他祈求上帝让他患上麻风病,有点儿像疮那样的,于是他真就生了疮。他希望路易莎能赶到,可人们都在操办他的婚事。新娘是个非常富有的公主,可就算这样王子也不爱她,他要等他的路易莎。话说年迈的老鹰不见了,隐士老头儿不断地吹哨子,直到她也飞了过来。

"伙计,你要干吗?我正在那儿安稳地吃牛肚,你非要那样吹个没完。"

"慢着,别那么不客气,"隐士说,"这儿有个可怜的姑娘正在寻找绿鸟。她说她是绿鸟的心上人,要跟他结婚。"

"她在寻找绿鸟?绿鸟就要结婚了,之所以还没有结只是因为生了什么疮。嗯,是的,但是婚宴正在进行,新娘的母亲也来了什么的。不过不管怎样,要是她想去也无妨。

我刚从那儿来,在那儿吃肚子、肠子还有他们扔掉的那些东西。如果她想去,只要为我宰头牛就行,然后我们就上路。"

姑娘听了非常高兴,尽管王子就要结婚什么的。隐士叫她出来,她看到了各种鸟儿。隐士告诉她:"老鹰说要是你宰一头牛,她就一直把你送到你想去的那座宫殿。"

好的,姑娘说她会照办,因为她身上有足够的钱——绿鸟从一开始就让她变得富有,要不是因为她那两个可恶的姐姐,他当时就和她结婚了。好,她们真的去了。姑娘杀了牛,老鹰把她和牛都驮在背上。她总是飞得高高的,然后渐渐往下降。

"给我一条腿。"她会这么说,然后把肉吃掉。所以我们管讨肉吃的人叫"老鹰"。姑娘会给她肉吃,问她:"你能看见什么?"

"什么也看不见,"老鹰总是这么回答,"现在你还看不见任何东西。那是座漂亮的宫殿,全是玻璃做的,太阳底下会闪闪发光,但现在我还什么都看不到。"她会继续笔直地往前飞,天知道飞了多远。然后她会越飞越高,越飞越高。

"你能看见什么?"

"呃,有个什么东西,好像发光的山峰,但是离得非常远。"

"是的,确实非常远。"

就这样,整头牛都吃完了,她们还没有到那儿。老鹰说她还要吃肉,路易莎对她说:"哎,把刀拿去,割下我的一条腿,要不然我就自己割。"不过她当然不是真心这样讲,绝对没门儿。

不管怎么样吧,老鹰说:"不,不,我是为了试探你才那么说的。我会把你放在宫殿外面,因为那周围有许多警卫之类的人在把门。你要请他们中的一个放你进去,让他们跟夫人们讲你是到宫里来烧饭的。别问他们要其他东西,弄个厨子的差事,然后,呃,咱们再来看看你会怎样。"

好,就这样老鹰把路易莎放在了院门口。这是个大院子,是用纯金还有天知道什么东西做的,要多漂亮就有多漂亮。路易莎让门卫放她进去。"你为什么要进去?你要进去做什么?"

姑娘说:"哎呀,我很穷,是从很远的地方到这儿来找工作的。只要能糊口,哪怕在厨房里干活儿也成。"她带着一把金梳子,还有绿鸟给她的那些东西,身上背着吉他。

"容我问问女主人,"门卫说,"看看他们要不要招厨房里的帮手。"于是他去跟女主人说:"有个女人要找工作。"天知道他还说了些什么。

"她是个怎样的女人?"

"呃,她是这样的,这般如此,如此这般。"

"好吧,叫她进来,让她从那边绕,这样就不用穿过宫殿了。"她说。她不想让姑娘从屋里经过。

于是姑娘去了那儿,每个人都对她很好。与此同时,绿鸟变成了人形,但全身是疮,病得非常厉害。王宫里有个抚养过他的小个子老妇人,就是她在照顾王子。人们把她留在宫里当佣人,当初她为王子的父母干活儿的时候照顾了这个男孩,后来她搬到这边新娘子家。刚来的时候,那个姑娘还不是新娘,但是姑娘爱上了王子,王子却爱他的路易莎。

哎呀,你可以说婚宴正办得热火朝天,王子渐渐觉得好多了,因为他听到有人弹吉他。他问老妇人为什么大家都没告诉他家里有陌生人。

他听到了吉他声,于是问来探病的保姆:"是谁在弹琴唱歌啊?"

"哦,我忘记告诉你了。这儿来了个姑娘,脚上穿着一双踏破的铁鞋,随身带着一把吉他和一把梳子。"

"梳子上有什么吗?"

"哎呀,我不知道,"这个老妇人就跟我一样不识字,"我不知道上面有什么。看上去像小花环或者字母什么的,我也说不清。"

"让她把梳子借给你,然后你把它拿过来。"他一听说吉他的事,一听到琴声,整个人就好了起来。他的身体好多了,但是不管是姑娘的父母还是其他人都没有来看他。

他一个人和保姆待在一起,因为他非常难看。但是后来老妇人去跟要做他岳母的女王说:"你真该看看绿鸟王子好了多少。这会儿他差不多康复了。"

于是大家都来看他,这让他更加生气,因为他好了他们才来看他。要跟他结婚的姑娘非常富有,又是公主什么的,路易莎却只是个可怜的小家伙,但是他还是对老妇人说:"去让她把梳子借给你,然后把它拿来给我。"

老妇人去借梳子,假装是自己要梳头,然后她回到王子身边。王子什么也没说,只是看着梳子。

"您怎么认为?"

"哦,没什么,"他说,"明天或者今天下午送饭的时候,你让她来为我送,毕竟她也在这儿干活。"

于是到了给王子送晚饭的时候,老妇人说:"听着,路易莎,去给王子送晚饭吧。我现在很累,我老啦。"路易莎装作不肯去的样子,犹犹豫豫地拖延着,但最终还是去了。

然后他们互相问候,见到了对方,等等。路易莎说:"哎呀,你已经订婚,就要结婚了。人们是不能够拒绝国王和王子的任何要求的。"

"但我一听到琴声就有了个主意。"小伙子说。

"什么主意?"

"我要让所有的人都来做巧克力,我喝了谁做的那杯,就和谁结婚。"

姑娘说:"可是我连怎么做巧克力都不知道呢!"

那个照顾王子的老妇人说她会替她做的,因为路易莎去跟她说了这事儿。"想想看王子要什么呀!他要我们全进宫,是不是厨子都无所谓,这儿所有的女人统统得去,公主什么的全算在内。我们每个人都得做一杯巧克力,他喝了谁做的,就跟谁结婚。"然后路易莎又说:"我都不知道怎么……"

"好啦,好啦,"老妇人说,"别为这事儿操心。我会为你做的,然后你可以送去给他。"

好了,就跟往常一样,先进来的是那帮王公显贵。打头的是新娘,然后是岳父、岳母、大姨子、小姨子等等。但是王子只说:"我不喜欢喝。我不喜欢喝。"

岳母连说:"我想知道他到底要娶谁。我想知道他要娶谁。"

呃……他谁都不要娶。接着照顾他的老妇人来了,不行。然后另一个厨子也来了。路易莎是最后一个。王子对众人说她就是自己要娶的人,说这个姑娘千里迢迢来寻他,他会跟她结婚。他喝光了路易莎的那杯巧克力,苦不苦都不在乎,然后他娶了路易莎。珊瑚刺桐红又红,故事讲到终。

狡猾的妇人

（立陶宛）

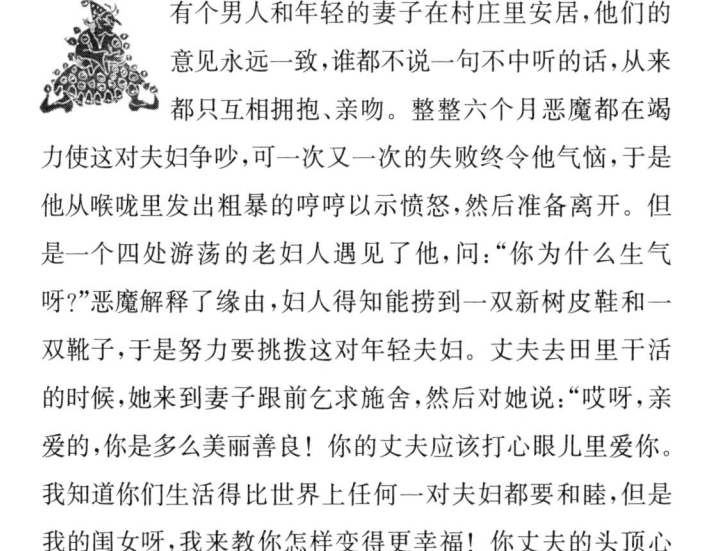

有个男人和年轻的妻子在村庄里安居,他们的意见永远一致,谁都不说一句不中听的话,从来都只互相拥抱、亲吻。整整六个月恶魔都在竭力使这对夫妇争吵,可一次又一次的失败终令他气恼,于是他从喉咙里发出粗暴的哼哼以示愤怒,然后准备离开。但是一个四处游荡的老妇人遇见了他,问:"你为什么生气呀?"恶魔解释了缘由,妇人得知能捞到一双新树皮鞋和一双靴子,于是努力要挑拨这对年轻夫妇。丈夫去田里干活的时候,她来到妻子跟前乞求施舍,然后对她说:"哎呀,亲爱的,你是多么美丽善良! 你的丈夫应该打心眼儿里爱你。我知道你们生活得比世界上任何一对夫妇都要和睦,但是我的闺女呀,我来教你怎样变得更幸福! 你丈夫的头顶心上长了几根白头发,你得把它们剃掉,当心别让他发现。"

"但是我该怎么做呢?"

"你给丈夫吃过饭就让他躺下来,枕在你的膝头上,然后他一睡着,你就赶快从口袋里掏出剃刀,把白头发剃掉。"年轻的妻子谢过为她出主意的人,又给了她一件礼物。

老妇人立刻去了田里,告诫丈夫说将有不幸降临到他的头上,因为他可爱的妻子不仅背叛了他,而且打算当天下午把他杀死,之后跟比他更有钱的人结婚。中午妻子来了,丈夫吃完饭,妻子让他枕在自己的膝头上。丈夫假装睡觉,妻子从口袋里掏出剃刀,想除去他头上的白发。这时候被激怒的丈夫突然跳起来,揪住妻子的头发,开始又骂又打。恶魔看到这一切,无法相信自己的眼睛,没过多会儿就拿来一根长杆,在一头松松地系上答应给老妇人的树皮鞋和靴子,也不走近,就把东西递了过去。"我无论如何都不会再靠近你半步,"他说,"免得你用什么招数把我也骗了——你确实比我更老奸巨猾!"恶魔这边给过靴子和树皮鞋,那边就像出膛的子弹,"嗖"地跑没影儿了。

第九章
捣鬼——妖术与阴谋

漂亮姑娘伊布龙卡

(匈牙利)

村里有个漂亮的女孩儿,大伙儿都叫她漂亮姑娘伊布龙卡。可是那又怎么样呢?别的姑娘都有恋人——她们一大帮人常常聚在一块儿纺线——唯独她什么都没有……她耐心地等了好一阵子,考虑自己有怎样的机会,但是后来一个念头迷了她的心窍:我希望上帝能赐给我一个心上人,哪怕他是个恶魔。

当天晚上年轻人聚在纺室里的时候,一个身披羊皮斗篷、帽子上饰一根鹤羽的小伙子走了进来。他问候过众人,坐到漂亮姑娘伊布龙卡身旁。

嗯,按照年轻人的习惯,他们天南地北地聊了起来,相互诉说各种新鲜事儿。突然,纺锤从伊布龙卡的手里滑落。她马上伸手去捡,她的心上人也弯腰去够,可是她摸索的时候碰到了小伙子的脚,她觉得那是一只分趾蹄①。哎呀,她拾起纺锤的时候心里别提有多惊诧了。

伊布龙卡送众人出门,因为那天晚上他们在她家纺线。分手前他们又在一起说了会儿话,然后互相告辞。按照年

---

① 在西方,人们认为魔鬼也像牛羊一样有偶蹄。

轻人的习惯,他们拥抱作别。就在这时候她感到自己的手插进他的侧体,径直穿过了皮肉。这让她更加诧异,不禁缩了回来。

村里有个老妇人,姑娘跑到她身边说:"哦,老妈妈,告诉我这是怎么回事儿。您或许知道,村里人唠叨了好久,说全村所有的女孩儿中只有漂亮姑娘伊布龙卡没有心上人。我等啊等啊,突然迷了心窍,希望上帝赐给我一个心上人,哪怕他是个恶魔。当天晚上来了个年轻人,他身披羊皮斗篷,帽子上饰着鹤羽。他径直朝我走来,坐到我身旁。我们按照年轻人的习惯,天南地北地聊了起来。我一定是疏忽了工作,让纺锤从手里滑了出去。我立刻弯腰去捡,他也去捡,但是我摸索的时候刚好碰到了他的脚,我觉得那是一只分趾蹄。这件事奇怪得让我发抖。老妈妈,请您告诉我,现在我该怎么办?"

"唔,"她说,"你去别的地方纺线吧,从这儿换到那儿,这样你就知道他能不能找到你了。"

姑娘按照她的话试了村里的每间纺室,可是不管去哪儿,小伙子都会跟过去。她又去找老妇人:"哦,老妈妈,我走到哪儿他就跟到哪儿,不是吗?看来这样做永远都没法儿把他甩掉。我不敢想这一切会有什么后果。我既不知道他是谁,也不知道他从哪儿来,要问吧,我又觉得开不了口。"

"那么我有个建议。村里有些小姑娘刚开始学纺线,她们认为把线绕成团是种好的练习。你也去弄那样一个线团,大伙儿还会聚到你家纺线,散的时候你去送他们,然后你俩分别前要说会儿话,这时候你就忙活一气,想方儿把线系在他羊皮斗篷的一撮毛上。他告辞上路以后,你就放开线团,等觉得放到头了再把它绕起来,一路跟着线的方向走。"

好,大家去她家纺线了。伊布龙卡备好了线团,但是她的心上人却没有准时到来。其他人开始逗她:"伊布龙卡,你的心上人要让你失望啦!"

"肯定不会的。他一准儿会来,只不过这会儿在忙事情,一时来不了。"

她们听到门开了。大家都停下来安静地期待:谁会把门打开?是伊布龙卡的心上人。他问候了大伙儿,然后坐到姑娘身旁。按照年轻人的习惯,他俩聊了起来,互相都有话要告诉对方。时间就在闲谈中过去。

"咱们回家吧,应该快到午夜了。"

大家没有耽搁,迅速起身,收拾起自己的东西。

"各位晚安!"

众人鱼贯而出。屋外,他们最后道别然后各自散开,不久就踏上了回家的路。

小伙儿和姑娘靠得更近了,聊着这样那样的事情。姑娘摆弄着毛线,终于把末端系在他羊皮斗篷的一撮羊毛上。嗯,他们没有聊太久,因为感到了夜晚的寒意。"亲爱的,你还是进去吧,"小伙子对伊布龙卡说,"不然会着凉的。等天气转暖,咱们可以更加随心所欲地聊。"

他们互相拥抱。"晚安。"小伙子说。

"晚安。"姑娘对他说。

然后小伙子就上路了。随着他越走越远,姑娘开始放线。线团很快就松开了,姑娘琢磨还要放多长,但是念头刚起,线就停了。她又等了一会儿,没有线再抽出来,于是她重新绕线,一边把线绕成团,一边勇敢地跟着线的方向走,很快线团就大起来,她想,不用再走多远了。可是线要领她上哪儿去呢?线把她直接领进了教堂。

"啊,"她想,"他一定是打这儿路过了。"

可是线领着她继续往前走,径直通向教堂墓地。她来到门边,里面的光穿过锁眼照了出来。她弯腰透过锁眼偷偷朝里看,结果看到了谁?她自己的心上人。她盯着他,想看清他在干什么。啊,他正忙着把一个死人的头颅锯成两半呢。她看到他分开头颅,就像我们把甜瓜剖成两半那样,又看到他大吃切开的头颅里面的脑子。见此情状她更加惊恐,扯断了线,匆匆忙忙回家去了。

但是她的心上人一定是瞥见了她,连忙跟了上去。姑娘疲惫不堪地回到家,刚从里面闩好房门,她的心上人就隔着窗户冲她喊:"漂亮姑娘伊布龙卡,你透过锁眼看到了什么?"

姑娘回答:"我什么都没看到。"

"你必须告诉我看到了什么,否则你的姐姐就得死。"

"我什么都没看到。如果她死了,我们会把她埋葬。"

然后她的心上人走了。

第二天早上,姑娘头一件事就是去找老妇人。她焦虑万分地恳求妇人,因为她的姐姐死了。"哦,老妈妈,我得向您请教。"

"关于什么的?"

"呃,我照您吩咐的做了。"

"然后发生了什么事?"

"哎呀,您想想我跟着毛线走,结果被领到了什么地方——直接就进了教堂墓地!"

"呃,他在那儿做什么?"

"哎呀,您能想象吗? 他在把一颗死人头锯成两半,就跟我们剖甜瓜一样。我待在那儿,盯着他,想看看他接下来要做什么。谁知他开始大吃割开的头颅里面的脑子。我吓得半死,结果扯断了线,匆匆忙忙回了家。但是他一定是看见我,因为我刚从里面闩好房门,他就隔着窗户冲我喊:'漂亮姑娘伊布龙卡,你透过锁眼看到了什么?''我什么都没看到。''你必须告诉我看到了什么,否则你的姐姐就得死。'于是我说:'如果她死了,我们会把她埋葬,但是我没有透过锁眼看到任何东西。'"

"听着,"老妇人说,"按我说的去做,把你死去的姐姐放到外面的小屋里。"

第二天晚上,姑娘不敢跟朋友一起去纺线,但是她的心上人又隔着窗户喊:"漂亮姑娘伊布龙卡,你透过锁眼看到了什么?"

"我什么都没看到。"

"你必须告诉我看到了什么,"他说,"否则你的母亲就得死。"

"如果她死了,我们会把她埋葬,但是我没有透过锁眼看到任何东西。"

他转身从窗边离开了。伊布龙卡准备睡觉。早晨她醒过来,发现母亲死了,于是去找老妇人:"哦,老妈妈,这一切到底会怎样? 我的母亲——她也死了。"

"别担心,但是你得把她的尸体放到外面的小屋里。"

晚上姑娘的心上人又来了。他隔着窗子叫她:"漂亮姑娘伊布龙卡,告诉我,你透过锁眼看到了什么?"

"我什么都没看到。"

"你必须告诉我看到了什么,"他说,"否则你的父亲就得死。"

"如果他死了,我们会把他埋葬,但是我没有透过锁眼看到任何东西。"

姑娘的心上人转身从窗边离开了。姑娘上床去睡,却禁不住思忖起自己的命运:这一切会有怎样的结果?她继续揣测,直到感觉困乏,渐渐放松下来。但是她没能休息很久,不一会儿就睡意全消,又思考起自己的命运来。"我想知道未来会发生怎样的事情……"天亮之后,她发现父亲死了。"这下只剩我一个人了。"

她把父亲的尸体搬到外面的小屋,然后拼命飞跑,又去找老妇人。"哦,老妈妈,老妈妈!我很痛苦,需要您的安慰。我将会有怎样的遭遇?"

"你知道你会有怎样的遭遇吗?我可以告诉你——你会死。听着,去叫你的朋友来等你死。你死以后——因为你肯定是要死的——她们会抬你的棺材去教堂墓地,但是她们既不能从门走,也不能从窗走。"

"那怎么办?"

"必须在墙上凿一个洞,把棺材从洞里推出去。但是她们不能抬着棺材从大路走,必须从花园和小路中间穿过去,而且也不能把棺材埋进坟地,得埋进教堂墓地的水沟里。"

好,姑娘回到家,捎信给朋友,也就是村里那些姑娘,她们接到信就来了。

晚上她的心上人来到窗边："漂亮姑娘伊布龙卡,你透过锁眼看到了什么?"

"我什么都没看到。"

"你必须立刻告诉我,"他说,"否则你就得死。"

"如果我死了,她们会把我埋葬,但是我没有透过锁眼看到任何东西。"

就这样,他转身从窗边离开了。

姑娘和朋友们继续说了会儿话。对于她要死的事情,大伙儿只是将信将疑。她们累了便去睡,醒来后却发现伊布龙卡死了。她们连忙抬来棺材,在墙上凿了一个洞,又在教堂墓地的水沟里为她挖了个墓穴。她们从墙洞里推出棺材,抬着它走了——没有走大路,而是越过田野,从花园和小径中切过。到了教堂墓地,她们埋葬了姑娘,然后返回姑娘家,填上先前凿的洞。刚好伊布龙卡临死前嘱咐过她们,要她们照管好房子,等待接下来发生的事情。

不久伊布龙卡的坟上就长出一朵美丽的玫瑰。坟墓离大路不远,于是一位乘马车路过的王子看到了花儿。他深深地被花儿的美丽所吸引,立刻拦住马车夫。"嗨!勒住马,帮我把坟上的那朵玫瑰采下来。快点儿。"

车夫马上停下来,跳下车去采玫瑰,却又折不断那花枝。他更加用力去拔,仍然折不断。他使出浑身力气,却还是一点儿用都没有。

"唉,你真是个笨蛋!连摘朵玫瑰都不会吗?来,回到车上,让我自己去采。"

车夫回到位子上,王子交过刚才替他拿的缰绳,跳下车,来到坟旁。他刚握住玫瑰,花枝就折断落入他手中。

"喂,你这个蠢货,你又拉又扯都采不来这朵玫瑰,我刚一碰它就落到我手里了。"

就这样,他们匆匆离去,飞快地驾着马车回家了。王子把玫瑰别在胸前,到家之后把它放到餐厅的镜子前面,这样他即便吃饭的时候也可以赏花了。

玫瑰就待在了上面。一天晚上用餐之后,桌上还有些剩饭菜,王子把它们留在那儿,说:"我也许等会儿再吃。"

这样的事情时有发生。有一回仆人问王子:"陛下,您把剩饭菜吃掉了吗?"

"不是我吃的,"王子说,"我猜是你把剩下的东西吃掉了。"

"不,我没吃。"仆人说。

"啊,那就有点儿蹊跷了。"

仆人说:"我要查出是谁干的,不管是猫还是别的什么人。"

可是无论王子还是仆人都不曾料到是玫瑰花把剩饭吃了。

"好吧,"王子说,"我们得再在桌上留点儿吃的。你暗中守候,看看谁会把东西吃光。"

他们在桌上留足了食物。仆人暗中守着,但他压根儿就没有怀疑过那朵玫瑰。玫瑰从镜边的位子上飞落,摇身一变,成了美若天仙的少女,全匈牙利,不,普天之下都找不到能与她媲美的姑娘。就这样,她坐到桌边的椅子上,美美地吃起了桌上的饭菜,甚至找了杯水结束晚餐。然后她又轻摇身体,回到镜前的位子上,重又变回玫瑰的形状。

仆人焦急地等待天亮,然后跑到王子跟前,报告说:"我发现了,陛下,是玫瑰吃的。"

"今天晚上你必须摆好餐具,在桌上留足吃的。我要亲自看看你说的是不是真话。"

王子和仆人暗中等待着,他们看到玫瑰从上面飞落,轻轻动了一下,然后摇身一变,成了精致美丽的少女。她拉了把椅子坐到桌边,津津有味地吃了起来。王子坐在镜子底下看着她。她吃完饭,为自己倒了杯水,刚要摇身变回玫瑰,王子就紧紧抱住了她,把她拉到膝头。

"我美丽、亲爱的心上人啊,你是我的了,我也永远属于你,除了死亡,什么都不能将我们分开。"

"哦,这可不行。"伊布龙卡说。

"当然行啦,"王子说,"为什么不行呢?"

"这事儿比你想得复杂。"

啊,我刚想起来有个地方漏讲了,现在补上。伊布龙卡下葬那天,她的心上人又像往常一样出现在窗口。他冲着里面叫她,但是没人应答。他走上去把门踢开:"你说,门,她们是不是从你这儿把伊布龙卡的棺材抬出去的?"

"不,不是。"

他走到窗户跟前:"你说,窗户,她们是不是从你这儿把棺材抬出去的?"

"不,不是。"

他走到路上:"你说,路,她们是不是从这儿抬走了棺材?"

"不,不是。"

他来到教堂墓地:"你说,墓地,她们是不是把漂亮姑娘伊布龙卡埋在你这儿了?"

"不,不是。"

好,这就是漏讲的那一段儿了。

话说王子热情地追求姑娘,想让她答应婚事,姑娘却避而不谈。终于她提出了条件:"你永远都不能强迫我去教堂,只有这样我才能嫁给你。"

王子说:"那好吧,你不去教堂咱们也可以过下去。虽然我有时候会去,但是我永远都不会强迫你跟我一起。"

前面我还漏讲了一段。姑娘的心上人听了路和墓地的回答还是一头雾水,于是心想:啊,看来我得给自己弄一双铁鞋、一根铁拐,然后——漂亮姑娘伊布龙卡,我不找到你就决不罢休,哪怕得把鞋和拐杖磨得精光。"

过了一段时间,伊布龙卡怀上了孩子。这对夫妻过着幸福的生活,只是妻子从来都不跟丈夫去教堂。日复一日,年复一年,妻子又怀孕了。他们已经有了两个儿子,而且都不再是婴孩,一个五岁,一个六岁,都由父亲领着去教堂。没错,他自个儿也觉得奇怪,因为只有自家的孩子跟着父亲,别人都是同妻子一起出现。他也知道人们为此指责他,说:"陛下为什么不把王后带来?"

他说:"哎呀,这就是我们家的惯例。"

但是被这样指责过以后,他还是觉得难堪,于是第二个礼拜天跟儿子们准备去教堂的时候,他对妻子说:"听着,太太,你为什么不和我们一起去呢?"

妻子答:"听着,先生,你难道不记得自己的承诺了吗?"

"那我该怎么办? 难道我们得永远抱着它不放吗? 我已经听够了他们的嘲笑,可孩子们要我跟他们一块儿去,我又怎么能放弃去教堂呢? 不管咱们当初说过什么,现在都一笔勾销吧。"

"好,那就照你希望的去办,但是这会引起我俩之间的麻烦。不过我看你心意已定,所以我愿意同往。好了,让我去换上礼拜的衣服吧。"

于是他们去了。见到他俩在一起,人们都欢欣鼓舞。"陛下,这才对嘛,"他们说,"就应该跟您的妻子一起来做礼拜。"

弥撒接近尾声。结束之后,一个男人朝国王、王后走过来,他脚上的铁鞋磨出了洞,手里握着铁拐杖。此人高声喝道:"伊布龙卡,我曾经发过誓,要穿上铁鞋、拿上铁拐去找你,哪怕得把鞋和拐杖磨得精光。可是彻底磨光之前,我找到了你。今晚我就上你那儿去。"

说罢他消失了。回去的路上,国王问妻子:"那人威胁你是什么意思?"

"你就等着瞧吧,然后就知道结果了。"

就这样,他俩忧心忡忡地等待夜幕降临。天就要黑了,突然有人隔着窗户喊:"漂亮姑娘伊布龙卡,你透过锁眼看到了什么?"

于是漂亮姑娘伊布龙卡说开了:"我是村里最漂亮的姑娘,但是我正在跟死人而不是活人说话——别的姑娘都有心上人——但是我正在跟死人而不是活人说话。有一回我说出了心底的秘密,希望上帝赐给我一个心上人,哪怕他是个恶魔。一定是我说的方式有什么不寻常,因为当天晚上我们聚在一起纺线的时候就来了个小伙子,他披着羊皮斗篷,帽子上饰着一根鹤羽。他问候了我们,然后坐到我身旁,我们按照年轻人的习惯聊了起来。接下来倒也巧了——但是我正在跟死人而不是活人说话——纺锤从我手里滑了出去。我弯腰去捡,我的心上人也伸出手,可是摸索的时候我碰到了他的脚,立刻感到——但是我正在跟死人而不是活人说话——感到那是一只分趾蹄。我惊恐地意识到上帝给了我一个恶魔做心上人,不禁缩了回来——但是我正在跟死人而不是活人说话。"

外面那人隔着窗户扯着嗓子喊:"漂亮姑娘伊布龙卡,你透过锁眼看到了什么?"

"但是分别的时候我们按照年轻人的习惯拥抱了一下,我的手直接穿过了他的皮肉。这么一来我更加惊恐。村里有个妇人,我去向她请教,她跟我说了是怎么一回事——但是我正在跟死人而不是活人说话。"

外面的人不断隔着窗户喊:"漂亮姑娘伊布龙卡,你透过锁眼看到了什么?"

"然后我的心上人告辞离去,我真希望他再也不要回来——但是我正在跟死人而不是活人说话。那个妇人让我设法去别的地方纺线,这儿一次,那儿一次,这样他也许就找不到我了。可是不管我去哪儿,他都会跟过来。于是我又去向妇人求教——但是我正在跟死人而不是活人说话。"

外面的人隔着窗户喊:"漂亮姑娘伊布龙卡,你透过锁眼看到了什么?"

"妇人建议我去弄一团线,把线系到他的羊皮斗篷上。他问我的时候我说'什么都没看到',这时他说:'你必须告诉我看到了什么,否则你的姐姐就得死。''如果她死了,我们会把她埋葬,但是我没有透过锁眼看到任何东西。'第二天晚上他又来了,依然问我透过锁眼看到了什么——但是我正在跟死人而不是活人说话。"

外面的人一刻不停地冲着窗户大喊。

"然后我姐姐死了。第二天晚上他又来了,隔着窗户冲着我喊——但是我正在跟死人而不是活人说话。'告诉我你看到了什么,否则你的母亲就得死。''如果她死了,我们会把她埋葬。'第三天晚上他又冲着我喊:'漂亮姑娘伊布龙卡,你透过锁眼看到了什么?'——但是我正在跟死人而不是活人说话。'告诉我你看到了什么,否则你的父亲就得死。''如果他死了,我们会把他埋葬,但是我没有透过锁眼看到任何东西。'那一天我给朋友们捎了信,她们来了,我们商量好等我死了,棺材既不从门走也不从窗走,而且她们既不走大路,也不把我埋进教堂墓地。"

外面的人继续隔着窗户喊:"漂亮姑娘伊布龙卡,你透过锁眼看到了什么?"

"于是我的朋友们在墙上凿了一个洞,抄小路把我抬到教堂墓地,埋进那儿的水沟里——但是我正在跟死人而不是活人说话。"

这时候外面的人栽倒在窗下。他长哮一声,震得城堡根基直摇:这一回死掉的不是别人,正是他自己。伊布龙卡的父亲、母亲和姐姐从长睡中苏醒。这就是故事的结局。

巫师与巫婆

（莫尔多瓦族）

一个农夫巫师娶了个年轻巫婆做妻子。这个男人去了集市，他的妻子有个情人，于是她把情人叫过来，两个人一起喝酒吃饭。晚上丈夫很迟才从集市上回来，他透过窗户看到妻子和情人边吃边喝。情人瞥见丈夫的影子，对女人说："刚才是谁透过窗户朝里望？"

"我知道。"女人说。她拿起一条小鞭子走了出去，用鞭子抽丈夫说："别再做人了，变成黄狗！"于是农夫变成了一条黄狗。天亮了，别的狗看到黄狗就上去撕咬，黄狗沿路飞奔，又蹦又跳。他看见几个牧羊人正在喂羊群，于是跑了过去。牧羊人见黄狗加入很是欢喜，喂他吃东西，又给他水喝。黄狗把羊群照看得好极了，牧羊人简直无事可做。他们见黄狗事事都能应付便渐渐不去牧场了。

有一回，黄狗正在看守羊群，几个牧羊人坐在酒馆里头。一个商人走进来说："我被小偷缠上了，他每天晚上都来。""你应该把我们的狗带回去！"牧羊人说，他们向商人诉说了狗带来的帮助。商人开价要买黄狗，牧羊人不想卖，但还是被钱打动了。商人买下狗，把他领回家。天黑了，黄狗的巫婆妻子来到商人家行窃。她进了屋,开始挪商人的钱箱。黄狗扑到妻子身上,夺走钱箱,趴在上面。早上商人起床看到箱子没了,推推黄狗说:"我白买了一条狗,小偷还是把我的钱偷去了。"谁知他刚把狗推开就看到了自己的钱箱。黄狗在商人家睡了三晚,每晚都看好商人的钱,不让妻子拿走。于是妻子不再去商人家偷东西了。

话说那个国家的王后生了两个儿子,但是都在夜里失踪了,黄狗的妻子偷走了他们。王后又要生产,国王听说过黄狗,便去找商人要。王后生了个儿子,可是晚上黄狗的妻子又来了,想要把他偷走。不过她刚进宫抓住第三个小王子,黄狗就冲上去,从她手里夺下了婴儿。早晨人们找到了孩子,他安全地躺在一片田野中间,由黄狗保护着。国王抱过自己的儿子,对黄狗说:"如果你是人的话,我就赠给你半壁江山。"

黄狗在国王家舒适地生活,然而他想念自己的妻子。他离开国王,奔回自己家朝窗户里面望,却发现妻子又在跟情人喝酒。情人看见黄狗,说:"刚才有人透过窗户往里瞧。""我知道他是谁。"女人答道。她出去用鞭子抽黄狗,把他变成了麻雀。于是好长一段时间里他都是只麻雀,飞来飞去。

然后妻子开始想念丈夫。她把事先做好的笼子提到森林里,在里面洒了些小米,希望能够抓住麻雀。麻雀形骸的丈夫四处飞行,饥饿难耐。他飞进森林,发现了笼子,进去啄米的时候被逮了个正着。妻子来取笼子,把丈夫从里面拖出来,又把他变回人形,她说:"跟我回家,把国王的头两个孩子从地窖里抱出来还给他。"农夫陪妻子回了家,把国王的孩子抱出地窖,带去给国王。国王见到长子、次子,高兴得没法儿形容,赠给农夫许多礼物。

农夫把钱拿走了,回到家,他说:"哎呀,婆娘,现在咱们有足够的钱啦!""来,老公,"他的妻子答道,"咱们建个石屋卖枋材吧。"但是农夫没有忘记妻子对自己的折磨,他说:"婆娘,变成一匹栗色母马,我要用你运石头和木材。"农夫巫师话一出口,妻子就变成了栗色马,他给马套上挽具,指派她运来石头,由此建起一座石屋。完工之后,他又给马套上挽具,运来许许多多原木。这下院子里堆满了木材,丈夫说:"妻子,变回人形吧。"于是眨眼功夫母马变成了女人。女人教训了农夫,农夫也教训了女人。现在女人总是烙煎饼,为丈夫做吃的,丈夫卖木材,两人过得很好。

泄密的丁香丛

（美国：山区）

从前有对老头老太单独住在泰格特河谷，好多年来两人之间都有矛盾。很少有人去看他们，所以妻子莫名失踪之后大家并没有立即发现。人们怀疑是老头把老太杀了，却又找不到尸体，于是只好作罢。

妻子失踪以后老头过着放荡的生活，直到有天晚上一群小伙子坐在他家门廊上说起了他开的那些宴会。他们正聊着，附近的一大丛丁香敲打起窗户玻璃，招呼着他们，仿佛要诉说什么事情。如果刮风的话，谁都不会对此多想，可是外面没有风——连一丝微风都没有。

小伙子们不顾老头的抗议，挖起了那丛丁香，却发现丁香根是从一只女人的手掌里长出来的，见此情形他们惊愕不已。

老头尖叫着跑下山，朝河奔去，从此没了踪影。

破兜帽

（挪威）

从前有一对国王和王后，他们没有孩子，这让王后非常难过，几乎一刻都不开心。她总是唉声叹气，说王宫里的生活是多么无聊寂寞。

"要是咱们有孩子，宫里就会有生气了。"她说。

不管她去王国里的什么地方，都看到上帝的赐福——即便是最简陋的棚屋里也有孩童的身影。无论她来到何处都听见妇人责骂小孩的声音，说他们这里那里做得不对。王后听在心里，觉得要是能像别的女人那样做就真是太好了。终于国王和王后把一个素不相识的小女孩领进宫抚养，这样就可以一直把她带在身边，做好了就宠她，做错了就骂她，好像对待自己的孩子一样。

一天，他们领养的小姑娘跑到王宫的院子里，玩起了一只金苹果。就在这时候，一个年老的女乞丐从旁边路过，她身边带了个小女孩，于是没过多久国王家的姑娘就和乞丐的孩子成了好朋友，两人玩了起来，互相扔着金苹果。王后坐在宫殿的窗边看到了这幅情景，敲敲窗玻璃要养女进去。姑娘立刻就去了，可是乞讨的小姑娘也跟着去了，她们手牵手进了王后的寝宫。王后开始责骂小姑娘，说："你跑来跑去,跟破烂乞丐的野小孩玩,成什么体统!"说着她就想把乞丐的小孩赶到楼下去。

"要是王后知道我母亲的法力,就不会把我赶出去了。"乞丐的小孩说。王后让她说清楚是什么意思,于是她说如果王后愿意,她母亲就可以让她有小孩。王后不相信,但是小姑娘很坚持,说每句话都是真的,还说王后只要试试让她母亲做法就行了,于是王后派小姑娘下去把母亲叫上来。

"你知道你女儿说了什么吗?"老妇人一进房间王后就这样问她。

不,女乞丐对此一无所知。

"呃,她说要是你愿意就可以让我有小孩。"王后答道。

"王后不应该听信讨饭丫头说的荒唐故事。"老妇人说着就大步出了房间。

王后火了,又要把小姑娘赶出去,可是小姑娘断言自己刚才说的句句属实。

"王后给我母亲一口酒喝就好,"她说,"她一高兴就马上会想出办法帮助你的。"

王后准备试试,于是又把女乞丐叫上来,让她尽情享用葡萄酒和蜜糖酒,所以没过多久她就唠唠叨叨地说开了。接着王后又问了先前那个问题。

"我知道一个法子,也许能够帮您,"女乞丐说,"哪天晚上睡觉之前,陛下您叫人提两桶水来。您得在每个桶里洗洗身子,然后把水倒到床底下。第二天早上您朝床下望的时候就会看到那里长出一美一丑两朵花。您得吃掉漂亮的那朵,让丑花继续长着——千万别忘记这最后一条。"

这就是女乞丐说的话。

是的，王后照女乞丐的建议做了。她叫人提来两桶水，在里面洗了洗，然后把水倒到床下。瞧！第二天早上她朝床下一望，果真看到两朵花立在那里：一朵又丑又臭，长着黑色的叶子，另一朵却鲜艳迷人又美丽，王后从没见过那么美的花，于是立刻把它吃掉了。但是美丽花的味道十分甜美，让王后情不自禁，所以她把另一朵也吃了，心想：我敢说吃不吃都不会有多少差别。

过了一段时间，王后果然要生产了。首先她生下一个拿木勺、骑山羊的女孩，她丑得招人厌，而且一落地就大喊"妈妈"。

"如果我是你妈妈，"王后说，"那么请上帝恩准我改过自新。"

"哦，别难过，"骑山羊的女孩说，"我后面马上就会来个好看的。"

于是过了一会儿王后又生下一个女孩，她美丽又讨喜，人们从没见过这么漂亮的小孩，可想而知王后非常满意。他们管双胞胎姐姐叫"破兜帽"，因为她总是一副难看破烂的样子，而且耳边挂了个破布做的兜帽。王后简直没法儿对着她看，保姆们设法把她单独关在房间里，但是这一点儿用也没有，不管双胞胎妹妹在哪里，她都得跟着去，从来没有人能把她们分开。

她们长到十几岁的年纪，某个圣诞节前夕，王后寝宫外的长廊里响起吓人的喧哗声和撞击声，于是破兜帽问是什么在过道里这般横冲直撞。

"哦！"王后说，"这不值得问。"

但是破兜帽要打破砂锅问到底，所以王后告诉她那是一帮来庆祝圣诞节的山精和巫婆。破兜帽说她出去撵走她们就好,然后不管人们怎么劝说,怎么求她别惹山精,她都非要出去把巫婆赶跑。不过她恳求女王千万关好所有房门,每一扇都寸隙不留。交代完毕她就拿起木勺出去追打、驱赶老巫婆,弄得长廊里一片骚乱,人们从没听过那样的声音。整座王宫吱吱嘎嘎地呻吟,好像每个接点、每根梁柱都要被撕扯出位一样。

然后到底是怎么回事我肯定说不上来,但不知怎么地,有扇门竟真的开了条小缝。双胞胎妹妹透过门缝朝外望,想看看破兜帽怎么样了,她稍稍探出头,可是砰!一个老巫婆窜到她面前,刷地砍下她的脑袋,把一只小牛头安到她肩上,于是公主四脚着地跑回房间,开始像牛一样"哞哞"叫。破兜帽回来看到妹妹的模样,把所有人都骂了一通,她气坏了,因为他们没有好好看守,如今妹妹变成了小牛,她问众人对先前的粗心大意作何感想。

"但我还是要看看能不能把她解救出来。"她说。

她向国王要了一艘满载储备的好船,却不要船长和水手。不,她要单独跟妹妹出海去。眼看没有什么能拦得住她,人们终于让她照自己的意思做了。

破兜帽出了海,她一直把船开到巫婆住的那片陆地底下。到了登陆的地方,她让妹妹安安静静地待在船上,自己骑着山羊去了巫婆们的城堡。到了那里,她看到长廊上的一扇窗户是开着的,妹妹的头就挂在窗框上,于是她骑山羊从窗口跃进长廊,夺过头就跑。巫婆跟在后面追,想把头抢回来,她们蜂拥而上,密密匝匝又好像一窝蚂蚁,但是山羊打着响鼻喷着气,用角去顶她们,破兜帽也挥动木勺,一顿狂敲猛打,那群巫婆只好作罢。就这样,破兜帽回到船上,摘下妹妹身上的牛头,换上她原先的脑袋,妹妹又变成了从前那个姑娘。然后破兜帽驾着船行了很远很远的路,来到一个陌生国王的国度。

那个国家的国王是个鳏夫,有个独生子。他看到陌生的船帆,便派信使去岸边打探船从何处来、为何人所有。国王的人下到岸边,只见船上除了破兜帽连个人影儿都没有——瞧,她骑在羊背上,全速绕着甲板一个劲地打转,直到缠结的头发又飘荡在风中。宫里的人见此情景很是惊奇,问船上还有没有别人。有啊,破兜帽说,她还有个妹妹跟她一起。人们也想看她的妹妹,但是破兜帽说"不行"。

"谁都别想看她,除非国王亲自来。"说罢她就骑着山羊飞奔起来,直到甲板又发出轰隆隆的响声。

仆人们回到王宫诉说了岸边的见闻,国王要立即出发,看看那个骑山羊的姑娘。他上了船,破兜帽领出自己的妹妹,她是如此美丽温柔,国王当场就深深爱上了她。他把姐妹俩领回王宫,要娶妹妹做王后,但是破兜帽说"不行":国王无论如何都不能娶她,除非国王的儿子愿意娶破兜帽为妻。可想而知,王子对此事一百个不情愿,毕竟破兜帽是这么一个丑陋的野丫头,但国王和宫里的其他人终于说服了他,他让步了,答应娶破兜帽做自己的王后,心里却气恼得要命,从此郁郁寡欢。

他们开始为婚礼做准备,又是酿酒,又是烘烤食物。一切就绪之后,他们要去教堂了,但是王子觉得这辈子都没参加过这么让人厌烦的仪式。首先国王和新娘乘马车走了,新娘如此华美,一路上所有的人都驻足目送,他们盯着她看,直到她消失不见。跟在后面的是骑马的王子,旁边是紧握木勺骑山羊一溜小跑的破兜帽。看王子那副模样,一点儿都不像是出席自己的婚礼,倒更像是去送葬——他悲伤不已,一言不发。

"你为什么不说话呢?"两人骑了一阵儿,破兜帽这样问他。

"哎呀,我该说些什么?"王子答道。

"呃,你至少可以问问我为什么骑着这头丑山羊。"破兜帽说。

"你为什么骑着那头丑山羊?"王子问。

"这是头丑山羊吗?哎呀,这是新娘再好不过的骏马啊。"破兜帽答道。转眼间山羊就变成了骏马,而且是王子见过的最好的一匹。

然后他们又往前骑了一段,可王子还和先前一样忧伤,一句话也说不出来。于是破兜帽又问他为什么沉默,王子回答说不知该讲些什么,于是破兜帽说:"你至少可以问问为什么我骑马的时候攥着这把丑木勺。"

"为什么你骑马的时候攥着那把丑木勺?"王子问。

"这是把丑木勺吗?哎呀,这是新娘再美不过的银杖啊。"破兜帽说。转眼间木勺就变成了银杖,明亮耀眼,闪闪反射出阳光。

就这样他们又往前骑了一段,但王子的悲伤并没减少,仍旧是一言不发。过了一会儿,破兜帽又问他为什么不吱声,让他来问为什么她头上戴着那顶难看的灰兜帽。

"为什么你头上戴着那顶难看的灰兜帽?"王子问。

"这是顶难看的兜帽吗?哎呀,这是新娘再闪亮不过的金冠啊。"破兜帽答道,于是兜帽当场变成了金冠。

接下来他们又骑了好长时间,王子还像先前一样忧郁得要命,坐在那里不声不响。于是他的新娘又问他为什么沉默,这一回她让王子来问为什么她的脸这么丑陋,好像死灰一样。

"啊!"王子问,"为什么你的脸这么丑陋,好像死灰一样?"

"我丑吗?"新娘说,"你觉得我妹妹漂亮,可是我比她漂亮十倍呢。"瞧!王子再一看,她已经变得美若天仙,王子觉得世间从未有过这样美丽的女子。然后也没什么好奇怪的了,王子又能开口说话,骑马的时候也不再垂头丧气。

于是他们畅饮喜酒。之后,王子和国王都偕妻子去了公主们的父亲居住的宫殿,又在那里举行了一场婚宴,重新举杯畅饮。人们的欢乐无穷无尽,要是你马上跑去王宫,我敢说你还能喝上一口婚礼上的麦芽酒呢。

巫球

（美国：山区）

从前有个穷小子，他想娶一个姑娘，可是姑娘的爹妈不要他。他外婆是个女巫，说能帮他办妥。她做了个马鬃巫球，放在姑娘的门阶下面。姑娘出门从巫球上走过，然后回了屋。她开口跟她娘说话，却放了一个屁，接着她每说一个字都要放屁。她娘叫她快别这么做了，不然就要教训她一顿。然后她娘出去办什么事，回来以后也是一开口就放屁。她爹回来也是一样。

他爹觉得有什么地方不对劲,于是叫来大夫。大夫越过门阶走进来,也开始说一个字放一个屁,于是他们全都一边说话一边放屁,这时候老巫婆进来了,说这也许是上帝对他们的诅咒,因为他们不许女儿嫁给穷小子。他们请她赶快叫小伙子来,因为只要上帝能收回诅咒,他马上就可以跟他们的女儿结婚。老巫婆去叫来了小伙子,出去的路上悄悄把巫球从门阶底下拿了出来。姑娘小伙结了婚,从此过上幸福的生活。

狐狸精[1]

（中国）

版本一

释志玄者，河朔人也。攻五天禁咒，身衣枲麻布耳。行历州邑不居城市寺宇，唯宿郊野林薄。玄有意寻访名迹，至绛州，夜泊墓林中。其夜月色如昼，见一狐从林下将髑髅置之于首，摇之落者不顾，不落者戴之。更取芳草堕叶，遮蔽其身，逡巡成一娇饶女子，浑身服素练，立于道左。微闻东北上有鞍马行声，女子哀泣，悲不自胜。少选，乘马郎遇之，下马问之曰："娘子野外深更号啕，何至于此耶？"女子掩泪，给之曰："贱妾家在易水，前年为父母娉与此土张氏为妇，不幸夫婿去载夭亡，家事沦薄，无所依给。二亲堂上，岂知妾如此孤苦乎！有一于此，痛割心腑，不觉哀而恸矣。妾思归宁，其可得乎？郎君何怪问之？"乘马郎曰："将谓娘子哀怨别事，若愿还乡，某是易定军行，为差使回还易水，娘子可乘其驘乘。"女子乃收泪感谢，方欲攀踏次。玄从墓林出曰："君子，此女子非人也，狐化

---

[1] 版本一为《宋高僧传》（中华书局，1987）中收录的《唐沙门志玄传》，参见该书第二十四卷，第616页；版本二为译自英文的白话文版本。英文版细节上有若干出入，怀疑译自该故事的某个变体。

也。"彼曰:"僧家岂以此相诳? 莫别欲图之乎?"玄曰:"君不信,可小住。吾当与君变女子本形。"玄乃振锡,诵胡语数声,其女子还为狐走,而髑髅草蔽其身。乘马郎叩头悔过:"非师之救,几随妖死。"玄凡救物行慈,皆此类也。

版本二

多年以前有个叫志玄的佛僧过着圣洁清苦的生活。他从不穿丝绸,赤足从一个城镇流浪到另一个城镇,累了就在野外露宿。一个月夜,他准备在山西某城十里外的一片墓林里过夜。借着月光,他看到一只野狐把骷髅、枯骨放在头上,做了几个神秘的动作,然后用草叶把自己装扮起来。过不多久这狐狸化作一名衣着朴素的美丽女子,走出墓林,来到旁边的要道上。远处西北方向传来骑手的马蹄声,那女子开始哭号,举手投足间流露出无限哀伤。骑马人来到近前,勒马跳了下来。

"夫人,"他叫道,"你为什么深更半夜独自来此? 我可否相助?"

女子停止哭泣,诉说起自己的故事来:"我是某某的寡妻,去年丈夫猝死,剩下我身无分文。我的父母住在很远的地方,我不识路,想回家又求助无门。"

骑马人听说她父母的住处便说:"我是从那里来的,现在正要返家。如果不介意旅途颠簸,你可以骑在我的马上,我在旁边步行。"

女子感激地接受了,发誓永世不忘骑马人的恩情。她正要上马,僧人志玄从墓林里走出来,冲着骑马人喊:"当心! 她不是人,是狐狸精。如若不信,你可以稍等片刻,我让她变回真身。"

于是他结出手印,口颂陀罗尼咒语,然后高声喝道:"还不快快现出原形!"

女子立刻倒地,化成老狐死了。她的血和肉像溪水一样流走,最后只剩下死狐、骷髅、几根枯骨,还有一些叶子和草。

骑马人彻底信服了,他向僧人叩了几个头,惊异不已地离开了。

巫婆们的吹笛人

(匈牙利)

我哥哥在某个地方为别人吹风笛,另一个从艾特斯来的家伙在同一幢房子里为孩子们演奏。那应该是圣灰星期三①之前的某一天吧,十一点钟左右,孩子们都被领回家了,之前一直为他们演奏的那个马帝叔叔得到了酬劳,他跟我哥道别就朝家里走。

路上,三个妇人走到他面前说:"快来,马帝叔叔!我们想请你为我们演奏。咱们到街那头的房子里去吧。别担心,我们不会让你白吹的。"

他走进去,妇人们抓起他的胳膊(顺便说一句,这人还住在村里),让他站到墙边的长凳上。他就在那上面为她们演奏,钱像雨点一样一阵阵洒到他脚边。他自言自语地说:"哎呀,我干得真不赖呢!"

大概到了半夜,只听见一声惊天巨响,眨眼间他就发现自己刚好站在村头的一棵白杨树顶上了。

"该死!我到底要怎么从这棵树上下来呀?"

突然一辆马车驶了过来,等它来到树下,马帝叔叔冲下

---

① 圣灰星期三(Ash Wednesday)是基督教大斋戒的首日。

面喊:"喂,兄弟,求你帮帮忙!"但是那人继续往前,没有理他。过不多久又一辆马车朝树这边驶过来。车上的人是彼得·巴塔,一个从卡兰克萨格来的家伙。"嘿,老兄,让马停一下,帮我从树上下来。"那人勒住马说:"是你吗,马帝叔叔?"

"该死,当然是我啦。"

"你到底在上面干吗呀?"

"哎呀,兄弟,我正在回家的路上,三个女人拦住了我,要我跟她们到街那头的一幢房子里去。进去之后,她们要我站在长凳上为她们吹风笛,然后给了我好多钱作报酬。"

驾马车的人把他从树上弄了下来,然后马帝叔叔开始找他塞在斗篷褶边里的钱。可是那里面没有钱,只有一堆碎陶片和玻璃碴。

这样的怪事有时候还会发生。

美丽的瓦西丽莎

(俄罗斯)

在某个国家,某个商人和他的妻子有个独生女儿——美丽的瓦西丽莎。孩子长到八岁时,母亲突然得了不治之症,但是临终前她把瓦西丽莎叫到身边,给了她一个小玩具娃娃,说:"听着,亲爱的女儿!记住我最后的话。我就要死了,临终前我把这个娃娃连同母亲的祝福一起送给你。把它带在身边,但是别给任何人看。要是什么时候遇到了麻烦,你就给娃娃吃点东西,然后征求它的意见。"母亲吻了吻女儿,深深叹了口气,死了。

妻子死后商人难过了好长时间,然后他开始考虑是否应该再婚。他很英俊,想找个新娘一点儿也不难,而且他特别中意一个小个子寡妇,她年纪已经不小了,有两个跟瓦西丽莎差不多大的女儿。

寡妇以操持家务、善待女儿著称,但是商人娶了她之后很快就发现她对自己的女儿非常不好。瓦西丽莎是村里的第一大美人儿,因此遭到了继母和两个继姐姐的妒忌。她们总是对她百般挑剔,用不可能完成的任务来折磨她,于是可怜的姑娘受苦受累地干着重活儿,皮肤也因风吹日晒而变黑。瓦西丽莎忍受了这一切,一天比一天更美,可是闲坐着袖手旁观的继母和她的女儿却日渐消瘦,怨恨得几乎发狂。是什么在支撑瓦西丽莎?是这个:她得到了玩具娃娃的帮助,否则是不可能克服每天遇到的困难的。

瓦西丽莎总是为娃娃留一小口吃的,晚上等大家都上了床,她会偷偷来到壁橱前款待娃娃,说:"好了,亲爱的,吃点东西,听我讲伤心事!我住在父亲的屋檐下,但是过得一点儿也不快乐。邪恶的后妈让我苦不堪言,请你引导我的生活,告诉我该怎么做。"

玩具娃娃尝了尝食物,给伤心的孩子一些建议,早上又替她干活,这样瓦西丽莎就可以在树阴里休息或者采摘野花了。转眼功夫娃娃已经除去了苗圃里的杂草,浇好了卷心菜,又挑来了水,生好了炉子。瓦西丽莎和它在一起生活得很好。

若干年过去了,瓦西丽莎长成了大姑娘,镇上的小伙子都来向她求婚,却从来不看她的继姐姐们一眼。继母比往常更加生气,回那些人道:"她的姐姐们还没出嫁,你们休想把我的小女儿娶走。"她打发走求婚的人,对瓦西丽莎又骂又打,发泄心中的怨气。

碰巧有一回商人要到邻国去做生意,其间继母搬去茂密森林旁的一幢房子里住。这座森林里有片空地,中间立着幢小屋,巴巴亚嘎就住在里面。她不让任何人进屋,吞起活人来就像吃鸡一样。搬进新家以后,商人的妻子不断找各种借口派眼中钉瓦西丽莎到森林里去,但是姑娘总是毫发无伤地回来,因为有玩具娃娃给她指引,保证她不闯进巴巴亚嘎的小屋。

春天到了,继母给三个女儿各布置了一项晚上的活计,她让一个女儿做花边,一个女儿织长袜,让瓦西丽莎负责纺线。一天晚上继母熄了屋里所有的灯就上床睡了——她只留下工作间里的一根蜡烛,姑娘们正坐在里面干活。过了一会儿,蜡烛需要有人打理,于是继母的一个女儿拿起烛花剪子开始剪烛芯,她装出一不小心的样子,把烛火给灭了。

"这下咱们该怎么办?"姑娘们说,"整幢屋子里没有一点儿灯光,可咱们的活儿还没干完呢。得派人去问巴巴亚嘎借火。"

"我能看见我的大头针,"做花边的女儿说,"不该我去。"

"也不该我去,"织长袜的女儿说,"我的织针亮得很呢。"

"你得去借火,上巴巴亚嘎那里去!"她们一齐叫着,把瓦西丽莎推出了房间。

瓦西丽莎来到壁橱跟前,为玩具娃娃摆好晚饭,说:"好了,小娃娃,吃点东西,听我说说遇到的麻烦。她们派我去巴巴亚嘎那里借火,可是她会把我吃掉的。"

"别害怕!"娃娃答道,"去办你的事吧,但是把我也带上——只要有我在,就没有什么能伤害你了。"瓦西丽莎把娃娃装进口袋,划了个十字就走进茂密的森林,但是她怕得直打哆嗦。

突然一个骑手从她身边疾驰而过,他全身雪白,白衣白裤,白马上配着白鞍和白笼头。这时候天边出现了曙光。

姑娘继续往前走,另一个骑手也从她身旁经过。他全身通红,红衣红裤,马也是红色的。这时候太阳升了起来。

瓦西丽莎走了一整晚,又走了一整天,但是第二天晚上她来到一片空地,巴巴亚嘎的小屋就立在那里。小屋周围的栅栏是人骨头做的,上面安着带眼睛的骷髅。门口的柱子是人腿,门闩是人手,门锁则是一张长着锋利牙齿的嘴巴。瓦西丽莎吓得脸色苍白,站在那里像被钉住了一样。突然又一个骑手朝这边奔过来,他全身漆黑,黑衣黑裤,胯下一匹黑马,跳过巴巴亚嘎的大门就不见了,仿佛被用力掷进了土里。夜幕降临,但是黑暗没有持续多久,栅栏上所有骷髅的眼睛都亮了起来,一瞬间整片空地亮如正午。瓦西丽莎吓得直哆嗦,不知道该往哪里跑,于是没有动弹。

突然她听到一阵可怕的声音。树木咔吧咔吧地响,干叶子沙沙沙沙地响,接着巴巴亚嘎从森林里出来了,她骑在捣臼上,用杵划着往前进,一面还用笤帚扫掉身后的痕迹。她来到门口停了下来,四处闻闻,大声叫道:"咻,咻,我闻到哪个俄罗斯人的味道了!是谁在这里?"

瓦西丽莎战战兢兢来到老太婆跟前,深深鞠了一躬,说:"老婆婆,是我!我的继姐姐们派我来向您借火。"

"很好,"巴巴亚嘎说,"我知道她们。要是你先跟我住一阵子,帮忙干点儿活,我就把火给你。要是你不同意,我就吃了你。"然后她转向大门,喊道:"结实的门闩,快打开!宽敞的大门,快打开!"于是门开了,巴巴亚嘎吹吹口哨走了进去,瓦西丽莎跟在后面,然后一切又关上了。

进屋之后,女巫伸伸懒腰,对瓦西丽莎说:"把烤炉里所有的东西都给我。我饿了。"瓦西丽莎用栅栏上的骷髅点了个火把,把烤炉里的东西拿出来递给巫婆。那顿饭足够十个人吃,而且瓦西丽莎还从地窖里拿来了麦酒、蜂蜜、啤酒和葡萄酒。老太婆几乎吃光、喝光了所有东西,只给瓦西丽莎留了一点儿残渣、几块面包头上的硬皮和几口乳猪肉。巴巴亚嘎躺下睡了,她说:"明天我出门以后,你要把院子弄干净,把小屋扫扫好,还要做好晚饭,铺好床。然后你去粮仓取一夸脱小麦,除掉里面的杂质。你必须做到所有的事情!否则我就把你吃掉。"

下达完这些命令,巴巴亚嘎打起了呼噜。可是瓦西丽莎把老太婆吃剩的饭菜放到玩具娃娃面前,失声痛哭道:"好了,小娃娃,吃点儿东西,听我说伤心事。巴巴亚嘎给我布置了一项可怕的任务,还威胁说要是稍有闪失就把我吃掉。帮帮我吧!"

娃娃答道:"别害怕,美丽的瓦西丽莎!吃掉晚饭,做好祷告,然后躺下睡吧。早晨比夜晚明智。"

第二天瓦西丽莎起得挺早,但是巴巴亚嘎已经起床,正在朝窗外望。突然骷髅眼睛里的火光灭了,接着一个白色的骑手一闪而过,天彻底亮了。巴巴亚嘎出去吹吹口哨,一只捣臼出现在她面前,里面装着捣杵和炉帚。一个红色的骑手一闪而过,太阳升起来了。巴巴亚嘎坐进捣臼上了路,她一面用捣杵划着,一面用笤帚扫去身后的痕迹。

瓦西丽莎一个人待在家里,她望着巴巴亚嘎的屋子,惊叹于她的财富。她不知从何处下手,但是再定睛一看,活已经干完了:玩具娃娃把小麦里最后一丁点杂质都剔了出来。

"哦,我亲爱的救命恩人,"瓦西丽莎对娃娃说,"你把我从灾祸中救了出来!"

"你只需要做晚饭就行了,"娃娃一边爬进瓦西丽莎的口袋一边说,"上帝保佑你做好晚饭,然后就安静地休息吧!"

快到晚上的时候,瓦西丽莎摆好餐具等待巴巴亚嘎回来。暮色降临,一个黑色的骑手从门口闪过,天完全黑了下来。然后骷髅的眼睛放出光芒,树木咔吧咔吧地响,叶子沙沙沙沙地响,巴巴亚嘎来了。瓦西丽莎前去迎接。"都干完了吗?"巫婆问。"您自己看吧,老婆婆!"

巴巴亚嘎检查了一切,她为找不到发火的理由而气恼,于是说:"我忠实的仆人、我知心的朋友,把我的小麦磨好!"这时候三双手出现了,它们抓起小麦,拿了出去。

巴巴亚嘎酒足饭饱,准备睡觉,她又给瓦西丽莎下达了命令:"明天你还是做跟今天一样的事情,另外还得把罂粟籽从粮仓里取出来,一粒粒除掉上面的土。你看,有人恶毒地把土掺了进去!"说罢老太婆转向墙壁,打起了呼噜。

瓦西丽莎开始喂玩具娃娃,像前一天一样,娃娃说:"向上帝祈祷,然后去睡吧。早晨比夜晚明智,一切都会做好的,亲爱的瓦西丽莎!"

早上巴巴亚嘎又乘着捣臼走了,瓦西丽莎和玩具娃娃立刻干起活来。老太婆回来检查了所有的东西,大声叫道:"我忠诚的仆人、我亲密的朋友,把罂粟籽里的油榨出来!"三双手抓起罂粟籽,把它们拿了出去。巴巴亚嘎坐下来吃饭,瓦西丽莎默默地站着。

"你为什么不说话?"巫婆问,"你站在那里活像个哑巴。"

瓦西丽莎胆怯地回答:"如果您允许,我想问您一个问题。"

"问吧,但是记住,并不是每个问题都会带来好结果。将来你会学到很多;不久你就会变老。"

"我只想问问您我看到的事情，"姑娘说，"我来找您的时候，一个白衣白马的白色骑手超过了我，他是谁？"

"他是我明亮的白天。"巴巴亚嘎答道。

"然后又有一个红衣红马的红色骑手超过了我，他是谁？"

"他是我红色的小太阳！"这一回老太婆这样回答。

"但是门口那个从我身边经过的黑色骑手又是谁呢，老婆婆？"

"他是我漆黑的夜晚——三个人都是我忠实的仆人。"

瓦西丽莎想起那三双手，却没有多说什么。"你没有别的要问了吗？"巴巴亚嘎说。

"我还有疑问，但是您说过，老婆婆，随着我年岁增加就会学到许多东西的。"

"很好，"巫婆答道，"你只问了外面的那些事情，没有插手这里！我不喜欢家丑外扬，而且我会把太好奇的人吃掉！现在我要来问问你，你是怎么能完成我交给你的那些任务的？"

"我母亲的祝福帮助了我。"瓦西丽莎回答。

"走开，你这个受宠爱的女儿！我不要受祝福的人待在这里。"巴巴亚嘎把瓦西丽莎拖出房间，推出大门，从栅栏上摘下一个两眼冒火的骷髅，安在棍子上，交给她说："把这个火种拿去给你的继姐姐吧。她们派你来取的。"

瓦西丽莎跑了，一路上骷髅为她照明，只有早晨才熄。第二天晚上，她终于到了家。走近大门的时候，她差点儿把骷髅给扔了，因为她觉得家里面肯定不会再需要火了。这时候骷髅里忽然传出一个低沉的声音："别把我扔掉，把我带去给你的继母。"姑娘扫了一眼自家的房子,看到每扇窗户里都黑洞洞的,于是决定带着骷髅进去。

继母和继姐姐见了她都上去拥抱,说自从她走了以后她们就一直在摸黑,怎么都点不着火,要是有人从邻居家借了火来,也是一拿进屋就马上灭了。"也许你的火能烧下去。"继母说。她们把骷髅拿进屋的时候,那双眼睛熊熊燃烧,死死盯住继母和她的两个女儿看。她们不管怎么躲闪都是徒劳,无论奔到哪里,那目光都紧紧追随过去,于是天没亮三个人就被烧成了灰烬,但瓦西丽莎安然无恙。

早上姑娘把骷髅埋进地下,锁好房子,去了镇上。她请求一个孤寡老妇收留她,然后在那里过起了安静的生活,等待父亲回来。但是有一天,她对老妇人说:"老婆婆,这样闲坐真是让我厌倦! 您去买点儿上好的亚麻,我好把功夫花在纺线上。"

老妇人买来亚麻,瓦西丽莎坐下来纺线。她的工作进展很快,纺好的线就像纤发那样细滑。这些线堆成堆,眼看就到了织布的时候,可她们找不到合适的纺梳来梳那些细线,而且也没人愿意定做。于是姑娘向玩具娃娃求助,娃娃说:"给我拿一把织工的旧梳子来,还有一只旧梭子和一些马鬃。我会为你做好所有的事情。"瓦西丽莎取来一切应用之物,然后躺下睡了。玩具娃娃一夜之间就造出一架一流的织布机。冬天快要结束的时候,姑娘织出了纤柔无比的亚麻布,竟能从针眼里穿过去。

春天亚麻布漂好了,瓦西丽莎对老妇人说:"把这匹布卖了吧,老婆婆,钱您自己留着。"

老妇人看看布料,叹了口气说:"哎呀,我的孩子,除了沙皇,谁都不会穿这样的亚麻啊!我把它带到皇宫去吧。"

她来到皇室的住处,在窗前走来走去。沙皇看见她问:"老妇人,你想要什么?"

"陛下,"她答道,"我带来一些上好的布料,但是只给您一个人看,别人都不行。"

沙皇命令手下放她进来。看到亚麻布,他赞叹不已,问:"你开什么价?"

"尊敬的沙皇与国父,这布不是卖的!是我带来的礼物。"沙皇谢过她,赏了些东西,送她走了。

人们从这块亚麻布上剪了些布料,准备给沙皇做衬衫,却到处找不到能够接着做完的裁缝。最后沙皇召来老妇人,对她说:"你能纺出织出这匹布,想必也能用它缝几件衬衫出来。"

"沙皇,纺出织出这匹布的人不是我——是一位美丽的姑娘。"

"那么就让她来缝吧!"

老妇人回到家,向瓦西丽莎诉说了一切。姑娘答道:"我就知道这桩活离不了我的手。"她把自己关进屋,开始完成沙皇交给的任务。她一刻不停地干着,很快就做好了一打衬衫。

老妇人把衣服拿去给沙皇,瓦西丽莎则梳洗打扮一番,坐到窗边等待结果。她看到一个皇家侍者来到老妇人家。进屋之后,侍者说:"沙皇想见为他做衬衫的能工巧匠,还要亲自给她奖赏。"

瓦西丽莎来到沙皇面前,沙皇见了欢喜极了,不禁说道:"我不能忍受与你分离,做我的妻子吧!"他牵起姑娘白皙的双手，让她坐到自己身旁；人们庆祝了婚礼。

　　瓦西丽莎的父亲赶回来庆贺女儿的好运，与她生活在了一起。瓦西丽莎把老妇人接进了皇宫，并一直与口袋里的小娃娃形影不离。

接生婆与青蛙

(匈牙利)

我外婆的母亲是个接生婆——过去咱们都说"女王的接生婆",因为她的工资是从教区里抽的,那在咱们眼里就代表了整个国家。

一天晚上,她被叫去接生。当时正是午夜前后,路上漆黑一片,而且还在下雨。女人生完孩子——上帝保佑她顺利生产——我的曾外婆开始往回走。路上她碰到一只大青蛙,就在她眼面前蹦跶着。我的曾外婆一向很怕青蛙,于是惊恐地叫起来:"快闪开,你这个丑陋的家伙!你到底为什么在我周围跳来跳去?你是要找个接生婆吗?"

就这样,她一边往前走一边跟青蛙说话,青蛙越跳越近,有一回正好跳到她脚下,于是她踩了上去。青蛙惨叫一声,我的曾外婆差点儿没从鞋子里跳出来。然后她丢下路上的青蛙回家了,青蛙也跳到它住的什么地方去了。

到了家,我的曾外婆就上床了。突然她听到一辆马车驶进院子,以为又有人要生孩子,需要她去帮忙。很快她就看到门开了,两个肤色黝黑的男人走了进来。他们都是长腿细高个儿——那腿就跟一对烟斗柄似的,头却有箩筐那么大。他们问候她"晚上好",说:"我们要把你带走,老妈妈。你必须来帮忙接生。"

曾外婆问:"是谁呀?"因为按照接生婆的习俗,她得问问是哪里需要帮助。

其中一个男人说:"你在路上答应过我的妻子,说等她要生的时候会去帮她。"

这让我的曾外婆思忖起来,因为回来的路上除了那只青蛙,她连个人影儿都没碰到。没错,她暗想,我是开玩笑地问了她一句:"你是不是要找接生婆呀?说不定我也能来帮你。"

两个男人对她说:"老妈妈,快别耽搁了。"

可是她答道:"我不跟你们去,因为我没有遇到一个活人,也从来没有答应过什么事情。"

然而两个男人一定要她信守承诺,她拧不过,终于说道:"好吧,既然你们这么想让我去,我就跟你们走一趟。"

她心想,不管怎样,她都要把念珠带上,要是她发出祈祷,那么无论两个男人把她带到哪里,上帝都不会抛弃她的。然后他们任由她换衣服去了。她打扮得整整齐齐,一切准备就绪之后,她问那两个人:"路远吗?我要不要再多穿点保暖的衣服?"

"我们不去很远的地方,来回大概需要一个半小时吧。但是快点儿,老妈妈,我离开的时候,我妻子的情况很糟糕。"

我的曾外婆穿好衣服就跟两个男人出去了。他们让她坐进黑色的马车,很快就驶上了一座大山。那座山就是马扎尔山,离苏恰瓦河岸不远。他们正往前走着,面前的山忽然开了,于是他们径直穿过裂缝,直奔山的中心。马车在一幢屋子跟前停了下来,其中一个人为曾外婆开了门。

"好,你进去找她吧,"他说,"你会看到我妻子的,她正躺在地板上。"

曾外婆一进门就看到一个小个子女人躺在地板上,她的头也有箩筐那么大。女人看上去病了,而且不住地发出痛苦的呻吟。

曾外婆对她说:"闺女啊,你的情况很糟糕,不是吗?但是别怕,上帝会把你从负担中解救出来的,然后你就会好起来了。"

这时女人对曾外婆说:"别说上帝会帮助我,千万别让我的丈夫听到。"

接生婆问:"那我还能说什么呢?"

"说吉瓦克[一种恶魔]会帮助你的。"

然后我的曾外婆就感到那几个词冻在了嘴唇上——这可是她亲口对我们说的——一想到自己被带到了什么地方,她就怕成了那样!她刚想到这里,孩子就出生了,同样是个麻秆儿,腿像烟斗柄那么细,头像炖锅那么大。曾外婆心想:哎呀,我是被他们带来的,现在要怎么回去呢?于是她向女人求助:"啊,刚才是你的人把我带到你们家来的,现在我怎么回去呢?外面漆黑一片,我一个人是找不到回家的路的。"

生病的女人说:"别担心,我丈夫会把你带回原处的。"然后她问曾外婆:"对了,老妈妈,你知道我是谁吗?"

"不能说知道吧。我问了你丈夫一些关于你的问题,但是他什么都不告诉我。他叫我跟他们来,到时候就知道你是谁了。"

"啊,你知道我是谁吗?我就是路上那个被你踢来踢去、踩在脚下的青蛙啊。好了,这件事应该给你一个教训,那就是如果你在午夜前后或者凌晨一点碰到像我这样的家伙,既别跟它说话也别在意看到了什么,继续往前走就行了。你看,你停下来跟我说话,对我许下了承诺,结果不得不被带到这里,因为我就是你在路上遇到的那只青蛙。"

曾外婆说:"我在这里的任务已经完成了,快送我回家吧。"

于是刚才那个男人进来问:"那么,你要我给你点儿什么作为酬劳呢?"

老接生婆说:"我不要你给我任何东西。赶快把我送回原来的地方吧。"

男人说:"别担心,我们还有半小时左右,足够送你回去。让我带你去我们的储藏室吧,这样你就可以亲眼看到我们其实过得挺好。你不用担心我们没钱付你的劳务费。"

于是我的曾外婆跟他去了储藏室,看到架子上堆着各种各样的食物:这里有面粉、熏肉和小桶装的猪油,那里有奶油和一条条面包,此外还有好多东西,全都整整齐齐地摆在一起,更别说还有大堆大堆的金银了。

"这下你可以自己看看我们这里的东西有多充足啦。有钱人和富农因为贪得无厌而拒绝给穷人的那些东西全都会变成我们的,跑到我们的储藏室里来。"然后他转向曾外婆说:"好了,老妈妈,咱们开始吧。要送你回家的话,剩下的时间已经不多了。既然我看到你把礼拜天的围裙都穿来了,那么就把这些金子拿去吧,装上满满一围裙。"

他坚持要曾外婆拿走一围裙金子,不装满就不让她离开储藏室。

装好金子,曾外婆被来时的那辆马车载到了马扎尔山顶上。但是天将破晓,不久公鸡就发出了第一声啼鸣。两个男人把她从黑马车里推出来——尽管他们刚过山顶——对她说:"快去吧,老妈妈,从这里你就能找到回家的路了。"

曾外婆望了一眼围裙,想看看金子还在不在,却发现里面空空如也,那堆金子已经消失得无影无踪。

这就是故事的全部了,你尽可以相信我说的话。

第十章

美丽的人们

小白、小棕和小摇[1]

（爱尔兰）

埃德·库鲁恰国王住在康纳国,他有三个女儿,分别名叫小白、小棕和小摇。

小白和小棕有新衣服,每个礼拜天都去教堂。小摇被留在家里烧饭、做家务。两个姐姐根本不让她出门,因为她比她们都漂亮,她们担心她会先嫁人。

这样过了七年,第七年末了,奥玛尼亚国王的儿子爱上了大姐。

一个星期天的早晨,两个姐姐去教堂了,上了年纪的养鸡婆到厨房来找小摇,对她说:"今天你应该在教堂里,而不是待在家干活呀。"

"我怎么去得了呢?"小摇说,"我没有像样的衣服穿去教堂。要是姐姐们在那儿看到了我,会因为我跑出家门而杀了我的。"

"我会给你一条连衣裙,"养鸡婆说,"比她俩见过的任何一条裙子都漂亮。好了,告诉我,你想要什么样儿的?"

"我想要,"小摇说,"像雪一样白的裙子,还有绿鞋穿在

---

[1] 英文标题为"Fair, Brown and Trembling"。

脚上。"

养鸡婆披上黑暗斗篷,从姑娘穿的旧衣服上剪下一块布,然后祈求出现世上最白、天下最美的礼服和一双绿色的鞋子。

她立刻获得了礼服和鞋子,把它们拿去给小摇,小摇将它们穿到身上。穿好之后,养鸡婆说:"我让这只蜂蜜鸟停在你的右肩,再把这根蜂蜜棒放在你的左肩。门口站着一匹乳白母马,上面有金鞍给你骑,还有金笼头握在你手里。"

小摇骑上金鞍,准备上路了,这时候养鸡婆说:"你不能进教堂的门,弥撒结束的时候,人们一起身你就赶快骑马往家跑,能跑多快就跑多快。"

小摇来到教堂门口,里面的人瞥见她都努力想知道她是谁。弥撒结束的时候,人们看到她匆匆跑了,于是冲出去追。但是他们怎么跑都没有用,她没等任何人靠近就已经离去,一口气从教堂跑回家,追上了前面的风,又把风甩到身后。

她来到门口,下马走了进去,看到养鸡婆已经把晚饭做好了。她脱下白色的礼服,眨眼功夫换回了旧裙子。

两个姐姐回到家,养鸡婆问:"你们今天去教堂有没有什么新闻?"

"我们有大新闻,"她们说,"我们在教堂门口看到一位美丽绝伦的高贵女子。她身上的礼服我们从没见人穿过,人们看了她那一身儿,就都不在意我们的裙子了。教堂里所有的人——从国王到乞丐——全都争着看她,想知道她是谁。"

两个姐姐不依不饶,非要两条跟陌生女子的礼服一样的裙子不可,但是蜂蜜鸟和蜂蜜棒却无处可寻。

第二个礼拜天,两个姐姐又去了教堂,留下妹妹在家做饭。

她们走了以后,养鸡婆进来问:"你今天去教堂吗?"

"要是去得了,"小摇说,"我就会去。"

"你要穿什么样的礼服?"养鸡婆问。

"世上最精美的黑缎裙,还有红鞋穿在脚上。"

"你想要什么颜色的马呢?"

"我要她又黑又亮,照得出我的人影儿。"

养鸡婆披上黑暗斗篷,祈求出现礼服和马,当场她就都得到了。小摇穿好衣服,养鸡婆把蜂蜜鸟放在她的右肩,蜂蜜棒放在她的左肩。这一回马鞍是银色的,笼头也是一样。

小摇骑在马鞍上正要走,养鸡婆严格命令她不许进教堂的门,而且得在弥撒结束人们起身时迅速离开,在任何人拦住她之前赶回家来。

那个礼拜天人们见了她都前所未有地惊讶,注视得比第一次更久,一心只想知道她是谁。但是他们没有一点儿机会,因为弥撒结束的时候,人们刚刚起身她就悄悄离开教堂,跳上银马鞍骑回了家,根本不等任何人拦住她或是跟她说话。

养鸡婆已经做好了晚饭。小摇脱下缎子裙,赶在姐姐们回来之前换回了自己的旧衣服。

"你们今天有什么新闻呀?"养鸡婆见两个姐姐从教堂回来便这样问道。

"哦,我们又见到那个高贵的陌生女子了!人们看过她身上的缎子礼服,对咱们的裙子简直不屑一顾!教堂里所有的人——无论高低贵贱——全都张着嘴,盯着她瞧,没有一个人看我们一眼。"

两个姐姐不依不饶,直到弄来了两条尽可能与陌生女子的礼服相仿的裙子。当然,它们没有那么好,因为那样的礼服全爱尔兰都找不到。

到了第三个礼拜天,小白和小棕身着黑缎去了教堂。她们把小摇留在家里干厨房里的活计,让她务必在她们回来之前把晚饭做好。

她们走得没了影踪,养鸡婆来到厨房里说:"哎呀,亲爱的,你今天去教堂吗?"

"如果有新裙子穿我就会去的。"

"你要什么裙子我都能帮你弄来。那么你想要什么样儿的呢?"养鸡婆问。

"一条下身像玫瑰一样红,上身像雪一样白的裙子,肩上披绿披风,头上的帽子插红、白、绿三色羽毛,脚上的鞋尖儿是红的,中段是白的,后面和鞋跟儿都是绿的。"

养鸡婆披上黑暗斗篷,祈来所有的东西。小摇穿好之后,养鸡婆把蜂蜜鸟放在她的右肩,蜂蜜棒放在她的左肩,又为她戴好帽子,用剪刀这里剪几根头发,那里剪几根头发,一瞬间,最美丽的金发披在了姑娘肩上。然后养鸡婆问她想骑什么马。她说要白马,全身布满蓝色和金色的菱形斑,背上配金鞍,头上套金笼头。

马儿站在门口,两耳间栖着只鸟儿,小摇一坐上马鞍,鸟儿就开始唱个不停,一直唱到她从教堂回到家里。

美丽的陌生女子名扬四海,那个礼拜天,所有的王子和大人物都来到教堂,个个都希望能在弥撒结束后把她领回家。

奥玛尼亚国王的儿子彻底忘了小摇的大姐,他站在教堂外面,想在陌生女子匆匆离去之前抓住她。

教堂里从没有这么拥挤过,外面还有三倍的人。门口人山人海,小摇只能进到大门里来。

弥撒结束的时候,人们刚刚起身,那位女子就悄悄从大门里溜了出去,闪电般跳上金马鞍,比风还快地疾驰而去。可是她这么做的时候奥玛尼亚王子就在旁边,他一把抓住她的脚,跟着马跑开三十杆,死活不肯放开美丽女子,直到把鞋拽掉才被甩开,鞋还攥在手里。姑娘撒马奔回了家,一路上都在想养鸡婆一定会因为丢鞋的事情对她大发雷霆。

老太婆看到姑娘烦躁不已花容尽变的模样,便问:"你遇到了什么麻烦?"

"哦!我弄丢了脚上的一只鞋。"小摇说。

"别在意,别心烦,"养鸡婆说,"也许这是你遇上的最好的事情。"

于是小摇把身上所有的东西交还给养鸡婆,换回自己的旧衣服,回厨房干活儿去了。姐姐们回来以后,养鸡婆问:"你们从教堂带回什么新闻了没?"

"的确有新闻,"她们说,"我们看到了最壮观的景象。那位陌生女子又来了,穿得比先前还要华丽。她身上的衣服和胯下的马都是世上最美的颜色,马耳朵间停了只鸟儿,一刻不停地从到达唱到离开。那女子则是人们在爱尔兰见过的最美的美人儿。"

小摇从教堂消失以后,奥玛尼亚国王的儿子对其他国王的儿子说:"我要娶那位女子为妻。"

众人都说:"你光脱下她的一只鞋并不算赢得了她,要想赢就得凭真刀真枪。你得先为了她跟我们一决高下,然后才能说她是你的。"

"嗯,"奥玛尼亚国王的儿子说,"等我找到能穿上这只鞋的女子,我就会为了她而战,放心吧,我是不会把她留给你们的。"

然后所有的王子都不安起来,焦急地想要知道是谁丢了那只鞋。他们开始在全国奔波,想看看能不能找到她。奥玛尼亚王子和其他人同行,大队人马走遍爱尔兰各地。他们东西南北全都去过了,拜访了每一处有女人的地方,王国之内家家户户搜了个遍,只为寻得能穿那鞋的女子,不管她高低贵贱。

奥玛尼亚王子总是把鞋带在身边。姑娘们见了都抱有很大希望,因为它是正规尺码,既不大也不小,而且根本没人知道它是用什么材料做的。一个姑娘以为切掉一点儿大脚趾就能塞进去;另一个姑娘脚太小,于是往长袜尖里塞了点儿东西。但是这些都没用,她们只是弄伤了脚,之后又花了好几个月来治。

小白、小棕两姐妹听说世界各地的王子在爱尔兰四处寻觅能穿上那只鞋的女子,于是每天都在谈论试鞋的事。一天小摇开口说道:"也许我的脚能穿进那只鞋。"

"哦,老天折了你的狗爪!你明明每个礼拜天都待在家里,为什么偏偏要这样说?"

她们就这样一边等,一边责骂妹妹,直到王子们来到附近。他们要来的那一天,两个姐姐把小摇推进壁橱锁了起来。一行人到了她们家,奥玛尼亚王子把鞋递给两个姐姐,可是她们左试右试,谁都穿不进去。

"你们家里还有别的姑娘吗?"王子问。

"有,"小摇在壁橱里喊,"我在这儿呢。"

"哦！她只不过是给我们倒垃圾的。"两个姐姐说道。

但是王子和众人不看到她就不肯离开,于是两个姐姐只好开了门。小摇出来了,王子把鞋递给她,她一穿刚刚好。

奥玛尼亚王子看着她说:"你就是能穿进这只鞋的人,我就是从你那儿把鞋拿走的。"

小摇说:"你在这儿等我回来。"

她去了养鸡婆家。老太婆披上黑暗斗篷,为她取来第一个礼拜天去教堂穿的那一身儿,又以同样的方式让她骑上白马。小摇沿着大路骑回家门口。所有第一次见到她的人都说:"这就是我们在教堂见到的那位女士。"

然后她又走开了,再回来的时候骑着黑马,身上穿着养鸡婆给她的第二条裙子。所有第二个礼拜天看到她的人都说:"她就是我们在教堂见到的那位女士。"

她第三次请求离开一会儿,没过多久就又骑着第三匹马、穿着第三条裙子回来了。所有第三次看到她的人都说:"她就是我们在教堂见到的那位女士。"这样一来每个人都满意了,知道她就是大伙儿要找的人。

这时所有的王子和大人物都对奥玛尼亚国王的儿子说:"现在你要为了她跟我们一决胜负,然后我们才能放她跟你走。"

"我比你们先来,已经准备好战斗了。"王子答道。

于是洛克林①国王的儿子站了出来，一场恶战由此展开。他们鏖战九个钟头，然后洛克林王子停下来，放弃要求，离开了战场。第二天西班牙国王的儿子打了六个钟头，也放弃了自己的要求。第三天，奈亚佛伊②国王的儿子打了八个钟头，然后停了手。第四天，希腊国王的儿子打了六个钟头，然后停了手。第五天再没有异国王子前来挑战。爱尔兰所有国王的儿子都说他们不跟自己土地上的人交手，既然外国来的人已经试过身手，现在又没有别人来索取这个女子，那么她理所当然归奥玛尼亚国王的儿子所有。

于是婚期定下了，请柬也发了出去。婚礼持续了一年零一天。结束后国王的儿子把新娘领回家，过了一段时间，他们生了个儿子。年轻的妇人派人请大姐小白前去陪伴照顾。一天，小摇身体好了，她丈夫在外面打猎，姐妹俩出去散步。到了海边，大姐把小妹推了下去。一条巨鲸游过来，把她吞下了肚。

大姐独自回到家，丈夫问："你妹妹呢？"

"她回巴利香侬的父亲家了。我现在好了，不需要她了。"

"啊，"丈夫看着她说，"我担心走的人是我的妻子。"

"哦，不是！"她说，"走掉的是我姐小白。"

这两个姐妹长得很像，于是王子心存疑惑。当天晚上，

---

① 据施勒格尔考证，洛克林（Lochlin）可能是挪威的一个王国。【参见《弗里德里希·冯·施勒格尔的美学及其他作品》(*The Aesthetic and Miscellaneous Works of Frederick von Schlegel*)，斯波提斯伍德出版公司（伦敦，1860），第 251 页。】

② 英文版作"Nyerfói"，具体地理位置不明。

他把他的剑放在两人当中,说:"如果你真是我的妻子,剑就会变暖;如果不是,剑就还是冷的。"

早上王子起床,那把剑还是冷冰冰的,就跟放下去的时候一样。

巧的是,两姐妹沿海散步的时候,一个牧童正在水边照顾牛群,他看到小白把小摇推进了海里。第二天涨潮的时候,他看到鲸鱼游到岸边,把小摇抛到了沙滩上。她躺在那里,对牧童说:"你晚上赶牛回家的时候对主人说昨天我姐姐小白把我推进海里,一条鲸鱼把我吞下去又抛出来,不过下次涨潮的时候他还会来吞我;然后他会跟潮水一起离去,明天涨潮的时候再来把我扔到岸上。鲸鱼会把我抛出来三次。我中了鲸鱼的魔法,没法儿离开海滩,也不能自己逃跑。我丈夫得赶在鲸鱼第四次吞我之前把我救出来,否则我就再也回不来了。他必须到这儿来,等鲸鱼翻身的时候用一颗银子弹把他打死。鲸鱼的胸鳍下面有个红棕色的点,我丈夫必须击中那一点,因为只有那个地方才能置他于死地。"

牧童回到家,小摇的大姐给了他一剂忘药,于是他没有说出真相。

第二天他又去了海边。鲸鱼再次游过来,把小摇扔到了岸上。小摇问男孩:"你有没有跟主人说我让你说的那些话?"

"没有,"他说,"我忘记了。"

"你是怎么忘记的?"小摇问。

"屋里的那个女人给我喝了一杯让我忘事儿的东西。"

"好吧,那你今晚别忘了告诉主人。如果那个女人再给你喝什么,你就不要接受。"

牧童一回到家小摇的大姐就给了他一杯饮料,他拒绝接受,直到送出口信,向主人诉说了一切。第三天王子带着枪来到岸边,枪里装了发银子弹。没等多久鲸鱼就游了过来,像前两天一样把小摇扔到了海滩上。在丈夫杀死鲸鱼之前,小摇都没有办法跟他说话。然后鲸鱼出来了,他翻了个身,刹那间暴露出致命的一点。王子立刻开了火。他只有这么一次机会,而且瞬息即逝,但是他把握住了——子弹击中了那一点,鲸鱼痛得发狂,血把周围的海水染成了红色,然后鲸鱼死了。

小摇马上就能说话了,她跟丈夫回了家。王子给小摇的父亲捎信,诉说了大姐的所作所为。父亲来了,对王子说大女儿死罪难逃,任由他发落。王子说他把小白的生死交给父亲处置,于是父亲派人把她装进木桶丢到海上,桶里装了七年的口粮。

又过了一段时间,小摇生下第二个孩子,这回是个女儿。她和王子送牧童去学校,把他当作自己的孩子来教养,对他说:"如果我们刚出生的小女儿能活下来,那么世上只有你一个人可以娶她。"

牧童和王子的女儿长大成人,终结良缘。孩子的母亲小摇对丈夫说:"要不是因为这个小牧童,你是没法儿把我从鲸鱼那儿救出来的。因为这个缘故,我甘愿把女儿嫁给他。"

奥玛尼亚国王的儿子和小摇生了十四个孩子,他们过着幸福的生活,直到两人年迈而终。

迪拉维克和她的乱伦哥哥

(苏丹:丁卡)

有个名叫迪拉维克的姑娘生得非常漂亮,部落里所有的姑娘都听她的话。老妇人都听她的,小孩都听她的,甚至连上了年纪的男人也全听她的。有个叫藤的男人想跟她结婚,但是姑娘的哥哥——他也叫藤——拒绝了这个人的请求。许多人各自愿出一百头奶牛做聘礼,但是都被她哥哥拒绝了。一天,藤对母亲说:"我想娶我妹妹迪拉维克。"

他母亲说:"我从没听说过这样的事情。你应该去问你的父亲。"

他来到父亲跟前说:"父亲,我想娶我妹妹。"

父亲说:"我的儿子,我从没听说过这样的事情。一个男人要娶他妹妹——对于这种事我都不知该说什么。你最好去问你母亲的哥哥。"

他去找母亲的哥哥,说:"舅舅,我想娶我妹妹。"

他的舅舅惊呼道:"天哪!有人娶过自己的妹妹吗?你是不是因为这个才总是反对她的婚事?是不是因为你自己一心想要娶她?我从没听过这样的事情!但是你母亲怎么说?"

"母亲让我去问父亲,我答应了,跑到父亲那里,他说他从没听说过这样的事情,让我来找你。"

"要是你想听我的意见,"他舅舅说,"我觉得你应该去问你父亲的姐姐。"

就这样,他找遍了所有亲戚,每个人都表示惊讶,建议他去问别人。然后他找到了母亲的姐姐,说:"姨妈,我想娶我妹妹。"

姨妈说:"我的孩子,如果你因为自己想占有妹妹而阻止她结婚,那我又能说什么呢!如果你真想,就娶了她吧。她是你的妹妹。"

迪拉维克不知道这回事。有一天,她叫来了所有的姑娘,说:"姑娘们,咱们去钓鱼吧。"大家总是听她的话,只要她提出要求,人人都会服从。所以所有的姑娘都去了,包括年幼的孩子。她们去河边钓起鱼来。

与此同时,迪拉维克的哥哥藤牵出自己最爱的公牛米约克,宰了它,准备宴宾。得知可以娶妹妹,他非常高兴。所有的人都来参加盛宴。

迪拉维克不知道哥哥的计划,但是她小妹无意中听到了谈话,知道会发生什么事。不过她一直沉默着,什么都没说。

一个风筝飞下来,抓起藤的公牛米约克的尾巴,飞到迪拉维克钓鱼的河边,把它丢到她的大腿上。她看看尾巴,认了出来。"这个看上去像是我哥哥的公牛米约克的尾巴,"她说,"是什么把它给杀了?我走的时候它还拴在那里,活得好好的!"

姑娘们试图安慰她,说:"迪拉维克,牛尾巴都是一样的,但如果这真是米约克的尾巴,那么也许有什么重要的客人来了,说不定是来向你求婚的。藤也许决定用最爱的公牛来向他们表示敬意。没有发生什么不好的事情。"

迪拉维克还是感到困惑。她放下鱼竿,建议大家回去看看她哥哥的公牛出了什么事。

她们回去了。到了家,迪拉维克的小妹朝她跑过来,抱住她说:"我亲爱的迪拉维克姐姐,你知道出什么事了吗?"

"不知道呀。"迪拉维克说。

"那么我来告诉你一个秘密,"妹妹继续道,"但是你千万别跟任何人说,连咱们的母亲也不行。"

"说吧,妹妹,告诉我吧。"迪拉维克说。

"藤一直不让你结婚,因为他想要娶你,"妹妹说,"他杀了他的公牛米约克,好庆祝跟你订婚。米约克死了。"

迪拉维克哭着说:"原来就是因为这个缘故,天神[①]才让风筝载来米约克的尾巴,丢到我的大腿上。那么就这样吧,我也无能为力了。"

"姐姐,"妹妹说,"让我接着把要跟你说的话说完吧。如果你哥哥折磨你,忘记你是他妹妹,那么你该怎么办?我为你找了把刀,他会要你去小屋里跟他睡,你把刀藏在床边,晚上等他睡熟,割掉他的睾丸,然后他就会死了,这样他就没法伤害到你了。"

"妹妹,"迪拉维克说,"你给我出了个好主意。"

迪拉维克守着秘密,没有告诉姑娘们发生了什么事,但

---

① 丁卡宗教中 Nhialic 是最高神,该词是"天空"的意思,这里译作天神。丁卡人的宗教仪式常以祭献公牛为主。

是每当她独处的时候就会默默流泪。

她去给牛挤奶。人们喝了牛奶,但是当人们把奶递给藤的时候,他拒绝了。然后人们给他东西吃,他也不肯接受。他一心想要妹妹,心思全在这上面。

到了睡觉的时候,他说:"我想睡在那个小屋里,迪拉维克,我的妹妹,咱们一起睡那里吧。"

迪拉维克说:"没什么不好的,哥哥。我们可以一起住那里。"

他们去了。小妹也坚持要跟他们一起睡在小屋里,于是她睡在了屋子的另一头。半夜里,藤起身像男人们那样动了起来!就在这时候,一只蜥蜴开了口:"行啦,藤,你真的变成傻子了吗?你怎么能对自己的妹妹做这种事呢?"

藤感到羞愧,于是躺下了。他等了一会儿,然后又起身,正要做男人们做的事情,茅草屋顶上的草开口说道:"真是个傻子!你怎么能忘记她是你妹妹呢?"

藤感到羞愧,头脑冷静下来。这一次他等的时间比上次长很多,然后他的欲望又燃了起来,于是再次起身。这时候椽子们说:"哦,这男人真的变成白痴了!你怎么能惦记自己母亲的女儿的身体?难道你变成无药可救的傻子了吗?"

他冷静下来。这一次他安静了很长时间,但是终又想起那回事来。

就这样,他一直折腾到天快亮,然后到了无论如何都不能自已的地步。周围的墙说:"你这个作孽的东西,你在干什么?"锅碗瓢盆纷纷指责他,小屋里的耗子也嘲笑他,所有的东西都开始冲着他嚷:"藤,你这个傻子,你在对自己的妹妹做什么?"

这时候,他羞愧难当、精疲力竭地躺了回去,沉沉地睡着了。

小姑娘起来叫醒姐姐,说:"你这个傻瓜,难道你看不见他现在睡着了吗?是切下睾丸的时候了。"

迪拉维克起身把他的睾丸切了下来。藤死了。

然后两个姑娘起身击鼓,用鼓声告诉大家将有一场专为姑娘们举办的舞会——男人们都不能参加,已婚妇女和小孩也不能来。于是所有姑娘都从屋里跑出来参加舞会。

这时迪拉维克对她们说:"姐妹们,我把你们叫来是为了告诉你们我要到荒野里去了。"接着她向她们解释了整件事的经过,末了说道:"我不想悄悄离开你们,所以临走前想找个机会跟你们道别。"

听了这话,所有姑娘都决定不留下来了。

她们理论道:"要是你哥哥对你做出这种事,谁能保证我们的哥哥不这样对我们?咱们大家必须一起走。"

于是部落里所有的姑娘都决定离开,只有年纪很小的留了下来。大家正要出发,迪拉维克的小妹说:"我要跟你们一起去。"

但是她们不让她去。"你太小,"她们说,"必须留在家里。"

"那么,"她说,"我就大吵大嚷,把你们的计划告诉所有人!"说着她就嚷嚷起来。

"嘘,嘘。"姑娘们安慰道。她们转向迪拉维克,说:"让她跟我们来吧。她是个有良心的姑娘,已经跟我们站在一边了。如果要死,我们就跟她一起死!"

迪拉维克同意了,于是大家出发了。她们一路步行,走啊,走啊,走啊,一直来到人界与狮界的边境。她们带着斧头和矛,一切应有尽有。

她们分好工,有些砍木头做椽子和柱子,有些割草做茅草屋顶。她们建起一座巨大的房子——那房子比牛棚还要大出好多。姑娘们人数众多,她们在屋里搭起许多张床铺,又造了扇结结实实的门,好确保里面的安全。

她们唯一的问题是没有食物,但是她们找到了一个大蚁冢,里面堆满了干肉、谷子还有她们需要的其他所有食品。她们想知道这一切是从哪里来的,但是迪拉维克向她们解释道:"姐妹们,我们是女人,正是女人生育了人类。也许天神看到了我们的苦难,不想让我们灭亡,于是为我们提供了这一切。咱们欣然接受吧!"

众人取走了食物。她们有的去砍柴,有的去挑水,做好了饭菜,填饱了肚子。每天她们都兴高采烈地跳女人们的舞蹈,然后去睡觉。

一天傍晚,一头狮子找虫子的时候来到这里,看到她们正在跳舞。见到这么一大群姑娘,他吓得走开了。她们的人实在太多,谁见了都会害怕。

然后狮子想到可以变成狗混进她们的院子,于是就这么做了。他跑去那里寻找掉在地上的食物。有些姑娘打了他一顿,把他撵走了。另一些则说:"别打死他。他是狗,狗是人的朋友。"

但是心存疑虑的人说:"什么样的狗会在这么偏僻的地方?你们觉得他是从哪里来的?"

另一些姑娘则说:"也许他是跟随我们一路从牛营那边

过来的！也许他以为整个营都要搬走，所以就来追我们了！"

迪拉维克的妹妹害怕这只狗。之前她没看到有狗跟着她们，而且这么远的路，这只狗是不可能一路自己过来的。她很担心，却没有说什么。然而她睡不着，别人都睡了，她一直都醒着。

一天夜里狮子来敲门。他偶然听到了几个较为年长的姑娘们的名字，其中一个就是迪拉维克。他敲了几下，说："迪拉维克，请为我开开门。"醒着的小姑娘反复吟唱着答道：

> "阿赫睡着了，
> 阿豆睡着了，
> 尼安琪尔睡着了，
> 迪拉维克睡着了，
> 姑娘们都睡着了！"

狮子听了问："小姑娘，你这是怎么了，这么晚还不睡？"
她答道："亲爱的先生，我这是因为渴呀。我现在口渴极了，难受得要命。"
"为什么？"狮子问，"姑娘们不从河里打水吗？"
"打呀，"小姑娘答道，"她们去打水的。但是我自打生下来就不喝罐子里或者葫芦里的水，只喝芦苇容器里的水。"
"她们难道不用这样的容器盛水给你吗？"狮子问。
"不，"小姑娘答道，"她们只用罐子和葫芦盛水，尽管家里就有一个芦苇编的容器。"

"那个容器在什么地方?"狮子问。

"就在外面的平台上!"小姑娘答道。

于是狮子拿起容器去给她打水了。

这个芦苇编的容器盛不住水。狮子花了好长时间,想用泥把它补上,可是他一舀水,水就把泥冲走了。狮子不停地试啊试啊,一直弄到天亮。然后他拿着芦苇容器回去了,把它放到原地,又赶在姑娘们起床之前匆匆跑回了荒野。

这样的事情一连发生了好几晚。小姑娘只有白天才睡觉。大家因此责怪她说:"你为什么白天睡大觉?晚上不能睡吗?你晚上都到哪里去了?"

她什么都没跟她们说,却又十分担心,于是瘦了许多,成了皮包骨头。

一天迪拉维克对妹妹说:"尼安娜圭克,我母亲的女儿,是什么让你变得这样消瘦?我早就说过让你留在家里。这样的生活对于你这么大的孩子来说实在是太辛苦了!你是想念母亲了吗?我是不会允许你让别的姑娘难受的。如果有必要,我母亲的女儿,我会把你杀掉。"

但是迪拉维克的妹妹不肯说出真相。姑娘们继续责骂她,她却不愿意把自己知道的事情讲给她们听。

一天她情不自禁地哭了起来,她说:"我亲爱的迪拉维克姐姐,你也看到了,我是吃饭的。事实上我有很多东西吃,多得我都吃不完。但就算我没有足够的食物,我也有一颗善于忍耐的心,也许我比你们中的任何一个人都更能忍。我受的苦是你们谁都不曾看见的。每天晚上都有一头狮子来纠缠我,只不过我是个不大开口的人。你们以为是狗的那个动物其实是头狮子。我晚上不睡觉,好保护咱们大家,然后白天才睡。他来敲门,唤着你们的名字要你们开门。我对着他唱,告诉他你们都睡了。他想知道为什么我还醒着,我就对他说因为我很渴。我解释说我只喝芦苇容器里的水,可姑娘们只用罐子和葫芦装水。然后他去为我打水。他见没法阻止水往外流,就在天快亮的时候回来躲起来,谁知第二天晚上他又会来。亲爱的姐姐啊,就是这个让我受尽折磨。你们平白骂了我一场。"

"我有一件事要告诉你,"迪拉维克说,"你保持镇静就好,他再来的时候不要应答。我会跟你一起守夜的。"

大家同意了。迪拉维克拿了一支祖传的长矛,警醒地守在门边。狮子在老时间来了。他到了门口,却不知怎的害了怕,没敲门就跳到一边。他感觉出了什么事。

于是他走开等了一阵子,天快亮的时候又回到门口。他说:"迪拉维克,为我把门打开!"屋里一片寂静。他又重复了请求,可是里面还是什么声音也没有。他说:"啊!那个总是回答我的小姑娘总算死了!"

他开始撞门,当他把脑袋钻进去的时候,迪拉维克用长矛刺他,把他逼回了院子。

"求你了,迪拉维克,"他恳求道,"别杀我。"

"为什么不杀你?"迪拉维克问,"你为什么来这里?"

"我来这里只不过是想找个睡觉的地方!"

"好,我就为了这一条宰了你。"迪拉维克说。

"请让我做你的哥哥吧,"狮子继续恳求道,"我再也不会试图伤害任何人了。你要是不想留我在这里,我就走。求你了!"

于是迪拉维克放了他。他走了,但是没走多远就回过头对聚集在外面的姑娘们说:"我要走了,但是两天以后我会带着我所有长角的牛回到这里。"

然后他消失了。两天之后,他果然像许诺的那样赶着所有长角的牛回来了。他对姑娘们说:"你们看,我回来了。我的确是头狮子。我要你们宰了牛群里的那头大公牛,用它的肉来驯服我。要是我没被驯服就跟你们住在一起,晚上可能会变成野兽袭击你们,那样可就糟了。所以宰了那头牛,用他的肉来挑逗我,以此把我驯服吧。"

姑娘们同意了。她们扑向狮子,拼命打他,打得他背上毛直掉,暴风雪似的乱飞。

大家宰了公牛,烤了肉。她们会把一块肥肉拿到狮子嘴边,再把肉拿开。一只小狗会从狮子流的口水中间蹦出来。姑娘们会照着小狗的脑袋发出致命的一击,然后继续打狮子。接下来她们会把另一块肥肉凑到狮子嘴边再拿开,于是又会有一只小狗从滴落的口水中间蹦出来。她们会猛击小狗的脑袋,然后再打狮子一顿。四只小狗蹦了出来,四只全都被杀死了。

可是狮子还淌着野兽的口水,于是姑娘们端来大量滚烫的肉汤,倒进他的喉咙,清除了里面剩余的口水。他疼得张大了嘴,合也合不上。这下他再也不能吃东西了。姑娘们只喂他牛奶,把奶水灌下他的喉咙。然后狮子被放了。接下来的四个月里,他被当作病人照顾,期间他的喉咙一直很疼。然后他痊愈了。

姑娘们又待了一年。这下她们已经离家五年了。

狮子问姑娘们当初为什么离开家。姑娘们让他去问迪拉维克,因为她是她们的首领。于是狮子找到迪拉维克,问了相同的问题。

"我哥哥想把我变成他的妻子,"迪拉维克解释道,"我因为这个把他杀了。我不想待在一个杀死亲生哥哥的地方,于是离开了那里。我不在乎自己的死活,也预计到诸如遇上你之类的危险,要是你当时把我吃了也不出乎我的意料。"

"唔,我现在已经成了你们大家的哥哥,"狮子说,"作为长兄,我想我应该把你们都领回家。自从来到这里,我的牛群已经繁衍,它们是你们的了。要是你们发现家乡的牛群有所减少,这些可以补足,不然也可以增加已有的数量,因为我已经成为你们家的一员了。既然你唯一的哥哥死了,就让我来代替你的哥哥藤。静下心来,回家去吧。"

他央求了大约三个月,迪拉维克终于同意了,但是她哭了好一阵子。姑娘们见她落泪也纷纷哭了起来。她们哭呀,哭呀,因为她们的首领迪拉维克哭了。

狮子宰了一头公牛,好让大家收起泪水。她们把肉吃了,然后狮子对她们说:"咱们再等三天,然后离开!"

回去的路上,他们宰杀了许多公牛作为牺牲,以保佑他们经过的疆土,无论走到哪里,他们都将肉抛撒开来,并且一边这么做,一边祈祷:"我们将这些肉分给长久以来帮助我们保持健康的鸟兽,是你们让我们免受死亡和疾病的侵扰。愿天神指引你们分享这些肉食。"

临走的时候,众人把一头公牛拴在他们的大房子里,锁上房门祈祷道:"亲爱的房子,我们把这头牛给你。你这头牛,如果你挣断绳子从屋里跑出去,那就代表了屋子的恩典;如果你一直待在里面,那我们就在临别之际把这幢屋子赠给你。"然后他们走了。

这么长时间里,家乡的人们都在哀悼。迪拉维克的父亲从来没剃过头,他留着哀悼的乱发,不在意自己的外表。姑娘的母亲也是类似的情形,她把灰抹遍全身,所以看起来惨淡灰白。其他的家长也在哀悼,但是每个人都尤其为迪拉维克感到难过。他们对自家女儿的喜爱还不及对迪拉维克的关心。

那些个想娶迪拉维克的男人也在哀悼中忽略了自己。小伙子和姑娘只戴两颗珠子,而老人和小孩一颗珠子都不戴。

所有的姑娘都来了,她们把牛群拴在离村庄稍远的地方。这些姑娘个个都很美,当初年少的如今已经成熟,年长些的则成了风华正茂的美人。她们变得更加健康了,而且也更加智慧、更擅言辞了。

迪拉维克最小的弟弟当初还是个娃娃,现在也已经长大。迪拉维克生得像母亲,当年她的母亲也是位极美的姑娘,即便上了年纪,也还是保持着年轻时的美貌,仍与女儿有几分相像。

小男孩对自己的姐姐并不熟悉,因为姑娘们离开的时候他还太小。但是他在新来的牛营里看见了迪拉维克,觉得她跟母亲长得很像。他知道自己的两个姐姐和营里的其他姑娘失踪了,于是他来到母亲跟前,说:"母亲,我在牛营里见到一位姑娘,看长相,她有可能是我的姐姐,虽然我不记得两个姐姐了。"

"孩子,你不感到惭愧吗? 你怎么可能认得你出生后不久就离开了的人？又怎么可能回忆起死去很久的人呢？这是邪恶的巫术！是恶毒的人干的事情！"她哭了起来，其他所有的妇人也跟着哭了起来。

各个年龄群的人①从别的营里跑来向她表示同情。他们一面说着安慰她的话，一面也都哭了。

然后迪拉维克领着姑娘们来了，她说："亲爱的夫人，请允许我们剃掉您哀悼的头发。还有你们大家，让我们剃掉你们哀悼的头发吧！"

听了这话，他们都惊诧地说："发生了什么事，为什么我们要剃掉哀悼的头发？"

迪拉维克问他们为什么哀悼，正说着，老妇人就哭了起来，对她说："亲爱的姑娘啊，我失去了一个像你一样的女儿。她五年前死了，五年是很长的时间——要是她只死了两年甚至三年，我或许还敢说你就是我的女儿，事到如今，我是不能了。但是我的闺女，见到你，我的心平静了。"

迪拉维克又说道："亲爱的老妈妈，每个女孩都是某户人家的女儿。我现在站在您面前，感觉自己就好像是您的女儿一样。所以请把我当作您自家的闺女，听听我说的话吧。我们都听说过您和您的大名。为了您，我们从非常遥远的地方来到这里。请让我们剃去您的头发，我愿出五头奶牛作为这个请求的象征。"

"闺女呀，"妇人说，"我会接受你的请求，但不是因为这些奶牛——我并不需要它们。日日夜夜我什么都不想，只

---

① 丁卡人在十六岁到十八岁之间会加入属于自己的"年龄群"。某一年龄群的人随着年岁增长将扮演不同的社会角色。

想着我失去的孩子迪拉维克。跟她比起来,连你看到的这个孩子都是无足轻重的。让我伤心的是,天神拒绝回应我的祈祷。我求过我们氏族的魂灵,也求过我的祖先,可是他们都不听。我恨的是这个。我会听你的话的,闺女。上帝把你带到这里,让你说出这些话——这已经足够让我信服了。"

于是她让姑娘们剃掉了她的头发。迪拉维克送给妇人美丽的皮裙,这些裙子是用路上宰杀的动物的皮毛做成的,不是牛皮、绵羊皮或者山羊皮。她用漂亮的珠子装点裙子边缘,又用珠子在裙面上拼出牛的图案,并在裙子的底部留下了美丽的天然软毛。

妇人哭着,迪拉维克恳求她把裙子穿上。然后她和姑娘们去自己的牲口那里取来了牛奶,摆开了宴席。迪拉维克的父亲欢迎哀悼的终结,但是她母亲看到一派喜庆景象,仍旧哭个不停。

于是迪拉维克来到她身边,说:"老妈妈,您静下心来。我就是迪拉维克。"

妇人喜极而泣,放声大哭。人人都哭了起来,老太婆、小女孩,谁都不例外。连失明的妇人都用棍子探着路,吃力地从小屋里面走出来哭。还有的人竟哭得断了气。人们抬出鼓,高兴地跳起舞,一跳就是七天。男人们从遥远的村庄赶来,每个人都领来七头牛,要为迪拉维克祭献。其他的姑娘几乎被抛弃了,大家都在关心迪拉维克。

人们跳啊跳啊。他们说:"迪拉维克,如果天神把你带回这里,那就再没有什么不好的事情了。这就是我们想要的。"

迪拉维克说："我是回来了,不过我是和这个男人一起回来的,他将取代我的哥哥藤。"

"很好,"人们表示赞同,"这下没有什么好担心的了。"

在场的还有另外两个藤,他们都是酋长的儿子。这两个人都走上前来,向迪拉维克求婚。大家决定让他俩来一场竞赛:先建两个大牛栏,然后让他们把各自的牛赶进去,尽量把牛栏装满。牛栏建好了,两个人开始赶牛。一个藤没能装满自己的牛栏,另一个藤则把牛栏装得满满当当,甚至还有牛待在外面进不去。

迪拉维克说:"在我嫁给任何人之前,必须先找四个姑娘给我的新哥哥做妻子。只有这样我才会接受我的族人选定的男人。"

人们听了她的话。然后他们询问那个男人是怎么成为她哥哥的。于是姑娘把整个故事从头到尾讲了一遍。

人们同意她的看法,为她的新哥哥挑选了四个最好的姑娘。然后迪拉维克接受了竞赛的获胜者。族人把她交给了丈夫,而她继续把狮人当作亲哥哥看待。她先生了个儿子,又生了个女儿,前后生了十二个孩子,但是第十三个孩子出生的时候身上带有狮子的特征。她的狮子哥哥把全家带到了她的村庄,所以孩子降生时他也住在那里。迪拉维克的田和哥哥的田挨在一起,他们的儿女在一起玩耍。孩子们玩游戏的时候,仍是婴孩的小狮孩会穿上皮裙唱歌。迪拉维克回来以后,孩子们跟她说了这件事,可是她并不理会:"你们都在说谎。这么小的孩子怎么可能做出这些事来?"

孩子们会向她解释说小狮孩掐他们,用指甲挖他们的皮肤,还会吮吸伤口里的血。他们的妈妈只把这些抱怨当作谎话不予理会。

但是狮子哥哥对这孩子产生了好奇。他说:"一个刚出生的人会做出这孩子的举动吗?"迪拉维克试图打消他的疑虑。

可是有一天她哥哥躲起来看到了这孩子唱歌跳舞的样子,由此确信他是头狮子,不是人。于是他来到妹妹跟前,说:"你生的是头狮子!我们该怎么办?"

女人说:"你是什么意思?他是我生的,就应该被当作我的孩子来对待。"

"我觉得咱们应该杀了他。"狮子哥哥说。

"那是万万不行的,"她说,"我怎么能允许自己的孩子被杀掉呢?他会习惯人的方式,不再寻衅好斗的。"

"不,"狮子继续说道,"要是你想对他手下留情,咱们就把他毒死吧。"

"你在说什么呀?"妹妹反驳道,"你难道忘了自己过去也是狮子,经过驯服才变成了人?难道上了年纪的人真的会丧失记忆吗?"

男孩和其他的孩子一起长大。可是到了放牧的年龄,他会轮流给别的孩子放血,然后把他们身上的血吸进肚子里。他总是对他们说不许把这事张扬出去,要是他们告诉长辈,他就把他们杀死吃掉。孩子们会遍体鳞伤地回到家,人们若是问起,他们就说是被带刺的树刮伤的。

可是狮子不相信他们的话。他会叫孩子们停止撒谎,说出真相,可是他们不肯。

有一天,他赶在孩子们前头躲到一棵树上——他们白天一般都在那棵树下玩耍。他看到狮孩给孩子们放血,然后把他们的血吸进肚里。就在这时候,他用矛刺了过去。孩子死了。

狮子转向孩子们,问他们为什么将真相隐瞒了这么久。孩子们道出了被狮孩威胁的经过。然后狮子去向妹妹迪拉维克解释了自己所做的事情。

镜子

（日本）

有一个美丽的日本故事，说一个小农为年轻的妻子买了面镜子。妻子惊喜地发现它能照出自己的面容，于是所有财产中最为珍爱这面镜子。她生下一个女儿，然后年纪轻轻就去世了。农夫把镜子收进壁橱，一放就是许多年。

女儿长大了，样子酷似母亲。她快要成年了，有一天，父亲把她拉到一边，同她说起母亲，还有那面曾映出母亲美

丽容颜的镜子。姑娘心中充满好奇,从老壁橱中找出镜子朝里望。

"父亲!"她叫道,"你看! 母亲的脸在这儿!"

她看到的是自己的脸,但是父亲什么都没说。

泪水顺着他的脸颊往下流,他哽咽了。

青蛙姑娘

(缅甸)

一对老夫妻无儿无女,十分渴望能有一个孩子,所以当妻子发现自己怀孕的时候,老两口高兴极了,可是令他们大失所望的是,妻子生下的不是小孩,而是一只小小的雌青蛙。不过这只小青蛙会说话,而且行为举止都跟小孩一个样,所以不仅她的父母,连周围的邻居都喜欢上了她,亲昵地叫她"青蛙小小姐"。

过了些年,妻子死了,丈夫决定再娶。他选中的女人是个寡妇,家里有两个丑陋的女儿。这两个女儿非常嫉妒受邻居们欢迎的青蛙小小姐,母女三人都以虐待她为乐。

一天,国王四个儿子中最小的一个宣布他将在某天举行洗头仪式,邀请所有的姑娘都来参加,因为仪式最后他会选择她们中的一位做自己的公主。

指定那天的早上,两个丑姐姐穿上华美的衣服,满怀被选中的希望,朝着王宫进发了。青蛙小小姐追了上去,恳求道:"姐姐们,请让我跟你们一起去吧。"

两个姐姐大笑起来,嘲讽地说:"什么?小青蛙也想来?王子邀请的是年轻的女士,不是年轻的青蛙。"青蛙小小姐跟着她们朝王宫走,一路请求她们让她去。可是两个姐姐很强硬,所以到了王宫大门口,她被丢了下来。不过她和颜悦色地跟门卫说了情,于是他们放她进去了。青蛙小小姐看到王宫花园里有几百个姑娘围在种满睡莲的水池旁。她在人群中找了个位置坐下,等待王子到来。

王子出现了,他在水池里洗了头发。姑娘们也披下长发,加入了仪式。末了,王子宣布姑娘们都很美丽,他不知该选哪个,所以他要把一小束茉莉花抛到空中,花束落到谁头上,谁就将成为他的公主。王子抛出了花束,所有在场的姑娘都仰起头,期待地望着。谁知花束落到了青蛙小小姐的头上,这可把姑娘们气坏了,两个继姐姐就更别提了。王子也很失望,但是他觉得自己应该信守诺言。于是青蛙小小姐嫁给了王子,成了青蛙小公主。

过了一段时间,老国王叫来四个儿子,说:"儿子们哪,我已经老得没法治理国家了,我想退居森林当隐士,所以得指定你们中的一个做我的继承人。我对你们的爱都是均等的,所以我要交给你们一项任务,谁能够成功执行,谁就将接替我的王位。这项任务是:七天以后,日出时分,把一头金鹿带来见我。"

小王子回家见到青蛙小公主,跟她说了这项任务。"什么?只要一头金鹿而已!"青蛙公主惊呼道,"我的王子,你照常吃喝,到了指定的那一天,我会给你一头金鹿的。"

于是小王子待在家里,而另外三个年长的王子都去森林里找鹿了。

第七天日出之前,青蛙小公主叫醒丈夫说:"王子,去王宫吧,你的金鹿在这里。"

小王子看了看,然后揉揉眼睛,又看了看。一点没错,青蛙小公主牵着的那头鹿果真是纯金的。他去了王宫,三个哥哥只带来了普通的鹿,所以只好又气又恼地看着国王宣布小王子为继承人。但是年长的王子们恳请国王再给他们一次机会,于是国王不情愿地答应下来。

"那么你们来完成这第二项任务吧,"国王说,"七天以后,日出时分,你们得把永不变质的米和永远新鲜的肉带来给我。"

小王子回家跟青蛙公主说了新任务。"别担心,亲爱的王子,"青蛙公主说,"你照吃照睡,到了指定的那天,我会给你米和肉的。"

于是小王子待在家里,而另外三个年长的王子都去寻找米和肉了。

第七天日出时分,青蛙小公主叫醒丈夫说:"殿下,快去王宫吧,你的米和肉在这里。"

小王子拿着米和肉去了王宫,三个哥哥只带来了烧好的米和肉,所以只好再次气恼地看着国王宣布小王子为继承人。但是大王子和二王子又恳求国王再给他们一次机会,于是国王说:"这绝对是最后一项任务了:七天以后,日出时分,把世上最美的女人带来见我。"

"哈哈!"三个年长的王子兴高采烈地互相说着,"我们的妻子都很美,我们把她们带来,国王肯定会宣布我们中的一个为继承人,这下我们那个一无是处的弟弟连边儿都沾不上啦。"

小王子无意中听到了他们的话,心里很难过,因为他的妻子是只丑陋的青蛙。他回到家,对妻子说:"亲爱的公主,我得去找世上最美的女人。我的三个哥哥会带他们的妻子去,因为她们都非常漂亮,但是我要找一个比她们更漂亮的。"

"别烦恼,我的王子,"青蛙公主答道,"你照吃照睡,到了指定的那一天,你可以带我去王宫。国王一定会宣布我就是最美的女人。"

小王子惊讶地看着公主,但是他不想伤害她的感情,于是温柔地说:"好吧,公主,到了那一天,我会带你去的。"

第七天黎明,青蛙小公主叫醒王子说:"陛下,我得梳妆打扮了。请你在外面等待,差不多要走的时候叫我一声。"王子按她的吩咐出了房间。过了一会儿,王子在外面喊:"公主,咱们该走了。"

"请等等,陛下,"公主答道,"我正在往脸上擦粉呢。"

又过了一会儿,王子叫道:"公主,现在咱们真得走了。"

"好的,陛下,"公主答道,"请为我把门打开。"

王子心想：也许就像她能获得金鹿还有神奇的米和肉那样，这一回她也能把自己变漂亮。他期待地打开门，却失望地看到青蛙小公主还是只青蛙，跟先前一样丑陋。不过为了不伤害她的感情，王子什么也没说，带着她去了王宫。当小王子和青蛙公主走进会见室的时候，三个年长的王子已经偕妻子先到了。国王惊讶地看着小王子，问："你的漂亮姑娘在哪里？"

　　"我的国王，让我来替王子回答吧，"青蛙公主说，"我就是他的漂亮姑娘。"说罢，她脱掉青蛙皮，变成了亭亭玉立、身穿绸缎的美人儿。国王宣布她就是世上最美丽的姑娘，然后选小王子做了王位继承人。

　　王子请他的公主再也别穿丑陋的蛙皮了，青蛙公主答应了他的请求，把皮扔进了火里。

睡王子

（苏里南）

一个父亲有个女儿,这孩子顶喜欢父亲种的草地——她只爱那个。每天早上保姆都带她去看草地。一天早上她们来到跟前,看到马儿正在吃草,它们你争我抢,直斗得鲜血滴落到草上。姑娘说:"保姆,你看那些马争着吃我的草,最后都打起来了。可是你看红色衬在土地上多漂亮呀!"

一个声音立刻答道:"你看红色衬在土地上多漂亮。哎呀,要是你看到睡王子,那就更了不得啦!但是刚才说话的人必须在八天之内来到这里,这样就能见到睡王子了。她会看到一把扇子,她得为王子扇扇子,直到王子醒过来。然后她得亲吻王子。她还会看到一瓶水,她得把水洒在所有看见的树枝上。"

姑娘带上衣服走了,她有个黑娃娃,还有半截剃刀,她把这些都带了去。然后她见到了王子,拿起扇子为王子扇了起来。她扇啊扇啊,直到……一个老太婆在旁边坐了下来——她是个女巫。她问姑娘扇这么长时间,有没有觉得厌烦。姑娘说:"没有,没有。"

没过多久老太婆回来了,她问姑娘:"你难道不想去方便一下吗?"于是姑娘立刻起身去了厕所。

老太婆拿起扇子扇了起来。姑娘还没回来王子就醒了,于是老太婆吻了王子。这下老太婆必须跟王子结婚了,因为法律规定谁亲吻了王子,谁就应该跟他结婚。

结婚以后,那女人让姑娘照看家禽。姑娘很难过,因为在父亲的国度她是个公主,在这里却要照看鸡鸭。他们造了幢挺不错的小房子给她住。晚上干完活回到家,她穿上自己的好衣服,打开一只会唱歌的盒子放音乐。放完之后,她拿起黑娃娃和剃刀,问:"我的黑娃娃,我的黑娃娃,告诉我这到底公不公平,否则我就割断你的脖子。"然后她把它们放回去,自己上床睡了。

有天晚上一个士兵从这里经过,听到会唱歌的盒子里传出甜美的歌声。他躲在屋子的一侧,听见了姑娘问黑娃娃的所有问题。于是他去告诉国王养鸡的姑娘做了这么一件事情。

当天晚上国王也去听了。就在姑娘问黑娃娃这到底公不公平的时候,国王敲了敲门,姑娘立刻把门打开了。国王看到姑娘,当场昏了过去,因为他本不知道姑娘是公主,而此刻她正穿着华美的衣服。国王醒来之后把姑娘叫到跟前,说等会儿要召集许多听众,她必须说清楚是什么让她向黑娃娃提出了那个请求。

他们来到听众跟前,姑娘当着所有要人的面说:"是的,在我父亲的国度,我是个公主,在这里却必须照看家禽。"然后她诉说了她跟老太婆之间发生的所有事情,诉说了这个巫婆是怎样对付她,好自己跟王子结婚的。众人都认定姑娘是对的,于是处死了老太婆。

他们把老太婆的骨头做成短梯,供姑娘爬到床上。姑娘把老太婆的皮做成地毯,铺在地上,又把她的头做成盆,好在里面洗脸。

就这样,姑娘嫁给了王子。这是她的宿命。

孤儿

(非洲:马拉维)

很久以前有个男人结了婚,妻子生下一个女婴,他们给孩子取名叫迪明加。迪明加的母亲死后,父亲又娶了个妻子,新妻子为他添了几个小孩。

尽管丈夫请她照顾迪明加,继母却总是咒骂那孩子,不把她当亲生女儿看待。她不给姑娘洗澡,只喂她谷糠,还逼她睡到牛棚里,所以迪明加成了脏兮兮、可怜见的小丫头,一个穿着破衣烂衫的皮包骨头。她一心只想死掉,好和生母团聚。

一天晚上迪明加梦到生母在叫她:"迪明加!我的孩子迪明加!你不需要忍饥挨饿,"那个声音说,"明天中午放牛的时候,牵上你的大奶牛琴彻亚,让她照我吩咐的去做。"

第二天迪明加像往常一样赶着牛群去牧场。到了中午最饿的时候,她记起自己做的梦,于是来到琴彻亚跟前,拍拍它的背说:"琴彻亚,照我母亲说的去做吧。"

话刚出口,她的面前就出现了好多盘食物,有米,有牛肉,有鸡肉,有茶,还有好多别的东西。迪明加吃到饱,可是还有食物没吃完呢。她让多余的饭菜统统消失,然后回了家。那一天她十分满足,以至于让继母吃了一惊,因为继母给她谷糠当晚饭的时候,她竟拒绝了。"你自己吃吧。"她说。

这样的事情发生了好多次,每天她们单独待在牧场上的时候,琴彻亚都会为迪明加提供食物。迪明加渐渐丰满起来,继母也越来越生疑,她问:"为什么你不肯在家里吃饭,却还能越长越胖?你吃什么了?"

但是迪明加不愿说出秘密,最后继母坚持要让自己的女儿第二天陪她一起去放牛。迪明加不想带上那个姑娘,却又没有别的选择。到了吃午饭的时候,她让继姐姐别把将要看到的事情说出去。

那个姑娘看到迪明加把琴彻亚牵到一边,对它说了些什么。然后她惊讶地看到转眼之间到处都摆满了吃的。她馋得直流口水,把所有的菜都尝了一遍,又赶在迪明加让剩余的食物消失之前,偷刮了每一种菜,藏在指甲下面。

当天晚上迪明加去睡觉之后,她的继姐姐让母亲去拿盘子,拿来以后她把先前藏好的所有食物都堆到上面,说:"这些吃的是从奶牛琴彻亚那里弄来的。迪明加一跟它说话就会出现好多美味佳肴。"

老太婆大吃一惊。她狼吞虎咽地吃完饭,开始盘算怎样把还装在牛肚子里的其他东西都弄到手。几天之后,她对丈夫说她身体不适。为了这个缘故,他们举行了一场传统的舞蹈仪式,仪式期间,继母似乎陷入了昏迷,她大声喊道:"神灵要求祭献奶牛琴彻亚。"

迪明加生气极了,不许人们把奶牛杀掉。继母向丈夫恳求道:"难道我要因为你女儿对一头奶牛的迷恋而断送性命吗?"

她丈夫去求女儿,但是迪明加坚决不同意杀琴彻亚。然后一天晚上睡觉的时候,姑娘又听到了母亲的声音。那个声音说:"我的女儿迪明加,让他们去杀琴彻亚吧,但是你自己别吃她的肉。把牛肚拿去,埋到一个岛上。你会看到后面的事情的。"

于是迪明加允许人们举行了祭献。继母大失所望地看到牛肚子里连一粒米都没有,事实上牛肉本身也索然无味。迪明加为琴彻亚的死掉下了眼泪,但是她遵照母亲的指示,把牛肚种到了一个岛上。

牛肚种下的地方长出一棵金树,叶子是一镑镑的纸币,果实则是各种硬币:分币、先令、便士。这棵树闪闪发光,敢朝它看的人都会被照花眼。

一天,一艘船从这座岛屿旁边经过。船主看到这棵金树,命令手下人上岸去采树上的钱。他们摇晃树干,想把钱摘下来,可是树纹丝不动。船主请当地酋长去摇树,又让他的每个村民轮流去试,可是仍旧没有人能把钱收下来。

船主是个欧洲人,他问酋长:"有没有谁还没尝试过?去搜搜你的村子,以防你漏掉了什么人。"

人们搜索了一番,找到了唯一没有尝试摇树的人——一个衣衫褴褛、全身脏兮兮、眼睛很悲伤的姑娘:她就是迪明加。她被带到树跟前的时候,每个人都哈哈大笑。"我们都失败了,这个可怜巴巴的姑娘又怎么能成功呢!"

"让她试试吧。"欧洲人说。

迪明加一靠近,树就摇曳起来;她刚一碰,树就开始晃动;她抓住树干,硬币和钞票哗啦啦地往地上掉,一大堆一大堆的,足够装满好几个口袋。

人们立刻安排迪明加和欧洲人结婚,两个人都去欧洲人家里住。迪明加洗过澡,换上新衣服,撒上香水,这下她美丽得旁人都认不出来了。姑娘对自己的新生活很满意。

过了一段时间,迪明加回娘家拜访,她领着仆人,给家里带了一箱又一箱的衣服、食物和钱。家里人热情地欢迎了她,特别是当他们看到礼物之后。父亲见女儿的苦难终于结束,心里感到高兴。

可是继母满心妒忌,又开始盘算要怎样斗败迪明加。于是正当迪明加跟家人坐在一起的时候,她的独眼龙继姐姐拿着一根针走到她面前,说:"妹妹,让我帮你捉捉头发里的虱子吧。"

"我没有虱子。"迪明加说。

但是在继母的坚持下,继姐姐搜索起来。突然,她把针刺进了迪明加的头颅。姑娘猛动一下,然后化成一只鸟,飞走了。

老太婆为自己的女儿穿上迪明加的衣服,又为她罩上面纱。她告诉迪明加的仆人女主人病了。于是他们把"迪明加"带回家,跟男主人说了他妻子生病的事。只要男主人试图揭开面纱,他的"妻子"就会说:"你不能动,因为我生病了。"

一天,男主人的仆从瓜奥去河边洗衣服,看见一只鲜艳美丽的小鸟停在树上。鸟儿唱起了歌:

瓜奥,瓜奥,瓜奥,
曼纽尔是不是

跟他的独眼龙妻子,
那个可怕的独眼龙妻子,
待在家里?

瓜奥听得入迷,好奇心也被激了起来。每天他都会看到这只小鸟,听到它的歌声,终于他把男主人叫来见证这桩怪事了。男主人捉住小鸟,把它带回家当宠物。他注意到只要一碰鸟头,小鸟就会颤抖。他仔细一看,发现上面有根针。他拔掉针,鸟儿变成了美丽的姑娘,正是他的妻子迪明加。

迪明加跟丈夫说了自己受的苦,丈夫跑去揭开"病妻子"的面纱——然后开枪把她打死了。他命令仆人把尸体

切成块,风干以后混上米,装到几只口袋里。这几袋食物被送去给迪明加的继母了,一同捎去的信上说:"迪明加安全到达,将这件礼物赠送给你。"

老太婆听到这个消息很满意,与家人分享了食物。可是直到往最后一袋肉里瞧时,她才意识到自己真正遭了惩罚:袋子里面是个人头,一只可怕的眼睛正死死盯住她不放。

第十一章

母　女

阿赫和她的野母亲

(苏丹:丁卡)

阿赫、兰奇克(盲兽)和阿德哈琴吉尼(特别勇敢的人)跟他们的母亲住在一起。他们的母亲会去拾柴。她收集起许多木头,然后背起两只手,说:"哦天哪,谁来帮我拎这个重担?"

一头狮子从旁边经过,说:"如果我帮你把柴火拎起来,你会给我什么?"

"我会给你一只手,"她说。

于是她给了狮子一只手。狮子帮她拎起柴火,她回家去了。她女儿阿赫说:"母亲,你的手怎么变成这样了?"

"我的女儿,这没什么。"她答道。

然后她又离开家拾柴火去了。她收集起许多木头,背起一只手,说:"哦天哪,这下谁来帮我拎这个重担?"

狮子来到她跟前,说:"要是我帮你拎柴火,你会给我什么?"

"我会把我的另一只手给你!"于是她把另一只手给了狮子。狮子拎起柴火放到她头上,她一只手也没有,就这么回了家。

女儿看到她说:"母亲,你的两只手怎么了?你不能再去拾柴火了!必须得停下来!"

可是她坚持说没问题,又拾柴火去了。她收集起许多木柴,背起两只胳膊,说:"这下谁来帮我拎这个重担啊?"

狮子又来了,他说:"要是我帮你拎柴火,你会给我什么?"

她说:"我会给你一只脚!"

她给了狮子一只脚。狮子帮助了她,她回家去了。

女儿说:"母亲,这一回我坚决不能让你去拾柴火了!为什么会发生这些事情?为什么你的两只手和一只脚变成了这样?"

"我的女儿,这没什么好担心的,"她说,"这是我的天性。"

她再次回到森林里,收集了许多木柴,背起两只胳膊,说:"这下谁来帮我拎这个重担啊?"

狮子过来说:"这次你会给我什么?"

她说:"我会把我的另一只脚给你!"

于是她把另一只脚给了狮子。狮子帮助了她,她回家去了。

这一回她野性大发,变成了一只母狮,不吃熟肉,只吃生肉。

阿赫的两个哥哥跟母亲的亲戚去了牛营,所以只有阿赫跟母亲待在家里。母亲变野之后进了森林,丢下阿赫一个人。她只有晚上会回来一会儿,寻找可以吃的东西。阿赫会为她准备好食物,放在院子的平台上。母亲总是在夜晚到来,然后跟阿赫对歌。

"阿赫,阿赫,你父亲在哪里?"

"我父亲还在牛营里!"

"兰奇克在哪里?"

"兰奇克还在牛营里!"

"阿德哈琴吉尼在哪里?"

"阿德哈琴吉尼还在牛营里!"

"那么吃的在哪里?"

"母亲,去刮一刮咱们的老葫芦吧。"

母亲吃完就走了,第二天晚上她会再回来唱。阿赫会做出回答,而母亲总是吃完就回森林里去了。这样的事情持续了好长时间。

期间兰奇克从牛营回来看望母亲和妹妹。他到了家,发现母亲不见了,又看到灶火上架了口大锅。他感到奇怪,问阿赫道:"母亲上哪里去了?你为什么用这么大一口锅烧饭?"

姑娘答道:"我用这口大锅烧饭是因为咱们的母亲变野跑到森林里去了,不过她晚上会来觅食。"

"把锅从火上端下来。"兰奇克说。

"不行啊,"阿赫答道,"我必须为她做饭。"

兰奇克任由她这么做了。姑娘烧好饭,把食物放到平台上,然后两个人去睡了。晚上他们的母亲来唱歌,阿赫一如既往地做出回答。母亲吃完走了。阿赫的哥哥非常害怕。第二天早上他清完肠子就离开了家。

回到牛营,别人问他家里人怎样了,他尴尬到没法说实话,于是说她们都很好。

然后阿赫的父亲决定回家看望妻子和女儿。他看到大锅架在火上,妻子不在家,便问女儿这是怎么一回事,阿赫一五一十地对他说了。他也叫阿赫把锅端下来,但是阿赫不肯。姑娘把食物放到平台上,然后两个人去睡了。阿赫的父亲说这件事就交给他来办,阿赫同意了。母亲来了,像往常一样唱起了歌,阿赫做出了回答。接着母亲吃了东西,可是父亲吓得逃回了牛营。

然后阿德哈琴吉尼(特别勇敢的人)来了,他随身带了一条结结实实的绳子。回到家,他看到阿赫在用大锅烧饭,阿赫跟他说了母亲的状况,他让她把锅端下来,但是姑娘不肯让步。于是他让她按照往常的计划行事,自己则把绳子做成圈套放在食物旁边,这样母亲来取食物的时候就会被逮住了。他把绳子的另一头拴在了自己的脚上。

他们的母亲来了,像往常一样唱起了歌。阿赫回答了她。正当母亲走向食物的时候,阿德哈琴吉尼收起绳子,堵住她的嘴,把她拴到一根柱子上。接着他用这条粗绳子的一截儿抽打母亲。他打呀,打呀,打呀,然后把一块生肉递了过去,母亲把肉吃了,见此情形,他接着抽打起来。打呀,打呀,打呀,然后他递过去两块肉,一块是生的,一块是烤过的。母亲拒绝了生肉,接过烤肉,说:"我的儿子,我现在变成人了,所以请别再打我了。"

然后他们团圆了,过上了幸福的生活。

唐加,唐加

(巴勒斯坦阿拉伯)

讲述人:请见证真主是唯一!

听众:除了真主,别无他主。

从前有个女人不能怀孕生孩子。有一天,她起了一股冲动,非常想要小孩。"哦主啊!"她叫道,"为什么所有的女人当中偏偏我是这样?能不能让我怀孕生个小孩——请真主赐给我一个女儿,哪怕她是口煮锅!"

一天,她怀孕了。过了一天又一天,瞧呀!她准备生产了。她开始分娩,然后产下一口煮锅。可怜的女人该怎么办呢?她把锅洗得干干净净,盖上盖子,放到架子上。

一天,锅说起话来。"母亲,"她说,"把我从架子上拿下来!"

"哎呀,女儿!"母亲叫道,"我要把你放到哪里呢?"

"管它呢!"女儿说,"把我拿下来就好,我要让你变得富有,世世代代享尽荣华富贵。"

母亲把她拿了下来。"好了,把我的盖子盖上,"锅说,"然后把我放到门外。"母亲盖上盖子,把她端出了门。

锅滚了起来,一路走一路唱:"唐加,唐加,叮,叮,哦我的妈妈!"她滚呀滚呀,滚到一个常有许多人聚集的地方。

过了一会儿,有人从旁边经过。一个男人走上前来,看到锅好端端地摆在那里。"哟!"他惊叫道,"是谁把锅放在路当中啦? 真想不到! 多漂亮的一口锅呀! 搞不好是银子做的。"他左看右看。"嘿,各位!"他叫道,"这是谁的锅? 是谁把它放在这里啦?"可是没有人来认领。"安拉作证,"他说,"我要把它带回家啦。"

回去的路上他经过一个蜂蜜摊,于是让小贩往锅里装满蜂蜜,然后把锅带回家给了妻子。"你看,老婆,"他说,"这口锅多漂亮啊!"他们全家都对锅十分满意。

过了两三天,他们请了客人,想给他们一些蜂蜜吃。女主人把锅从架子上拿下来,又是推盖子又是拉盖子,怎么都打不开! 她叫来丈夫,男人又是拉又是推,还是开不了。客人们加入进来。男人把锅举起又扔下,想用榔头和凿子把它砸开。他使尽浑身解数,但是都没有用。

他们派人请来铁匠,铁匠试啊试啊,仍然无济于事。男人该怎么办呢?

"你的主人真该死!"他骂起锅来,"你以为你能让我们变得富有吗?"说罢他举起锅,从窗口扔了出去。

众人转过身,看不见锅了,这时候她滚了起来,一边滚一边说:

"唐加,唐加,哦我的妈妈,
我的嘴巴装来了蜂蜜。
叮,叮,哦我的妈妈,
我的嘴巴装来了蜂蜜。"

"把我抬上楼吧!"到家以后她对母亲说道。

"嘿!"母亲惊叫道,"我以为你不见了,以为有人把你拿走了。"

"把我端起来!"女儿说。

母亲把她端了起来,天哪,她揭开盖子,看到里面装满了蜂蜜。哦,她多高兴啊!

"把我倒空吧!"锅说。

母亲把蜂蜜都倒进罐子里,然后把锅放回架子上。

"母亲,"第二天女儿又说,"把我拿下来!"

母亲把她从架子上拿了下来。

"母亲,把我放到门外吧!"

母亲把她放到门外,她滚了起来——唐加,唐加,叮,叮——就这么滚到一个众人汇集的地方,然后停了下来。一个路过的男人发现了她。

哟,他心想,这是种什么锅呀?他查看了一番,觉得它真是漂亮极了!"这是谁家的?"他问,"嘿,各位!谁是这口锅的主人?"他等了一会儿,但是没有人说"这是我的"。于是他说:"安拉作证,我要把它拿走了。"

他拿起锅,回家的路上经过肉铺,让屠夫往里面装满肉。他把锅带回家给妻子,说:"你看,老婆,我捡到的这口锅多漂亮!安拉作证,我觉得它实在招人喜欢,所以买了肉装在里面,把它带回家来了。"

"嘿!"他们都欢呼起来,"咱们真走运!多漂亮的一口锅呀!"然后他们把锅放到了一旁。

傍晚的时候他们想要烧肉,可是任凭女人推呀拉呀,锅就是不肯打开!她还能怎么办呢?只好叫来丈夫和孩子。

他们举起、扔下、敲敲打打——什么都不起作用。一家人把锅送到铁匠那里,却仍是白忙活一场。

丈夫生气了。"真主诅咒你的主人!"他骂道,"你到底是个什么玩意?"然后他用尽力气把锅扔了出去。

他刚一掉头,锅就开始边滚边唱:

> "唐加,唐加,哦我的妈妈,
> 我的嘴巴装来了好肉。
> 唐加,唐加,哦我的妈妈,
> 我的嘴巴装来了好肉。"

她反反复复,一路唱回了家。

"把我抬起来!"她对母亲说,母亲把她抬了起来,拿出肉,洗好锅,又把她搁到了架子上。

"把我拿到屋外去!"第二天女儿说道。母亲把她拿了出去,她念着"唐加,唐加,叮,叮",一路滚到某个离国王家很近的地方,然后停了下来。据说到了早上,国王的儿子正往外走——瞧呀!那口锅正摆在那里呢。

"哟!这是什么?是谁的锅呀?"没有人应答。"安拉作证,"他说,"我要把它拿走啦。"他把锅拿回家,叫来了自己的妻子。

"夫人,"他说,"把这口锅拿去吧!这是我为你带回来的礼物,是最漂亮的一口锅!"

妻子接过锅,说:"嘿!真漂亮呀!安拉作证,我要把我的珠宝放到里面。"她拿着锅,集齐所有的珠宝,连身上戴的都装了进去。她还拿来了家里所有的金子和钱,塞得煮锅满满当当,然后她盖上盖子,把锅放进了衣橱。

两三天过去了,到了公主的弟弟结婚的日子。公主穿上丝绒礼服,拿出锅,准备佩戴珠宝。她推呀拉呀,就是打不开。她叫来丈夫,可是他也打不开。在场的人又是举又是扔,都想设法把它弄开。然后他们把锅送到铁匠那里,铁匠试了试,仍旧不管用。

丈夫感到泄气。"真主诅咒你的主人!"他骂道,"你对我们有什么用?"他端起锅,扔到窗外。当然,他并没有那么急着放它走,所以他从房子侧面跑下去接。谁知他刚一转身,锅就跑了:

"唐加,唐加,哦我的妈妈,
我的嘴巴装来了财宝。
唐加,唐加,哦我的妈妈,
我的嘴巴装来了财宝。"

"把我抬起来!"到家以后她对母亲说。母亲把她抬了起来,然后揭开了盖子。

"哎哟!但愿你名誉扫地!"她嚷了起来,"你到底从哪里搞来了这些东西?这究竟是什么呀?"这下母亲有钱了,她变得非常非常高兴。

"行了,"她拿走财宝,对女儿说道,"你不应该再出去了,人们会认出你来的。"

"不行,不行!"女儿恳求道,"让我最后再出去一回吧。"

第二天,我的天哪,她唱着"唐加,唐加,哦我的妈妈"出门去了。第一次捡到她的男人又看见了她。

"哟！这到底是什么呀？"他惊叫道，"它总是骗人，里头肯定有什么妖术。真主诅咒这家伙的主人！至高无上的安拉作证，我要坐上去朝里面拉屎啦。"男人走上前去，然后我的天哪，他真的朝里面拉屎了。正拉着，煮锅合上盖子，朝前滚去：

"唐加，唐加，哦我的妈妈，
我的嘴里装来了巴巴。
唐加，唐加，哦我的妈妈，
我的嘴里装来了巴巴。"

"把我抬起来！"回到家她对母亲说。母亲把她抬了起来。

"听着，你这个捣蛋鬼！"母亲说，"我早就叫你别再出去了，跟你说人们会认出你来。这下你觉得闹够了吧？"

母亲用肥皂洗了锅，往上面擦了香水，然后把它放到架子上。

这就是我的故事，我说完了，现在交到你的手中。

有五头奶牛的小老太婆

(雅库特)

一天早上,一个小老太婆起床之后去了她的五头奶牛所在的牧场。她连根带枝完好地挖起一株五棵芽的香草,把它带回家,包在毯子里,放到枕头上。

然后她又出了门,坐下来给奶牛挤奶。突然她听到铃鼓响、剪刀落,那声音惊得她打翻了牛奶。她跑回家查看,发现那株植物并没有受到伤害。她再次出门挤奶,但又觉得自己听到了铃鼓响、剪刀落的声音,于是又把牛奶打翻了。她回到家朝卧室里望,只见里面坐着一位少女,眼如玉髓,唇如暗石,面色好像浅色的石头,眉毛犹如两只互相伸着前爪的黑貂。透过她的长裙可以看见她的身体,透过她的身体可以看见她的骨骼,透过她的骨骼可以看见水银般蔓延的经络。那株植物变成了一位美丽得无法形容的少女。

不久,英明的卡拉汗之子卡吉特-伯根进入了这片暗黑森林。他看见一只灰松鼠停在虬枝上,旁边是有五头奶牛的小老太婆的家。他开始射箭,可是太阳已在西沉,光线昏暗得很,他没能立刻射中松鼠。这时候他的一支箭掉进了烟囱里。

"老太婆!把箭拿出来给我!"他高声叫喊,却没有人应答。他涨红了脸颊和额头,一下子就火了,一股傲慢之气从脖子后面冒了上来,他冲进了屋。

进去之后,他见到少女便失去了知觉,但是他苏醒过来,坠入了爱河。然后他走出门,跳上马,快马加鞭地骑回了家。"父亲,母亲!"他说,"那个有五头奶牛的小老太婆家有那么美丽的一位姑娘!把她找来给我吧!"

父亲派了九个骑马的仆人,他们全速飞奔到有五头奶牛的小老太婆家。看到少女的美貌,所有仆人都昏了过去。不过他们恢复过来,然后全都跑了,只有当中最好的一个留了下来。

"小老太婆!"他说,"把这个姑娘交给英明的卡拉汗的儿子吧。"

"我会把她交出来的。"老太婆答道。

他们跟姑娘说了这回事。"我会去的。"姑娘郑重地说。

"好了,作为新郎的聘礼,"老太婆说,"请你们赶来牲口,用马和有角的牛填满我开阔的牧场!"

她立刻提出了这个要求,协议达成之前,男人下令集齐牲口,赶到这里来作为新郎的聘礼。

眼见马群、牛群如约送到,老妇人说:"把姑娘带走,离开这里吧!"

人们迅速打扮好姑娘,熟练地把一匹会说人话、身上有细小斑点的马牵到她的面前。他们为马套上银笼头,上下铺好银鞍褥,在褥子外面装上银鞍,又把一支小小的银鞭挂在上面。女婿牵着马鞭,把新娘从母亲身边领过来,跨上马,带着她回家去了。

他们沿路向前骑,小伙子说:"森林深处有个捉狐狸的陷阱,我要到那里去一下。你继续顺着这条路往前走!然后它会分出两条小道:往东边去的那条路上方挂了一张黑貂皮,往西边去的那条路上方应该有一张公熊皮,连爪子带头,脖子那里有白毛。你得走挂黑貂皮的那条路。"他指好路就离开了。

姑娘来到岔路口,却偏偏在这时候忘记了方向。她沿着挂熊皮的路往前走,来到一座小铁屋跟前。突然恶魔的女儿从小屋里冲了出来:她膝盖以上穿着铁衣;只有一条腿,还是拧着的;唯一的弯手从胸下伸出来;暴怒的独眼长在额头正中。她猛地把五十尺长的铁舌吐到姑娘胸前,将她从马上拽下来,扔到地上,撕下她脸上所有的皮肤,贴到自己脸上。接着她扒下姑娘身上精美的服饰,穿在自己身上。然后恶魔的女儿跨上马走了。

她来到英明的卡拉汗的家,丈夫前去迎接,九个小伙儿和八个姑娘上去牵马笼头。据说这位新娘错把马系到了柳树上,那里原是来自塞姆亚克辛的老寡妇拴斑点公牛的地方。见此情形,欢迎新娘的大多数人都沮丧得要命,其余的人也感到失望。悲伤降临到大伙儿头上。

所有见到新娘的人都憎恶她,就连红鼬也从她身旁跑开,表示她也令它们生厌。人们在通往她的小屋的路上撒满了草,新郎牵着她的手,把她领了进去。进屋之后,她把三棵小落叶松的树尖当作柴火添进火里。众人把她藏到帘子后面,他们自己也开始喝酒、玩闹、寻欢作乐。

但是婚宴结束了,人们过回了平常的生活。有五头奶牛的小老太婆去野外寻找奶牛,发现那株五棵芽的植物长得比往常都好。她连根把植物挖了起来,带回家,包起来,放到枕头上。然后她又回去挤奶,谁知铃鼓叮铃铃地响了起来,剪刀咣啷啷地掉在了地上。老太婆回到家,看见美少女坐在那里,比以往更加迷人。

"母亲,"她说,"我的丈夫把我从这里带走了。我亲爱的丈夫说:'我得去办点儿事儿。'但是临走前他说:'你沿着这条挂黑貂皮的路往前走,别去挂熊皮的地方。'我忘记了他的话,顺着第二条小路来到一座小铁屋跟前。恶魔的女儿撕下我脸上的皮肤,贴到她自己的脸上,又扯下我所有的精美服饰,穿在她自己的身上,然后这个恶魔的女儿骑上我的马走了。她扔下我的皮和骨头,一只灰狗叼起我的心和肺,把它们带到野外。我在这里长成一株植物,因为依照天意,我不应该彻底死去,也许命中注定我今后会生儿育女。恶魔的女儿破坏了我的命运,因为她和我的丈夫结了婚,玷污了他的血肉,把他的血肉吸进了自己的身体。我什么时候才能见到丈夫呢?"

英明的卡拉汗来到有五头奶牛的小老太婆拥有的那片农场。会说人话的斑点白马知道女主人复活了,于是开了口。

他这样向卡拉汗抱怨道:"恶魔的女儿杀死了我的女主人,把她脸上所有的皮肤撕下来,蒙到自己脸上,又扯下女主人的精美服饰,穿在自己身上。恶魔的女儿去跟卡拉汗的儿子生活在一起,成了他的新娘。可是我的女主人死而复生,正活在这世上。要是你儿子不娶这位美丽的姑娘为妻,我就去向坐在白石宝座上的白色天神告状——他坐在泛着银色浪花的湖边,湖上有金色的浮冰,还有一块块银色和黑色的冰。我要毁了你的房子,灭了你的火,让你无法谋生。神圣之人不能娶恶魔的女儿为妻。把这个恶魔的女儿假扮的新娘绑在野马的腿上吧。让一股急流落在你儿子身上,清洗整整三十个白天,让蠕虫和爬行动物吸干他被玷污的血。然后将他从水中捞出,吊在树上,任风吹刮整整三十个黑夜,让南方和北方来的风穿透他的心肝,净化他被玷污的血肉。净身完毕之后,让他说服姑娘,重新娶她为妻!"

大汗听懂了马的话。据说他双眼洒泪,然后骑马奔回了家。见到他,新娘的脸色全变了。

"儿子!"卡拉汗说,"你从什么地方、谁的手里娶来了你的妻子?"

"她是有五头奶牛的小老太婆的女儿。"

"你用来接她的那匹马长什么样儿?你娶的是个怎样的女人?你知道她的身世吗?"

儿子对这些问题一一做了回答:"三重天外的上界有张白石宝座,上面坐着白色的天神。他的弟弟收集候鸟,将他们结成一个社会。七位少女——也就是他的七位鹤身女儿——来到地上,她们尽享佳肴,随后进入一片圆形田野,开始了舞蹈。一位女导师降临到她们中间,她叫来七鹤女中最好的一位,说:'你的任务是到人们中间去,在这片中土做一个雅库特人。你不能嫌弃不纯的中土!你已被指定嫁给英明的卡拉汗的儿子,穿八只黑貂做成的裘皮。因为他的缘故,你将会变成人类,生儿育女,并将孩子抚养成人。'说罢,她剪断鹤女的翅根,少女流下了眼泪。'变成一株马尾草,然后生长吧!'女导师说,'一个有五头奶牛的小老太婆会找到香草,把它变成少女,然后将她许配给卡拉汗的儿子。'我就是根据这样的指示和描述娶了这位姑娘,可是我接纳的是一个怪人,事实上我似乎什么都没有得到!"

听完儿子的回答,大汗说:"亲眼见过、亲耳听过之后,我才来到这里。会说人话的斑点马已经向我发出了抱怨。你把妻子带走的时候向她提到一个岔路口。你说:'东边的路上挂着黑貂皮,西边的路上挂着熊皮。'你还说:'不要走有熊皮的那条路,你得沿着挂黑貂皮的那条路往前走!'可是她忘记了你的话,走了有熊皮的那条路。她来到铁屋,恶魔的女儿跳到她面前,把她从马上拉下来,扔到地上,撕下她的整张面皮,贴到自己脸上。恶魔的女儿穿上她的好衣服,又戴上她的银饰,假扮成新娘,骑马来到这里。她把马系到老柳树上,这已经露了马脚。'把恶魔的女儿绑到一匹野马的腿上!'斑点马这样对我说,'把你儿子放到急流中冲洗整整一个月三十个白天,让蠕虫和爬行动物吸干他被玷污的血肉。然后把他捞出来,吊在树上任风吹刮一个月三十个夜晚,让南风和北风搜遍他的身体,穿透他的心肝!'马还说:'让你儿子去说服姑娘,重新娶她为妻!但是你得把现在这个女人撵走!别让她再出现!她会吞食人和牛。要是你不除掉她,我就去向白色的天神告状。'"

听了这番话,儿子羞愧得无地自容。一个名叫伯罗鲁克的工人抓住坐在帘子后面的新娘,拖着她的脚,把她绑到一匹野马的腿上。马把恶魔的女儿踢死、踏碎。她的血肉散落在地上,被蠕虫和爬行动物吞噬,成了它们的一部分,至今仍在四处爬行。大汗的儿子被放入一股急流之中,然后被挂到树上,任南方和北方来的春风穿透身体。这样一来,他被玷污的血肉得到了净化。人们把他带回家,这时候他已经彻底风干、几乎断气了,只剩下一把皮包骨头。

他像先前一样骑马来到他送聘礼的地方,拴好马,在岳母屋前跳了下来。有五头奶牛的小老太婆手舞足蹈地跑出来,高兴得好像有人死而复生、失而复得一样。她在马桩和帐篷之间撒上绿草,然后将一张带蹄子的白马皮铺在门前的草地上。她宰了一头奶牛和一匹大胸脯的母马,做好了一席婚宴。

姑娘哭着来到丈夫跟前。"你为什么来找我?"她问,"你害得我洒下乌血,皮肤被深深割破。你把我当作狗食、鸭食丢弃,把我交给了八腿恶魔的女儿。这一切之后,你怎么还有脸到这里来寻找妻子?姑娘们比栖木还多,女人们比河鳟还多。我的心受了伤害,我的脑焦虑不安!我不跟你走!"

"我没有把你送到八腿恶魔的女儿那里,而且我去办要紧事之前为你指明了道路。我没有故意指引你去危险的地方,我对你说'去迎接你的命运吧',可那时我并不知道将会发生什么。那位女导师和守护神,那位女造物主选择了你,指定你做我的妻子,所以你才会死而复生,活在这世上。"丈夫说,"不管以后会发生什么,也不管是好是坏,我都一定要娶你为妻!"

有五头奶牛的小老太婆擦去两眼的泪水,坐到两个孩子中间。"你们死而复生、失而复得,见了面为什么不感到高兴呢?你们俩谁都不能违背我的心愿!"

姑娘作出了保证,但是说"同意"的时候颇不情愿。小伙子立刻站起身,又舞又跳,拥抱亲吻,大口吸气。夫妻俩玩着最有趣的游戏,发出响亮的笑声,彼此聊个不停。他们去屋外拴起那匹会说人话的斑点马,为他铺上银鞍褥,装上银马鞍,套上银笼头,挂上银鞍囊,又把那支小银鞭吊在了上面。

老太婆为姑娘穿好衣服,准备好了一切,然后送她走了。姑娘和丈夫一路向前,见到细雪飘便知是冬天,见到有雨落便知是夏天,见到雾霭重重便知是秋天。

卡拉汗九幢屋子里的佣人,八幢屋子里的家仆,七幢屋子里的房间侍者,还有像鹤一样走出来的九贵族的九个儿子都在想:新娘会怎样到来?是坚定地大步走,还是悠闲地漫步?会不会有黑貂从她的脚边窜出来?

他们一边这样想着,一边使劲地做箭,手上的皮都磨掉了,而且他们工作得太仔细,视线都模糊起来。另有七位同时出生、已经长大的鹤女搓线时搓掉了膝盖上的皮,她们说:"要是新娘到来的时候大声擤鼻子,她就会生下许多可爱的小国王!"

大汗的儿子同新娘一起到来,两个站在拴马索旁边的女仆牵起了他们的马笼头。大汗的儿子和新娘从马上下来,姑娘擤了擤鼻子,所以她以后会生下可爱的小国王!女人们立刻开始织衣裳。新娘向前走着,黑貂从她脚边跑开,一些小伙子连忙冲到暗黑森林里去射杀它们。

人们在马桩和帐篷之间铺上绿草。到达之后,新娘用三根落叶松枝生起了火。然后大家把她藏到帘子后面。他们将一根带子绷成九段,把九十匹白色斑点马驹系在上面。然后他们在房子右边插了九根柱子,在柱子上拴了九匹白驹,让九个喝马奶酒的友善巫师骑在上面。他们在房子左边竖起了八根柱子。

为了庆祝新娘进家门,人们举行了婚礼的喜宴。武士集结,行家聚头。据说九个祖先的精灵从天而降,十二个祖先的精灵从地底升起。又据说九个部落从地下钻出来,挥着干木头做的鞭子,跌跌撞撞一溜小跑。踩铁马镫的人们挤在一起,踩铜马镫的人们摇摇晃晃地走。

外来部落还有游牧村帐篷里的人全来了:有唱歌的,有跳舞的,有讲故事的;有单脚蹦的,有跳着走的;有拥有五个戈比的人群,也有慢悠悠闲逛的人。然后上界的居民飞回天上,下界的居民沉入地底,中土,也就是地面上的居民四散离开。各种垃圾一直留到第三天,但是第四天到来之前,人们已收集起大部分残片,圈起了所有的动物,孩子们又开始在那片土地上玩耍嬉戏了。据说他们的后代一直生活到今天。

阿赫和她的狮子养母

(苏丹:丁卡)

阿青生了两个孩子,梅珀尔和阿赫,他们有三个同父异母的兄弟。阿赫被许配给一个名叫阔尔的男人,然后整个家族搬往狮界了。阿赫还小,所以她哥哥背着她走。

他们同父异母的兄弟妒忌阿赫的好运气,因为她小小年纪就已经订了婚。他们商量了一个计划,要把阿赫和她的哥哥梅珀尔丢在荒郊野外。一天晚上,他们悄悄往两个人的牛奶里下了药,阿赫和梅珀尔沉沉睡去。当天夜里,他们把满满一葫芦牛奶放在兄妹二人身旁,然后整个牛营继续迁移,丢下了他们俩。

第二天早晨,阿赫先醒过来。她看到自己和哥哥被大伙儿抛弃了,于是哭着叫醒哥哥:"梅珀尔,我母亲的儿子,牛营走了,我们被抛弃了!"

梅珀尔醒过来,四处望望,说:"看来我们自己的兄弟丢下我们不管了! 不要紧,你喝牛奶吧。"

他们喝了些牛奶,然后搬到一个大象挖的沟里,这条沟给了他们蔽护,他们就在里面睡了。

一头母狮子过来寻找牛营里剩下的食物。她看到这条沟,朝里面一望,发现了两个孩子。他们哭喊道:"哦,父亲啊,我们要死了——我们要被吃掉了!"

狮子说道:"我的孩子们,不要哭。我不会吃你们的。你们是人类的孩子吗?"

"是的。"他们答道。

"那你们为什么会在这里?"她问。

"我们被同父异母的兄弟抛弃了。"梅珀尔说。

"跟我来,"狮子说,"我会把你们当亲生儿女来照顾的,我没有自己的小孩。"

他们答应下来,然后跟着她去了。路上梅珀尔逃回了家,阿赫继续同狮子待在一起。她们去了狮子家,狮子照顾阿赫,一直把她抚养成大姑娘。

与此同时,阿赫的亲人在为失去她而哀悼。同父异母的兄弟们抵赖之前耍的恶毒阴谋,但是梅珀尔解释说他和妹妹遭了遗弃,之后被一只母狮子发现,他是从狮子那里逃出来的。

过了些年,牛营又搬去狮界,这时候梅珀尔已经成年。一天,他和同龄伙伴牧牛的时候走到狮子家。梅珀尔没有认出那村庄。狮子出去打猎了,阿赫待在家里,但是梅珀尔没有认出她来。

其中一个同龄人对阿赫说:"姑娘,请给我们一点儿水喝,行吗?"

阿赫说:"这可不是讨水喝的地方。我看得出你们都是人类,这里对你们来说很危险!"

"我们渴坏了,"他们解释道,"求你了,让我们喝点儿水吧。"

阿赫拿来水,他们喝完就离开了。阿赫的狮子母亲扛着一头打来的猎物回到家中,扔下猎物唱道:

"阿赫,阿赫,
从小屋里出来,
我的女儿,我让你丰衣足食地长大,
而别人只能拾拾野谷子。
我的女儿从不烦恼,
女儿,出来,我在这里。
我那被人遗弃的小家伙,
安然无恙被我发现的小家伙,
我一手养大的小家伙,
阿赫,我心爱的孩子,
来吧,来见我呀,我的女儿。"

她们相见、拥抱,然后做饭、用餐。阿赫的母亲对她说:"女儿,要是有人来,你可别逃避,好好对待他们,这样你才能嫁出去。"

梅珀尔被阿赫吸引,当天晚上,他带了个朋友回来追求姑娘。阿赫的母亲给了她一间单独的小屋招待同龄人,于是当梅珀尔领着朋友前来请求留宿的时候,姑娘让他们进了那间小屋。她在屋子的一头为他们铺好床,自己睡到了另一头。

晚上,梅珀尔对阿赫的渴望变得强烈起来,他想挪到姑娘那头去,可是只要他一动弹,墙上的一只蜥蜴就会说:"这男人要侵犯自己的妹妹啦!"于是梅珀尔停了下来。接着他又想动了,这时候屋顶上的一根椽子说:"这男人要侵犯她的妹妹啦!"随后他又试了试,这时候地上的草也说了同样的话。

梅珀尔的朋友醒过来问:"是谁在说话?他们在说什么?"梅珀尔说:"我不知道,而且我不明白他们说的'妹妹'是什么意思。"

于是他们请姑娘详细诉说身世。阿赫讲了她和哥哥遭遗弃然后被狮子发现的故事。

"真的吗?"梅珀尔兴奋地说。

"是啊。"阿赫说。

"那咱们回家去吧。你就是我的妹妹。"

阿赫抱住他,哭个不停。平静下来之后,姑娘对梅珀尔和他的朋友说,她不能离开狮子,因为狮子一直悉心照顾她,但是他们终究说服她一起走了。为了不撞见狮子,第二天早上他们的牛营迁移了。

那天早上,狮子早早出去打猎了。晚上回到家,她像往常一样对阿赫唱歌,可是阿赫没有应答。她反复唱了好几

遍,可是阿赫还是不吭声。她进了小屋,发现阿赫走了。她哭呀,哭呀,哭呀:"我的女儿到哪里去了?是被狮子吃掉了,还是有人把她从我身边带走了?"

她跑上去追牛营,一路跑呀,跑呀,跑呀。

牛营到达了村庄,阿赫被藏了起来。

狮子继续跑呀,跑呀,一直跑到村边。她停在村子外面,唱起了往常那首歌谣。

阿赫一听到她的声音就从藏身的地方跳了出来。她们朝彼此奔去,然后拥抱在一起。

阿赫的父亲牵出一头公牛,宰了它款待狮子。狮子说她不回森林里去了,宁可待在人类中间,跟女儿阿赫在一起。

阿赫结了婚,被家人交给了丈夫。她的狮子母亲跟她搬去了新家,一家人幸福地生活在了一起。

第十二章

已婚妇人

鸟女的故事

(西伯利亚部落:楚克其)

一个小伙子来到野外湖边,看到许多鸟,有鹅,有鸥,但是这些鹅和鸥都把衣服留在了岸上。小伙子抓起她们的衣服,于是所有的鹅和鸥都说:"把衣服放回去。"

他把偷来的鹅女的东西全都还了回去,但是留下了某个鸥女的衣服,并且娶她做了妻子。鸥女为他生下两个孩子——真正的人类的小孩。女人们去采集树叶的时候,鸥女跟她们一起去了原野,可是她不大会割草,于是被婆婆骂了一顿。所有的鸟都要飞走了,妻子渴望回到自己的家园,所以鹅经过的时候她跟孩子们跑到了帐篷后面。

"我要怎么才能把孩子带走呢?"她说。群鹅拔下翅膀上的羽毛,插到孩子们的袖子上,然后妻子跟孩子们一起飞走了。

丈夫回来找不到妻子,因为她已经离开了。他到处都打听不到妻子的下落,于是对母亲说:"为我做十双上好的靴子。"然后他启程去了鸟国。路上他遇到一只老鹰,老鹰对他说:"去海边吧,你会在那里找到一个砍树的老头子,他正在劈柴火。他背面是妖怪,所以别从那个方向靠近,不然他会把你吞掉的。你要迎面朝他走过去。"

那个老头子说:"你从哪里来,要到哪里去?"

小伙子答道:"我娶了一个鸥女,她为我生了两个孩子,但是现在她跟那些鸟走了。我正在寻找她。"

"你要怎么去?"

"我有十双靴子。"小伙子回答。

老头子说:"我来给你造条独木舟吧。"他造了一条漂亮的独木舟,上面有个鼻烟盒似的篷子。小伙子坐了进去,老头子说:"要是你想往右,就对独木舟'喔,喔',然后动动你的右脚。等会儿要是你想往左,也说'喔,喔',然后动动你的左脚。"

独木舟像鸟儿一样轻快。老头子继续说:"等你到了岸边想要上去的时候,就说'开',然后用手把篷子推开!"

小伙子划向岸边,推开舟篷,独木舟靠了岸。他看到许多鸟孩在岸上玩耍。这里就是鸟国。他找到了自己的孩子,孩子们也认出了父亲。"父亲来了!"

小伙子说:"跟你们的母亲说我到了。"

孩子们很快就回来了,妻子的哥哥也跟他们一起来了,他走到小伙子身边说:"你的妻子已经被我们的大海鸟首领娶了。"

男人进了妻子的家门。鸟首领吻吻妻子的脸颊,对小伙子说:"你为什么来这里?我是不会把你的妻子还给你的。"

大舅子在帐篷里坐了下来。丈夫和大鸟扭打在一起,小伙子揪住对手的脖子,把他推了出去。鸟首领大声抱怨着回了自己的国家,然后许多鸟朝这边飞过来,包括各种各样的鸥。

小伙子正和妻子睡觉,突然妻子大声叫道:"数不清的武士来了,赶快醒过来!"

可是小伙子还在睡,这时候屋子周围喧闹起来,妻子害怕了。很快,群鸟拔下羽毛,当作箭准备射,但是小伙子走到外面,抄起一根棍子左挥右挡,打中了这只鸟的翅膀,那只鸟的脖子,还有那只鸟的背。然后所有的鸟都逃走了,谁知第二天两倍的鸟杀了回来,密密麻麻,多如蠓虫。但是小伙子接了盆水往鸟身上洒。这么一来,他们被当场冻住,飞不起来了,之后再也没有鸟类来袭。

现在小伙子要把妻子和孩子带回到自己的亲人中间去了。他坐进独木舟,像先前一样合上篷子,到了岸边,他又碰见了那个小老头。

"怎么样?"老头子问。

"我把他们带回来了!"小伙子答道。

"那么走吧! 你的靴子在这里,带上它们出发吧。"

过了一段时间,他们丢下了独木舟,这时候他们看到老鹰还在原来的地方。他们已经精疲力竭。老鹰说:"套上我的衣服吧。"小伙子穿上老鹰的衣服飞回了家。临走时老鹰对他说:"你要穿上我的衣服,但是不要把它带进家门,你得把它放在离家稍远的田野里!"

于是小伙子把衣服留在地上,衣服飞回到老鹰身边。他们到家了。小伙子踢了踢掉在地上的树枝,树枝变成了一大群牛羊。他赶着牛羊,将血涂在妻子额上,同她结了婚。鸥女不再是鸟了,她变成人,穿起了女子的衣裳。

爹娘都浪荡

（美国：山区）

啊，是这么回事。有个小伙子跟一个姑娘待在一块儿，不久，他跑去跟他爹说："爹，我要娶那个姑娘。"他爹说："约翰，听我说——我年轻的时候挺浪荡，那姑娘是你妹妹。"

小伙子很难受，于是离开了那个姑娘。不久他又勾搭上一个，跟她待了一段时间。然后他跑去跟他爹说："爹，我要娶那个姑娘。"他爹说："小约翰，我年轻的时候挺浪荡——那姑娘是你妹妹。"

小伙子难受极了。一天他垂头丧气地坐在炉子旁边生火,他娘说:"约翰,出什么事儿了?""没事儿。"他娘说:"肯定有事儿,快跟我说说。为什么你甩了先头谈的那个姑娘,然后又把第二个给甩了?""唉,"他说,"我爹跟我说他年轻的时候挺浪荡,那两个姑娘都是我妹妹。"他娘说:"小约翰,我来跟你说点儿事儿,我年轻的时候挺浪荡,你爹根本不是你爹。"

打老婆的理由

(埃及)

两个朋友见了面,其中一个对另一个说:"你怎么样啊,某某某?咱们好久不见了。那时候真是好时光,你现在过得怎么样?"

那人回答:"啊,老天作证,我结婚啦,我老婆是'良家闺女',就跟人们希望的一样。"

第一个人问:"你打过她没有?"

"没有,老天作证,我没有打她的理由,她每件事都做得合我心意。"

"你起码得打她一回,哪怕只是为了让她知道家里的主人是谁!"

"老天作证,的确如此!你说得没错。"

一星期过去了,两人又见了面。第一个人问第二个人:"嘿,你怎么办的?打过她没有?"

"没有!我就是找不到理由!"

"我来给你一条理由。你去买一大堆鱼回来,拿去给她说:'把鱼做好,因为我们请了个客人来吃晚饭。'然后你就出门。过一会儿等你回到家,不管她烧了什么,你都说你要的是另一种烧法!"

男人说:"好。"他买了些鲶鱼回家了。到了门口,他把鱼塞到老婆手里说:'把鱼烧好,咱们请了客人。'然后他就跑出去了。

女人自言自语:"天哪,我要拿这么些鱼怎么办啊?他又没说要怎么弄。"她想啊想啊,终于说道:"我来炸几条,烤几条,然后加上洋葱、番茄炖几条。"

她打扫了房间,准备好一切。快开饭的时候,她年幼的儿子在桌子旁边的地上拉了一泡屎——人们马上就要盘腿坐在那里吃饭了!她去拿东西打扫的时候听到丈夫和朋友敲门。她跑去开门,为了遮丑,便把刚好拿在手里的盘子盖了上去。

他们进来坐到桌子旁边的地上,丈夫对她说:"孩子他妈,上菜。"

首先妻子端来了炸鱼。丈夫说:"炸鱼!我要的是烤鱼!"妻子连忙端出烤鱼。丈夫叫道:"不要烤的,我是说要炖的!"妻子马上端出炖鱼。丈夫懊恼又迷惑,他说:"我

要——我要——"

妻子问:"你要什么?"

他困惑地回答:"我要一坨屎!"

妻子立刻掀开地上的盘子,说:"在这儿呢!"

三个情人

（美国:新墨西哥）

从前有个住在城里的女人跟一个名叫荷西·波姆切诺的男人结了婚。这男人养羊,得去乡下照看生意,于是只要他一出城,妻子就绝不放过背叛他的机会。这么一来,事情一发不可收拾,妻子一下子有了三个情人。

碰巧有天晚上丈夫不在家,三个情人都要来,女人是这么安排的。这时候第一个情人来了。过了一会儿,第二个也来了,他敲敲门,妻子对已经进来的第一个说:"是我丈夫。"

"我该往哪里躲?"

"躲到那边的衣橱里。"

男人躲进了衣橱。第二个人进来了。过了一会儿,第三个情人也到了,他敲敲门,女人对第二个情人说:"是我丈夫。"

"不,"他说,"如果真是你丈夫,就让他把我杀了吧。我爱怎么着就怎么着。外面那人肯定不是你丈夫,你在耍我们几个呢。"

女人见他不信,便想把第三个打发走,她叫那人离开,说事情全部取消,让他改天再来。

这时候外面那人对她说:"既然你做不了别的,亲我一口总可以吧?"

"可以,"跟她在一块儿的情人告诉她,"没问题,让他到窗口来。"

外面的情人来到窗口,里面的撅起屁股等着,于是外面那伙计上来亲了一口。

等他意识到自己亲了别人的屁股,心里甭提有多难受了,他想找机会报复,于是又大声对那人说他很喜欢那样,要他再到窗口来。那人第二次来到窗口,这一回外面的人没有像先前那样上去亲,而是擦了一根火柴,把他给点着了。

屋里那人感到火烧屁股,连忙跑了出来,他一面窜出房间一面大喊:"火!火!火!"

这时候关在衣橱里的人回答:"太太,快把你的家具扔到外面去。"

荷西·波姆切诺他老婆的故事就讲到这里。

七次发酵

（巴勒斯坦阿拉伯）

很久很久以前有个老妇人独自住在小屋里，什么亲人也没有。有一天天气很好，她说："啊，太好了！安拉作证，今天天气晴朗又美好，我要去海边散散步，不过先让我把这团面揉好。"

揉完面，她加了些酵母，然后穿上最好的衣服，说："安拉作证，我只是要去海边散散步而已。"到了海边，她坐下来休息，然后你瞧！来了一条船，已经有人上去了。

"嘿，老伯！"她对船主说，"真主保佑，你们要上哪儿去？"

"安拉作证，我们正要去贝鲁特。"

"好的，老兄，把我也带上吧。"

"别来烦我，老太婆，"他说，"船已经满了，没你的地方啦。"

"好，"老妇人说，"去吧。不过要是你们不带我去，我就诅咒你们的船开不动，沉下去！"

大家谁都不理她，然后他们出发了。可是他们的船还没驶出二十米就开始往下沉。"啊！"他们惊呼，"看来真主听见了那个老太婆的诅咒。"他们掉转船头，把老妇人叫过去,带上她走了。

到了贝鲁特,她谁都不认识,什么也不知道。太阳马上就要下山了,船上的乘客上了岸,她也下来靠着墙根儿坐一会儿。她还能怎么办呢?人们来来往往从她身边经过,天色渐渐变得很晚了。过了一阵儿,有个男人路过,看到所有的人都已经回家了,这个妇人却还靠墙坐在那儿。

"这位大姐,你在这儿做什么?"他问。

"安拉作证,老弟,"她答道,"我什么都没在做。我是个外乡人,没有谁可以依靠。我揉好面、加好酵母就出来闲逛,等它发好酵,我就该回去了。"

"好的,"男人说,"那你跟我回家吧。"

他把老妇人领回了家,家里除了他跟妻子就没有别人了。他们端来食物,边笑边玩儿——你真该看看他们高兴的样子。一切结束之后,你瞧!男人拿来了这么大一捆棍子,然后打了起来——哪儿最疼来着?——他打着妻子的肋骨,把棍子都打断了。

"孩子,你为什么这么干呀?"老妇人一边问,一边上前阻拦。

"回去!"他说,"你不知道她有什么罪过,所以最好别管闲事!"他继续打妻子,最后把一整捆棍子都打折了。

"你这个可怜的女人!"男人停手以后,老妇人惊呼道,"你犯了什么罪过,伤心的人儿?"

"安拉作证,"妻子答道,"我什么错事都没做,甚至想都没有想过。他说是因为我不能怀孕生孩子。"

"就为这事儿吗?"老妇人问,"这好办。听着,我来告诉你。明天他来打你的时候,你就跟他说你怀孕了。"

第二天男人像往常一样回到家,带回所需的日用品和一捆棍棒。吃完晚饭,他又来打妻子了,但是第一根棍子还没落下去,妻子就大喊:"住手!我怀孕了!"

"是真的吗?"

"是真的,安拉作证!"

从那天起,男人不再打妻子了。她处处受宠,丈夫根本不让她起身做一点儿家务,不管她要什么,都会有人送到她跟前。

打那以后,妻子每天都来对老妇人说:"我该怎么办呀,老婆婆?要是他发现了可怎么是好?"

"没关系,"老妇人总是这样回答,"安心睡。晚上烧的煤会变成早上的灰。"每一天老妇人都往妻子的衣服里塞些破布,好让她的肚子显得更大,她说:"你就继续跟他说你有身孕,其他事都交给我来办。晚上的煤炭就是早上的灰烬。"

话说这个男人正好是那儿的苏丹,人们听到传闻:"苏丹的妻子怀孕啦!苏丹的妻子怀孕啦!"到了快要生产的时候,妻子去找面包师,对他说:"我要你为我烤一个男婴形状的娃娃。"

"好的。"面包师答应下来,为她烤了个娃娃,她把娃娃包起来带回家,没有让丈夫看到。然后人们说:"苏丹的妻子临盆啦,她马上就要生啦。"

老妇人走上前来。"在我的国家,我是个接生婆,"她说,"她怀孕是因为我的功劳,应该由我来为她接生。除了我之外,任何人都别靠近。"

"好的。"人们同意道。过了一会儿,消息传开了:"她生了！她生了！"

"那她生的是男孩儿还是女孩儿?"

"是男孩儿。"

妻子包起娃娃,放到摇篮里。人们都说:"她生了个男孩儿!"他们跑到苏丹跟前,说他妻子生了个男孩儿。传令人绕城向市民宣布,接下来的一个星期不许私自吃喝,全都得到苏丹家里去。

话说老妇人告诉众人七天之内谁都不许来看刚出生的婴儿。到了第七天,人们得知苏丹的妻子要带婴儿去公共浴室洗澡。与此同时,妻子每天都问老妇人:"我该怎么办呀,老婆婆?要是我丈夫发现了可怎么是好?"老妇人总是回答说:"亲爱的,放宽心!晚上的煤就是早上的灰。"

第七天,人们为苏丹的妻子预订好浴室。她和老妇人带上干净衣服,由一名仆人陪同着去了。苏丹的妻子进了浴室,她们让仆人守在娃娃跟前,对她说:"照看好这个小男孩!当心别让狗溜进来把他抢走!"

过了一会儿,仆人开了小差,一只狗进来抓住娃娃,叼起它就跑。仆人跟在后面追,嘴里喊着:"不要脸的东西!快丢下我主人的儿子!"可是狗只是一个劲儿地朝前跑,一边跑一边嘎吱嘎吱地大嚼面包娃娃。

据说城里有个得了严重抑郁症的男人,已经病了七年,谁都医不好。话说这会儿他看到一只狗在前面跑,后面有个仆人紧追不舍,嘴里喊着:"快丢下我主人的儿子!"一见这情形他就哈哈大笑起来,笑啊,笑啊,直到痛苦消散,整个人恢复了健康。他冲出去问女仆:"你这是怎么了?我看到你在追一只狗,那狗抢了个娃娃,你冲着它喊,要它把你主人的儿子丢下来。这到底是怎么一回事？"

"是这么，这么一回事。"仆人答道。

那个男人有个姐姐七天前刚生下一对双胞胎儿子。男人派人把她叫来，对她说："姐姐，你难道不愿意把一个儿子交给我来管吗？"

"愿意啊。"说着她就把自己的一个孩子给了弟弟。

苏丹的妻子带着孩子回家了。人们都来祝贺，她多高兴啊！

过了一阵儿，老妇人说："你们也知道，孩子们，我想我的面肯定发好了，我要回家烤面包去了。"

"你为什么不留下来呢？"他们恳求道，"你为我们带来了祝福。"我不知道他们还说了什么，但是她答道："不行啊。土地在渴望它的人民，我想要回家去。"

他们把她送上一条船，往船上装满礼物，对她说："真主保佑你一路平安！"

回到家，老妇人把礼物收好，休息了一两天，接着她查看了一下面团。"咦，安拉作证！"她惊呼道，"我的面还没发好哩。我要去海边享受享受啦。"她在岸上坐了一会儿，然后你瞧！来了一条船。

"老伯，你们要上哪儿去？"

"安拉作证，我们要去阿勒颇。"他们答道。

"把我也带上吧。"

"别来烦我，老太婆。船已经满了，没地方了。"

"要是你们不带我一起去，我就咒你们的船开不动，沉到海底！"

他们出发了，可是才过了一会儿船就要沉了，于是他们返回头,把老太太叫过去,带上她一起走了。作为一个外乡人,她还能上哪儿去呢? 她在一堵墙边坐了下来,人们来来往往,直到暮色渐深。晚上所有人都回家休息之后,一个男人从那儿路过。

"你在这儿做什么呀?"

"安拉作证,我是个外乡人,谁都不认识,这不,我就坐在这堵墙边啦。"

"你这样坐在街上不好吧? 来,起来跟我一起回家吧。"

老妇人站起身跟他去了,家里又是只有夫妻俩,既没有小孩,也没有别人。他们吃好,玩好,一切都很不错,可是到了睡觉时间,男人拿来一捆棍子,打起妻子的肋骨,直把棍子都打断了。第二天同样的事情发生了。第三天,老妇人说:"安拉作证,我要弄明白这个男人为什么这样打老婆。"

她问了妻子,妻子答道:"安拉作证,我什么问题都没有,除了有一次,我丈夫带回家一串黑葡萄。我用灰白色的大平盘装好,端进屋里。'咦!'我说,'黑色加在白色上多漂亮呀!'然后他就跳起来说:'啊哈! 但愿你的某某某下地狱! 你背着我养了个黑奴做情人!'我抗议说我只不过是指葡萄,可是他不愿意相信我,每天都带一捆棍子回来打我。"

"我会救你的,"老妇人说,"你去买些黑葡萄来,把它们放在灰白色的大平盘上。"

晚上丈夫吃完饭,妻子把葡萄端上桌,老妇人插嘴道:"咦!你看,孩子,安拉作证,世上再没有比黑加白更漂亮的了!"

"啊哈!"他惊呼起来,摇着头说,"不光是我老婆这么说呀!你是个老太太,竟也说了相同的话。原来我老婆什么都没做,我却一直这样对待她!"

"别跟我说你一直打她就是为了这个!"老妇人惊叫道,"什么!你疯了吗?瞧呀!你难道看不出黑葡萄放在白盘子上有多漂亮吗?"

据说他们成了好朋友,丈夫不再打妻子了。老妇人又在他们家住了几个月,然后她说:"土地一直在渴望它的人民,也许我的面已经发好了,我想要回家去。"

"老太太,留下来吧!"他们说,"你为我们带来了祝福。"

"不行啊,"她答道,"我要回家啦。"

夫妻俩为她准备了一条船,在船上装满食物和其他供给。老妇人打起精神回家了。到了自己屋里,她坐下来休息了一阵儿,把东西收好,然后查了查面团。"安拉作证,"她说,"面刚开始发酵,我还是把它拿到面包师那儿去好了。"她把面团拿去给面包师,面包师为她烤了面包。

这就是我的故事,我讲完了,现在交到你的手里。

不忠妻子的歌

（美国：北卡罗来纳）

从前有个男人同妻子一道乘船。一天，他跟船长聊天，两人聊到了女人的话题。船长说他从来没见过贞洁的女人，男人说自己的妻子就很贞洁，于是船长用一船货物赌男人的小提琴，说他能在三个钟头之内把男人的妻子勾引到手。男人把妻子送到船长舱里。等了两个钟头，他有点儿不安起来，于是从船长舱外面走过，一边拉小提琴一边唱：

整整两个钟头,
你抵挡住了船长的引诱,
船货很快就要到手。

妻子听到他的声音,唱着歌从里面回应:

亲爱的,太晚了,已经太晚了,
他正搂着我的腰;
亲爱的,太晚了,已经太晚了,
你那把该死的旧提琴已经输掉。

和自己的儿子结婚的女人

(巴勒斯坦阿拉伯)

从前有个妇人出去拾柴,路上生了个女儿。她用破布包起婴孩,扔到树下,继续赶路去了。鸟儿飞过来,在女婴周围筑起鸟巢,又衔来食物喂她。

小女孩长大了。一天,她坐到池塘边的一棵树上。她多美呀(众人赞颂美的创造者,造物主比一切更美)!面容像皓月一样。苏丹的儿子来到池塘边饮马,可是马受到惊吓退了回来。他下马查看,发现姑娘坐在树上,美貌照亮了四周。他把姑娘带走,拟好婚约,同她结了婚。

到了朝圣的时候,苏丹的儿子决定去麦加。他对母亲说:"照看好我的妻子,等我朝觐回来。"

话说他的母亲非常妒忌儿媳,所以儿子一走,她就把儿媳赶出家门。姑娘去了邻居家,跟他们住在一起,给他们当佣人。母亲在王宫的花园里挖了个坟,把一头羊埋了进去。然后她染黑了头发,涂脂抹粉,好让自己显得年轻、漂亮。她住在王宫里,假扮成儿媳的模样。

苏丹的儿子朝圣回来,被母亲的伪装所骗,以为她就是自己的妻子。他问假妻子母亲怎么样了,假妻子说:"你母亲死了,埋在王宫的花园里。"

母亲和儿子睡过之后就怀孕了,她开始渴望吃这样那样的东西。"我的好丈夫,"她对儿子说,"帮我去邻居家的葡萄藤上摘一串酸葡萄来吧!"儿子派一名女佣去讨葡萄。女佣敲敲邻居家的门,苏丹儿子的真妻子把门打开了。

"哦,住在隔壁宫殿里的女主人,"仆人说,"给我一串酸葡萄,好满足我家女主人的渴望!"

"我母亲在荒野里生了我,"妻子答道,"鸟儿在我周围搭窝筑巢。苏丹的儿子娶了自己的母亲,现在又要牺牲我的利益来满足她的渴望!下来吧,剪刀,剪掉她的舌头,免得她泄露我的秘密!"剪刀飞下来,剪掉了仆人的舌头。仆人回到家,嘟嘟囔囔说不清楚,谁都听不懂她在说些什么。

然后苏丹的儿子派了个男仆去取酸葡萄。仆人去敲了敲门,说:"哦,住在隔壁宫殿里的女主人,给我一串酸葡萄,

好满足我家女主人的渴望!"

"我母亲在荒野里生了我,"苏丹儿子的妻子答道,"鸟儿在我周围搭窝筑巢。苏丹的儿子娶了自己的母亲,现在又要牺牲我的利益来满足她的渴望!下来吧,剪刀,剪掉他的舌头,免得他泄露我的秘密!"剪刀飞下来,剪掉了他的舌头。

最后,苏丹的儿子亲自去敲门了。"哦,住在隔壁宫殿里的女主人,"他说,"给我一串酸葡萄,好满足我家女主人的渴望!"

"我母亲在荒野里生了我,"苏丹儿子的妻子答道,"鸟儿在我周围搭窝筑巢。国王的儿子娶了自己的母亲,现在又要牺牲我的利益来满足她的渴望!下来吧,剪刀,剪掉他的舌头——可是我又不忍心下手!"剪刀飞下来,在王子周围盘旋,却没有剪掉他的舌头。

苏丹的儿子明白过来。他去挖开花园里的坟墓,瞧呀!里面是一头羊。确定妻子其实是自己的母亲之后,他派人叫来了传令官。传令官吆喝道:"每个爱穆罕默德的人都拿一捆柴火和一块燃烧的煤来吧!"

然后苏丹的儿子点着了火。

万福,万福!咱们的故事讲完了。

端昂和他的野妻

（苏丹：丁卡）

阿穆非常美丽。她被许配给同部落的一个男人，但是还没有过门，仍和家人住在一起。

邻村有个叫端昂的男人，他父亲对他说："端昂，我的儿子，是结婚的时候了。"

"父亲，"端昂答道，"我不能结婚，我还没有找到心爱的姑娘。"

"可是我的儿子呀，"父亲劝说道，"我想让你趁我活着的时候结婚。我也许活不到参加你婚礼的时候了。"

"我会去找的，父亲，"端昂说，"但是只有找到心上人，我才会结婚。"

"很好，我的儿子。"父亲理解地说。

他们住在一起，直到父亲死去。端昂没有结婚。然后他母亲也死了。他还是没有结婚。

父母的离世让他沉湎于悲伤，他再也不注意外表了，任凭哀悼的毛发长得又长又乱，既不刮脸也不梳头。他是个非常富有的人，牲口棚里满是牛、绵羊和山羊。

一天，他出门去附近的一个部落，路上听到鼓声震天。他循着声音找过去，发现一群人在跳舞，于是止步观望。

跳舞的人中间就有那个叫阿穆的姑娘。她看到端昂站在那里，便离开众人，走到他跟前，问候了他。两个人站在那里说着话，这时候阿穆未婚夫的亲戚们看到了姑娘，于是变得不安起来。"为什么阿穆离开跳舞的人，去问候一个只是在边上看的男人？而且她竟敢站在那里跟他说话！再说了，那个男人到底是谁呀？"

他们把姑娘叫过去询问。姑娘答道："我不认为有什么不对的地方！我见他好像一个无助的外乡人，便去问候他，以防他有什么需要。仅此而已。"

众人不再追问了，尽管他们并不信服。阿穆没有回去跳舞，而是又过去跟那个男人说话了。她邀请男人上她家，于是他们离开跳舞的人群去了。阿穆请男人坐下，给他水喝，为他做饭，并且把饭端到他的面前。

男人在她家待了两天，然后回了自己家。他去叫来众亲戚，对他们说自己找到了心上人。就这样，他们牵着牛群回到阿穆的村庄。

跟阿穆订婚的男人出了三十头奶牛，阿穆的亲戚们把奶牛退还，接受了端昂的牛群。两人结了婚，阿穆被送到丈夫家。

阿穆跟男人走了，她生下一个女儿，名叫琪玲迪特，然后又生下一个儿子。夫妻俩带着小孩单独住，阿穆怀上了第三个孩子。怀孕期间，丈夫在牛营里，但是到了生产的时候，他回来看望妻子，陪他们度过了产后的头几天。

生完孩子，阿穆非常想吃肉，这时候她才刚分娩不久。她对丈夫说："我想吃肉想得要命，连饭都吃不下去了。"

丈夫对她说："要是你看上的是我的牛，那么我是不会单单因为你想吃就杀生的！这是种什么样的欲望,竟然要宰杀牲口？告诉你,我是什么都不会杀的。"

他们的谈话就这样结束了,但是阿穆还在受罪,既吃不下饭,也干不了活,就那么呆坐着。

丈夫不耐烦了,妻子的渴望惹得他满腹牢骚,于是他公开宰了一头羊羔,好让妻子和众人看到,然后又偷偷杀了一只小狗,在闷燃的浓烟中烤起了羊肉和狗肉。

烤好以后,他把狗肉端去给闺房里的妻子,然后拉起孩子们的手,把他们领到男人们住的地方去了。妻子抗议道:"你为什么把孩子们带走？他们难道不跟我一起吃吗？"

丈夫说:"我以为你说你想吃肉想吃得要命。我觉得分开吃对你和孩子都比较好。他们跟我分享就行了。"

丈夫让孩子们坐到自己身旁,他们一起吃了饭。妻子尽管觉得受了侮辱,却没有怀疑丈夫的话,对于他会下毒的事情更是想都没有想过。就这样,她把肉给吃了。

她刚吃饱,就开始流口水,没过多久就得了狂犬病。然后她丢下自己初生的婴儿跑了。

丈夫带儿子去了牛营,把女儿一个人丢在家里。小姑娘照顾着年幼的弟弟,过得非常辛苦。她担心母亲会在发病的时候回来,于是把剩余的狗肉风干、存好。她会烧一份狗肉,放到小屋外的平台上,旁边摆上她做的其他饭菜。

有那么一段时间,母亲一直没有来。然后有一天晚上,她来了。她站在屋子的栅栏外面,唱道:

"琪玲迪特,琪玲迪特,
你父亲上哪儿去了？"

琪玲迪特答道:

"我父亲去了爪其尼尔,
母亲,你的肉在平台上,
你的饭菜在平台上,
你就是中了那些东西里的毒。
母亲,我们跟你去森林好吗?
没有你,这算是什么家啊?"

母亲总是把食物拿去跟狮子们分享。这样的情形持续了一阵子。

在此期间,女人的哥哥们并没有听说她生孩子的消息。他们中的一个叫宝尔,因为他是在一对双胞胎之后出生的,他对其他人说:"兄弟们,我觉得咱们应该去看看妹妹。也许她生了孩子,现在不方便照顾自己和家里。"

话说阿穆的女儿继续辛苦地工作,一面照看幼小的弟弟,一面为母亲和他们自己烧饭做菜。她还得保护自己和弟弟,不让母亲发现,如今母亲变成了狮子,弄不好会把他们吃掉。

一天晚上,母亲又来唱歌了。琪玲迪特像往常那样做了回答。母亲吃完就走了。

与此同时,宝尔带上装满牛奶的葫芦,出发去妹妹家了。他是白天到的,看到村庄这么安静,他担心可能出了什么事。咱们的妹妹真的在家吗? 他想,也许我心里害怕的事情真的发生了。也许咱们的妹妹难产死了;她丈夫带着孩子离开,把房子丢下来了!

但是他心里的另一个声音说:别犯傻了!有什么能让她送命呢?她是个刚生完孩子的母亲,现在待在小屋里出不来而已。

我能看到那个小姑娘,他心想,但是却看不到她的母亲。小姑娘一见他就哭着奔了过去。

"你母亲上哪儿去了,琪玲迪特?"宝尔连忙问。

小姑娘跟他说了母亲变野的经过,从母亲很想吃肉还有父亲用狗肉毒害她的事情说起。

"晚上她来的时候,"小姑娘解释说,"她的同伴都是狮子的妻子。"

"她今晚会来吗?"小姑娘的舅舅问。

"她每晚都来,"琪玲迪特答道,"但是,舅舅,等她来了,你可千万别露面。她已经不是你妹妹了——她是头母狮子!要是你去见她,她会把你杀掉的,那样就是我们的损失了,我们今后就再也没人照顾了。"

"那好吧。"宝尔答道。

那天晚上,母亲又来了。她唱着往常的歌,琪玲迪特也照样唱歌回应。

母亲朝平台走过来,想取上面的食物,这时她说:"琪玲迪特,我的女儿,为什么屋子闻起来是这样的味道?有人来了吗?你父亲回来了吗?"

"母亲,父亲没有回来。有什么能让他回来呢?只有我跟小弟在家。你离开我们的时候,我们难道不是人吗?要是你想吃我们,那就来吧,也省得我遭这些罪了。我已经被折磨得无法忍受了。"

"我亲爱的琪玲迪特,"母亲说,"我怎么可能把你吃掉呢?我知道我变成了一个禽兽不如的母亲,可是我并没有丧失爱你的心啊,我的女儿。你为我做饭这件事不正是我们母女关系维系的证据吗?我是不会忍心吃你的!"

宝尔听到妹妹的声音,坚持要出去见她,可是外甥女恳求道:"别被她的声音骗了。她是头野兽,不是你妹妹。她会把你吃掉的!"

于是他留在了屋子里。母亲吃完就回到狮子的妻子中间去了。

第二天早上,宝尔回到牛营,告诉兄弟们妹妹变成了一头母狮子。听到这个消息,他们都很困惑,于是拿起矛去了妹妹家。他们牵了一头公牛,走啊,走啊,然后就到了。

他们进屋坐了下来。小姑娘开始像往常一样为母亲做饭。然后他们都去睡了。小姑娘照例带着弟弟进小屋,男人们则睡在外面,躲起来等待妹妹出现。

晚上她来了,像往常一样,她唱起了歌,琪玲迪特做了回答。她取走食物,跟狮子的妻子们一起吃,然后把盘子拿了回来。放盘子的时候,她说:"琪玲迪特!"

"是的,母亲。"琪玲迪特答道。

"我亲爱的女儿,"她继续道,"为什么我觉得屋子这么沉呀?你父亲回来了吗?"

"母亲,"琪玲迪特说,"父亲没有回来。他丢下我和这个小婴儿的时候,可曾想过要回到我们身边?"

"琪玲迪特,"母亲争辩道,"如果你父亲回来了,你为什么要瞒我呢,亲爱的女儿?难道你这么不懂事,不能明白我受的罪?"

"母亲,"琪玲迪特又一次说道,"我说的句句属实,父亲没有回来,我一个人跟小弟弟在一起。要是你想把我们吃掉,那就来吧。"

母亲转身要走,这时候她的哥哥们扑上来抓住她。她在他们手中挣扎了好久,但怎么都不能逃脱。他们把她绑到树上。第二天早晨,他们宰了牵来的公牛,不停地打起她来。他们用生肉挑逗她,把肉拿到她嘴边,随即又抽走。然后他们接着打。她被挑逗的时候,口水会流下来变成小狗。他们继续挑逗她,打她,直到三只小狗从口水里冒了出来。然后她不要吃生肉了。哥哥们给她烤熟的公牛肉,她吃了下去。哥哥们又打了她一阵儿,直到她脱去身上所有的狮毛。

然后她睁开眼,仔细看看他们,坐下来说:"请把我的小宝贝给我吧。"

婴儿被送了过来。他已经不能吃母亲的奶了。

等母亲完全恢复过来,她的哥哥们说:"我们要带你去我们的牛营。你不能再去那种人的牛营了!"

但是她坚持要去丈夫的牛营,她说:"我得回到他身边。我不能丢下他不管。"

她的哥哥们都不能理解她。他们想把她的丈夫打死,但是她争辩说不能那么做。见哥哥们都不理解自己,她对他们说,她要用自己的方式对付他,回去找他不是出于爱,而是为了报仇。于是哥哥们离开了她,她找丈夫去了。

她到了牛营,丈夫很欢迎她回去。她一点都不显出委屈的样子,留在了丈夫身边,丈夫跟她在一起感到非常高兴。

一天,她盛了一葫芦酸牛奶,捣好谷子,做成了麦片粥。她端给丈夫吃,对他说:"这是我离开你以来的第一顿美餐。我希望你吃得比以往都尽兴,让我也高兴一下。"

首先男人把牛奶喝了。接着妻子端来混着酥油和酸牛奶的麦片粥,他吃了下去。然后妻子让他再喝些牛奶,他想要拒绝,妻子便在一旁央求。男人吃啊,吃啊,吃啊,直到撑破肚皮,一命呜呼。

突如其来的好运

(匈牙利)

一个穷人去耕地,他的犁挖开一条沟,翻出好多钱来。他看到这些钱就开始琢磨要怎么向老婆交代。他怕老婆会脱口而出,讲给邻居听,那样他们就要接到地方法官发的传票了。

于是男人去买了一只野兔和一条鱼。

老婆来给他送午饭了,吃完以后,男人对她说:"咱们来炸条鱼吧。"

女人说:"你以为!咱们这是在田里,怎么可能抓到鱼呢?"

"来呀,老婆,我在黑刺李丛旁边耕地的时候看到两条。"他把老婆领到黑刺李丛边。

女人说:"瞧呀,老头子,那边有条鱼。"

"我刚才不是跟你说了吗?"男人把赶牛用的尖头棒扔向树丛,鱼立刻就出来了。

接着他说:"咱们来抓只野兔吧。"

"别跟我开玩笑了,你又没有枪。"

"没关系,我用赶牛棒把它干掉。"

他们正往前走着,女人叫了起来:"瞧!那边的树上有只野兔。"

男人照着树扔出赶牛棒,野兔掉了下来。

夫妻俩干活干到天快黑,晚上他们回家了。路过教堂的时候,他们听到有头驴在叫。

男人对老婆说:"你知道那头驴子在叫什么吗?他在说:'牧师布道的时候讲,马上有颗彗星要来了,然后世界末日就要到了!'"

他们继续往前走,路过市政厅的时候,驴子又响亮地叫了一声。男人说:"驴子在说:'地方法官和镇书记盗用公款,刚刚被抓了。'"

时间慢慢过去,夫妻俩好好地利用着那笔钱财。

邻居们不断发问:"那么多钱是从哪里来的?"

然后,女人对其中一个女邻居说:"我不介意告诉你,但是你不能讲给任何人听。"她告诉邻居那笔钱是捡来的。邻居把这件事汇报给地方法官,于是法官传他们出庭。他问男人钱的事情,男人矢口否认,说他们根本没捡到钱,一分钱也没捡到。

法官接着说:"你妻子会告诉我的。"

"问她有什么用?她只不过是个蠢女人。"男人说。

女人突然发起脾气,冲他嚷嚷道:"你胆敢再说一次!咱们找到钱的那天不是还在黑刺李丛底下抓到鱼的吗?"

"啊,法官大人,您可以亲耳听听。在树丛里抓鱼——她下面还要说什么呀!"

"你难道不记得你是怎么用赶牛棒从树上打下一只野兔来的吗?"

"您瞧,我不是对您说了吗,法官大人?问这个傻瓜女人也是白搭。"

"你自己才是傻瓜呢。难道你忘了吗？咱们回家的路上经过教堂，听到一头驴子在叫，你说牧师在布道，在说有颗彗星要来了，然后世界末日就要到了。"

"啊，我说的不对吗，法官大人？还是别理她的好，不然她就要说傻话冒犯您啦。"

女人勃然大怒，她说："你果真不记得了吗？咱们经过市政厅的时候，驴子又大声叫了一回，你跟我说：'地方法官和镇书记刚被抓了……'"法官猛地站起身，对男人说："把她带回去吧，我的好伙计，她好像神志不清啦。"

夸脱罐里的豆子

（美国：山区）

老头子生病了，以为自己反正要死了，于是叫来妻子，向她承认说："我时常出轨，现在我想向你坦白，并且在临走前请求你的原谅。"老太婆说："好的，我会原谅你的。"她原谅了老头子。

不久，老太婆生病了，她叫来老头子，说："啊，你瞧，我出了不少次轨，想要请求你的原谅。"老头子说："好的，我会原谅你的。"老太婆说："我每出一次轨，就在夸脱罐里放一粒豆子。你会看到它们全部都在壁炉台上，除了我前面那个礼拜六烧掉的那罐以外。"

第十三章

有用的故事

鸟妈妈和小鸟的寓言

(意第绪)

从前有个鸟妈妈要过河,她有三只小鸟。她把第一只放在翅膀下面,开始朝对岸飞。正飞着,她问:"告诉我,孩子,等我老了,你会不会像我现在这样,把我放在翅膀下面,载着我飞?"

"当然啦,"小鸟答道,"那还用问!"

"啊,"鸟妈妈说,"你在撒谎。"说罢她就让小鸟滑落下去,它掉到河里淹死了。

鸟妈妈回去接第二只小鸟,把它放在翅膀下面。飞过河的时候她又问:"告诉我,孩子,等我老了,你会不会像我现在这样,把我放在翅膀下面,载着我飞?"

"当然啦,"小鸟答道,"那还用问!"

"啊,"鸟妈妈说,"你在撒谎。"说罢她就让第二只小鸟滑了下去,它也淹死了。

然后鸟妈妈回去接第三只小鸟,把它放在翅膀下面。正飞着,她又问:"告诉我,孩子,等我老了,你会不会像我现在这样,把我放在翅膀下面,载着我飞?"

"不会,母亲,"第三只小鸟答道,"我怎么能载着你飞呢?那时候我就有自己的小鸟要载了。"

"啊,我最亲爱的孩子,"鸟妈妈说,"只有你才说了真话。"就这样,她载着第三只小鸟飞到了河对岸。

三个姨妈

（挪威）

很久很久以前，有个穷苦人住在树林深处的小屋里，靠打猎为生。他有个独生女儿，长得非常漂亮。姑娘小时候就失去了母亲，如今已经长成少女，她说她要外出闯荡，自谋生路。

"啊，姑娘！"父亲说，"你在这里除了拔鸟毛、烤鸟肉之外的确什么也没学到，倒不如去努力谋条生路。"

于是姑娘找工作去了，她走了一段路，来到一座王宫，在那里待了下来，谋得一份差事。王后十分喜欢她，引的其他女仆都心生妒忌。她们打定主意，对王后说姑娘声称能在二十四小时之内把一磅亚麻纺成纱线。要知道，王后是个出色的主妇，对好手艺很看重。

"你果真说过这样的话吗？若是说过就应当照做，"王后说，"不过要是你想，我也可以多给你点时间。"

可怜的姑娘不敢说她一辈子都没纺过线，只请求王后给她一个单独的房间。她得到了房间，有人把纺车和亚麻送到她面前。姑娘坐在那里难过得哭了起来，不知道该从何下手。她对着纺车左拉拉右扯扯，这里拧拧那里转转，但怎么都弄不出个名堂，因为她从没见过纺车。

她正坐在那里,突然一个老妇人进了屋,走到她跟前问:"是什么让你苦恼呀,孩子?"

"啊!"姑娘深深叹了口气说,"告诉你也没有用,你永远都不可能帮我的。"

"谁知道呢?"老妇人说,"也许我反而知道怎么帮你呢。"

好吧,姑娘心想,我还是同她说好了,于是她告诉老妇人,跟她一起干活的仆人说她能在二十四小时之内把一磅亚麻纺成纱线。

"这不,我成了可怜的人,被关在这里,要在一天一夜之内把那一大堆纺完,可是我这辈子连纺车都没见过。"

"啊,没关系,孩子,"老妇人说,"要是你一生中最幸福的那天管我叫声姨妈,我就为你纺这些麻,这样你到一边儿躺下睡觉就行了。"

好的,姑娘挺乐意,于是到一边儿躺下睡了。

第二天早上她醒过来,所有的麻都已经纺好放在桌子上了,它们干净又精细,谁都没见过这么均匀、漂亮的纱线。得到这样好的线,王后很高兴,比以往更加器重姑娘了。但其他仆人也更加妒忌,决定对王后说姑娘声称能在二十四小时之内把纺好的纱线织成布。于是王后又说,既然话已出口,姑娘就得照做,不过要是二十四小时来不及,她也不会苛求,可以再宽限些时间。这一回姑娘依然不敢拒绝,只是请求王后给她一个单独的房间,说她会试试看。她又坐在那里抽抽噎噎地哭了起来,不知道该怎么办,这时候另一个老妇人走进来问:"是什么让你苦恼呀,孩子?"

姑娘起先不肯回答,后来终于向老妇人诉说了难过的缘由。

"哎呀呀!"老妇人说,"没关系。要是你一生中最幸福的那天管我叫声姨妈,我就为你织这些纱线,这样你到一边儿躺下睡觉就行了。"

好的,姑娘挺乐意,于是到一边儿躺下睡了。醒来的时候桌上摆了一匹亚麻布,织得整齐又细密,真是再精致不过了。姑娘抱起布,跑到王后面前。得到这样一匹美丽的麻布,王后十分高兴,比先前更加器重姑娘了。但其他人也更加愤愤不平,一心想要找出点儿什么,好去告发她。

终于他们对王后说,姑娘声称能在二十四小时之内把麻布做成衬衫。好了,一切就跟先前一样,姑娘不敢说她不会缝纫,于是又被单独关在一间屋子里,坐在那里伤心落泪。但这时候又来了一个老太婆,说能帮她缝好衬衫,只要她答应在一生中最幸福的那天管她叫声姨妈。姑娘真是再乐意不过了,她按照老太婆的吩咐,到一边儿躺下睡了。

第二天早晨她醒过来,发现麻布已经做成衬衫摆在桌子上了——从来都没有人见过这么美的工艺,而且所有的衬衫上都绣了花纹,马上就可以穿了。王后见了这些衬衫,对缝纫手法极为满意,不禁拍手说道:"我有生以来从未拥有过缝得这么好的衣服,甚至连见都没见过。"从那以后,她对姑娘宠爱有加,就像对待自己的孩子一样。她对姑娘说:"听着,你要是想让王子做你的丈夫,我肯定会答应,因为你永远都不用雇女工,一个人就能包办缝纫、纺织的活计。"

姑娘生得漂亮,王子又乐意娶她,于是他们很快举行了婚礼。但是就在王子要跟新娘坐下来享用婚宴的时候,一个丑老太婆走了进来,她长着长长的鼻子——我敢说有三厄尔那么长。

新娘一见她就连忙起身,行了个屈膝礼,说:"您好,姨妈。"

"那个人是我家新娘子的姨妈?"王子问。

"是啊,她是我的姨妈!"

"啊,既然如此,她最好坐下来,跟咱们一起用餐。"王子这样说着,但是说实在的,他和其他人都不想让这个讨厌的老女人坐在身旁。

就在这时候,又来了一个丑老太婆。她的背又驼又宽,进门都很困难。新娘见了立马站起来问候道:"你好,姨妈!"

王子又问来人是不是新娘的姨妈,两人都说是,于是王子说,既然那样,她最好也坐下来,跟他们一起用餐。

但是他们刚坐下,另一个丑老太婆就进来了,她的眼睛有茶碟那么大,又红又浑浊,看起来真吓人。谁知新娘子又猛地站起身说了句"你好,姨妈",于是王子也请她坐了下来,但是王子心里真不痛快,他想:老天让我躲过我家新娘子的这些姨妈吧!

就这样,他坐了一会儿,终于忍不住问道:"我的新娘是这么漂亮一位姑娘,到底为什么会有这么讨厌、这么奇形怪状的姨妈呢?"

"我马上就告诉你是怎么回事,"第一位老太婆说,"我像她这么大的时候也跟她一样漂亮。后来长了长鼻子是因为我总是被迫坐在那里,脑袋伸啊伸、点啊点地纺线,于是鼻子就越拉越长,一直变成你现在看到的模样。"

"至于我么,"第二个老太婆说,"我自打年轻的时候就坐在织布机跟前来来回回地织啊织啊,所以背就变得又宽又驼,成了你现在看到的模样。"

"至于我么,"第三个老太婆说,"我打小就坐在那里,瞪着眼睛,没日没夜地缝啊缝啊,所以眼睛才会变得这么丑、这么红,现在已经没法儿治啦。"

"原来如此,原来如此!"王子说道,"我能了解这一点真是幸运得很。如果这些活计会把人变得这么丑陋、讨厌,那我就再也不许我的新娘子纺纱、织布、缝衣服啦。"

老妇人的故事

（非洲：邦代）

从前有个老妇人既没有丈夫也没有亲人，既没有钱也没有吃的。一天她扛起斧子去森林里砍柴，好卖点钱买东西吃。她走了很远的路，一直走到丛林深处，然后她来到一棵开满花的大树跟前，这棵树叫"木西瓦"。妇人抡起斧子，开始砍树。

树对她说："你为什么要砍我？我对你做了什么？"

妇人对树说："我要把你砍倒，好劈成柴火卖钱，这样我就能买点吃的，不至于忍饥挨饿了，因为我很穷，既没有丈夫也没有亲戚。"

树说："我来给你一些孩子做你自己的小孩，让他们帮助你干活，但是你既不能打他们，也不能骂他们。要是你骂了他们，那你就等着瞧吧。"

妇人说："好的，我不会骂他们的。"然后树上的花变成了许多男孩、女孩。妇人接过这些孩子，把他们带回家去了。

孩子们人人都有自己的工作——有的耕田，有的捕象，有的钓鱼。姑娘们有的砍柴，有的采摘蔬菜，还有的把谷子捣成面粉、做成饭。老妇人再也不用工作了，这下她有

福了。

　　姑娘们当中有一个比其他人都小。其他孩子对妇人说:"这个小姑娘不能工作。要是她饿了,哭着要东西吃,你就把吃的给她,别为这些事对她发火。"

　　妇人对他们说:"好的,我的孩子,不管你们说什么,我都会照做的。"

　　就这样,他们在一起生活了一段时间。妇人不用干活儿,只要在最小的孩子想吃饭的时候喂喂她就行。一天,那孩子对她说:"我很饿,给我点儿东西吃吧。"

　　妇人责骂道:"真烦人哪,你们这些丛林里的野小孩!自己到锅里盛吧。"

　　孩子哭啊,哭啊,因为她被妇人骂了。她的几个哥哥姐姐来了,问她出了什么事。她对他们说:"刚才我说饿了,想吃东西,咱们的母亲对我说:'这些丛林里的野小孩真惹我心烦哪。'"

然后男孩、女孩们等到打猎的兄弟姐妹们回来,跟他们说明了情况。于是他们对妇人说:"好啊,你说我们是丛林里的野小孩,那我们就回母亲木西瓦那里去了,你就一个人住吧。"妇人万般恳求,但是孩子们不肯留下来。他们全都回到树上,重又变成花,就跟先前一样。所有的人都嘲笑妇人。她过着贫穷的生活,直到死去,因为她没有听从树对她的指示。

紫色激情的顶点

(美国)

有这么个水手,他正在街上走的时候遇见一位涂口红的女士。女士对他说:"你知道紫色激情的顶点是什么吗?"水手说:"不知道。"女士说:"你想知道吗?"水手说:"想。"于是女士让水手五点整上她家去。水手去了,他按响门铃,屋里的鸟儿从四面八方飞了出来。它们绕着屋子飞了三圈,然后门开了,它们又都飞

了进去。涂口红的女士来了。她说:"你还想知道紫色激情的顶点是什么吗?"水手说想知道。于是女士让他去洗个澡,把身上弄得干干净净的。他去了,跑回来的时候踩在肥皂上滑了一跤,把脖子摔断了。这就是故事的结局。他到最后也没弄明白那个是什么。我的朋友爱丽丝跟我讲了这个故事,是她认识的一个人亲身经历的。

盐、酱和香料,洋葱叶、胡椒粉和肉汁

(非洲:豪萨)

这个故事是讲盐、酱、香料、洋葱叶、胡椒粉和肉汁的。故事,故事!任它去,任它来。盐、酱、香料、洋葱叶、胡椒粉和肉汁听人说有个年轻人非常英俊,不过他是恶魔的儿子。她们全都起身,变成美丽的少女,然后出发了。

走着走着,肉汁落在了后面,其他人又把她朝后攒了攒,说她的味道太难闻。但是她蹲下来藏了起来,直到她们继续往前走了一会儿才又出来跟了上去。她们来到一条小河边,遇见一个正在洗澡的老妇人。肉汁心想,只要老妇人开口,她们就会帮她搓背的。但是她们中的一个说:"安拉救救我吧,千万别让我伸手去摸老太婆的后背。"老妇人没有再说什么,于是五个姑娘继续往前走。

没过多久,肉汁就来了。她遇见正在洗澡的老妇人,便向她问了个好。老妇人也向她问好,对她说:"姑娘,你这是要上哪儿去?"肉汁答道:"我要去找一个年轻人。"老妇人请她搓背。与其他人不同,肉汁答应了。搓洗干净之后,老妇人说:"愿安拉保佑你。"又说:"你们都要去找的这个年轻人,你知道他的名字吗?"肉汁说:"不,我们不知道他的名字。"于是老妇人告诉她:"他是我儿子,名叫达斯堪达里尼,不过你不能告诉其他人。"然后她就不说话了。

肉汁继续远远地跟着其他人,直到她们来到小伙子的住处。她们正要进去,里面的人大声对她们说:"回去,一个一个进来。"她们照做了。

盐第一个走上前去,刚要进屋,那个声音就问:"是谁呀?""是我,"姑娘答道,"我是让汤变得美味的盐。"小伙子问:"我叫什么名字?"姑娘说:"我不知道你的名字,小伙子,我不知道你的名字。"然后小伙子对她说:"回去吧,姑娘,回去吧。"盐照做了。

接着酱走上前去,刚要进屋,里面的人又问:"你是谁?"姑娘答道:"我名叫酱,能让汤变甜。"小伙子说:"我叫什么名字?"可是酱不知道,于是小伙子说:"回头吧,姑娘,回头吧。"

然后香料站起身,走上前去,刚要进屋,里面的人问:"你是谁,这位姑娘,你是谁?"她说:"是我在向你问好,年轻人,是我在向你问好。""你叫什么名字,姑娘,你叫什么名字?""我是能让汤变香的香料。""我听见你的名字了,姑娘,我听见你的名字了。说出我的名字吧。"姑娘说:"我不知道你的名字,小伙子,我不知道你的名字。""回头吧,姑娘,回头吧。"于是香料回头坐了下来。

然后洋葱叶走上前,把头伸进了房间。"你是谁,姑娘,你是谁?"那个声音问。"是我在问候你,年轻人,是我在问候你。""你叫什么名字,姑娘,你叫什么名字?""我是让汤飘香的洋葱叶。"小伙子说:"我听见你的名字了。我叫什么名字?"但是洋葱叶不知道,所以也只好回头。

这时候胡椒粉来了。她说:"请原谅,年轻人,请原谅。"小伙子问来人是谁。她说:"我是胡椒粉,年轻人,我是让汤变辣的胡椒粉。""我听见你的名字了,姑娘。告诉我我叫什么吧。""我不知道你的名字,年轻人,我不知道你的名字。"小伙子说:"回头吧,姑娘,回头吧。"

这下只剩下肉汁了。其他人问她要不要进去,肉汁答道:"像你们这样的好人去了都被赶了出来,我进得了这幢屋子吗?他们见了发臭的人,难道不会撵得更快吗?"众人说:"站起来,进去吧。"因为她们也想让肉汁尝尝失败的滋味。

于是她起身进去了。当那个声音问她是谁的时候,她说:"我名叫肉汁,小伙子,我名叫巴索①,我让汤有强烈的味道。"小伙子说:"我听见你的名字了,但你还得说出我的名字。"姑娘说:"达斯堪达里尼,年轻人,你叫达斯堪达里尼。"小说子说:"进来吧。"人们为她铺开毯子,送来衣服和金拖鞋。然后,先前瞧不起她的盐、酱、香料、洋葱叶和胡椒粉都

---

① "巴索"("Batso"的音译)是一种味道刺鼻的酱料。

来了,一个说"我会永远为你扫地",一个说"我会为你捣谷子",一个说"我会为你打水",一个说"我会为你碾汤料",还有一个说"我会为你搅拌食物"。她们全都成了她的仆人。这个故事的寓意是:我们最神圣的食物正是用这些普通的东西做成的,就像这些普通的东西会在适当的情况下彻底改变一样。你若是看到穷人,千万别瞧不起他,说不定有一天他会变得比你强。仅此而已。

两姐妹与蟒蛇[1]

(中国)

从前有个上了年纪的苦聪宾摆[2],也就是老妇人,她年轻的时候丈夫死了,只剩下两个女儿,大的十九岁,小的十七岁。一天下午,她从山里干完活回来,路上觉得又渴又累,于是坐在一棵芒果树下休息。这棵树的枝条上挂满了成熟的金黄色果实,一阵山风吹来,美妙的香气直往她鼻子里钻,引得她口水直流。

突然宾摆听到芒果树上传来沙沙的响声,接着细小的树皮掉到她身上。她想树上一定有人,于是看都没看一眼就开玩笑说:"哪个小伙子在树上把芒果枝削成箭呀?不管你是谁,只要你能弄几个芒果来孝敬我,就可以在我的两个女儿中间任选一个。"

话刚出口,只听见树叶哗哗地响了,一个熟透的芒果扑通一声掉到地上。老妇人又高兴又感激,拾起芒果吃了起来,同时抬头朝树上看看。她不看还好,一看便大惊失色。只见芒果树上缠着一条牛腿那么粗的蟒蛇,正刷刷地甩着

---

[1] 此版本由英文回译,读者可以参看《云南民族民间故事选》(云南人民出版社,1981)中收录的版本。
[2] 宾摆在苦聪语中是"大妈"的意思。

尾巴,把芒果往下打呢。宾摆哪里还顾得上捡果子!她背起竹篓,三步并作两步地冲下山去。

老妇人上气不接下气地进了家门。眼见两个心爱的女儿前来迎接,她回想起芒果树下发生的事情,不禁心烦意乱,如坐针毡。她走到外面,看到一番奇怪的景象。尽管天色已黑,她所有的鸡都还在鸡圈外面打转。她一次又一次地想把鸡赶回去,可是它们就是不肯进窝。老妇人走到鸡圈边一看,天哪!刚才缠在芒果树上的那条蟒蛇正躺在里面呢!她刚准备逃跑,巨蟒开了口:

"宾摆,刚才你在芒果树下许下承诺,说只要有人摘个芒果给你吃,就可以在你的两个女儿中间任选一个。现在请你遵守承诺,给我一个女儿!要是你食言,可别怪我不客气!"

宾摆看着鸡圈里的蟒蛇花纹鲜艳的鳞皮、闪闪发光的眼睛还有向外伸着的开叉长舌,从头到脚打起哆嗦来。她既不能同意,又不能拒绝,只说:"蟒蛇息怒!请耐心等候,容我去跟姑娘们说说,好告诉你她们的意思。"

宾摆回到屋里,向两个女儿诉说了经过。"哦,我的小宝贝!"她叫道,"不是妈妈不爱你们,不疼你们,我也是没法子才把你们往火坑里推呀。现在你们姐妹俩可要想清楚——谁愿意嫁给蟒蛇为妻?"

老妇人话音刚落,大女儿就尖叫起来:"不,不!我不去!谁能嫁给这样一个丑陋吓人的东西啊?"

妹妹想了一会儿。她知道母亲有生命危险,而姐姐又很坚决。

"妈妈,"她说,"为了让你和姐姐不受蟒蛇伤害,安稳地生活下去,我甘愿嫁给蟒蛇。"说罢她就流下了许多伤心的眼泪。

宾摆把二女儿领到鸡圈门口,告诉蟒蛇姑娘属于他了。当天晚上,老妇人把蛇接进家里,于是蟒蛇跟二女儿结了婚。

第二天早上蟒蛇要把二女儿带走的时候,母女俩抱头痛哭,难舍难分。蟒蛇领着宾摆心爱的孩子去了深山老林,把她带进一个山洞。姑娘跟着蟒蛇在黑漆漆的洞里摸索。他们不停地往前走,但怎么走都走不到头。二女儿担心又害怕,眼泪像串串珍珠滴落下来。山洞拐了个弯,前方有了一丝亮光,然后一座金碧辉煌的宫殿突然出现在他们面前。那里面有数不清的红墙黄瓦,既有长廊、小亭,又有高楼、阔院,目之所及雕梁画栋,堆金砌玉,红绿丝绸挂满墙。这一切直看得二女儿眼花缭乱。她扭过头,身边那条狰狞恐怖的蟒蛇不见了,陪伴她往前走的是一位衣着华丽的年轻人,相貌堂堂且充满活力。

"啊!"姑娘彻底被征服了,不禁惊呼道,"这怎么可能呀?"

身旁的年轻人答道:"亲爱的姑娘,我是这一带的蛇王。不久前我去巡查诸蛇族的时候看到你们姐妹二人。我是多么仰慕你们的智慧和美貌啊!当时我就下定决心要娶你们中的一位为妻,所以才想了个办法,赢得你母亲的许可。如今我如愿以偿,亲爱的姑娘呀,在我的宫殿里,你将拥有数不清的金银,穿不尽的布匹,吃不尽的谷米。让我们相亲相爱,尽享荣华,白头偕老吧!"

二女儿听着蛇王的话,心中涌起一股暖流。她拉起他的手,甜蜜地笑着,走向金碧辉煌的宫殿。

二女儿和蛇王这对新婚夫妇幸福地生活了一段时间。

然后有一天,姑娘离开丈夫,回家去看望母亲和姐姐。她向她们诉说了自己和蛇王富足、圆满的婚姻。

大女儿怎能不满腹悔恨呢?她想,唉!都怪我太傻。要是我当初答应嫁给蟒蛇,如今在宫殿里享受荣华富贵的人就不是妹妹而是我了,不是吗?于是她当即下定决心:对,就这么办!我也要想办法跟一条蟒蛇结婚!

妹妹回到蛇王那里去以后,姐姐背起竹篓进了深山。为了找到蟒蛇,她专拣草高林密的地方走。从早到晚,从晚到早,她不停地找啊找啊,费了好大一番工夫,总算在灌木丛底下找到了一条——那蟒蛇闭着眼睛,睡得正香呢。

大姐小心翼翼地把蛇耙进竹篓,背起蛇,高高兴兴地回家去了。才走到半路,蛇就醒了,吐出信子,舔了舔她的后颈。大姐不但不害怕,反而心中暗喜。"嘿,"她轻声说,"别现在就这么亲热！等咱们回家再说！"

回到家,她把蟒蛇放到自己床上,连忙生火做饭去了。吃过晚饭,大姐对母亲说:"妈妈,我今天也找到一条蟒蛇,晚上就要跟他结婚了。从现在起,我也可以像妹妹那样过上富贵、舒坦的日子了!"说完她就去跟她的蟒蛇睡了。

母亲上床后不久就听见女儿的声音:"妈呀,到我的大腿了!"

宾摆什么也没说,心想,这只不过是一对新人在嬉戏打闹呢。

过了一会儿,大姐声音颤抖地叫道:"妈呀,到我的腰了!"

老妇人不明白这话是什么意思,于是动也没动。

又过了一会儿,这一次她听见里屋传来痛苦的声音:"妈呀,已经到我的脖子了……"然后一切安静下来。

宾摆觉得有点儿不对劲,于是赶快翻身下床,点起松明,进去查看。只见可怕的蟒蛇已经把大女儿整个儿吞了下去,只留下一绺头发!

老妇人难过又惶恐。她在屋里走来走去,不知道要怎么解救女儿。最后她实在没办法,只得拆毁心爱的茅草屋,一把火把蟒蛇烧掉。熊熊烈焰中只听见"砰"的一声——蟒蛇被烧死了,炸成了许多碎片。后来,这些碎片变成了无数大蛇小蛇。

第二天早上,宾摆从灰烬中捡出几块女儿残存的骨头,含泪在地上挖了个坑,把它们给埋了。

然后她郑重地说:"大女儿呀!这都是你贪心的下场!"说罢她就进了密林深山,寻找二女儿和蛇王女婿去了。

伸开手指

(苏里南)

从前,巴耀是个种植园的监工,他在城里有两个妻子,要是他在种植园找到了吃的,就会带去给她们。他把东西拿去的时候会对她们说:"你们吃的时候要伸开手指。"他说这话的时候,第一个妻子不太明白他的意思。他跟第二个妻子说了相同的话,这个妻子明白了。他其实是要说,当他给她们东西的时候,她们不能独吞,得分给别人一半。

那个不明白这句话的女人下午烧好饭就吃掉了,然后她走到外面,伸开手指头,说:"巴耀让我吃饭的时候伸开手指。"巴耀带给她很多熏肉和咸鱼,她一个人吃了。但是当巴耀给另一个妻子带东西的时候,她把一半分给了别人,因为她懂得了那句谚语的意思。

不久,巴耀死了。他死后,没有人带东西给那个对着空气伸手指的妻子。她独自一人坐在那里。但是许多人都为那个同大伙儿分享的妻子带来了东西,一个人牵来一头奶牛,一个人带了糖,一个人带了咖啡……于是她收到很多礼物。

话说有一天,第一个妻子去跟第二个妻子说:"是的,妹妹,自从巴耀死后我就一直挨饿,没有人给我带吃的。可是你看,为什么这么多人送东西给你?"

第二个妻子问她:"啊,当初巴耀给你带东西的时候,你把它们怎么办了?"

她说:"我自己吃掉了呀。"

第二个妻子又问:"巴耀对你说'你必须伸开手指'的时候,你是怎么做的?"

她说:"我吃饭的时候对着空气伸开了手指呀。"

第二个妻子说:"原来如此……那么好吧,空气应该带东西给你,因为你为空气伸开了手指。至于我嘛,当初有些人受了我的接济,如今就是他们送东西来作为回报。"

吃饭的时候必须伸开手指,这个谚语的意思是,吃东西的时候要跟大伙儿一起分享,不能把所有的东西都留给自己,否则,当你一无所有的时候就不会有人来帮助你了,因为你没有把属于自己的东西分给别人。

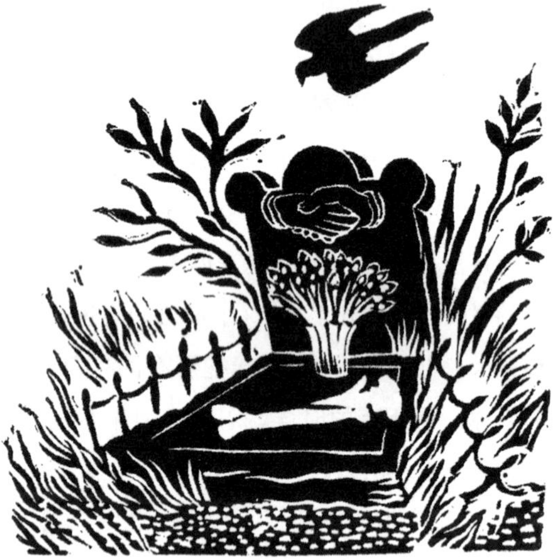

后记

意大利作家、寓言家和童话采集者伊塔洛·卡尔维诺坚信幻想和现实间的联系："我习惯将文学视为知识的探求，"他写道，"巫师在面对部落生活中的危殆处境时，其对应之道是抛去他的肉体重量，飞向另一个世界，另一个感受层面，去寻找力量改变现实的面貌。"[1]安吉拉·卡特不会这么板着脸许下相同的愿望，但是她将幻想和独出心裁的渴望结合起来，这与卡尔维诺写的巫师飞行很相像。卡特具有巫师轻盈的智慧与才思——有趣的是，她也恰好在最后两部小说中探索了有翅膀的女人的形象。《马戏团之夜》中的空中飞人女主人公飞飞可能是像鸟一样被孵出来的，而在《明智的孩子》中，双胞胎欠思姐妹扮演了各种仙子和长羽的角色——从以童星身份首次登台亮相，到后来游戏好莱坞，出演壮观奢华的《仲夏夜之梦》。

精怪故事也为卡特提供了飞行的途径，即寻找、叙述另一个故事的途径，和在头脑中改变事物的途径，正像许多精

---

[1] 伊塔洛·卡尔维诺（Italo Calvino），《未来千年文学备忘录》（*Six Memos for the Next Millennium*），英文版由威廉·维弗尔（William Weaver）翻译（伦敦，1992），第26页；中文版由杨德友翻译（辽宁教育出版社，1997）。

怪故事中的角色会改变形体一样。她创作自己的故事,将贝洛的《鹅妈妈的故事》以及其他家喻户晓的故事改写成炫目、情色的版本。在《血窟》中,她将美女、小红帽和蓝胡子的最后一个妻子从色彩柔和的育儿室中抽离,投入到女性欲望的迷宫。

卡特一直广泛阅读来自世界各地的民间传说。从西伯利亚到苏里南,她从丰富的资源中找到了这里收集的故事。其中仙子、精灵意义上的精怪并不多见,但是故事发生在仙境中——不是被粉饰和庸俗化了的维多利亚式精灵王国,而是更加黑暗的梦幻疆土,里面充满鬼魂与诡计,懂魔法会说话的动物,还有各种谜语和诅咒。《十二只野鸭》中,女主人公发誓既不说话,也不哭笑,直到把中了魔法、变成动物的哥哥们拯救出来。女性的话语和声响,她们/我们的喧嚷、欢笑和哭泣——这类主题贯穿安吉拉·卡特的作品,影响着她对民间故事的热爱。《魔幻玩具铺》中美丽的玛格丽特舅母被银项圈卡住不能说话,而这个项圈是邪恶的木偶大师,也就是她的丈夫,做给她的结婚礼物。与之形成对比,民间故事不仅在诉说,而且在充分诉说女性的经验;女性常常是故事的讲述者,比如合集中的一则富有活力、引人发笑、极具卡特风格的故事(《打老婆的理由》)。

安吉拉·卡特对女性的偏护之情在她所有的作品中燃烧,却从来没有将她引向任何传统形式的女权主义,不过在这里,她沿用了一项原创而有效的计策,从"厌恶女性"的虎口夺下了对女性"有用的故事"。在1979年的论文《萨德式的女性》①中,卡特从萨德身上挖掘出一个令人眼界大开的导师,他讲授男性和女性的现状,并照亮了女性多态欲望的边缘地带。而在这本书里,她颠倒了一些劝诫性质的民间故事,摇出它们曾经表达的对女性的恐惧和厌恶,从中创造出一套新的价值,颂扬坚强、坦率、热情、性别特征显著、永远都不屈服的女性(参见《逆流而上的老太婆》和《信的花招》)。在《明智的孩子》中,她创造了多拉·欠思这个女主人公,她是歌舞女郎、扮演轻佻女仆的演员、杂耍剧院的舞者,是低下而遭人鄙夷的茫茫贫苦大众中的一员,也是一个私生女和从未结婚的老太婆(投错了胎,错生在了贫民区),但是所有这些耻辱都被兴高采烈、津津有味地拾起,抛撒向空中,好像婚礼上数不清的五彩纸屑。

书中压轴的《伸开手指》是来自苏里南的一则严厉的道德故事,讲的是要与他人分享自己获得的赠与,这则故事也显示了安吉拉·卡特对慷慨的重视。她毫无保留地奉献自己——想法、才思、犀利不含糊的头脑——心意坦诚却从不多愁善感。这里她极为喜爱的一篇是俄罗斯的谜语故事《明智的小女孩》,其中沙皇向她的女主人公提出了不可能的要求,可她眼都不眨一下就办到了。卡特喜欢这个故事,因为它像《皇帝的新衣》一样令人满意,但是"没有人受到羞辱,人人都得到了奖赏"。该篇收录在"聪明的妇人、足智多谋的姑娘和不惜一切的计谋"这一章中,里面的主人公本质上是个卡特式的人物——从不羞愧,毫不畏惧,像雌狐一样听觉敏锐,同时又具有不露声色的清醒判断。她以沙皇的

---

① 即"*The Sadeian Woman*"。

困惑为乐,却不想让他受到羞辱,这是极其典型的卡特的性格。

临终前,卡特没有力量按照原定计划为组成本书后半部分的《悍妇精怪故事集第二卷》①作序,但是她在手稿中留下了四条令人费解的笔记:

> 瓦尔特·本雅明说:"每个真实的故事都包含了一些有用的东西。"
> 故事的非迷惑性
> 帕斯卡说:"再贫穷的人死时也会留下些什么。"
> 精怪故事——狡黠与兴高采烈

这些词句尽管支离破碎,却传达出了她的哲学。她尖锐地批评"受过良好教育的人"对民间故事会表现出的不屑一顾,因为他们忽略了世界上三分之二的文学——也许更多——都是由不识字的人创作的。她喜欢民间故事中可靠的常识,主人公直截了当的目标,简单的道德区分,还有它们所提出的狡猾计谋。它们是弱者的故事,讲的是狡黠和兴高采烈最终获得成功;它们是实际而不浮夸的。作为一个长着翅膀的幻想作家,安吉拉·卡特始终将目光投向地面,坚定地注视着现实。她曾经说过:"精怪故事就是一个国王去向另一个国王借一杯糖。"

此类别的女权主义评论家——尤其是在 1970 年

---

① 英国的悍妇出版社(Virago Press)成立于 1973 年,专门出版女性作家的作品。本书是《悍妇精怪故事集》(*The Virago Book of Fairy Tales*)和《悍妇精怪故事集第二卷》(*The Second Virago Book of Fairy Tales*)的合集。

代——不肯接受诸多故事因循社会习俗的"大团圆结局"（比如"她长大以后，他同她结了婚，于是她当上了皇后"）。但是安吉拉懂得满足与欢乐，同时又相信精怪故事的目的不是"保守的，而是乌托邦式的，事实上也就是某种形式的英雄乐观主义——就好像在说，有一天我们会获得幸福，哪怕它不能持久"。她自己的英雄乐观主义从未弃她而去——像她故事中精神饱满的女主人公一样，她在患病直至离世的那段时间里表现得机敏、勇敢甚至幽默。鲜有作家拥有自身作品的优秀品质，她却人如其文。

她的想象力耀眼迷人，通过大胆而令人眩晕的情节、准确而狂野的意象，通过那一系列精彩的"亦好亦坏"的姑娘、野兽、无赖还有其他角色，她使读者屏住呼吸，直看着英雄乐观主义的氛围在极不可能的情况下聚拢过来。她拥有一个真正作家为读者重新创造世界的天赋。

她自己就是个明智的孩子。她有一张表情丰富的脸，有时会反讽地撅起嘴巴，她的眼镜后面带着揶揄，时而闪闪发光，时而流露出梦幻的神情。她长长的银发和幽雅的谈吐给人"仙后"[①]的印象，只是她从来都不显得飘渺、脆弱。尽管青春的自恋是她早期小说中的一个重要主题，她自己却是个特别不自恋的人。她声音柔和，带着讲故事的人推心置腹的语气，充满了生动的幽默。她说话时似有某种切分的节奏，因为要时不时地停下来思索——她的思想使她成为最令人愉快的同伴。她很健谈，学识渊博却不炫耀，能

---

① 《仙后》("The Faerie Queene")是英国诗人埃德蒙·斯宾塞（Edmund Spenser）的一首史诗。

够手术刀般精准地表达某种顽皮的领悟或是艰难的判断，亦能够轻而易举地道出许多新想法，将典故、引语、滑稽模仿和原创发明编织在一起，一如她的散文风格。"我有个推测……"她总是这样自谦道，然后会说出某个别人未曾想过的见解，某个俏皮或意味深长的悖论，概括起一个趋势、一个瞬间。她可以像王尔德一样机敏，闪着旁敲侧击的古怪幽默，然后她会继续下去，时而惊得听众目瞪口呆。

安吉拉·卡特出生于1940年5月，父亲休·斯托克是报业协会的一名记者，出生在苏格兰高地，整个一战期间都在服兵役，然后来到南方的巴勒姆工作。他常带女儿去杜丁的格林纳达电影院看电影，在那里，建筑（阿尔罕布拉风格）和电影明星（《南海天堂》里的珍·西蒙丝）的魅力给她留下了持久的印象——关于诱惑和女性之美，安吉拉写下了某些史上最为浮华、时尚和性感的篇章，在她的语汇中，"漂亮时髦"和"魅力无穷"是欢乐与赞美的关键词。她母亲的母亲来自南约克郡，这位外祖母对安吉拉来说十分重要："她的每一句话、每一个动作都表现出某种自然的权威和与生俱来的野性，如今我对那一切心怀感激，但是当我在南方找男朋友的时候，那种钢铁般的性格可不太好对付。"安吉拉的母亲是个通过了高中学术级考试①的姑娘，"喜欢事事都安排得井井有条"。1920年代，她在塞尔福里奇百货公司当收银员，并且通过了相关考核，她希望女儿也能一样。安吉拉进了斯缀特姆文法学校，一度幻想成为埃及古物学者，

---

① 学术级（Scholarship Level，也称 S Level）考试是英国优秀的高中毕业生参加的一种公共考核。

但是毕业以后,她在父亲的安排下来到《克罗伊登广告报》[①]当学徒。

作为新闻记者,安吉拉被想象所困(她喜欢俄罗斯故事讲述者的套路:"故事讲完了,我不能再瞎编了"),于是转写唱片专栏和专题文章。她二十一岁时首次结婚,丈夫是布里斯托技术学院的化学老师,同年,她开始在布里斯托大学修习英文,选择专攻中世纪文学,这在当时绝对是不登大雅之堂的。中世纪文学的形式——从寓言到故事——以及笔调的多元性——从粗俗到浪漫——在她自己的作品中随处可见,乔叟和薄伽丘一直都是她特别喜爱的作家。最近她也在接受好友苏珊娜·克莱普的采访时回忆起当时在咖啡馆里同"情境主义者和无政府主义者"交谈的情形:"那是六十年代……我非常非常不快乐,但同时又是完全快乐的。"

这一时期,她首次开始培养对民俗学的兴趣,并同丈夫一起了解了1960年代的民谣与爵士音乐圈。(在较近的一次民俗学会的沉静集会上,她深情地回忆起反传统文化盛行的日子——那时候会有成员带着肩上的宠物渡鸦一起出席。)她开始创作小说,并在二十几岁时发表了四部作品(《影舞》,1966;《魔幻玩具铺》,1967;《数种知觉》,1968;《英雄与恶徒》,1969。此外还有一个写给孩子们的故事:《黑姑娘Z小姐》,1970)。她获得了大量赞誉和奖励,其中包括萨默塞特·毛姆奖所规定的旅行,她遵守了要求,用这笔钱逃离了丈夫("我想毛姆是会赞同的")。她选择了日本,因为她很推崇黑泽明的电影。

---

① 即"*Croydon Advertiser*"。

日本标志着一个重要的转折。从1971年起,她在那里生活了两年。她之前的小说,包括残忍、紧凑的挽诗《爱》(1971年创作,1987年改写),显示了她巴洛克式的创造力,以及对色情暴力的直面,这种暴力不但出自男性,而且也出自女性:她早早地划好领地,男人和女人在上面厮杀,常斗得鲜血淋漓,而里面也多是面临大难时的幽默。从一开始她的文笔就是华丽丰富、陶醉于辞藻的,她的语汇生动而感性,描写的是各种身体特征、矿物、花卉和动物,同时她也涉及了陌生感的主题。然而日本给了她另一种看待自身文化的方式,加强了她从熟悉事物中创造陌生的能力。这段时间她也接触了因为1968"五月风暴"而落脚日本的法国流亡者,由此加深了与超现实主义运动的联系。

有两部小说是她在日期间开始写的,尽管它们并不直接与日本相关:《霍夫曼博士的地狱欲望机器》(1972)和《新夏娃的激情》(1977),里面当代的冲突变成了怪诞、多样的流浪汉寓言。她并没有像同时代的某些作家那样赢得畅销书的大笔收入(她常沮丧地表示外面仍旧是个男子俱乐部,但却不是真的耿耿于怀),也不曾入选主要奖项,然而她享有更多国际上的好评:她的名字从丹麦一直传到澳大利亚,她也反复收到教学邀请,并就任于设菲尔德大学(1976—1978)、普维敦斯的布朗大学(1980—1981)、阿德雷德大学(1984)和东安格利亚大学(1984—1987)。她协助改变了战后英文写作的发展方向——从萨尔曼·拉什迪[①]到珍妮

[①] 萨尔曼·拉什迪(Salmon Rushdie),印度裔英国作家,代表作包括《午夜之子》(*Midnight's Children*)、《羞耻》(*Shame*)、《撒旦诗篇》(*The Satanic Verses*)等。

特·温特森①,再到美国寓言家罗伯特·库弗②,许多作家都受到了她的影响。

远离英格兰帮助她揭示了女性与其被征服之间的密谋。她在批评文集《被删除的秽语》中回忆道:"好多年里,我都被告知应该想什么、怎么做……因为我是个女人……但是后来我不再听他们(男人们)的了……我开始还嘴。"③从日本回来以后,她在一组极其犀利的文章(1982 年集成《没有什么神圣的》一书)中探讨了各种不容置疑的习俗和当时的时尚(从鲜红唇膏到 D. H. 劳伦斯笔下的长筒袜)。安吉拉从来都不是个提供简易回答的人,她以坦率的态度在女权主义运动中发挥了重要的作用:谈及面对残酷现实时,她喜欢半反讽地说"苦活儿——但总得有人去做",她也常常赞许地说某人"并不以温和的态度对待弱者"。她的出版商兼朋友卡门·卡莉尔④以悍妇社的名义出版了她的作品,她从该社成立起就参与了其中的工作,帮助将文学中的女性声音确立为独特和先入的,使之成为在后帝国时代虚伪、僵化的英国打造新身份的一种重要工具。因为尽管对现实有着敏锐甚至悲观的把握,安吉拉·卡特始终相信变化:她会谈及自己"幼稚的左倾主义",但是她从来不曾

---

① 珍妮特·温特森(Jeanette Winterson),英国小说家,作品包括《橘子不是唯一的水果》(*Oranges Are Not the Only Fruit*)、《守望灯塔》(Lighthousekeeping)、《激情》(*Passion*)等。

② 罗伯特·库弗(Robert Coover),作品包括《打女佣的屁股》(*Spanking the Maid*)、《公众的怒火》(*The Public Burning*)、《保姆》(*The Babysitter*)等。

③ 安吉拉·卡特,《被删除的秽语》(*Expletives Deleted*)(伦敦,1992),第 5 页。

④ 卡门·卡莉尔(Carmen Callil),出版商、作家与评论家,悍妇出版社的奠基人之一。

放弃。

美国评论家苏珊·苏雷曼称赞安吉拉·卡特的小说真正为女性开拓了新领地:她使用具有叙述权威的男性声音,并把它模仿到了讽刺的程度,使得规则发生改变,梦想变得难以驾驭、焕然一新,易于接受"叙述可能性的增加",这些梦想本身就预示着一个或许不一样的将来;这些小说也"拓宽了我们的思路,让我们认识到在性的领域什么是可以梦想的,由此批判了所有过于狭窄的梦想"。[①] 安吉拉最喜欢的女性象征是魏德金[②]戏剧中的露露,最喜欢的明星则是在《潘多拉之盒》中扮演露露的露易丝·布鲁克斯。露易丝/露露很难算得上是拒绝传统女性特征的人物,相反,她们将女性特征发挥到极致,使其性质发生了变化。"露露的性格非常吸引我。"她会这样不动声色地说。她借鉴了这个角色的特点,创造了《明智的孩子》里浪荡、喧闹、精力充沛的舞台女主角。露露从不巴结逢迎、追名逐利,也没有内疚和悔恨。照安吉拉的说法,"她的特点就是,她使得多态的任性变得好像唯一的存在方式"。她曾说过,如果有个女儿,她会叫她露露。

她喜欢把自己的观点说成是"经典大伦敦议会"[③]式的,但是撇开这些顾忌不谈,她其实也是个见解独到、尽心尽力的政治思想家。她怀着民主和社会主义的乌托邦理想,将

---

① 苏珊·鲁宾·苏雷曼(Susan Rubin Suleiman),《颠覆的意图:性别、政治与前卫派》(*Subversive Intent: Gender, Politics and the Avant-Garde*)(哈佛,1990),第 136 页至第 140 页。

② 弗兰克·魏德金(Frank Wedekind),表现主义剧作家。

③ 大伦敦议会(Greater London Council,简称 GLC)代表了左派政治主张,1986 年被当时的英国首相撒切尔废除。

"低俗"文化以及大众语言、幽默的粗俗活力肯定为持久、有效的生存手段,《明智的孩子》(1989)正是源于这样的思想:她的莎士比亚(小说以这样那样的形式包含了他的绝大部分人物和剧情)不为精英阶层创作,而是将想象力扎根于民间,从中汲取能量和经验。

安吉拉与马克·皮尔斯找到了幸福,她患病的时候,马克正在接受小学老师资格培训。安吉拉时常说起孩子们容光焕发的样子,说起他们无法形容的美丽和他们的爱;她与马克的儿子亚历山大出生于1983年。

有时候,面对一个伟大的作家,人们容易忽略他们所带来的欢乐,正如评论家们总在寻找意义与价值、影响与重要性。安吉拉·卡特热爱电影、杂耍、歌曲和马戏,她自己也深谙娱乐之道,少有人能与之相比。她在这个集子里收录了一个来自肯尼亚的故事,讲一个苏丹的妻子日益枯瘦,而一个穷人的妻子却过得快快乐乐,因为她的丈夫喂她"舌头肉",也就是故事、笑话和歌谣。这些就是使女人欣欣向荣的东西——故事这样写道;它们也是安吉拉·卡特为了使他人活得欣欣向荣而如此慷慨赠与的东西。《明智的孩子》最后写道:"唱歌跳舞是多开心的事!"她自己没能欣欣向荣地活下去实在是让人难过到无以言表。

她去世之后,报纸上、广播里都充满了对她的哀悼。如果她还在世,会惊讶于人们的关注,并为之感到高兴。这些没有在她有生之年降临——至少当时的态度不像现在这样由衷。她活着的时候令人们感到困惑不安,她的才思、巫性和颠覆性使她显得难以把握,就好像精怪故事中她喜欢的某种珍禽异兽——从一定程度上来说,这些都是对她能力的赞颂。能够了解她是朋友们的幸运,也是读者们的幸运。安吉拉·卡特留给我们的是一席盛宴——她"伸开手指"摆出来与我们分享。

玛莉娜·华纳[①]
1992 年

* 本篇介绍包含了玛莉娜·华纳为安吉拉·卡特所作的讣告中的内容,该讣告发表于 1992 年 2 月 18 日的《独立报》。

---

① 玛莉娜·华纳(Marina Warner),英国作家、历史学家和神话收集者。

注释:第一章至第七章

这些与其说是学术注释,倒不如说是个人癖好。我记下了故事的来源以及我对各种来源或多或少的发现。有些故事不言自明,因此不需要任何注释。有些会引出别的故事,有些则似乎独立成篇。

瑟莫苏阿克

加拿大北极地带,"西北地区,因纽特角,一个生日聚会上讲的笑话"。《满载幽灵的独木舟》(*A Kayak Full of Ghosts*),由劳伦斯·米尔曼(Lawrence Millman)"采集并重述"的因纽特故事(加利福尼亚,1987),第140页。

第一章 勇敢、大胆、倔强

寻找运气

文本出自希腊东部的蓬托斯,重印自《现代希腊民间故事》(*Modern Greek Folktales*),由 R. M. 道金斯(R. M. Dawkins)选编、翻译(牛津,1953),第459页。道金斯说,这个故事在希腊和保加利亚流传甚广,不过一般是男主人公出走寻找运气或者命运——确切地说,是出走寻找自己交霉运或者撞惨命的原因。

狐先生

"大风吹啊吹,我的心儿痛,

因为看见狐狸打的洞。"

1940年代早期,万斯·兰道夫(Vance Randolph)在阿肯萨斯的欧扎克山脉采集故事的时候,讲述《狐先生》的姑娘在她的版本里提到上面两句。

"从那以后,可怜的艾尔西再也不愿意和男人在一起了,因为她觉得男人没一个是好东西。所以她一直没有结婚,只是待在亲人身边。她能留在家里,他们当然也很高兴。"

阿肯萨斯人叙述的方式轻松、自如,像在诉说秘密;这里讲故事的人试图引诱你进入"自愿终止怀疑"的状态,所以精怪故事几乎在不知不觉中变成了吹牛皮,讲的人一面说着不着边际的谎话,一面又摆出一本正经的表情,这纯粹是为了娱乐。

16、17世纪英格兰殖民者把隐形的故事和歌曲装到船上,运过了大西洋,不过在此之前,这个故事就已经有了悠久的历史;培尼狄克在《无事生非》中提到了狐先生虚伪的抵赖:"正像老话说的,殿下,'既不是这么一回事,也不是那么一回事,可是真的,上帝保佑不会有这么一回事'。"(第一幕,第一场)在1821年马隆(Malone)做的莎士比亚集注本里,第一次有人用狐先生的故事来阐释培尼狄克的那段台词,这也许可以解释文本中所带有的"文学语言"的味道。

狡猾、贪婪、胆小的特征使得狐狸成为大众故事中家喻户晓的代名词。不过在中国和日本,人们相信狐狸可以变成貌美的女人(比较:时下美国俚语中用"狐狸"或者"雌狐"来指代性感女性)。在这个故事以及它的各个版本中,狐狸化身的变态杀手使某些熟悉英国式童年的人感到一层额外的恐惧,他们会记起想吃杰米玛·帕德尔鸭的"狐绅士"。【约瑟夫·雅各布斯(Joseph Jacobs),《英格兰童话》(*English Fairy Tales*),(伦敦,1895)。】

卡枯阿舒克

采集自西格陵兰,里滕本克,由塞弗林·林吉(Severin Lunge)讲述(米尔曼,第47页)。

承　　诺

重印自貌阵昂(Maung Htin Aung)选编的《缅甸法律故事》(Burmese Law Tales)(牛津,1962),第9页。这部手稿集里收录的古代故事阐释了旧缅甸法律实践中的细节。

凯特·克拉克纳特

约瑟夫·雅各布斯在《英格兰童话》中发表了这则故事,取自1890年9月版的《民间传说》(Folklore),其编写者是以红色、蓝色、绿色、紫色等童话而著称的安德鲁·朗格(Andrew Lang)。"故事里有很多错误,"雅各布斯抱怨说,"两个姑娘都叫凯特,我基本上都得重写。"

这是一个真正的精怪故事。对精怪的来源感兴趣的人可以查阅凯瑟琳·布里格斯(Katharine Briggs)在《精怪词典》(A Dictionary of Fairies)(1976)中收录的相关资料。他们是死者的灵魂还是坠落的天使——又或者像J. F. 坎贝尔(J. F. Campbell)【《西高地流传的故事》(Popular Tales of the West Highlands),J. F. 坎贝尔编辑、翻译,(伦敦,1890)。】认为的那样,是对不列颠北部黝黑瘦小的石器时代居民——皮克特人——的民族记忆? 不管怎么说,那些精怪的生命周期都与人类的极为相仿,要经历出生(比如那个精灵宝宝!)、婚嫁和死亡。诗人威廉·布莱克声称见过精怪的葬礼。这些精怪没有缀满亮片的翅膀,通常他们都骑在狗舌草茎或者小树枝上飞行,就像巫婆骑在扫帚柄上那样,念念咒语就能漂到空中。约翰·奥布里(John Aubrey)【《杂录》(Miscellanies)】曾听到过一个咒语:"马和谷堆。"这些寡言无礼、一点也不浪漫的生物真是"土生土长"——他们喜欢住在小山坡、小土丘的里面,大都不怎么和善。

渔女和螃蟹

故事取自巴斯塔州的奇特拉科特,流传于印度中部的库鲁克(Kuruk)部落:维瑞尔·艾尔文(Verrier Elwin),《马哈高沙尔的民间故事》(Folk-Tales of Mahakoshal)(牛津,1944),第134页。

"螃蟹一般被认为是一夫一妻制的,并且被视作家庭忠贞的典范,"艾尔文肯定地说道,"人们注意到母梭子蟹换壳时公梭子蟹会表示关心和照顾,穴居蟹的洞里一般只住一公一母两只蟹。"

第二章　聪明的妇人、足智多谋的姑娘和不惜一切的计谋

睿尔·阿·赫里班

这是一个整合过的版本,取自西苏格兰,主要来源是艾拉岛的安·麦克吉尔布雷(Ann McGilbray)用盖尔语讲的故事,由 J. F. 坎贝尔翻译,其中插入了一些段落,取自艾拉岛的芙洛拉·麦克林泰尔(Flora MacIntyre)讲述的版本和因弗雷里一个不知名的年轻姑娘讲述的版本,这个姑娘是"阿盖尔内侍罗伯森先生的保姆",她的版本以巨人溺水身亡而告终。"蜜尔·阿·赫里班后来怎样了?"坎贝尔问,"她有没有和农夫的小儿子结婚?""哦,没有,她根本就没结婚。"

这是《小小大拇指》("Hop O' My Thumb")的一个变体,里面真人大小的女主角代替了小号的男主角(坎贝尔,第一卷,第 259 页)。

明智的小女孩

选自亚历山大·尼古拉耶维奇·阿法纳西耶夫(Aleksandr Nikolayevich Afanas'ev)编的故事集,阿法纳西耶夫相当于俄罗斯的格林兄弟,从 1866 年开始发表合集。当时的俄罗斯联邦是口头文学的沃地,这主要是因为农村的穷人大都不认识字。直到 18 世纪末,俄罗斯的报纸上还会刊登盲人寻工的广告——他们希望能去上流人士的家里讲故事,这让人联想起两百年之前,三个盲叟轮流守在伊凡雷帝的床边,给这个失眠的君主讲故事,直到他终于睡着为止。

这个故事是一场三回合的智斗。小孩子挑战法官并且赢取胜利,这样的好戏带给人某种纯粹的满足。故事像汉斯·安徒生的《皇帝的新衣》一样令人满意,甚至比那个更好,因为没有人受到羞辱,人人都得到了奖赏。这是全书所有故事中我最喜欢的一则。

但是这个故事也比人们想象的复杂。人类学家克劳德·列维-施特劳斯(Claude Lévi-Strauss)说,谜语和乱伦之间有着密切的联系,因为谜语联合起两个不可调和的概念,而乱伦联合起两个不可调和的人。

罗伯特·格雷夫斯(Robert Graves)在他那本几近疯狂但注解详尽的异教人类学研究著作《白色女神》(*The White Goddess*)中引用了下面这个故事,它来自萨克索·格拉玛提库斯(Saxo Grammaticus)在12世纪晚期撰写的《丹麦史》(*History of Denmark*):

> 布伦希尔德(Brynhild)与齐格鲁德(Sigurd)之女亚丝拉琪(Aslog)是沃尔松格(Volsung)家族的最后一个传人,她住在挪威斯班格瑞德的一个农场上,假扮成满脸煤灰的厨房女佣……即便如此,她的美貌还是深深打动了英雄朗纳尔·洛德布罗克(Ragnar Lodbrok)的随从们,使洛德布罗生出了与她结婚的念头。为了考验她是否配得上自己,他让她既不走路也不骑马,既不穿衣也不裸体,既不斋戒也不进食,既无同伴又非孤身地前去见他。于是亚丝拉琪骑着山羊到了,她单脚垂地,仅用长发和渔网蔽体,一手把洋葱托到唇边,身旁只有一只猎狗相随。

(《白色女神》,第401页)

格雷夫斯还描述了考文垂大教堂(应该是二战时被炸毁的那个建筑)里的一个唱诗班底支架,他参考的旅行手册将之称作"淫荡的化身";那是"一个身上裹着渔网的长发女人,她侧骑着山羊,前面有一只野兔"。

这让我想起出色的默片女演员露易丝·布鲁克斯(Louise Brooks)曾打算将她的写真自传命名为《裸骑山羊》,这个标题引自歌德的《浮士德》,在"瓦尔普吉斯之夜"那一场中,年轻女巫说:"我裸骑山羊,展示青春玉体。"("你会烂掉。"老女巫对她说。)

谜语的主要功能是向我们表明一个逻辑体系如何能仅由语言构建起来。

鲸脂小伙

采集自北极与格陵兰岛各地。请与亚美尼亚的故事《天经地义》(第280页)做比较(米尔曼,第100页)。

待在树杈上的姑娘

这个故事来自本纳穆奇尼人(Bena Mukini),他们居住在现今的赞比亚。【《非洲民间故事与雕塑》(*African Folktales and Sculpture*),保罗·雷丁(Paul Radin)编辑,(纽约,1952),第181页。】

穿皮套装的公主

这个埃及故事选自《阿拉伯民间故事》(*Arab Folktales*),(纽约,1986),第193页。该书由伊尼雅·布什纳克(Inea Bushnaq)翻译、编辑,主要取材于各种书面资料。这里展现的是"屈身求爱"的主题,公主们以各种方式伪装自己——藏进驴皮、躲进木桶,甚至假扮成箱子——并且把煤渣、柏油之类的东西涂在身上。

野 兔

简·科纳坡特(Jan Knappert)写道:

> 斯瓦希里人住在两个世界的交界。不知多少个非洲民族在非洲东海岸安家落户……同时又有不知多少个东方民族从阿拉伯、波斯、印度或者马达加斯加漂洋过海来到此地,他们有的是水手,有的是商人,携家带口或者只身一人地在同一片海岸上落脚。

由此诞生了一个融合了非洲(班图)语言和伊斯兰文化的新民族,他们分散在一千英里长的海岸线上,从摩加迪沙延伸至莫桑比克。斯瓦希里族的故事艺人认为女人们无可救药的邪恶,魔鬼般的狡猾,而且在性爱方面永不知足;为了女人们好,我希望这些都是真的。【简·科纳坡特,《斯瓦希里人的神话传说》(*Myths and Legends of the Swahili*),(伦敦,1970),第 142 页。】

苔衣姑娘

这是吉卜赛人的《灰姑娘》,1915 年采集自英格兰诺森伯兰郡的奥斯瓦尔德维索,讲述者是一个叫泰米·波斯维尔(Taimie Boswell)的吉卜赛人。重印自《英格兰民间故事》(*Folktales of England*),由凯瑟琳·M. 布里格斯和鲁斯·L. 唐格(Ruth L. Tongue)编辑,(伦敦,1965),第 16 页。

"去房子的正门口求见女主人是吉卜赛人和修补匠惯用的技巧,"《英格兰民间故事》的编辑们说道,"他们对仆人和下属怀有根深蒂固的不信任。在这个故事的许多版本中,虐待女主人公的是年轻的主人而不是仆人。"

神父的女儿瓦西丽莎

阿法纳西耶夫,第 131 页。

学　　生

科纳坡特,第 142 页。

富农的妻子

十九世纪,挪威像许多一直被强国操控的欧洲国家一样开始寻找自身独特的表达方式。彼得·克里斯汀·阿斯比昂森(Peter Christen Asbjørnsen)和约尔根·莫伊(Jørgen Moe)在采集故事的过程中参照了格林兄弟的步骤,并且被相同的国家主义冲动所驱使。他们的故事集于 1841 年出版,这里采用的是 1924 年海伦·盖得(Helen Gade)与约翰·盖得(John Gade)为美国—斯堪的纳维亚基金会翻译的版本。【《挪威童话故事》(*Norwegian Fairy Tales*),第 185 页。】

保 守 秘 密

来自现在的加纳地区,讲述者是 A. W. 卡迪纳尔(A. W. Cardinall),他曾是黄金海岸的地方专员。摘自《多哥兰流传的故事》(*Tales Told in Togoland*),(牛津,1913),第 213 页。

女巫斗法或者变身对决是超自然角色间经常发生的事情,这些仍能在欧洲孩童的游戏"石头、剪子、布"中找到影子。请比较《天方夜谭》"第二个托钵僧"的故事中恶魔与公主的较量,以及威尔士神话故事集《马比诺吉昂》(*Mabinogion*)中女神克利德温对矮人归昂的追捕,还有苏格兰民谣《两个魔术师》("The Two Magicians")中的词句,"然后她变成一匹欢快的灰马/站在那边的山洼里/他变成金色的马鞍/骑到她的背上",等等。【《英格兰和苏格兰的大众民谣》(*English and Scottish Popular Ballads*),由 F. J. 柴尔德(F. J. Child)编辑,(波士顿,1882),第一卷,第四十四首。】

来自苏格兰奥德恩的伊索贝尔·高狄(Isobel Gowdie)在 1662 年接受审判的时候交出了把自己变成野兔的巫咒,"我将变成野兔/怀着悲伤、叹息,小心翼翼/我将离开,以恶魔的名义/哎,直到我再次回到家里"。

在所有"母亲最知道"类型的故事里,这是最好的一则。

三 把 盐

道金斯,第 292 页;采集自纳克索斯岛。道金斯说:"这个故事是个小规模的长篇小说。"的确,这里面完全是肥皂剧的内容:各种误解、失散的孩子、被遗弃的妻子,还有随处可见的财富——"那时候,人人都是国王"。

足智多谋的妻子

艾尔文,第 314 页。

凯特姨妈的魔粉

由万斯·兰道夫采集自美国阿肯萨斯的欧扎克山脉,收录于《恶魔的漂亮女儿以及其他的欧扎克民间故事》(*The Devil's Pretty Daughter and Other Ozark Folk Tales*),全书由万斯·兰道夫采集,赫伯特·哈尔坡特(Herbert Halpert)注释,(纽约,1955)。

鸟 的 较 量

J. F. 坎贝尔没有编辑这个故事,所以我也没有,尽管在漫无边际的叙述中,耐人寻味的自残女主人公一直到第二部分才登场。故事是1859年4月由约翰·麦肯锡(John Mackenzie)讲述的。麦肯锡住在因弗雷里附近阿盖尔公爵的领地上。他从年轻时就知道这个故事,并且"常常在冬日的夜晚复述给朋友们听,以此打发时光"。当时他大约六十岁,能读英语,会吹风笛,"记性好得就像奥利弗和博伊德出的年鉴"。(坎贝尔,第一卷,第25页。)

香 芹 姑 娘

由六岁的丹妮拉·阿尔曼西(Daniela Almansi)采集,讲述者是她的保姆,地点在意大利托斯卡尼阿雷佐附近的科尔托纳。丹妮拉的母亲克劳德·贝圭恩(Claude Beguin)把这则故事投给了编辑,她还提到在意大利香芹是一种流行的堕胎药。艾欧娜·奥培(Iona Opie)和莫伊娜·塔特姆(Moira Tatem)编辑的《迷信词典》(*A Dictionary of Superstitions*)(牛津,1989)收录了两个用于此种目的的英格兰药方,同时还举例说明了一个普遍的迷信,即婴儿是在香芹圃里找到的。

聪明的格蕾特尔

雅各布·路德维格·格林(1785—1863)和威廉·卡尔·格林(1786—1859)很大程度上塑造了我们对于精怪故事的定义,将之从粗糙的娱乐转化成主要针对儿童但不仅限于儿童的阅读材料,这既有说教的目的,又有浪漫主义的原因——他们想以此传授德国精神,这当然是指道德和正义方面的精神,但同时也指与神奇、恐怖和魔幻相关的精神。格林兄弟是学者、语法学家、词典编撰者、语文学家和古文物研究者,此外也是诗人。事实上正是诗人布伦塔诺(Bretano)第一个建议他们从口头资源中搜集精怪故事的。

格林兄弟的《家庭童话集》(Kinder und-Hausmärchen，英文名为 Children and Household Tales)于1812年首度发表，之后经过不断修改甚至重写，风格上越来越"文学化"，直至1857年形成了最终版本。该书是鉴赏欧洲19世纪浪漫主义文学的必读著作之一，其中的故事在儿童读者的想象里留下了不可磨灭的印象，帮助我们形成了对世界的认知。那些血腥、神秘、凶残而浪漫、谜一般的故事吸引着格林兄弟内心深处的诗人，但他们也忍不住要发表这类和蔼可亲的故事。欢快的格蕾特尔穿着红跟鞋，贪婪地享用美食，这样的形象直接反映了中产阶级的忧惧，即他们无从知道仆人们究竟在厨房里干些什么。

选自《格林兄弟童话全集》(The Complete Fairy Tales of the Brothers Grimm)，由杰克·塞普斯(Jack Zipes)翻译、作序，(纽约，1987)，第75页。

毛堡包

熟悉乔叟和薄伽丘的人会认出这是一则"欢乐故事"，或者说是应用到人际关系上的荤段子。"欢乐故事"是个民俗学家较少研究的一个领域，尽管这个类别历史悠久、传播甚广、形态无穷、便于记忆，而且至今兴盛不衰——无论性别，只要两三个人在非正式场合下聚在一起，便会有人讲起这类故事。在发达的工业化社会，色情笑话无疑是民间故事流传最广的一种形式，而且即便是由女人讲给女人听，当中也往往带有浓重的厌恶女性的色彩。这些故事储藏着大量的性焦虑与臆测。

这则故事中女主人公的愤怒与复仇心理使得她的计谋成了最不惜一切的一个。请注意她打算对丈夫实施的强暴。

摘自《笑谈：来自印第安纳的幽默民间故事》(Jokelore: Humorous Folktales from Indiana)，由罗纳德·L.贝克(Ronald L. Baker)编辑(印第安纳，1986)，第73页。

第三章 傻 瓜

一 壶 脑 子

约瑟夫·雅各布斯,《英格兰童话续》(*More English Fairy Tales*),(伦敦,1894),第125页。"英格兰民间故事经常描绘傻瓜家庭。"雅各布斯评论道。但这可不包括女性成员。

早上就有小伙子了

这个故事丝毫不讲姐妹情谊,简直到了应受指责的地步。讲述者是玛丽·理查德森(Mary Richardson)太太。理查德·多尔森(Richard Dorson)说:"她个子很小,鼻子被胡毒巫术压扁了。"1950年代理查德森太太向多尔森讲这个故事的时候已经七十岁了,她出生在北卡罗来纳,先搬到芝加哥,后迁往密歇根西南加尔文的一个黑人农业定居点,该定居点是解放的奴隶在南北战争前建立起来的。1930年代的大萧条时期,出生在南方的黑人为逃离贫困迁往北方,不料又在芝加哥南部遭遇同样的贫困,他们在加尔文以及周边社区安家落户,同时带去了大量故事,其复杂的根源混合了非洲和欧洲的传统。他们的音乐遗产——福音和节奏布鲁斯——也在三十年代末创造底特律之声的乐手中间开花结果。

这个故事也流传于俄罗斯、爱沙尼亚和芬兰。多尔森采访的其他人讲述了不同的版本,乔治亚·斯林姆·乔尔曼尼(Georgia Slim Germany)说,老妇人唱道:"今晚我冷得全身发抖,但明早就能跟小伙子结婚,明晚就要玩捕鼠夹啦。"《密歇根州的黑人民间故事》(*Negro Folktales in Michigan*),由理查德·M. 多尔森采集、编辑(马萨诸塞,坎布里奇,1956),第193页。】

要是我没死,这会儿就要哈哈大笑啦

请注意,如果说婚礼是诸多童话故事的最终目的地,那么婚姻本身和婚姻生活则被普遍描绘成一个笑话。

选自《冰岛传说》(*Icelandic Legends*),由乔恩·阿纳森(Jon Arnason)采集,乔治·鲍威尔(George Powell)和艾瑞克·马格努森(Eirikr Magnusson)翻译,(伦敦,1866),第二卷,第627页至第630页。

三个傻瓜

雅各布斯,《英格兰童话》,第9页。

从来没见过女人的男孩儿

由某个E. L. 史密斯(E. L. Smith)太太讲述。多尔森,第193页。

住在醋瓶里的老妇人

故事是1924年在篝火旁听到的,发表于凯瑟琳·M. 布里格斯的《英国民间故事集锦》(*A Sampler of British Folktales*)(伦敦,1977),第40页。

汤姆·提特·桃

这个故事来自萨福克,那里的人长久以来以傻出名。1890年代,我那来自拉文纳姆的外祖父参军时就加入了一个诨名为"愚蠢的萨福克人"的团。(雅各布斯,《英格兰童话》,第1页。)

丈夫看家

再次选自阿斯比昂森和莫伊编的集子,这一回是个漂亮的维多利亚译本,译者是乔治·韦伯·达森特爵士(Sir George Webb Darsent)。【《挪威大众故事》(*Popular Tales from the Norse*),(爱丁堡,1903),第269页。】

第四章 好姑娘和她们的归宿

太阳东边、月亮西边

仍是阿斯比昂森和莫伊采集的故事,也仍是达森特翻译的版本(达森特,第22页)。这是北欧精怪故事中言辞极为优美也极为神秘的一篇,两千年来"文学"作家们总是无法抵挡它的魅力,对之进行再创作,相关的有阿普列乌斯(Apuleius)在《金驴记》(*The Golden Ass*)中复述的"爱神与美女"(Cupid and Psyche)的经典故事,还有18世纪勒普兰斯·德·博蒙夫人(Madame Leprince de Beaumont)创作的优美文学童话《美女与野兽》("Beauty and the Beast")。

但是博蒙夫人笔下的美女是个教养良好的淑女,按照设定就是要怀着中产阶级的美德顺应社会习俗的。博蒙夫人做了二十年的家庭教师,写了大量有关优良品行的作品。然而这个姑娘没有犹豫就和一只陌生的熊同床而眠,当她第一次看到熊皮下的小伙子时,她被自己的欲望出卖了:"……她觉得要是不立刻吻他一下,自己就活不下去了。"然后他消失了。但她终于得到了他。

好姑娘和坏脾气的姑娘

"1941年9月,密苏里州代伊镇,由卡莉斯塔·奥尼尔小姐(Callista O'Neil)讲述",采集者是万斯·兰道夫。格林童话中,这个故事叫《霍勒大妈》("Mother Holle")。(兰道夫,《恶魔的漂亮女儿》。)

无 臂 少 女

这个令人毛骨悚然的故事以萨德侯爵般的幸灾乐祸描绘了美德所遭遇的种种不幸——请比较格林兄弟的《无臂少女》("Armless Maiden")。(阿法纳西耶夫,第294页。)

第五章 女 巫

中 国 公 主

法国的中世纪仙子梅绿辛(Mélusine)每个礼拜下半身都会变成蛇形。英国浪漫主义诗人约翰·济慈写了《拉弥亚》("Lamia")一诗,讲述蛇变美女的故事。用弗洛伊德的话来说,这是受压抑的人回来复仇了。

故事选自《巴基斯坦民间故事》(*Folk Tales of Pakistan*),由赞那布·古拉姆·阿巴斯(Zainab Ghulam Abbas)编纂,(卡拉奇,1957)。

猫女巫

同样由玛丽·理查德森讲述(多尔森,第146页)。

巴巴亚嘎

俄罗斯女巫巴巴亚嘎住在鸡腿支撑的森林小屋里,那些鸡腿能听她的使唤跑来跑去,有人说她是恶魔的祖母。她邪恶而愚蠢,斯大林时期的苏联民俗学家 E. A. 图朵洛夫斯卡亚(E. A. Tudorovskaya)这样描述道:"森林和群兽的女主人巴巴亚嘎被刻画成一个压迫动物仆从的真正剥削者。"【W. R. 拉尔斯顿(W. R. Ralston),《俄罗斯民间故事》(*Russian Folk Tales*),(伦敦,1873),第139页至第142页。】

三娘子

这一则选自 G. 威洛比-米德(G. Willoughby-Meade)的大众传说集《中国食尸鬼和妖精》(*Chinese Ghouls and Goblins*)(伦敦,1928),第191页。故事里的人名和地名都写得格外详细。请比较三娘子房客的命运和阿普列乌斯《金驴记》中男主人公的命运,并且将三娘子本人和荷马《奥德赛》中的女巫喀耳刻作比——喀耳刻把自己的客人变成了猪。

第六章 不幸的家庭

赶走七个小伙子的姑娘

布什纳克,第119页。

死人集市

梅尔维尔·J. 赫斯科维茨(Melville J. Herskovits)和弗朗西斯·S. 赫斯科维茨(Frances S. Herskovits),《达荷美故事》(*Dahomean Narrative*)(西北大学非洲研究项目,埃文斯顿,1958),第290页。

娶了儿媳妇的女人

米尔曼,第127页。由古斯塔夫·布罗伯格(Gustav Broberg)讲述,东格陵兰,库鲁苏克。

小红鱼和金木屐

布什纳克,第181页。

坏后妈

卡迪纳尔,第87页。

塔格立克和她的孙女

听阿纳菲克(Anarfik)讲述,东格陵兰,瑟米立加克。(米尔曼,第191页。)

刺柏树

世界各地都流传着儿童遭到虐待和兄弟姐妹团结一致的故事,这一篇是个绝佳的版本,其他的故事形式上与之颇为类似。维瑞尔·艾尔文发表了一个采集自印度部落的版本。没有哪个故事的圆满结局如此迫切地想要实现愿望——这篇故事的解决办法显然只能是想象出来的,不可能在现实中经历。(格林,第171页。)

诺莉·哈迪格

这个亚美尼亚的"白雪公主"是由苏西·胡佳西安-维拉(Susie Hoogasian-Villa)采集的,讲述人是阿卡比·穆拉迪安(Akabi Mooradian),采集地点是密歇根州底特律市的亚美尼亚社区,她们俩都来自该地。穆拉迪安太太1904年出生,其后因祖国动荡,不得不多次漂泊,直至1929年定居底特律。【《100个亚美尼亚故事》(*100 Armenian Tales*),由苏西·胡佳西安-维拉采集、编辑,(底特律,1966),第84页。】

靓妹和疤妹

《中国童话和民间故事》(*Chinese Fairy Tales and Folk Tales*),由艾博华(Wolfram Eberhard)采集、翻译,(伦敦,1937),第17页。

晚　　年

米尔曼,第192页。

第七章　道德故事

小　红　帽

选自夏尔·贝洛的《故事或过去的传说》(巴黎,1697),我把它翻成了英文。小时候外婆给我讲故事的时候常说"拎起门闩进来吧",结尾讲到狼扑向小红帽把她吃掉的时候,外婆会假装来吃我,让我兴奋地一阵乱叫。

杰克·塞普斯的《小红帽的考验与苦难》(*The Trials and Tribulations of Little Red Riding Hood*)(伦敦,1983)一书对这个故事进行了社会学、历史学和心理学方面的深入探讨,并收录了三十一个不同的文学版本,包括默西赛德童话故事会(Merseyside Fairy Story Collective)的一个女权主义改写版。杰克·塞普斯认为,1885年前后在法国涅夫勒省记录下来的《外婆的故事》("The Story of Grandmother")属于一类彻底获得自由的"小红帽"传统。这个衣服颜色不明的小女孩不是可怕的警告,而是随机应变的榜样:

> 从前有个女人,她有些面包。她对女儿说:"你去把这块热面包带给外婆,再带一瓶牛奶。"
>
> 于是小女孩走了。到了十字路口,小女孩遇见了狼人。狼人对她说:
>
> "你去哪里?"
>
> "我把这块热面包和这瓶牛奶带去给我的外婆。"

"你走哪条路?"狼人说,"缝衣针路还是大头针路?"

"缝衣针路。"小女孩说。

"好,那我就走大头针路。"

小女孩一路采集缝衣针,自己玩得起劲。与此同时,狼人到了外婆家,杀死了外婆,切了些肉放在碗橱里,又倒了瓶血放在架子上。小女孩到了之后敲了敲门。

"推一下,"狼人说,"门闩是湿稻草做的。"

"你好,外婆。我给你带了块热面包,还有一瓶牛奶。"

"我的孩子,把这些放到碗橱里去吧。吃一点儿里面的肉,再喝一点儿架子上的葡萄酒。"

小女孩吃完以后,一只小猫说:"呸!……吃外婆的肉,喝外婆的血,她真是个不要脸的东西。"

"孩子,把衣服脱了吧,"狼人说,"过来躺到我旁边。"

"我把围裙放在哪儿?"

"扔到火里去吧,孩子,以后你就再也不需要了。"

小女孩又问起其他的衣服,问紧身上衣、连衣裙、衬裙和长筒袜应该放在哪儿,每次狼人都回答说:

"扔到火里去吧,孩子,以后你就再也不需要了。"

躺到床上之后,小女孩说:

"哦,外婆,你身上的毛真多啊!"

"这样才好保暖呀,孩子!"

"哦,外婆,你的指甲真长啊!"

"这样才好挠痒呀,孩子!"

"哦,外婆,你的肩膀真宽啊!"

"这样才好扛柴火呀,孩子!"

"哦,外婆,你的耳朵真大啊!"

"这样才好听你说话呀,孩子!"

"哦,外婆,你的鼻孔真大啊!"

"这样才好闻烟草呀,孩子!"

"哦,外婆,你的嘴真大啊!"

"这样才好把你吃掉呀,孩子!"

"哦,外婆,我很想上厕所。让我出去。"

"就在床上解决吧,孩子!"

"哦,不行,外婆,我要出去。"

"好吧,但你得快点儿。"

狼人在小姑娘的一只脚上绑了根羊毛做的绳子,然后放她出去了。

小姑娘到了外面,把绳梢绑在院里的一棵李树上。狼人等得不耐烦了,说:"你在外面拉屎吗?你在拉屎吗?"

他见没有人答应,便跳下了床,看到小女孩已经逃跑了。他跟在后面,可是追到她家的时候,小女孩刚刚进门。

洗 脚 水

凯文·丹纳荷(Kevin Danaher),《爱尔兰乡村的民间故事》(*Folktales of the Irish Countryside*)(科克,1967),第127页至第129页。

妻子治好吹牛病

赫斯科维茨和赫斯科维茨,第400页。

舌 头 肉

科纳坡特,第132页。

樵夫的富姐姐

布什纳克,第137页。

慢 慢 逃 跑

《非裔美国人的民间故事:新大陆源自黑人传统的故事》(*Afro-American Folktales: Stories from Black Traditions in the New World*),由罗杰·D. 亚伯拉罕斯(Roger D. Abrahams)选编,(纽约,1985),第240页。

天 经 地 义

胡佳西安-维拉,第338页。

两个找到自由的女人

米尔曼,第112页。由阿克帕立阿匹克(Akpaleeapik)讲述,采集自巴芬岛,庞德因莱特。

丈夫如何让妻子戒除故事瘾

阿法纳西耶夫,第308页。

注释:第八章至第十三章

第八章 坚强的意志和卑劣的欺诈

十二只野鸭

选自彼得·克里斯汀·阿斯比昂森和约尔根·莫伊选编的挪威民间故事集,这里收录的是乔治·韦伯·达森特出色的维多利亚译本,摘自《挪威大众故事》(爱丁堡,1903)。

电影制作人阿尔弗雷德·希区柯克(Alfred Hitchcock)认为最不祥的意象莫过于雏菊上的血迹。雪地上的鲜血则更直接地触及了人们的内部感官。渡鸦、鲜血、白雪——在北欧故事中,这些元素代表了无法满足的欲望。J. F. 坎贝尔的《西高地流传的故事》中有一篇名叫《康纳尔·古尔班的故事》("The Story of Conall Gulban"),里面康纳尔"只愿和头发像渡鸦一样黑、面色像雪一样白、双颊像血一样红的女子结成百年之好"。

坎贝尔干脆指出当时渡鸦一定是在吃什么东西,因为故事里提到了鲜血。于是他提供了一个来自因弗内斯的版本:

> 早上他起床之后看到外面有新雪,附近的小枝上停了只渡鸦,嘴里叼着一小块肉。这块肉掉了下来,康纳尔上前去把它捡起来,

这时候渡鸦对他说,那个名叫白美润①的公主皮肤就像树枝上的雪一样白,面颊就像他手中的肉一样红,头发就像自己翅上的羽毛一样黑。(《西高地流传的故事》,由 J. F. 坎贝尔译自口述版本,第三卷,佩斯里,1892。)

这种食肉意象表达了传统故事中女人对孩子至深的渴望。人们熟悉的那个由格林兄弟采集的《白雪公主》的版本也以同样的方式开场。请注意,巴勒斯坦阿拉伯故事的编辑们指出,精怪故事中没有孩子的母亲往往希望生女儿而不是儿子。

《十二只野鸭》有个荒蛮的开端,以兄妹关爱为主题,它为丹麦汉斯·克里斯蒂安·安徒生优美的文学故事《野天鹅》(*The Wild Swans*)奠定了基础。安徒生把鸭子升级为浪漫的天鹅,但我觉得如果野鸭配得上易卜生②,也就应该能配得上他。

老 福 斯 特

1923 年由伊泽贝尔·戈登·卡特(Isobel Gordon Carter)采集自北卡罗来纳州的温泉镇,由简·金特里(Jane Gentry)讲述。摘自《美国民俗期刊》(*Journal of American Folklore*),第 38 期,1925 年,第 360 页至第 361 页。

随着 16、17 世纪早期英国殖民者的到来,这则性杀人和连环杀人的古老故事也越过大西洋来到美国。《老福斯特》是不祥的《狐先生》(见本书第 10 页)以及格林兄弟之《强盗新郎》的表亲。

沙 辛

摘自《说吧,鸟儿,再说一次:巴勒斯坦阿拉伯民间故事》(*Speak, Bird, Speak Again: Palestinian Arab Folktales*),由易布拉辛·穆哈维

---

① 公主名叫"Gealmhaiseach mhin"(苏格兰盖尔语),英文翻译成"Fair Beauteous Smooth"。
② 1884 年,挪威剧作家亨里克·易卜生(Henrik Ibsen)写了《野鸭》(*The Wild Duck*)一剧。

(Ibrahim Muhawi)和沙里夫·卡南那(Sharif Kanaana)采集、编辑,1988年由加利福尼亚大学出版社出版。

这些故事是1978年至1980年用磁带录制的,采集自约旦河西岸与加沙地带的加利利,1948年以后该地成为以色列的一部分。在巴勒斯坦传统中,女人是故事的守护者,如果男人讲述也必须采用女人的叙事风格。讲故事的风格随年龄而成熟,所以年长的女人比其他人都略胜一筹。农闲的冬夜,大家庭聚在一起互相娱乐,这正是讲故事的好时候,一般由最年长的女人起头。这样的聚会是由女人主宰的,所有这些巴勒斯坦故事都明显地偏向女性,尽管依照穆哈维和卡南那的解释,巴勒斯坦家庭其实是"父系、堂亲、一夫多妻、同族婚配、从父而居"的。

两个编辑在引言中指出,女人自由择偶的模式"与社会生活的实际状况如此大相径庭,我们最终不得不认定它所表达的是一种内心深处的情感需要"。

《沙辛》这个故事里有个精力旺盛、自信满满的女主人公,尽管如此,讲述者却是个六十五岁的男人,他来自加利利,一辈子以犁田、牧羊为生。在另一个版本中,精疲力竭的新婚男主人公对妻子说:"相信我,你是男人,我是新娘。"这话千真万确。

狗 鼻 人

来自波罗的海国家拉脱维亚的故事,1880年代采集,发表于宏伟的故事集《西伯利亚和其他地区的民间故事:沙皇帝国的原始文学》(Siberian and Other Folktales: Primitive Literature of the Empire of the Tsars),由C. 菲林汉姆-考克斯韦尔(C. Fillingham-Coxwell)采集、翻译并附引言、注释,(伦敦,C. W. 丹尼尔,1925)。

在森林茂密的拉脱维亚,基督教文化渗透缓慢,据说一直到1835年当地人还保留着异教祭坛。按照传统,婚姻是靠劫持达成的,这可是桩有风险的差事。过去的若干世纪里,地理上位于德国和俄国之间的拉脱维亚政治上也受两国操控,据菲林汉姆-考克斯韦尔说,拉脱维亚人对德国人和俄国人"怀着憎恨和绝望"。菲林汉姆-考克斯韦尔还认为神秘的"狗鼻人"本身可能含有对拉脱维亚原住民的记忆。

逆流而上的老太婆

又一则挪威故事,和《十二只野鸭》出自同一部由阿斯比昂森和莫伊选编的故事集,这里收录的是帕特·肖(Pat Shaw)和卡尔·诺曼(Carl Noman)的现代译本(纽约,万神殿出版社)。1960 年首次由奥斯陆的德雷尔出版社发表。

信 的 花 招

被抓到苏里南(原荷属圭亚那)当奴隶的西非人将无形的记忆与文化财富带到了当地。1920 年代末,人类学家梅尔维尔·J. 赫斯科维茨和弗朗西斯·S. 赫斯科维茨在沿海城市帕拉马里博采集了大量故事和歌曲。该城的人说的是浓重、丰富的克里奥尔语,赫斯科维茨夫妇将他们的素材翻译成了英文。

帕拉马里博这个城市拥有混种文化——荷兰人、印度人、加勒比人、阿拉瓦人、中国人、爪哇人都与非洲裔的人们生活在一起,但是后者中仍存有强烈的非洲文化的影响,这不仅表现在对巫毒术的信仰和实施上,还表现在系头巾这样的事情上。血统是按母系追溯的,男人常因外出打工而不在家中。

讲故事在当地社会中占有重要位置。凭吊的时候,人们讲故事娱乐死者。白天讲故事则是一种禁忌,因为若是你这么做了,死神就会坐到你身旁,这样你也会死。

《苏里南民间故事》(*Suriname Folklore*),由梅尔维尔·J. 赫斯科维茨和弗朗西斯·S. 赫斯科维茨采集(纽约,哥伦比亚大学出版社,1936),第 351 页。

罗兰多和布鲁尼尔德

这种辛勤劳作的纺纱工或者女裁缝常常会得到一个出色的情人作为回报,其作用只不过是坐在她的窗前做做针线活儿,唱唱歌(见《绿鸟》,本书第 328 页)。但是在这里,姑娘引来了一个邪恶的巫师,巫师劫持了她,然后又让她无法行动。比较不同寻常的是,姑娘的母亲踏上了充满考验的旅程,扮演了一种类似"恶作剧女主人公"的角色。一位老仙子帮了她,罗兰多则是她的助手。故事里有这两个老妇人背着沉重的袋子翻过花园围墙、闯进城堡的有趣画面——这些活动一般都是为年轻人保留的。

绿 鸟

故事的一个墨西哥变体,该故事最为人们熟悉的是优美的挪威版本《太阳东边、月亮西边》,收录于彼得·克里斯汀·阿斯比昂森和约尔根·莫伊的故事集(见本书,第155页)。

像上篇一样,这个墨西哥故事也以一位辛勤的纺纱女工坐在窗前作为开头。求爱的鸟儿很快就赢得了路易莎的心,她也随之开始了一段暧昧的性爱关系。三世纪阿普列乌斯①在《金驴记》中收录了拉丁文中篇《爱神与美女》,就像里面的男主人公、希腊的爱神一样,绿鸟神奇、慷慨且床上功夫极佳。路易莎对他一无所知,但这并不特别令她烦恼。像美女赛姬的姐姐们一样,路易莎的姐姐们也心怀妒忌,她们破坏了两人之间的关系,致使受重伤的王子弃路易莎而去,留下指令让姑娘前去寻他。东欧民间故事中也会出现这个穿铁鞋的女主人公,她拜访太阳、月亮,寻找受到冒犯的情人——尤其是要解救一位猪王子。末了"灯芯草帽"("Cap O'Rushes")②式的结局与埃及版灰姑娘的故事《穿皮套装的公主》(见本书,第51页)相似:王子发现自己的心上人在王宫里做仆人,便要求她来为自己送饭。【《墨西哥民间故事》(*Folktales of Mexico*),由亚美利哥·帕雷德斯(Americo Paredes)编译,(芝加哥,1970),第95页。】

狡猾的妇人

来自波罗的海国家立陶宛,再次选自C.菲林汉姆-考克斯韦尔的故事集。他引述了一个出自莫斯科附近的俄罗斯版本,其中老妇人的角色由一个年轻的犹太人扮演。

---

① 一般认为阿普列乌斯是公元二世纪时的人。
② 《灯芯草帽》是一则英国童话。

第九章 捣鬼——妖术与阴谋

漂亮姑娘伊布龙卡

这则受人喜爱的匈牙利故事以颇为相似的形式流传于全国几乎所有的村落,立陶宛和南斯拉夫也有它的踪迹。匈牙利民间信仰中有对复活僵尸的特殊恐惧,但这个帽子上"饰一根鹤羽"、脚是分趾蹄的可怕情人更使人联想起出色的苏格兰民谣《木匠》【"The House Carpenter",收录于弗朗西斯·查尔德(Francis Child)的合集《英格兰与苏格兰流行歌谣》(*The English and Scottish Popular Ballads*),三卷本,纽约,1957】中回来索取不忠情妇性命的魔鬼情人。魔鬼用船载走了那个苏格兰女人,并且置她于死地——伊布龙卡却逃过了惩罚。

故事由米哈里·费狄克斯(Mihály Fédics)于1938年讲述,他是个不识字的计日工,当时八十六岁。一战时他曾去美国当劳工,但不久就回了匈牙利。漫漫冬夜,村里的人们聚在屋里一块儿纺线,他就在这时学会了那许多故事。后来他做了伐木工人,他的故事也成了林场营地主要的娱乐来源。"他习惯于打断自己的故事,对听众叫'骨'①,看他们是否睡着:如果大家鼓励地回答'牌',他就继续讲下去;如果没人应声,他就知道同伴已经打盹儿了,于是第二天再接着讲。"《匈牙利民间故事》(*Folktales of Hungary*),第130页。】

上述信息以及故事本身都取自《匈牙利民间故事》,由琳达·德格(Linda Degh)编辑,朱迪斯·哈拉茨(Judith Halasz)翻译。(伦敦,劳特里奇与凯根·保罗,1965。)

芝加哥大学版权所有,1965年。收录于"世界民间故事"("Folktales of the World")系列,由理查德·M. 多尔森编辑。

巫师与巫婆

一场巫师对决或者变形比赛,来自俄罗斯部落。关于变形比赛,详

---

① "骨"(bones)和后面提到的"牌"(tiles)都是对多米诺骨牌单张牌的称呼。

见《保守秘密》的注释，本书第 54 页。本故事源自一个芬兰-土耳其民族，莫尔多瓦族。19 世纪采集故事之时，该族人居住在俄罗斯内陆伏尔加河与奥卡河之间。莫尔多瓦人认为宇宙是蜂窝状的。

（菲林汉姆-考克斯韦尔，第 568 页。）

泄密的丁香丛

1963 年西弗吉尼亚门罗县犹尼昂的萨拉·达迪斯曼（Sarah Dadisman）太太向基斯·凯彻姆（Keith Ketchum）讲述了这则故事。【选自《泄密的丁香丛及其他西弗吉尼亚鬼故事》（*The Telltale Lilac Bush and Other West Virginian Ghost Tales*），由鲁斯·安·缪西克（Ruth Ann Musick）采集，（肯塔基大学出版社，1965），第 12 页。】

破兜帽

阿斯比昂森和莫伊采集的挪威故事，这里是乔治·韦伯·达森特的译本。

巫球

老派讲放屁的故事，来自美国农村，由肯塔基克莱县七十六岁的 V·莱德福德（V. Ledford）讲述。文本重印自《买风：美国地方民间故事》（*Buying the Wind: Regional Folklore in the United States*），由理查德·M. 多尔森编辑、收集（芝加哥大学出版社，1964）。

万斯·兰道夫在阿肯萨斯的欧扎克山脉找到了另一个会使用放屁魔粉的女巫，这个故事可参见本书第 93 页。

狐狸精

选自《中国食尸鬼和妖精》，由 G. 威洛比—米德编辑（伦敦，1928），第 123 页。

巫婆们的吹笛人

由匈牙利诺格拉德州基沙提安的牧人，六十七岁的米哈里·贝尔托克(Mihály Bertok)讲述,1951年由琳达·德格采集。

从前风笛手为忏悔日①的舞会伴奏。巫婆们会强迫吹笛人为她们演奏,然后报之以卑劣的捉弄。

美丽的瓦西丽莎

在俄罗斯民间故事中,女主人公瓦西丽莎就像欧洲的埃拉(Ella)一样家喻户晓,这个埃拉也就是灰姑娘辛德瑞拉(Cinderella)。(见本书,《神父的女儿瓦西丽莎》,第74页,以及《巴巴亚嘎》,第187页。)故事中有明显迹象表明巴巴亚嘎可能起源于各种神话故事中的母神。她把早晨、白天和夜晚唤作"自己的",她的捣臼和捣杵则让人想起碾磨玉米、小麦的场景。此外她还拥有火这个基本元素。(另一个不太为人所知的故事讲述了她是如何偷得火种的。)她的裁决苛刻严酷但是公正而不失道德标准,这与母神致命的一面相符。她家周围环绕的骷髅代表了广义上的死者,不过《女巫和她的仆人》("The Witch and Her Servants")【《黄色童话》(*The Yellow Story Book*),安德鲁·朗格编辑】中有一个更加具体的解释。当俄罗斯故事中无所不在的伊万尼奇(Iwanich)去为女巫干活的时候,女巫发出了下面的警告:

> 如果你能照看它俩一年,那么你想要什么我就给你什么;反过来,要是放跑了任何一只动物,你也就活不长了,你的头会被穿在我家栅栏的最后一根尖刺上。如你所见,其他的尖刺已经装饰好了,上面的头颅全是我以前那些仆人的——他们都没能达到我的要求。(第161页。)

至此仍然悬而未解的就是隐形人手之迷了。瓦西丽莎突然停下来,没去问那个会逼巫婆透露家中内幕的问题,巫婆对此表示赞许明显是在影射女性奥秘的隐秘性。她对祝福的憎恶很可能代表了一个正被基督教驱逐的异教女神的恐惧。菲林汉姆-考克斯韦尔在注释中提到采集

---

① 忏悔日(Shrove Tuesday)是基督教大斋期的前一天。

该故事时的俄罗斯社会,说:"神父一职清苦而无甚地位,所以迷信和巫术信仰大量存在,尽管东正教会镇压异教习俗,传统的努力也颇有成效。"(《西伯利亚和其他地区的民间故事》,第671页。)一首名为《俄罗斯民间故事》("Russian Folk-Tales")的诗中有下面的句子:

> 食人女巫简直不会再来进攻或是拿我们做菜,
> 若是敌人胆敢靠近,我们就一举将他们击败。

关于巴巴亚嘎本人,详见安吉拉·卡特对《巴巴亚嘎》的注释(本书第550页)。

(C.菲林汉姆-考克斯韦尔,第680页。)

接生婆与青蛙

故事以苏恰瓦河岸附近的马扎尔山区为背景,1943年由哥于拉·奥图泰(Gyula Ortutay)采集自三十三岁的格戈里·塔马斯(Gergely Tamás)太太。根据书中注释,故事里的"吉瓦克"(gyivák)是"小恶魔"的意思。

这种故事类型可以算是世界各地的传奇,因为它仍然为人们所相信。在某个中东版本里,接生婆帮助一个精灵的妻子生下了小孩,人们在讲的时候总是假装事情是发生在某个熟人身上的。里面惊恐的妇人接过一把石头,回到家石头变成了金子。瑞达·克里斯琴森(Reidar Christiansen)编辑的《挪威民间故事》(*Folktales of Norway*)【由帕特·萧·艾弗森(Pat Shaw Iversen)翻译,芝加哥大学出版社,1964,第105页】中收录了一个挪威版本。不列颠群岛也流传着诸多变体。按照凯瑟琳·布里格斯的说法,"最早的版本来自13世纪的《蒂尔伯里的吉尔维斯》(*Gervase of Tilbury*)"《英格兰民间故事》,芝加哥大学出版社,1965;参见该书第38页的《仙子助产妇》("The Fairy Midwife"),以及《世界上最受欢迎的民间故事》(*The Best-Loved Folktales of the World*)中的《接生婆》("The Midwife")【由乔安娜·科尔(Joanna Cole)编辑,道布尔戴公司船锚出版社,纽约,1983,第280页】。

(德格,第296页。)

第十章　美丽的人们

小白、小棕和小摇

这个爱尔兰版本的"灰姑娘"是1887年杰瑞迈亚·柯丁(Jeremiah Curtin)在戈尔韦采集的。这里刻薄的姐姐是小摇的亲生姐姐。里面的养鸡婆相当于凯尔特人的仙女教母。在爱尔兰和苏格兰,讲故事的人有时宁可避免使用"巫婆"一词——那样做太像在"冒险",于是他们往往管巫婆叫"喂鸟妇"或者"养鸡婆"。养鸡婆一般是善良的【参见邓肯·威廉姆斯(Duncan Williams)的故事集,在那些以杰克为主人公的故事中,养鸡婆是杰克最好的帮手】,但她们偶尔也会说漏嘴,引发一系列有害事件【参见弗兰克·麦肯纳(Frank McKenna)的《响铃马》(*The Steed of the Bells*)(磁带),选自阿尔斯特民俗与交通工具博物馆档案】。养鸡婆让小摇待在教堂外面,而不是走进去,这也许暗示了某些不为教堂认可的习俗。巫术——无论是好的坏的还是一般的——在基督教中都被视作魔鬼之所为,所以诸如使用黑暗斗篷这样的巫行都会招致人们的不满。小摇的丈夫是阿尔斯特古城艾玛尼亚的王子,故事中称作奥玛尼亚。见到小摇神奇的盛装之后,他一改对小白的忠诚,转而爱上小摇。柯丁采集的故事中还有一则说希腊国王娶了爱尔兰国王的长女,继而又爱上了她的妹妹吉兰奥格(Gil an Og①)。他诅咒二人,把吉兰奥格变成一只"城堡中的猫"②,把她的姐姐变成一条海湾中的蛇。吉兰奥格请教了一个德鲁伊③,然后发起一系列战争以解救自己和姐姐。《爱尔兰神话与民间故事》(*Myths and Folktales of Ireland*),杰瑞迈亚·柯丁,多佛出版公司重印自利特尔与布朗公司1890年的版本,(多伦多、伦敦,1975),第212页。】

"剪落的金发"一说流传甚广,远至印度。【请比较《从前有个国王:巴基斯坦民间故事》(*There Was Once a King: Folk-tales of Pakistan*)中

---

① "Gil an Og"在盖尔语中是"生命之水"的意思。
② 吉兰奥格中咒之后在城堡内是猫身,出城则变回人形。
③ 德鲁伊(Druid)是古代凯尔特人的祭司。

的《狮心王子》(Prince Lionheart),由萨伊德·法亚兹·马哈穆德(Sayyid Fayyaz Mahmud)复述,民俗出版社(巴基斯坦,时间不详),第117页。】公主雅斯敏的几绺金发顺水漂走,被一个国王看见,他决心要和头发的主人结婚。

国王与小摇之所以愿意让女儿嫁给牧童可能与柯丁版《基尔·阿瑟》("Kil Arthur")中的这条说明有关:"那时候世界上有一条法律,如果一个小伙子来追求某个姑娘而她的家人不同意,那么姑娘就得被依法处死。"(柯丁,第113页。)

【《爱尔兰民间故事》(Irish Folk-Tales),由亨利·格莱西(Henry Glassie)编辑,企鹅民俗文库(英国,哈默兹沃斯,1985),第257页。】

迪拉维克和她的乱伦哥哥

这个故事由一个二十岁的男子讲述【他不是编辑弗朗西斯·梅丁·登(Francis Mading Deng)的亲属】。

安吉拉·卡特写道,丁卡人是苏丹的牧人和自给农民,他们的土地——大约占苏丹面积的百分之十——被尼罗河及其支流切断,使得人们沟通困难。"丁卡人的主要目标就是结婚、生孩子。"(第166页。)

成人和儿童一起睡在小屋里,一个人受邀开始讲故事,然后众人接着讲——安吉拉·卡特这样写道,她又引用了弗朗西斯·梅丁·登的话:"故事一点点讲下去,人们也一个个进入了梦乡。有时候他们睡着了,故事讲到一半的时候醒过来,然后又睡了过去……大家往往会简要地告诉那些中途醒来的人之前发生了什么。随着时间流逝,有些人开始睡觉,也许还会打呼,讲故事的人开始时不时地问:你们睡着了吗……只要还有人醒着,故事就会继续。最后讲故事的人很可能就是最后醒着的人,所以末了的故事会讲到一半。"(第29页。)

大部分丁卡故事里的狮子显然都不是真狮子,而是代表了人性中野蛮、未被驯服的一面。同样,小狗也不是真的狗,书中的一条脚注说它们代表了野性,所以才会在民间故事中遭到如此粗暴的对待。人们通过毒打和残酷的"挑逗"来驯服捕获的动物。其对生肉的偏好暗示了野性,对熟肉的选择则说明它已被驯服【见《端昂和他的野妻》,本书第486页】。

讲故事的大都是妇女和年轻人。这些故事往往和就寝时间联系在一起,适合儿童的口味。孩子们一般和母亲睡在一起,而母亲是童年时期最初的教育者。(第 198 页。)

兄弟姐妹之间的乱伦禁忌可能不仅被社区,也被最不起眼的信息来源一再加强,因为孩子们是睡在同一间屋里的。村里人哀悼的是杀死哥哥的女主人公迪拉维克,年长的任由须发变得蓬乱缠结,年轻的丢弃佩戴的珠子以示灾祸降临。人们认为打破乱伦禁忌比谋杀更为反常。故事里没有任何一处对该禁忌的正确性提出质疑。

【《丁卡民间传说:来自苏丹的非洲故事》(*Dinka Folktales: African Stories from the Sudan*),由弗朗西斯·梅丁·登编辑,(纽约与伦敦,1974),第 78 页。】

镜 子

尽管这个变体酸楚甚至悲惨,但错认镜中人的主题一般都出现在幽默故事中。有个版本说一个男人买了面镜子,却误以为是死去父亲的画像,并因此跟妻子发生了争执,一个尼姑前来调解。这个版本的故事也见于印度、中国和韩国。

日本神话中的天照大神有一次逃离混乱世间,住进了天岩户。天上的铁匠造了面铁镜,将她的映像说成是与之争锋的女神,由此她把吸引出来。她被镜中女神的美丽与明亮所诱骗,回来照亮了世界。

(威洛比-米德,第 184 页。)

青 蛙 姑 娘

故事开头的坏后妈和两个邪恶的继姐姐让人联想起灰姑娘的故事,后面青蛙姑娘乘老鼠拉的胡萝卜马车去见王子①也重复了《灰姑娘》里面

---

① 书中收录的版本并没有提到青蛙姑娘"乘老鼠拉的胡萝卜马车",编写注释的人可能将这个故事和格林兄弟的《三片羽毛》弄混了。《三片羽毛》中有"缺心眼"王子(Dummling)携青蛙姑娘乘胡萝卜变的马车去见国王的情节,拉马车的六匹马是六只老鼠变的。

的情节。这个故事的变体在世界各地都能找到。格林兄弟的《三片羽毛》("The Three Feathers")、法国的《白猫》("The White Cat")和巴基斯坦的《猴子公主》("The Monkey Princess")都是标准的以"缺心眼"(傻瓜)男主角为特色的故事。在《童话诠释入门》(Introduction to the Interpretation of Fairytales)(春天出版公司,美国,达拉斯,1970)一书中,玛丽-路易斯·冯·弗兰茨(Marie-Louise von Franz)提到"新娘可能是蟾蜍、青蛙、白猫、猿、蜥蜴、木偶、耗子、长筒袜或者跳来跳去的睡帽——甚至不是活物——还有时竟是海龟"。隔了几行她解释道:

> 故事中主要的行动与找到合适的女性有关,只有这样才能继承王位。此外,男主人公并没有任何英勇的表现,他不是真正意义上的英雄,而总是得到女性因素的帮助,女性为他解决了整个难题……故事以婚姻作结——也就是男女因素的平衡结合。所以故事的大体结构似乎指向了一个问题,里面是占据主导地位的男性态度,这其实也就是一种缺少女性因素的状况,而故事告诉我们缺失的女性因素是如何被提出和恢复的。(第36页。)

【《缅甸民间故事》(Burmese Folktales),由貌阵昂采集、编辑(加尔各答,1948),第137页。】

睡 王 子

公主看到草地上的马血,说那很美,这为她的旅程提供了动机。这种情感似乎很奇怪,不过血以及血滴在草地上的美丽可能与月经起始和生育能力有关。这一点在隐形的声音指引公主寻找配偶时得到了证实。那个声音还提到往树枝上洒水——这些元素并没有真的在故事中成形——它们暗示了直到很后才出现的性关系的起始。公主对巫婆残骸血淋淋的利用同样与青春期有关——巫婆所代表的性剥夺与性隔离的痛苦和创伤如今变成了通往成年和性实现的物品,尤其是那架通往公主床上的梯子。

这个故事也出现在印度,开头与著名的英国故事《灯芯草帽》类似,也是说最小的公主在父王提问时给出了不能被接受的答案,因此遭到驱逐。公主向王子要了几个木偶,王子无意中听到演出了身世。冒名顶替的女仆被活埋到腰际,然后遭群马践踏。

(赫斯科维茨与赫斯科维茨,第381页。)

孤 儿

母亲死后继续喂养女儿的主题流传于世界各地。在这方面,一个极其相似的故事是格林兄弟的《一只眼、两只眼和三只眼》("One-Eye, Two-Eyes and Three-Eyes")。与树相关的财宝也是两者的共同特点,主要关注的是女主人公即将取得的社会地位的提升。她不是魔术师,不过事实证明她的继母会使用咒语和魔法。女主人公自身的内在魔力源自她的纯真。故事中第二类常见的主题可以在《牧鹅姑娘》("The Goose Girl")中找到,其中一个心怀妒忌的女人用欺诈的手段取代了真正的新娘,参见本书中《和自己的儿子结婚的女人》(第483页)和《睡王子》(第426页)。第三个童话中的标准元素是女人到鸟的变形,这可能是出于本人的意愿,也可能是中了魔法——比如欧洲的《白鸭》("The White Duck"),日本的《鹤妻》("The Crane Wife"),还有本合集中收录的《鸟女的故事》(第463页)。一个更加令人兴奋的相似例子可以在《恶魔女人》("Devil Woman")中找到,收录于《科奇蒂印第安人的故事》(*Tales of the Cochiti Indians*),由鲁斯·本尼迪克特(Ruth Benedict)采集(史密森尼学会,1930)。其中恶魔把一根大头针扎进一个新妈妈的脑袋,把她变成了鸟——故事里面是只鸽子。把针拔掉以后,魔法就解除了。

【《老马拉维的故事》(*Tales of Old Malawi*),由E. 新加诺(E. Singano)和A. A. 罗斯科(A. A. Roscoe)复述、编辑,(马拉维,林贝,1986),第69页。】

第十一章 母 女

阿赫和她的野母亲

又一则讲人狮的丁卡故事。讲述者是登·马约克(Deng Majok)酋长的女儿尼安柯克·登(Nyankoc Deng),当时她在十八岁到二十岁之间。阿赫的母亲执意要去拾柴,把手脚给了狮子,也许这种可怕的冲动实际上代表的是另外某种不正当的行为,比如说通奸。安吉拉·卡特从《丁卡民间传说》中摘抄的笔记似乎会支持这一点:"狮子是丁卡族人最害怕的东西"(第25页);"在民间故事中,一个违反丁卡道德规范基本条例的人常被等同于局外人和动物"(第161页)。她评论道:"这将动物和人区分开来,里面的狮子并不真是狮子,所以故事才强调人与狮的相互作用。就像其他故事一样,这里的母狮每晚得到女儿的喂养,直到儿子到来,把她的野性打了出来。"(见《端昂和他的野妻》,本书第486页。)

(登,第95页。)

唐加,唐加

加利利地区阿拉比村的五十五岁妇女法蒂梅(Fatime)讲述了煮锅唐加的故事。安吉拉·卡特的笔记中引用了《说吧,鸟儿,再说一次》一书中对另一个讲述者的描述(第31页):"当说到男人往煮锅里拉屎,煮锅合上盖子的时候,伊姆·纳比尔(Im Nabil)笑了起来,然后她一边笑一边说锅把男人的家伙切了下来。"安吉拉·卡特评论说:"男人不喜欢这些故事,这一定程度上是因为他们所守护的某些道德,比如'贞操'这回事,总是在故事中受到挑战——故事里**女主人公占据统治地位**。"她又继续引用同一本书(第14页)道:"该体系的观念基础在于父子关系,女性则被等同于'他者'。"

这个故事中的煮锅女儿显然是"他者",但是她在智慧和体力上都能跟任何一个男人抗衡,这一点与《沙辛》中狡猾、顽皮的女主人公(见第301页,注释第557页)惊人地一致。她是个易于辨识的恶作剧女性,属于出名的英国莫莉·伍皮(Molly Whuppie)的类型(即"巨人杀手杰克"的女性版本),甚至也会为了找点乐子而做出略微过分的举动。故事很好地反映了女性在社会中的需求,即展示自己的能力,同时又不受男性基础结构的监护,所以男人对于这个故事来说完全不重要,只是扮演了傻瓜的角色而已。

(穆哈维和卡南那,第55页。)

有五头奶牛的小老太婆

某个雅库特创世神话中说到至高神创造了一个小而平坦的世界,这个世界被恶魔和邪恶精灵抓坏,形成了山和谷。雅库特的萨满①要定期安抚、答谢这些邪恶的精灵。现在雅库特人居住在勒拿盆地,与俄罗斯人通婚。

这个雅库特故事中的神奇少女来自某种含混的创世神话。人类(此处由雅库特人代表)居住的"中土"显然需要获得尊严与救赎,而少女以救世主的身份被派往人间,一一经受了考验、死亡与复活。和《芬恩国王的女儿》("The Finn King's Daughter")(克里斯琴森,第147页)还有其他的故事不同,这个故事不用一个短语或者一个句子来告诉读者变形的发生,而是骇人、露骨地描写了整个变身的过程。女恶魔本身就好像是埃及的铁胸水妖"穆扎亚拉"(the muzayyara)。【《埃及民间故事》(*Folktales of Egypt*),由哈桑·M. 艾尔-沙米(Hasan M. El-Shamy)编辑、翻译,芝加哥大学,1938,第180页。】安吉拉·卡特评论道:"古老的印度故事中有许多对罗刹(食人恶魔)的可怕描述。"

迦梨(Kali)女神就常以最凶恶的形象出现,拖着舌头,如同这个故事里突然吐出铁舌的女恶魔。和《芬恩国王的女儿》中的女山精一样,这里的女恶魔也企图潜入人类社会,却对其中的习俗不甚了解。故事隐晦地提到她"错把马系到了柳树上,那里原是来自塞姆巴克辛的老寡妇拴斑点公牛的地方",这招来了丈夫家族的敌意。《西伯利亚和其他地区的民间故事》的编辑指出"每一种树都有自己的主人,唯有落叶松例外",植物少女到达之后正是用落叶松枝来生火的,这说明她与人类和谐一致,是来完成一项更伟大的计划。她还知道一种极为重要的净化仪式,以清除丈夫因与女恶魔交媾而受到的内外污染。为了净身,可汗的儿子被吊在树上,这让人想起十字架上的基督以及其他被悬吊的神,比如安纳托利亚的阿提斯神(Attis)、威尔士的斯洛伊神(Sluy),还有日耳曼的沃坦神

---

① 萨满(shaman)是据信能和善恶神灵沟通、能治病的人。

(Wotan①),他们都在几天后复活。

(菲林汉姆-考克斯韦尔,第262页。)

阿赫和她的狮子养母

这个故事由一名二十岁的女性讲述,其中乱伦禁忌再次遭到威胁,但通过非人干预得到了维持。(请比较《迪拉维克和她的乱伦哥哥》,第402页。)安吉拉·卡特评论道:"在多配偶制的社会里,乱伦禁忌尤为复杂、重要。比如在这个故事中,阿赫和她的哥哥认不出彼此,因为他们年幼时被同父异母的兄弟欺骗,从此骨肉分离。"

第十二章 已婚妇人

鸟女的故事

安吉拉·卡特在笔记中摘录了一些来自《西伯利亚和其他地区的民间故事》的重要文字:"鸟女的故事在雅库特人、拉普人和萨莫耶德人中间流传";"西伯利亚民间故事里的英雄常常会在实施某项壮举前订制大量的靴子";"总体说来,楚克其人相信万物有灵,相信每件实物都能够行动、说话、自己走路"。

动物女神到人类妻子的转变是这个故事的主要组成部分,日本和中国民间故事中充满了此类情节。不过这里的旅程和神奇的救赎之战颇为罕见,一般说来,丈夫不得不满足于对孩子的拥有——也可能是满足于偶尔同离开的妻子见上一面。威尔士经典《塔列辛之歌》("The Song of Taliesin")中有女神凯瑞德温(Ceridwen)化身为鸟的一系列事件,她从强大的老鹰变成可怕的渡鸦,又变成卑微的母鸡。

(菲林汉姆-考克斯韦尔,第82页。)

爹娘都浪荡

这是个挑战乱伦禁忌的笑话,其真正目的是报复主人公。里面粗俗

---

① 沃坦神即诸神之王奥丁(Odin)的日耳曼版本。

而诙谐地提到了通奸和私生子的问题,就跟大多数"丈夫戴绿帽子"的笑话一样。由理查德·多尔森采集自吉姆·艾里(Jim Alley)。

(多尔森,第79页。)

打老婆的理由

这个跟粪便相关的笑话是尼罗河三角洲某村一位三十岁的农妇讲的,她记得自己十岁的时候从母亲那里听来了这个故事。当她提出要给(男)编辑哈桑·艾尔-沙米讲的时候,她丈夫想要阻拦,然后他答应了编辑的请求,但得以不录音为前提。不过他挺爱听这个故事的,而且开玩笑说妻子让这个故事派上了用场。

编辑补充道:

> 这则趣事的高潮部分属于"荒诞的愿望"这一笼统的主题。故事总体的主题可以拿来跟《驯悍记》(*The Taming of the Shrew*)①做对比,这出戏在当地的标题是《新婚夜杀死猫》(*Kill Your Cat on Your Wedding Night*)。

丈夫要对已经很贤惠的妻子耍威风,事实上正是这个观念在故事中遭到了报应,所以故事由女性讲述并且源自年长女性,这一点真是恰如其分。这则故事似乎在提倡宽容男人的弱点,提倡贤惠会得好报——但是它也在用阿拉伯故事中常见的粗俗幽默暗示深藏不露的狡猾。对屎的大胆应用可参见《沙辛》(第301页)和《唐加,唐加》(第441页,注释第570页)。

(哈桑·艾尔-沙米,第217页。)

三个情人

这是一则来自美国西南墨西哥人的故事,其中窗边的情人在让人吻了自己的屁股之后遭遇了与乔叟《磨坊主的故事》("The Miller's Tale")

---

① 莎士比亚的喜剧。

中的人物相似的命运。

【《来自科罗拉多和新墨西哥的西班牙语故事》(*Cuentos Españoles de Colorado y de Nuevo Méjico*),第一卷,原文作者为胡安·B. 雷尔(Juan B. Rael),(斯坦佛大学出版社,1957),第 105 页。本文由默尔·E. 西蒙斯(Merle E. Simmons)翻译,选自《买风:美国地方民间故事》,第 427 页。】

七 次 发 酵

安吉拉·卡特在笔记中写道:"又是法蒂梅讲的——两个故事通过老妇人的个性交织在一起。女人从父亲家到丈夫家,从来都没有自己的空间——但是别忽视了'他者'的力量,这种力量部分体现在日常活动中,比如讲故事、刺绣、编篮子、制陶、吟唱婚礼歌曲和挽歌。"然后她引用《说吧,鸟儿,再说一次》道:"对于女性来说,冲突是体制结构内所固有的。"

该书的编辑在脚注中写道,"这本合集的所有民间故事里,不能生育是最普遍的主题"(第 207 页)。毫无疑问,这是女人们在故事中所表达的一种忧虑,尤其是因为"一个男人如果打了没有孩子的妻子,他会更轻易地被原谅"(出处同上)。

这个故事中的妇人显然是个有魔法天分的老太婆,一个狡黠、明智的女性帮手,她说着自己的密语,比如"土地在渴望它的人民,我想要回家去"。也许面包没有发酵这件事意味着她把女人从丈夫手中解救出来的工作永远都不会完结——当然,除非讲故事的人想以此收尾。作为老妇人,她特别适合做年轻女性的同伴,且不太可能误导她们,这给了她施展必要计谋的空间,以改善"女门生"的生活状况。安吉拉·卡特引述道,"上了年纪的女人被认为是无性的,所以当老妇人肯定了妻子对'黑加白'的解释后,丈夫比先前愿意相信妻子的清白"(第 211 页)。插画/小品式的故事格局在中东很普遍(请比较《天方夜谭》)。

标题中的"七次"表明这是以同样方式讲述的七故事系列中的一部分。

(穆哈维和卡南那,第 206 页。)

不忠妻子的歌

故事里面又一个大胆的女人教训了丈夫一顿,由拉尔夫·S.博格斯(Ralph S. Boggs)采集自北卡罗来纳四十四岁的 B. L. 伦斯福德(B. L. Lunsford)。故事的原形是来自欧洲、篇幅较长、有反教权倾向的《老希尔德布朗》("Old Hildebrande")①。

(《美国民俗期刊》,第 47 期,1934 年,第 305 页。)

和自己的儿子结婚的女人

安吉拉·卡特的笔记中说,讲故事的是一位八十二岁的妇人,来自巴勒斯坦纳布卢斯地区的拉菲迪亚村。

这里妻子被对手取代的熟悉情节有了出人意料的变化:母亲取代儿媳跟儿子上床,甚至怀了孩子。穆哈维和卡南那将她对酸葡萄的异食癖(渴望)同西方孕妇对酸黄瓜的渴望相比。同样的主题也出现在一个叫《罗姆》("Rom")的故事中,选自筒·科纳坡特《刚果神话传说》(*Myths and Legends of the Congo*)(伦敦,1979)。罗姆母亲的举动部分是出于怜悯,因为在罗姆不知道的情况下,他的心上人弃他而去;所以最后是小伙子自己可怕地死去,他结果了自己的性命,唱着:

> 我进入了自己钻出的大腿,
> 我的力量回到它发源的地方(第 27 页)。

不过在这个故事中,母亲是被自私和情欲所驱使的。从某种程度上来说,与另一个女人分享地位触发了她的妒忌。安吉拉·卡特引用巴勒斯坦谚语道:"父亲家是游乐场,丈夫家则是学堂。一个女人不是属于这个家,就是属于那个家。"她还写下一些词句,比如:性行为——对社会结构具有彻底的破坏性,尤其是女性的性行为;被隔离的性别;"名誉"。

本故事无疑显示了对破坏的恐惧,该破坏正是由这个女性性行为泛

---

① 德国民间故事,由格林兄弟采集。

滥的例子所引起的。家族名誉由男人守卫却由女人保管,对它的侮辱遭致火刑处死的惩罚。有趣的是,编辑穆哈维和卡南那将叙述者对惩罚细节的省略归因于收尾时节奏的加快和语言的精简,然而实际上她更可能是在以这种方式减轻女性越轨行为的惩罚性后果。至于性别隔离,也许就是因为这个,人们才比较容易相信儿子会把母亲误认作妻子——不管她伪装得有多么好。当然,最年轻的婆婆可能只有三十岁。

妻子随随便便就把无辜仆人的舌头剪了下来,这种残酷的行为在精怪故事中并不特别罕见,历史上也时有发生。这里它暗示了妻子对沉默的坚持。沉默期满以后,她允许信使保住了舌头。精怪故事中,女性的沉默——或是因为中了魔法,或是因为许下承诺——是一种帮助情节发展的常见叙事手段。它是中世纪早期的遗风,那时候欧洲故事中的女性在订婚与结婚之间是不允许说话的。女主人公的沉默作为救赎主题出现在若干德国精怪故事中,在那些故事里,喋喋不休的女主人公向来都不受欢迎。在欧洲,因为对魔咒或者永罪的恐惧而禁止女主人公说话的做法与权力以及原罪报应的观念有关。

(穆哈维和卡南那,第60页。)

端昂和他的野妻

这个故事是由尼安加·登(Nyanjur Deng)讲述的,她是登·马约克酋长的另一个女儿,当时二十岁。安吉拉·卡特引用《丁卡民间传说》道:"已故的尼约克酋长登·马约克对外交婚姻的推广胜过丁卡历史上的任何一个人。他有近两百个妻子,来源包括丁卡领土的大部分角落。整个家族紧密团结在一起,居住在几个大村庄里,其成员讲着各种方言,代表着各种亚文化。"(第99页)

这里端昂认为妻子的异食癖(渴望)是不合理的,因为丁卡人强烈反对宰杀动物,除非是为了仪式和祭祀的目的。端昂的欺骗行为再次强调,从阿穆的角度来说,他做出了"外来者"的举动。经过驯化仪式(参见《迪拉维克和她的乱伦哥哥》,第402页,以及《阿赫和她的野母亲》,第437页),阿穆将他杀死,为自己报了仇。

(登,第97页。)

突如其来的好运

大量有关女人不能保守秘密的滑稽故事中的一则。在某些变体中,轻信的丈夫遇到了麻烦,这里他使情势变得对自己有利。

(德格,第147页。)

夸脱罐里的豆子

又一个丈夫戴绿帽子的笑话,由吉姆·艾里向理查德·多尔森讲述(参见《爹娘都浪荡》,第467页,以及《不忠妻子的歌》,第481页。)

(多尔森,第80页。)

第十三章 有用的故事

鸟妈妈和小鸟的寓言

一个严肃且充满黑暗幽默的寓言故事,讲如何做准备,以应对生活中艰辛、残忍的一面,它是意第绪幽默和格言的典型。

选自《意第绪民间故事》(Yiddish Folktales),由比阿特丽丝·西尔弗曼·瓦恩里希(Beatrice Silverman Weinreich)编辑,伦纳德·伍尔夫(Leonard Woolf)作序。

三 个 姨 妈

《老哈贝特罗特》("Old Habetrot")[①]是这个挪威故事的英国变体。故事中帮手以自己为例,向懒纺工的丈夫说明若是被逼继续从事纺织,他的妻子将会变成怎样(请比较第373页《美丽的瓦西丽莎》,故事里的瓦西丽莎的确能纺善织,完美地缝出了国王的衬衫,所以自然不会被逼继续)。然而懒纺工抵挡住压力,不让贫困的境遇把她拴死在纺车上。逃离贫穷的唯一办法就是嫁给有钱人,所以欺骗与花招成了必要的逃脱手

---

① 哈贝特罗特(Habetrot)是盎格鲁-凯尔特民间故事中的纺织女神。

段。故事中最有趣的是女人的合谋,它不仅掩盖了女主人公的诡计,而且把她从未来的苦差和责骂中解救出来。格林兄弟也收集了这个故事,但是 1819 年以后的版本与这里的截然不同,它向读者要求道:"你自己也得承认她是个十分讨厌的女人。"

(达森特,第 194 页。)

老妇人的故事

"木西瓦"是邦代人对美国梧桐的叫法。一个几乎相同的故事出现在南太平洋地区。这些故事表明魔法帮手们强加的条件是必须遵守的。如果没有得到恰当的尊重,精怪们就会撤走(参见《鸟女的故事》,第 463 页)。两个故事中都是一切皆被收回,受恩惠的日子片羽不留。

【《非洲民间故事》(*African Folktales*)由罗杰·亚伯拉罕斯编辑(纽约,万神殿民俗文库,1983),第 57 页。】

紫色激情的顶点

以反高潮而告终的未解之谜。作者从一位九岁美国女孩那里采集了这个故事,在场的父母听得目瞪口呆。笑话的来源可能是一个法国文学故事,它至今仍以各种名字流传,包括 1960 年代末某本希区柯克恐怖故事选里收录的《波尔多勤奋号》("The Bordeaux Diligence")。

【《下流笑话的基本原理》(*The Rationale of the Dirty Joke*),第二卷,C. 莱格曼(C. Legman)著,(伦敦,黑豹出版社,1973),第 121 页。】

盐、酱和香料,洋葱叶、胡椒粉和肉汁

名字的力量是这个故事的基本前提。只有通过某项特定而关键的考验才能获得通行暗语,即人人都向往的男人的名字。与《汤姆·提特·桃》那一类的故事【比如《侏儒妖》("Rumpelstiltskin")①不同,这里考验的是乐于助人和慷慨大方的精神,而不是诡计和竞争。和所有的

---

① 由格林兄弟采集的故事。

"缺心眼"(傻瓜)故事一样,最冷门的选手获得了胜利。

(亚伯拉罕斯,第299页。)

两姐妹与蟒蛇

一个同非人生物开的无心玩笑导致了一个可怕的错误(参见《接生婆与青蛙》,第383页)。除此之外,这个故事属于"美女与野兽"的类型。坏姐姐似乎一直没能明白的一点是,获得回报的秘诀不在于模仿妹妹的行动,而在于妹妹慷慨大方的心灵。(出处不明。)

伸 开 手 指

来自苏里南的道德故事,让人想起一则口头流传的伊斯兰教故事,里面一个穷人将一生的粮食配额拿出来与众人分享,确保了今后不再挨饿。不过他的对手是真主——一个热衷于此的玩家。

(赫斯科维茨和赫斯科维茨,第355页。)

译后记：民间叙事中的音乐

许多年前读袁越的《来自民间的叛逆》，第一次明确地意识到音乐中大量存在的民间叙事，意识到"酷"音乐的背后往往有着乡土传统。这一次的翻译则让我体会到民间叙事中的音乐性，换言之，我们可以用熟悉的音乐体验来照亮对故事这种"传统手工艺"的解读。

首先，无论来自哪里，这里收集的故事都带有浓郁的地方色彩，浸透了当地人眼中不言自明的逻辑。如果你不了解那里，那么这种逻辑就会对你的认知体系发起挑战，比如因纽特人对性与乱伦的看法，比如丁卡故事中反复出现的狮子与小狗的意象。这些我们所不熟悉的观点和事物其实代表了"他者"的生活常态。如果你想接受这些新的声音，就需要训练自己的耳朵，这和一个人最初接受朋克音乐的情形相似，假使你能在最初的震惊和不适中找到平衡，那么一段时间之后就能体会到声浪中的微妙。

其次，这些故事是残忍而真实的。讲述者带着平静甚至欢快的语气诉说血腥的暴行，这种形式和内容上的对比流传至今。尼克·凯夫与坏种子(Nick Cave and the Bad Seeds)的专辑《谋杀歌谣》(*Murder Ballads*)就是一例。如果你将《野玫瑰生长的地方》("Where the Wild Roses Grow")与这里收录的《狐先生》做比较，就不难发现它们从内容到形式都有许多相似之处，只不过这里的玛丽小姐机敏地逃脱了死亡的命运。再看《野兔》《学生》《两个找到自由的女人》《紫色激情的顶点》这样的故事，它们的构思与解决如此干净利落，你甚至可以说它们具有摇滚乐的颠覆精神。安吉拉·卡特说，这些民间故事直指人类的生存经验，"传统故事中的家庭生活向来离灾难一步之遥"。现代人的生活其实也是如此，面对真相的残酷往往不会因物质条件的改善而有所缓和，而残酷有时候比善和美更接近生的本质。从前有个朋友对我说："摇滚乐是让人勇敢的东西。"当时我正被重金属的毁灭感所吸引，不免对这个建设性的判断感到诧异。现在想来，这种勇敢就是卡特所说的"英雄乐观主义"，是接受了现实之后仍能做一个自己的精神状态，是相信"有一天我们会获得幸福，哪怕它不能持久"——或者换一个更为肯定的表达，它就是大卫·鲍伊(David Bowie)唱的："我们可以成为英雄，只为一天的不朽"[《英雄》("Heroes")]。

这里不少故事都像民谣一样具有循环往复的结构。你会在《蜜尔·阿·赫里班》《太阳东边、月亮西边》《漂亮姑娘伊布龙卡》《沙辛》等故事中读到一些副歌般重复的段落，这种手法不仅为叙述和流传提供了可循的套路，也为聆听的人提供了节奏，让人在舒适的起伏中被催眠，"自愿终止怀疑"，期待下一个小高潮的来临。孩子们往往对重复无限热衷，这种可知性所带来的安全感会随着年龄增长而逐渐被遗忘，成年后的我们对复制的内容感到厌倦不已，却仍会在某些情境下反复播放、哼唱同一首歌，激发与之相关的纯粹情感，这使得重复本身带上了一丝狂欢的色彩。由此说来，这本给成人看的《安吉拉·卡特的精怪故事集》也可以说是一本回归可知的"童话"。

翻译的过程中我进行了一些尝试,比如对英文版的中国故事进行回译,其中《板桥三娘子》和《狐狸精》提供了相应的古文版本。这样做不仅是为了比较两次翻译的"失真度",而且也是对"失真度"本身提出疑问。你或许会像我一样琢磨英文译者到底用了哪个古文版本,然而对于一则民间故事,这或许并不是关键。你甚至会发现20世纪20年代的英译本与现今网络上流传的某个现代汉语译本各有所长,因为翻译也是一次讲述,即兴发挥本来就是讲述的亮点。如果说文学的出版使作家享有名正言顺的权利,那么口头传播则与这种趋势相反。我们看到"灰姑娘"和"白雪公主"的主题反复出现在各国故事中,一如某些民歌能够跨越若干世纪,被编织进上百个版本。这种传播方式是草根性的,所谓"原版"已消隐在时间中,只有文化基因(meme)充满活力地流传下来。

我想,翻译本身也是门手艺活,与讲故事颇为相似:读者和听者的体验是流畅的,背后却是"艺人"无数次的酝酿与反复。码字的缓慢速度几乎与现代生活相悖,但是讲述与分享是多么快乐的事!最后,请允许我怀着小小的私心感谢在大学时代把安吉拉·卡特介绍给我的卢丽安老师,并把这个译本送给赵锴和宋卉,她们让我看到了女性以及女性友谊的光辉。

我的故事讲完了,现在交到你的手中。

郑冉然
2010年7月